庄世平和廖琪2001年5月合影于北京

莊世平傳

廖琪 著

作家出版社

目　录

CONTENTS

庄世平传

楔 子

近两千年前，晋，永嘉之乱。

中原大地，狼烟四起，一片血光，人民在杀戮声中颤抖、呻吟。

两种不同身份的人物，不约而同地向着南方狂奔而来。前者，是携娇带女，或骑着高头大马、或坐着牛车木车的王公贵族、豪绅富贾。他们是迫于战乱，为保存生命财产而逃出故乡另寻乐土的。尽管一路上惶恐惊吓的神色并未从他们脸上抹去，但长年累月的养尊处优却未能改去他们沿途衣冠整戴、披红着绿、吟风诵月的习性。有的人甚至还不能不整天抱着精陶壶往嘴里灌进当时还未为多数人享受的、充满神秘和奢侈的茶水。后者，则是被打败了的将士和族人。他们是在剑戟的威迫下被强制性迁徙的，漫漫长途中，脚底早已磨出了血泡，嘴唇也早已渴爆溃烂。一些要犯和不甘屈服的人物，甚至被戴上镣铐，被马匹拖着走或囚进枷车，身上印满了血迹和伤痕。最糟糕的是，他们不知将被带往何处，命运将在何处生根落地。啊，他们的双脚只能一个劲匆促地向南，向南！

终于，南海近了，听到了海的沉重的喘息。

残阳如血；

大海如血！

该下车落马的，该解开镣铐木枷的，都聚集在南海边这块充满原始气息的大地上。他们惊讶地发现，山竟是这么绿，地是这么黑。捧起一把土,用力一捏,竟能流出肥沃的黑油。这地能养人呀!于是,他们就地跪下,祈求上苍的庇护,决心在这里营造新的乐土。

这,就是潮汕历史上潮人的第一次大集结。此后,才有了潮州府,有了汕头市,有了大批潮人坐上红头船漂洋过海,另寻生存和发展的绿洲……

中原文化加上优良的地理环境,在潮人世世代代用血汗浸泡下,潮汕每朝每代都发生着深刻的变化。1858年,恩格斯在《俄国在远东的成功》谈到《南京条约》订立后中国被迫开放的几个口岸时,特别提到汕头:"汕头这唯一有一点商业意义的口岸,又不属于那五个开放的口岸。"汕头其时尚未开放,恩格斯就格外注意到它,足见它商业意义的重大。至1861年,汕头已成为中国与"外夷"直接贸易的通商口岸之一。1870年后,至20世纪30年代,汕头更盛极一时,成为货物仅逊于上海、广州的中国第三大港口,其规模与美国洛杉矶不相上下,仅19世纪最后三个十年,从汕头港运往海外的华工苦力就达150万人。上世纪初,汕头港已与欧美各主要港口直接通航。并且,这里出现了中国早期的为世人瞩目的铁路、火电厂、电话机。

潮汕的辉煌,是因为它有辉煌的儿女!

1911年1月20日,在潮汕一个祖祠里铭竖着"祖肇于豫温陵屿城后入闽晋江"石碑的村落——普宁县果陇村,一条幼小的生命呱呱坠地了。

人们也许可以忘记这个日子,但上了年纪的果陇村老人,却忘不了庄氏家族为这个孩子的满月举行的隆重庆祝。

而更多的人,更忘不了这个孩子长大之后,特别是他的后半生,为潮汕、为国家作出的巨大的无私奉献。

这孩子的名字:庄世平。

一 儿时三哭

　　1911年初春时节，普宁县铁山脚下果陇村的鸡笼山，在和煦的阳光下，显得格外葱郁青翠。满山的桃李，在春风的轻拂下，吐枝拔节，竞相开放，一片姹紫嫣红。

　　1月20日下午，在果陇村的鸡笼山下的"协裕"大院，行人匆匆，脸露笑容，充溢着一片紧张而祥和的气氛。

　　"协裕"第四房今天要添丁了。

　　从第四房媳妇第一声呻吟开始，庄书良老人就显得有些焦躁。下人端来的茶水，他不是嫌太浓太淡，就是嫌太冷太热；从中午放下饭碗开始，他不仅放弃了一刻钟躺下养神的习惯，而且不时掏出怀表看时间，还一个劲地在房里徘徊。有几次，他甚至走到四房媳妇的门前，但又碍于自己是个男人，或感于尊严，终于转了回去。对脚步匆匆的下人，他的脸色从未有过地显得格外的严厉："脚步放轻点！冲了四房的胎气，你吃得起！"尽管他自己的步履和声音有点凌乱。

　　几个媳妇都有些大惑不解，个别胆大的甚至咕嘟："就老四媳妇了不起！"但一经碰上自己孝顺的丈夫的严厉目光，又不得不将牢骚和不满吞了下去。而上了年纪的人却依稀记起来了：当年生下老四时，庄书良也如此郑重其事过！

　　这其中是不是有什么联系呢？

按理说，庄书良的七个儿子中，除了老二早年夭折，如今已是一个五十多人的大家庭了（最后至第三代止，满打满算达六十人）。老人传统意识浓厚，治家慈祥严谨，从未松口让早已长大成人并颇有成就的儿子们另立门户，一直以一个繁盛的家庭集团——"协裕"出现在世事纷乱的社会舞台上。如今，他早已把管家的重任卸在老大的肩上，小事细事他是再不过问了，但关键的决策终归还要他筹划拍板。因此，由老三在泰国经营的"胜裕兴批馆"（批是潮汕方言，意即书信。批馆即民信局，专为华侨及国内眷属传递书信及汇款），由老五在马来西亚槟城经营的"潮顺兴批馆"，由老六、老七在汕头经营的"增裕银庄"，都欣欣向荣，走势看旺；而由老四在本地经营的、代表着本家族旗号的"协裕批馆"，则如日中天，深得侨胞眷属的信赖。也因此，"协裕"在有二万人口的果陇这个普宁首推大乡，稳稳地坐上第二富户的交椅。但明眼人心里明白，"协裕"坐上第一把交椅是指日可待的。首富"协成盐行"虽家庭庞大，人口众多，但唯恐后代在社会上惹是生非，让其闭门不出，甚至不惜其端烟枪抽大烟，使其麻醉于自家深宅大院之中。而庄书良敢于在世风日下的环境中逆水行舟，着力让子孙攻读饱学，即使是后代女辈也一视同仁，舍得下大本钱在整个家庭的素质上下功夫。这，不能不说是庄书良十分难能可贵的深远目光了！

　　这一切，自然也得益于庄书良自己的博学多才。他自小喜欢琴棋书画，虽偏爱于男耕女织的田园生活（子孙多次让他到泰国、汕头安享现成，他就是不肯），却时常与四书五经、《论语》等书籍相伴。而且，在地理风水的学识上也在这一方土地上颇有名气。"协裕"大院这座占地数亩、有祠堂一座、"四点金"二座、右左二座"下山虎"作厢的建筑群（1980年后又在后面建成三座"下山虎"），就是他自己拿着罗庚，引经据典而确定方位的。如今"协裕"人财两旺，不正是他聪明才智的佐证么？而他平时治家处事，虽平等公正，但明眼人看得出，他宠爱的是老四庄锡竹。庄锡竹志趣与老人相似，理财经营上似乎更胜一筹。泰国、汕头的银庄虽都各有两个儿子管理，但仍时常有些棘手的事情要让老人分解。而庄锡竹一人管理"协裕"，则不仅游刃有余，更有大智若愚般的从容。对各朝各代的银元货币，凡上门出卖的，不管卖客巧舌如簧，满口生花，或品种繁多，年代久远，庄锡竹只要用指甲轻轻往银元上一捏，是银的铜的，就这么一口价定下来了。老人去"协裕批馆"，自来就是去开心，不是去分心的。

也许，由庄锡竹的聪明而及那即将出生的孙儿，在老人的心目中占有相当的分量，他才显得如此关注。否则，是无法解释早已见惯各种场面、子孙已经满堂的庄书良今天的异常神态的。

时间在一分钟一分钟流逝，眼看日头就要落山了。

就在老人焦躁不安地又一次要走出祠堂，前往隔壁老四房里时，几个儿媳妇和一群下人迎面走来。未到跟前，已闻声响："老太爷，大喜大喜！四少奶奶已生下个男儿。"庄书良一改早日沉稳的神态，一阵大笑之后，眼光由围墙内四百平方米来去的大埕，再望向一簇火球般的落日，竟自个喜形于色地念出一句平白简易的谶语："日要落，猪进食。今年是猪年呀，老四生的这头猪，有得食，好猪好猪！"众人难得老人如此高兴，也随声附和起来。老人接着就被簇拥着来到老四的厅里，让接生婆抱来已经收洗洁净的孙子。

小孙子从房里抱出来时，一双黑白分明的眼睛睁得大大的，对着陌生的世界不时地打转，嘴巴不时地吸吮着鲜红的薄唇，一双小腿轻轻地蹬动着。但一抱到老人的手上，他全身就不再动作，一双眼睛只管对准老人的笑脸。老人被他看得兴起，轻轻在他红嫩的脸上捏了一把。"哇——"孙子在人世上第一声有意识的哭，居然倾尽全力，并且全身蹬抖，直到被人抱开为止。

"哈——好哭声，有底气，有志气！"老人顿时乐了。众人于是又你一句我一句地称赞了孩子一番。

待众人乐过一阵，庄锡竹问老人："爹，给孩子起个名字吧。大家都在问了。"

"名字么——"老人略一沉吟，"我来起。"

此后，老人几乎足不出户。据端茶送饭的下人说，老人整天都沉醉于各种书籍中，有时还念念有词，比比划划。有几次出门了，却又是往书馆借书买书。看老人如此悠闲，庄锡竹心里却急得不得了。这些天前来看孩子道喜的人穿梭不断，然而一问到孩子的名字，他就答不出来。好几回，他跑到老人门口，想进去一问，但一想到老人答应过的事情是从未忘记过的，他又只好折了回去。

转眼，孩子已近满月。

"协裕"孙子的满月酒，自是非办不可，而且要办得体面的。2月20日这一天，"协裕"大院从早到晚就爆竹声声，送礼庆贺的客人来往不绝。老三庄锡春、老五庄锡政、老六庄锡涛、老七庄锡芳，都由老人特别通知，专程从汕头和马来西亚、泰国匆促赶回。中午，摆下近十围筵席，招待远方来客和族内上辈人；晚上，仍是近十围筵席，招待村中乡亲父老。院内全部的下人，女的一律换上红缎大襟衫，男的一律紫缎大襟衫，并被告知当月可领上双份工钱，个个眉开眼笑，喜气洋洋。

当主人客人全部就座，老四媳妇抱着儿子绕过各围筵席让大家端详祝贺个够，酒香肉香弥漫着整个大院时，坐在首席上一身紫缎长袍短袄的庄书良，站了起来，举手向四周作揖一番，然后微笑着朗朗说道："举杯之前，我想向各位至亲好友宣布，这孩子的名字叫庄——世——平!"最后三个字，他着意使足底气一字一顿。

"庄世平，好名字!"

"庄世平，寓意深切!"

"是番薯命还是富贵命，单名字已有定落了。"

"老人家，说说这名字的来历吧！"……

举座立即奉承一番，说出来的话甜得似蜜。这些话，自然是老人极想听的。待大厅安静下来，他才含笑着抑扬顿挫地说道："恕我才疏学浅，但来历嘛，倒是有的。世，是我们庄氏家族的辈序，但从字义上深究，倒也很有些寓意。这字原为甲骨文和金文中凵而演变来的，即三十年为一世。另外，也有改朝换代称为一世；有将父子一辈称为一世；有将某年、某月、某时泛称为世；有将人间称之为世；世还有继承之意，《汉书》这样写道：'贾嘉最好学，世其家。'其间注道：'言继其家世。'这个字，我爱其既有泛喻又有特指，既有预见又有隐示。至于平字，可以有十种解说，但我取其八种。首先是平坦之意，古云：'无平不陂，无往不复，'就是这个意思；次之喻为公正，荀子曰：'夫是之谓至平。'就是此意；三、古诗云：'丧乱既平，既安且宁。'是平定之意；四、《大禹谟》中称：'地平天成'。其意是整顿和治理；五、《易》书中道：'云行雨施，天也平也。'指的是齐一、均等和公道；诸位有谁见过云和雨对哪一处人家、哪一块地方有偏袒或不公的呢？六、是讲和及友谊之隐示，《春秋》中'宋人及楚人平'，就是说宋人和楚人讲和并且结下了友谊；七、泛指丰年，《汉书》有解：'再登日平，余六年食；三登日泰平，二十七岁，遭九年食。'八、是平常、普通之意；有作为者，是绝不骄横的，正所谓平凡中见精深也！"

老人顿了顿，吞下一口口水，却顾不上喝一口下人已经换了几次的茶水，重又开言："何以用'世平'这两个字，我想大家已经明白了。自然，名字仅仅是一个人的标记而已，如商品的标签、店铺的商号。我这番解释，也许过于迂腐了，见谅见谅！"说罢双手抱拳连连作揖。口上这么说，但表情上却是很得意的。

声落掌起，祠堂内外又是一阵经久不息的喝彩。

于是，杯盏交触，客气的谦让声慢慢变成了声嘶舌硬的猜拳声。逐个向庄书良老人祝酒庆贺的客人，几乎排成了长龙。老人居然不顾年逾花甲之躯，一改平日里节食少饮的习性，来者不拒。中午怎么说的，晚上照样说了；中午怎么喝的，晚上照样喝了。等到晚上时近子夜客人全部散去，他为此付出了一天一夜的烂醉，给家人一个不大不小的虚惊。

果陇村上了年纪的老人，如今谈起这次满月筵，仍然这样的感慨："那气派呀，咱果陇村自古未有！"

这自然是夸张的说法了。

但是，老人对第四房孙子的满月如此郑重的铺张的谜底，直等到他临咽下最后一口气之前，才颤抖着攥住庄锡竹的手，道破天机："我查过……《命学精微》等书，书云：'有冲有合方为贵……有冲无合不为奇。'世平这……孩子，命中不仅有冲有合，而且是……大冲大合。也即是说，他命运中注定有大起大落……大贫大富……大贱大贵……大祸大福……大灾大德，但终成正器。你要……"话未说完，一颗浓痰涌上喉咙，老人竟脸呈笑容，乘鹤西去。但庄锡竹已完全明白他的意思——这自是后话。

不过，尽管老人对世平宠爱有加，但在平时的调教上，却显出了特别的严格，甚至苛刻——

世平出生满三个月，就要其断奶。他的理由是："母乳是血缘、家庭生命的延续，不能不吃。但母乳吃多了，就多了一分骄、一分软。男子汉是要到外头打滚的，所以不宜多吃。"尽管世平的母亲有一百个不愿意，但不能不从。开头让他喝甜米糊，半年后就让他就着白糖喝米粥。

由此，又引得庄世平第二次有意识的、一连几个晚上的大哭。起初是极尽淋漓、泪流满面的痛哭，后来的极尽微力、无声无泪的哽咽。

到了世平一岁，老人就要亲自给予调教了。每天早饭后，世平就由母亲带着来到老人房里。老人俨然一位私塾先生，手把手地教起"种瓜得瓜、种豆得豆"、"人之初，性本善"……开头是一天认写一字，接着是一天两字、三字、四字，不断地加码。到两岁时，已开始让他背"春眠不觉晓……"了。对他完成功课的肯定，是剥一粒由泰国或汕头送来的洋糖，塞进他嘴里；最高奖赏则是拍拍他的屁股说："玩去!"于是他便拥有一个与小孩子们踢毽子、捉迷藏的愉快上午或下午。对他不学、懒散的惩罚，老人则呵责严厉，甚至往屁股上抽藤条。奖与罚，就像老人在生意场上一样公道。

奇怪的是，不管被打得多痛，他自来是只管流泪不出声，更不求饶……

童稚的行为和望孙成龙的心态，笑声和哭声，曾给"协裕"大院带来多少乐趣和笑谈！可惜的是，这种想笑便笑、想哭就哭的时光对世平来说，实在太短暂了——

三岁那年，一场鼠疫，竟夺去他母亲的生命。

也许是意识到一种温馨的生活的结束——再没有人在早上七点钟把他准时摇醒，为他穿上衣服，为他洗漱，伴他吃下早饭，然后倚着门板目送他走向祖父的房里；再没有人分享他的欢欣，他曾多少次将祖父奖赏的洋糖转塞进母亲的口里，然后欣赏母亲因为高兴而泛红的脸庞；再没有人在他被祖父惩罚之后，用手轻抚、用热毛巾热敷他屁股上的伤痕，用热泪伴着最温柔的语言给予他最简单也最诚实的忠告；再没有人从衣着上使他记起秋冬春夏；再没有人在严冬用体温为他温热被窝；再没有……他趴在母亲的遗体上，极尽童真、极尽虔诚地放声痛哭。从早到晚，从晚到早，号啕的、哽咽的、喑哑的哭，一直不断。哭得人吊胆揪心!

这一哭，也像是告别童稚时代。

男子汉从此无泪——

不久，父亲往马来西亚槟城主持"潮顺兴批馆"的事务，他只是用手、用眼神默默相送。

过了几年，父亲重返家乡再次主持"协裕批馆"，同时娶了第二房。继母曾使他失去的母爱多少得到一些补偿。但他十五岁那年，继母又因生下他第五位弟弟时，难产而死。他当时已在汕头读书，听到噩耗时，只有遥望家乡方向，为继母默哀良久，长叹当哭。

连失母爱、远离父爱的他，不满于社会上的一切不平，但他除了大声抗议，还有的就是沉默。

厄运，使他过早地成熟起来了。

二 热血柔肠

1927年6月9日，雄鸡刚啼过第二遍，墨般的夜色仍笼罩着大地。

一把"庄"字灯笼，萤火虫般地引导着一抬双人小轿，晃晃悠悠地出了普宁县里湖镇河头村，悄无声息地来到河边。小轿停下，由下人从轿中牵引出一位娇小玲珑的年轻女子。年轻女子匆匆就要步下码头之际，猝然转过身来，凝神对着夜色中剪影般的河头村遥望良久，蓦地深深一个鞠躬。待她抬起头来，已是杏眼朦胧，泪水顺脸颊而下，且嘴巴像告别一样喃喃自语。末了，她干脆一甩头，大步地踏上早已停在码头下面的一叶小舟。船夫见人客已上齐，竹竿轻轻点向河里，小舟顿时像一叶浮萍，迅即顺流向东方漂去。

当日头升上一竿高时，小舟过了重镇棉湖。时近正午，终于到达榕城镇。一干人登岸住上客店，等待翌晨乘船前往最终目的地汕头。住店停当，便有下人端来点心果品，请年轻女子随便食用。然而，她仅仅喝下几口米粥，就让人把食物退下去了。随后，便呆呆地站在窗前，望着不远处滔滔东去的榕江，让思绪像江水般漫延开去。

河头村林家大小姐林影平出嫁场面如此冷清，这是任何一个里湖人所想象不到的。

在普宁，旧时有这么两句口头禅："头威洪阳方，二威河头林。"这洪阳镇方姓家族因出了清朝两广水师提督方耀，在虎门、汕头、北海各地建炮台抵御外敌，自然是威震一方的。里湖河头村林姓虽不及洪阳方姓的势力和人数，但由于多有读书人，经商任职者遍及国内以至东南亚等地，也不失为地方上财大气豪的家族。林影平一家，不失为这个家庭中出类拔萃的一支。家中既有店铺物业，又有众多田产。其父林先春膝下有儿女八人，全部修完中学以上学业，但他并不拘泥儿女于生意场或田产收入上，第三子林志新读完书后，就一直以教书为生，成为一名育人园丁。他自己则亲任里湖"维善堂"主事，着意于扶贫济困，特别是为贫苦孤寡老人送葬安埋的善事。1924年春夏交接之际，普宁大旱，灾民遍地，林先春拿出自家粮食，整整二十余天于"维善堂"前用大锅煮粥接济灾民，成为一时美谈。

林影平排行第一，自小聪明伶俐，知书识礼，不仅帮父母带大七个弟妹，还工于针锈诗文。十一岁那年的春天，一天上午，她正坐在厅里绣织荷花枕套，父亲带着一个人走了进来。

"平儿，这是庄老伯。"林先春对女儿说。

"庄老伯好。"她向来人点头道安。一抬头，见那人正瞧着自己，女性的本能使她脸上一热，急急就退向房里去了。

但人未进房，那人带笑的声音已追进她的耳朵："林老板好福气呀，生了这么个玲珑碧玉！对了，我家老四的儿子今年刚好九岁，咱对上个亲家吧！"羞得她躲在房里半天不敢出来。

本以为是句笑话，但她不知道，因为父亲回了一句笑话："乡野小女配上书香世家，求之不得嘛！"两位长辈竟动起真来。议来议去，最后是林先春对庄书良说："两年后，老兄若有意撮合两位后生，就送龙孙的生辰八字来，再订婚不迟。"

待她十二岁时，两家果然就交换两位后生的生辰八字。经林先春问过相命先生，庄书良自个翻了《通书》，这两位后生的生辰八字竟是天作之合。于是，当年就由两位长辈作主，为两位后生交换了订婚证物。自此，她才知道自己漫长的生命将和一个名叫庄世平的男人结合在一起，并慢慢从长辈的口中了解到庄世平的相貌和"协裕"家庭的点滴情况。庄世平的相貌，自然是"浓眉大眼"、"英俊潇洒"之类的字眼的组合。而"协裕"拥有的财势和声誉，则使她时时感到即将成为这个家庭中的一员而自豪。因此，在她少女的绮丽想象中，她设计过夫妻如何恩爱，家庭如何美满，甚至婚礼如何隆重的各种激动人心的甜蜜场面。当去年——1926年正月，双方长辈确定他们的婚期是今年六月初十时，这种想象就更为斑驳鲜艳、绚丽多姿了。唯独没有想到这两个字眼：冷清。

去年秋天，一场大祸殃及整个果陇村，整个庄氏家族。而挑起这场大祸的，恰恰是族中的少数败类。其时，正值南昌起义之后，周恩来带领起义军路过潮汕，一路民心所向、高奏凯歌之际，村中少数败类居然凭着几根洋枪火炮，狙击起义军于猝然，而后又穷追恶杀。起义军被追杀到六十公里外的惠来县葵潭镇，终于在忍无可忍中，重新集结回头痛击。于是，战火笼罩了整个果陇，绝大多数乡亲虽及早躲避而保住性命，但许多栖身房屋却已经毁于一旦。"协裕批馆"也因此大伤元气，本来想在翌年为第四儿子风风光光举办的婚礼，到头来只好移至汕头降温处理。——直到四十年后的文化大革命，狙击起义军的事件又被重新谈起，那些或多或少参与了这个事件的村民或亲属，又受到一次彻底而又无情的清算和惩罚。这是后话。

哎，时也命也，但愿从未谋面的庄世平，就是她理想中的白马王子！

然而，翌日中午，当林影平走进汕头"增裕银庄"，却被告知：新郎未回，婚礼推迟。

她虽然强作欢颜，但本来就已经郁郁的心里，又漫上了浓重的新愁。

庄世平，你快回来吧！

从厦门开往汕头的客轮，像哮喘老牛一样"扑哧"着颠簸在波浪滚滚的海面上。

船底的狭窄的三等舱里，居然密密麻麻地挤下140多人。汗臭味、潮霉味、咸酸味、脂粉味，混沌地刺激着每个人的神经。然而，在这种环境下熬过了十多个钟头，眼看客轮在汕头海面停下，心急如焚的旅客又被告知，因为退潮，引渡旅客的驳船一时无法开来。思归似箭的旅客顿时骂声四起，舱里空气显得更加混浊了。

哎，如此这般，何时才能登岸回到家里？

一想到汕头家里，庄世平就本能地激动起来。这些日子，真被期中会考考昏了头。大前天，当他考完最后一科国文课，疲倦地回到宿舍，学校那位一直佝偻着腰的老校工走了进来，递上一张电报说："昨晚就来了的，可我偏偏胃病又患了。人家一天几次跑校工室查信件，可你……"摇摇头走了。庄世平把老人送到门口，才急忙展开电报："记住10日返汕头涛。"他这才记起，根据六叔庄锡涛的来信约定，10日是他结婚大喜的日子。也真难为了六叔庄锡涛，只字不提婚事。否则，让教师，特别是一群新潮同学知道了，多难为情呀！尽管在上学期间学生结婚的事倒不少。

打心里话，他也是反对在这期间结婚的，但对着一直爱护他的六叔庄锡涛，他说得出口么？于是，他匆匆赶到码头，但可惜，9日和10日的船票已售完，只好买下了次日的票子。六叔的责备大约是不能避免的了，但这不要紧，要紧的是冷落了从未谋面的林影平，实在过意不去。

自十二岁那年，听说祖父作主为他订了婚，林影平就成了他内心生活的一部分。听说她在上学，上完了小学又跑到揭阳上初中，这对一个乡村女子来说，不能不说她具有十分远大的志向。而且，听说她不仅精通女工，喜爱诗文，持家理财上也颇为精练。生意场上或田产租赋，听说许多账目她父亲并不找几个儿子，偏偏让她课余演算理顺。至于她生性何种泼辣干练，为人何种知书识礼，相貌何种玲珑标致，他就更是听得多了。好在，自己虽然生母早年去世，父亲远在异国，但由于几位叔父的支持，尽管几年来漂泊多处，但学业还是说得出口拿得上台面的。这也算是无愧于她了。

七岁那年，他由六叔带着，到汕头进入由教会创办的真光小学。尽管真光小学曾受过"增裕银庄"的资助，且当时的"增裕银庄"已不只做侨汇生意，还是一家开设有多种存贷业务的、信誉远播的金融机构，在汕头还曾发行过钞票。但真光小学自有它一套铁板一般的规矩：新生入学一律要经面试，合格后才予收录。那天，考他的是一位穿灰色长褂的老师，让他认过几个字之后，问："念过三字经么？""念过。人之初，性本善……"他随口念开了。"够了够了，还念过什么？"老师又问。"我阿公还教我念过《春眠》。春眠不觉晓，处处闻啼鸟……"他又一背而过。至此，老师那呆板的脸上已露出了喜色，随即拿出纸笔，写上两道简单的加减算术题，让他演算。他眼过手落，答案马上就有了。老师喜形于色，居然像祖父一样，拍了拍他的屁股，让他请守在门外的六叔进来。六叔进去了，但声音却传了出来，让他听了个一清二楚。"这孩子好灵性，好聪颖，让他到三年级插班吧。"他听了好得意，却听到治家处事也严谨得近乎铁板一块的六叔说："不妥不妥！迁就了小聪明，日后必傲慢自大。还是循序渐进为好。""也是也是，在理在理！"老师忙不迭地说。入学的手续，至此算是办完了。

四年初小学完后，他转到普宁旅汕同乡创办的高级小学继续学习。虽说七叔庄锡芳是校长，但他学得比别的孩子更加勤奋。不久，后来成为著名经济学家的许涤新到校任教师。许老师和蔼亲切、兢兢业业的教学态度，给他留下了深刻印象。

十四岁那年，他终于以全年级国文第一、算术第二的成绩，考进当时潮汕颇负盛名的、由美国人创办的教会岩石中学（后来改名为"岩光中学"）。可惜好景不长，随着国民革命的风起云涌，北伐战争的开始，学校师生不时上街游行演讲，宣传打倒军阀、打倒列强的进步道理，动员各界市民捐资赠物支持北伐军，声援共和一统的新政制，上课变得打打停停了。随后，北伐军入汕，周恩来就任东江各属行政委员，一段时间内，潮汕地区出现了一派社会安定、人民安居乐业的大好局面。庄世平在新思想新观念的接受上，表现出了发自内心的极大热情，他不仅参加各种社会活动，还将叔父每天给他用于早餐的五毫碎币，节约三毫子捐予北伐军，为此，整整半饥半饿了一个月。在国民革命的推动下，轰轰烈烈的学生运动随之开始了，反帝、反毒化教育、反文化侵略……一浪高于一浪。庄世平始终站在这些运动的行列中。那时，学校内部管理的弊端逐渐暴露，单是食堂贪污舞弊的现象就使人无法忍气吞声。一个菜包一个咸粽一碟猪头肉，居然比市价高出一倍！学生会会长郑光和学生代表多次找学校当局交涉，后来更贴出了大字报。然而，学校当局对学生的正当呼声却充耳不闻，有恃无恐。于是，一天中午，开饭的时间到了，当学生拥向食堂，食堂门口已齐刷刷坐着一百多个学生，不仅自己不买饭吃，也堵住了别人进食堂的去路。庄世平就是这一百多人中的一员。这行动顿时获得了全校绝大多数学生的声援，到气急败坏的校长赶来时，食堂门口已静坐了三百多人。校长是美国人，一直不把中国学生放在眼里，专断独行，由不得别人说个"不"字。这下，面对愤怒的学生，这位以救世主自居的校长，竟无一点自省心理，破口就是大骂恐吓。已被国民革命激起自尊心的中国学生，愤懑之极。在校长一巴掌打了一位学生后，大家哄拥而上，有人揪头发，有人蹬腿，对这位不可一世的校长狠狠地教训了一顿……学校当局恼羞成怒，随即向有关当局抗议控诉。然而当时场面人多混乱，有关当局想拍美国校长的马屁，也碍于众怒难犯，罪不罚众，只好不了了之。校方作为报复，干脆宣布停课，关门大吉！

这课一停便了无时日。白天，庄世平在银庄里帮工打杂；晚上，就找来《西厢记》《三国演义》《古文观止》《红楼梦》《安娜·卡列尼娜》《高老头》等中外名著，孜孜不倦地与各个时代的艺术人物作着极有趣又极认真的思想交流。直到翌年夏天，他来到福建厦门，本想在爱国华侨、著名教育家陈嘉庚创办的集美中学继续就学，可惜报名考试的时间已过，只好转向厦门禾山的云梯中学插班。没有课本，只好借来抄写。厦门因为陈嘉庚先生的创举，华侨在当地兴学助教之风极盛，云梯中学便是菲律宾爱国侨领林云梯所办。这间学校虽然仅招初中生，但学、住、吃都免费，并且欢迎外省外地学生就学。很意外的是，庄世平在这里先后见到前来求学的潮汕同乡学生黄声、张声瑶、罗铭等人，不仅生活上互相照应，学习上也互相取长补短。特别是黄声，为人精诚，思想开放，是学校各种场合上的活跃分子。庄世平自此与他结下了不解之缘，在互相鼓励下，庄世平各科成绩一直居全级的前茅，黄声的国文成绩更为人瞩目，其作文常常被老师选贴在学校墙报上。两人还同时是学校足球队的主力，庄世平是后卫，黄声是前锋，其配合极为默契，经常活跃在学校运动场上。

正是在这一时期，有一件事情给予庄世平以极大的震动。平时，他喜读书报，但在内容上，他爱经济胜于政治。甲午战争以来，中国遭受到列强多方欺侮，不就是经济上的贫困么?! 偶然读一下报刊的政治版，许多版面连篇累牍谩骂共产党和共产主义。特别是南昌起义之后，这种谩骂升级了，仿佛南昌城被一群青面獠牙的妖魔所统治；而随着周恩来率领起义军南下，更有人预言闽南和粤东将被"共产共妻""从此再无宁日"。然而，这一年他回汕头度假，刚好周恩来率军入潮。一天晚上，听说贺龙已进入汕头。平时相信报刊歪曲的那些人，无不惶惶终日。可是，本来以为是大难临头、血腥恐怖的那个夜晚，汕头却显得格外宁静。翌日清晨，好奇大胆的庄世平开门一看，街边骑楼下屋檐下，一溜溜躺着戴着红飘带的起义军。他们是什么时候到来的呢？真是秋毫无犯呀，连老百姓的睡梦也没被惊醒！此后几日，起义军除了在街上演讲，演活报剧，宣传共产主义思想和共产党的主张，还关心大众日常生涯，纷纷上门动员各家店铺商号开张营业。对一些重要行业，如米铺、银号等，甚至派人前去维持秩序。过去的一些阿飞流氓，此刻只能缩头乌龟般地躲了起来，整个汕头市及至潮汕许多地方，出现了歌舞升平的景象——这就是后来史书上记载的"潮州七日红"。到起义军离开时，全汕头居然万人空巷，争相到外马路欢送。这是任何金钱也买不到的人心呀！得人心者得天下，从这支队伍的身上，庄世平看到了中国的希望。

回到了厦门云梯中学，庄世平将耳濡目染的情景悄悄告诉了黄声。铁的事实，使两位热血正旺的年轻人，从偏爱经济开始向政治倾斜。他们从能找到的书籍，遍阅古今各种治国方略。学校里一位教国文的老师，姓潘，平时不管讲文言文或白话文，总要从历史联系到现实，字里话里闪烁着对现实制度的不满和抨击。于是，庄世平和黄声成了潘老师最虔诚的"入室弟子"。每当夜幕降临，他们就来到老师房里，听老师讲历史上中国的各次变革，其间也讲外国诸如日本的维新政治。当然，讲得最多的是孙中山的三民主义，孙中山"联俄联共扶助农工"的建国方略。由此及彼，又讲到马克思、恩格斯、列宁，讲到苏联的十月革命……可惜的是，潘老师能交给他们阅读的，只有孙中山一些论文的单行本，马、恩、列的著作却一本也没有。不过，这已足够了！一个全新的世界的雏形，正在两颗年轻的心里形成，并引起他们的向往。这对两人今后的漫长的人生之旅，将产生不可估量的深刻影响（十几年后，庄世平曾在遥远的异国写过信寻找潘老师，然而潘老师已离开学校，踪迹难寻，甚为遗憾）。

正因为一种全新的友谊，他要回乡结婚的事，仅仅告诉黄声和潘老师。良师益友听了，仅对他说："希望你回来，继续学业。"他心里明白这希望的分量，马上表示："一定一定！"

口上说了，但这时他在船上，却不能不担忧。从未谋面而神交已久的林影平，真能像他想象的一样支持他么？尽管他深知一旦投入另一种新的生活新的事业，虽然他对这生活这事业还十分的朦胧，但一定是要加倍付出的。林影平那娇柔的身板，能不能与他风雨同舟，一同去承担时代和历史赋予的重担？但愿，但愿！

天亮时分，驳船终于接送旅客抵达汕头码头，他匆匆赶到"增裕银庄"。六叔的眼光里，自然有许多责备，但言辞之间，却没有太多的为难。坐定不久，倒是六叔先开了口："婚期已过，怎么办呢？另择个日子吧？"

坐在一旁的六婶，顿了顿，终于提议道："择日不如撞日，人都齐，今晚就让他们完婚吧！"

"好，就这么办！"

六叔一言既出，全银庄立即行动起来。好在，一切都是现成的，新房早已布置完毕，红彩带只须结上去就行了，佳肴酒水也早有准备，只需要人到新兴街买来几大盘冷盘热菜，就凑起两围有三八二十四道汤菜的婚礼筵席。而一切外亲好友，就不再宴请，只待日后补送上喜糖就是。于是，下午六时整，六叔六婶权作父母，一对新人在临时伴娘伴郎的引导下，拜了天地父母，饮下了交杯酒。随后，在叔父、婶母的祝贺下，被银庄的一群伙计簇拥着，进入了洞房。

整个场面，时间不长，人数不多，虽说有些冷淡，但也面面顾及，算得上得体。

时近子夜，六叔庄锡涛虽得意于自己的决断，尽管已十分疲倦，但不能不担忧两位从未谋面的新人是否甜蜜如意。于是，他悄悄走到新房门口。里面仍灯火明亮，未及走近，已有声音传出——

"……我是在家乡读的书，怎比得你在外面读书有见识。"是林影平的轻声柔语。

"今后有什么打算么？"是庄世平带着丹田底气的体贴声。

"你说呢？我听你的。"

"我说了，知书而识礼，而后识世界。虽说我走得远点，但看到的世界还很小很小。今年上完初中，我还想上高中，上大学。上完大学，我或许还会出去闯荡一番。不能齐家治国平天下，也得干出个男子汉的样子！跟着我，家庭担子就只有交给你了，也许还要随我四处奔波，担惊受怕。这，你得有思想准备。"

"我不怕，我能吃苦。"

一个年少气盛，一个柔情似水，好匹配呀！六叔几乎笑出声来。

"你还在读书么？"

"已上完初一。来汕头时停了。"

"不能停不能停。趁咱还年轻，还没有负赘，多做点学问吧！过几天我就得回去上学，你也不要留在家里，找间学校上课去吧！"

"我听你的。"……

六叔的担忧释然了，悄悄地回房休息去。

这一夜，新房里的灯光，一直亮至东方出现了一抹鱼肚白……好一个抒发感情、激励大志、抒展抱负的洞房花烛夜！

19日，庄世平说到做到，决意回厦门去。只度过七个柔情缠绵之夜的林影平，对此不能不心里酸酸的，眼睛涩涩的。但她强忍住即将夺眶而出的泪水，决心给丈夫一个温暖而坚定的信息：不管你走向何处，我的心永远追随着你，为你作着最为虔诚最为美好的祷祝；当你漂泊累了疲倦了，需要作重新跋涉前的休息时，我这里就是你最为坚实最为可靠的港湾，是你最为温馨最为怀念的梦之乡。

于是，当庄世平告别叔婶，背上简单的行李，就要踏上更为漫长的人生之路，他和林影平的别离仪式，就只有四只眼睛长久而深切的凝视。

希望和祝愿，千言万语，都融会在这眼神之中了。

从此，天各一方，音讯只靠飞鸿。

直到三年之后，庄世平在上海读完高中，已进入北平中国大学经济系，才又回来一次。然而，全部时间也仅一个星期。

不过，别说是一个星期，即使是在林影平身边住上一天，也足够他魂牵梦萦了。

因为，林影平给予他的，是她的全部。

三 古都试剑

在厦门云梯中学初中毕业时，潘老师找庄世平谈了一席话——

"你还年轻，来日方长，要全力以赴学习和积累知识，少一点参加政治活动。今天的少一点参加，正是为了明天的全身心投入。记住，古今中外，成大事者，无不都有广博深厚的学识。"

带着这一席话，他踏上大上海，来到浦东中学上高中。浦东中学当时采用的是西方的积分制，学生在学习上享有较为充分的选择和自由。这在还弥漫着僵化的学究气味的中国教育圈内，不啻为一拂清风，一抹彩霞。

20年代末期的上海，封建残余和西方资本主义文明，五四运动以来的左派力量和官僚买办的险恶势力，精华和渣滓，进步和反动，都交织在一片灯红酒绿之中，作着极为激烈的较量。庄世平难得出一次校门，而到得较多的，只有两个地方：上海租界和书店。到上海租界，是为了体验那前所未有的切肤的国耻之痛并煽起自己那爱国爱民的更大热情。每每站在"华人和狗不得入内"的木牌前，总是激起他既沉痛又愤慨的情绪。而后，便是苦苦的思索：洋鬼子凭什么这样欺负我们？仅仅因为经济上的强大么？到书店，则是为了寻求精神和知识的源泉。除了学校各科目的学习成绩，他总是名列前茅，业余他喜欢读的，就是鲁迅的小说、杂文和曼殊的文集、郁达夫的杂文、冰心的散文。他的床头，总是摆放着鲁迅的

《呐喊》《彷徨》《阿Q正传》等等。有多少次，夜静更深中，他看到阿Q调戏小尼姑，看到阿Q冒充革命党，阿Q临刑前画押等细节，不由得猛笑起来。笑声绕梁震耳，同室的同学纷纷爬上床掀开他的蚊帐。但他们看到的，已是满脸颓丧的庄世平。他这是以笑当哭呀！鲁迅先生的文章像闪电、像匕首，向他展示了一幅幅国民劣根性的丑陋嘴脸。凭着这么一副德性，就要与西方列强抗衡？难！

中国的出路到底在哪里呢？庄世平苦苦地思索着！

好在，最后一个学期，他又见到了在中央大学上海商学院学习的许涤新。许涤新虽没说明自己的秘密身份，但经常在《东方杂志》和其他报刊上发表一些经济方面及社会科学等领域的学术文章，颇有名气。交谈中，许涤新不仅讲到苏俄的十月革命，还讲到诞生在中国的坚持马列主义的共产党。由共产党又讲述了共产主义的学说。他的心中，从此才有了一抹光明的曙光。

带着在浦东中学的优异成绩，他高中毕业了。何去何从，成了他最迫切需要解决的问题。

这时的"协裕"家族，颓势已暴露无遗，随着1927年秋那场由乡里败类挑起的战乱，本土财产毁于一旦。而后，汕头、马来西亚、泰国的批馆银号的业务，也已是危机四伏，难以为继了。首先是各种无法追讨的三角债、多角债，再就是各种已付未收的"空批"，"协裕"人从原先的讨债人一落成为被追讨者，情急之下，汕头的"增裕银号"甚至只好变卖房产，以缓和燃眉之需。这时候如留在各种费用特别昂贵的上海上大学，一年的盘缠少说也要一千大洋。俗话说："烂船还有三斤钉。"如果庄世平坚持，"协裕"家族多少还是拿得出这笔费用的。但是，庄世平除了考虑到要为家庭分忧，更考虑到近三年的高中学习已使他对上海有了一定的了解，殖民地色彩中一边莺啼燕唯、纸醉金迷，一边贫穷如洗、遭人鄙视的环境也使他厌烦了。寻找救国方略，远非解剖一个上海就可以找到答案。因此，他决意到一个更为传统的、中国式的、纯朴的地方去。

先他毕业于云梯中学的黄声，从北平寄来了一封信。信中说：北平作为多朝古都，传统多于新潮，风气古朴，更有助于中国问题的研究；况且，北平中国大学是由孙中山先生发起创办的大学，学风纯正活跃，费用低廉，恰恰适合于他当前的景况。挚友的良言虽只有草草一页，但已足够庄世平作出人生的又一重大选择。

于纸醉金迷中不迷醉，处乱世而不沉失，热情中不乏冷静，热烈中甘于平淡——这一非凡的秉性，贯穿于庄世平坎坷而又辉煌的一生。而这一次的选择，正是这种秉性的一次大显示。

于是，他给家里写信，告知他的这一选择，并说自己身边还有缩衣节食省下来的一点积蓄，以后再不要增加家里的负担。便匆匆打点行装，于1930年秋来到北平，考入中国大学经济系。

一个新的天地，一种新的生活，展现在庄世平眼前。

北平中国大学，由孙中山发起创办。著名爱国将领黄兴，曾任该校校长。30年代初，先后由国民政府外交部长王正廷和何其巩担任校长，任教务长的是潮州人方宗鳌。其时，国共两党的矛盾已经激化，校园中"左""右"两派的势力已泾渭分明，抗争激烈。即使在校长、教务长之间，也常常存在截然不同的、进步和腐朽的政治和学术主张。所幸的是，这所以孙中山三民主义为宗旨的学校，一开始就有提倡争鸣的学术风气，因此即使是一些过激的思想行为，也曾在短时间内被认为是学术之争。也因此，曾有一度该校成了进步学者、左派学生甚至是共产党人的集居地，成了古老的北平城一个进步和新潮的堡垒。当时在校任教的，就有第一个把《资本论》翻译到中国、成为中国共产主义思想奠基者之一的陈豹隐，以及施存统、侯外庐、吴贯因等中外驰名的教授。而许多学术名家，如杜国庠等，则成了该校的客座教授，经常到该校授课。这么多的名流大师，灌输给学生的是流派各异、色彩纷呈、内容十分丰富的知识。

庄世平进入中国大学第一年，校园相对平静。而正是这种平静，为他加深学习和积累知识，加深对中国和世界的认识，赢得了宝贵的时间。

他是从陈豹隐教授处借来中文版《资本论》的。第一次学习马克思的著作，开头不能不说有一点点神秘。但随着神秘感的消失，一种截然不同的清新气息扑面而来。资本主义那表面的繁华富强，在马克思笔下，仿佛白骨堆起的罪恶金字塔，正逐步走向腐朽和没落。《资本论》啃完了，他又借来了《共产党宣言》和列宁的《帝国主义论》、恩格斯的《自然辩证法》以及《哲学的贫困》等进步书籍。自此，他加深了对共产主义的认识。他想起几年前曾亲眼见到的周恩来、贺龙的八一起义军，想起了如今正远在江西的井冈山上的"共匪"……"第一次读完马克思的著作，我浑身大汗，被人吃人的社会结构所震惊了。第二次读了，我感到一种从未有过的痛快，兴奋极了。第三次读了，我被马克思老人所描述的理想世界所吸引，感到眼前一片光明。"他抑制不住激动，对黄声这样说道。"我也是这样的，所以劝你来北平。"黄声回答说。于是，两个挚友在宿舍，在林荫小道，在北平的景山、颐和园……一同描绘着那个"没有人剥削人"、"各尽所能，各取所需"的理想世界。有一次，在谈到将来的职业问题时，他们采用《三国演义》中诸葛亮和周瑜商讨赤壁之战的对策的方式，各自在掌上写下了自己的理想职业。待摆开手掌，两人不由哈哈大笑。真是所见相同、志向相同呀，掌上都写着"教师"两个字。他们都感到：革命是千千万万人的事业，而兴教育人正是造就这千千万万人的理想途径。

黄声的哥哥黄浩，为人豪爽热情，当时正在北京做抽纱生意。

自从黄声把庄世平带到他的跟前，他就把庄世平当作自己的弟弟。如果庄世平有两个星期天不去他住处，他就会自己或托人前去询问。而对庄世平来说，不仅敬重黄浩的为人，到后来甚至有点敬仰黄浩的理想和抱负了。他从上海带来的那点积蓄，平日里几乎恨不得一个钱分成两瓣花，除了买书，对衣服和伙食的节省几近于吝啬。往往是两个馒头加一杯开水，就过了一餐；而内衣裤总是补了又补，一直到烂得不能再烂才舍得丢弃。大量的功课和大量的课余阅读，加上营养不良，致使他入北平仅半年就面黄肌瘦。黄浩每次见了他，总是爱惜地轻抚他那瘦削的肩膀，带他到全聚德或什么饭庄，或买回大包小包的烧肉烤鸭，让他美美地饱餐一顿。有几回庄世平就要走了，黄浩还悄悄地在他衣袋里塞进几个大洋。庄世平看重这一份友情，但更令他神往的，是与黄浩的天下纵横谈。黄浩的学识极为广博，从西方的工业革命带动了资本主义的发展，英国18世纪的工业总值竟然占世界工业总值的30%强，一跃而为世界强国，未来的世界必然是谁在科学技术领域中领先谁就占据主导地位；从苏联十月革命的成功，如今正实现城市工业化，农村集体化，已进入社会主义的光明之路；一直谈到南昌起义和广州起义，谈到孙中山和共产党的合作，谈到蒋介石对革命的背叛，谈到国共两党的殊死之争；谈到共产党所奋斗的目标，正是要实现马克思、恩格斯、列宁所确立的、如今正在苏联实现的社会主义，而社会主义恰恰是人类理想社会——共产主义社会的前期和过渡……从《资本论》《共产党宣言》的高深理论，到黄浩明白如话的讲述，一个崭新的世界，从此像幽灵般在庄世平脑海中、胸怀中徘徊和激荡。

有一次，听完黄浩的描述，庄世平意犹未尽："浩兄，你是共产党员么？"

"你说我像吗？"黄浩蕴而不露。

"我是很想见到真正的共产党的。"

"有志者，事竟成。重要的不是形式，而是实实在在地按《共产党宣言》指引的道路走下去。"黄浩脸色庄重，轻轻地拍了拍庄世平的肩膀（黄浩是20年代末加入中共的秘密党员，一直未公开身份。解放前任中共北平地下联络站站长，并参与领导工运和学运。解放后的公开身份是北京市基督教会会长和北京市房管局局长，"文革"后期的1976年被康生迫害致死）。

庄世平认真地听着思考着，好久，严肃而郑重地点了点头。

有如此丰富的精神食粮，任何衣食上的贫乏，已不在庄世平的话下了。而正是信仰的逐步形成和十多年勤学苦读所积累的知识，使这时的庄世平敢于面对这纷乱的世界上的一切不公平的挑战了。

参与社会的挑战和抗争，马上就出现在庄世平的面前——

1931年9月18日，内乱频仍的中国又雪上加霜，日本人一夜之间侵占了东北三省。此后，一群群、一队队不甘做亡国奴的东北难民，沿着破败峻险的古驿道，翻山越岭，历尽千辛万苦从长城入关，汇入北平的大街小巷。于是，整个北平目所能及的，便是那些衣衫破烂、面黄肌瘦、疲惫不堪，甚至奄奄一息的东北同胞。他们需要充饥的食物！秋风已经料峭，他们需要添暖的衣服！为了取得这些，一个如花似玉的姑娘只明码实价被卖八个大洋……凄婉而悲愤的"我的家在东北松花江上……"歌声整天在城里的上空回旋，唱得人欲哭无泪，欲吼无声。

"九一八"事件以后，庄世平就一直处于不安、悲伤、愤懑的情绪中。他既不甘上街又勤于上街。不甘，是因为他怕看到从难民的眼睛里透露出来的乞求生存的神情。爱国何罪？爱国就得挨饥受冻么？政府为什么不能作出有效的拯救？他对政府的冷漠态度伤心透了。勤于上街，是因为街市上的消息比报纸电台方面还来得快，强烈的爱国心使他不能不时刻关注着局势的发展；而从难民口中传出的有关日本鬼子在东北的种种暴行，又激发起他对侵略者的满腔仇恨。同时他还注意到，值此国难当头时刻，在王府井以及其他一些热闹地带，高级饭庄、舞厅、藏莺隐玉的卖笑场所，居然照样热闹非凡。披红戴绿的贵小姐照样抱着爱犬招摇过市，嗲声奶气的白脸阔少照样一掷千金穷奢极侈，达官豪贾照样纸醉金迷，消魂于揽香搂玉之中……他为这些醉生梦死的中国人感到无比的悲哀和耻辱。这些人的血，难道不是红的？

同情心、正义感和责任感在时刻激奋着他。因此，一天中午，当他办完事，在东直门边一家小饭店坐下，刚从伙计手里接过两笼灌汤包子，正想缓和一下饥肠辘辘的肠胃，转眼一看，身边居然站着七八个十岁上下的、污秽不堪的难民孩子。这几个难民孩子的眼睛，仿如十几条强光的射灯，射向他的脸，射向桌上的食物，有的已经在吞咽口水，有的已是垂涎欲滴。然而，他们没有乞求，一切只在默默中进行。此地无声胜有声！庄世平的心被震撼了。他让伙计再端来四笼包子，交还钱，然后拍拍其中一个小孩的头："吃吧吃吧，别哽着。"就黯然地离开了饭店……冬天到了，学校学生会组织了支援难民的募捐活动。他热烈地响应并参与这一活动。他从自己的伙食费中，拿出二十块大洋捐了出去。为此，他有近半年只吃窝窝头过日子。

不久，传来爱国将领马占山即将组织义勇军出关抗日的振奋消息。

又不久，传来马占山的将士缺衣缺粮缺药，出关抗日困难重重的消息。

"有钱出钱，有力出力，绝不让爱国将士挨饥受冻！""为着爱国将士，宁愿少吃一餐！""为了收复失地，愿献一腔热血！"……整个社会沸腾了！整个校园沸腾了！庄世平主动参加了学生会组成的募捐演讲团，每天背着募捐箱，走上了街头。他不善于讲话但声音洪亮，每次同学在桌上演讲，他就在下边大声带头呼口号。当演讲结束，不同身份的人纷纷走向他胸前的募捐箱，有的一掷就是一个甚至几个大洋，有的掏出或许是一天或几天赖以温饱的几个毫子，有的干脆就拿出身上的金银饰物……他的胸膛仿佛有一堆烈焰燃烧起来，越烧越旺。而让他激动得几乎就要流下早已阔别的泪水的，是一位身边已无他物的难民大娘，居然把也许是她全部家当的三个鸡蛋，也塞进他的怀里。"大娘，你留着吧！"他嗓子里有点发酸发涩。"我老了，没用了。能收回家乡，够了！"老大娘踉踉跄跄着走开了，他仍然望着她的背影一动不动。有这样的人民，中国不会亡！庄世平想。

正是这信念的激奋，从此在庄世平心里种下了不畏外国强权的种子。有一天，庄世平和同学正在西郊民巷接近外国租界的地方演讲募捐，两个黄发蓝眼的外国巡捕叽叽呀呀冲过来，挥着手中的棒子想驱散人群。庄世平火了，挤到前面去，用胸脯抵挡住就要触到人群的木棒，怒目直迫这两个外国巡捕。平日里，外国巡捕是何等威风！包括庄世平在内的每一位去过租界的中国人，哪一个没有受到冷眼相对，甚至是恶言木棒的欺负！今天庄世平倒要看看在中国土地上的这些侵略者，到底有多大的能耐！于是，外国巡捕的骂声越大，木棒挥得越凶，他反而一步步逼上前去。在场的上百个市民，眼看着这个一米七左右的后生无所畏惧，顿时，豪气倍升，也跟着一步步逼上去。众怒难犯呀！外国巡捕终于愣住了，傻看着这群平日在他们眼里牛马不如的中国人，完全失去了凶神恶煞相。当人们逼到两个巡捕不够一米时，两个巡捕只好灰溜溜跑开了。"哗——"人群发出了舒心的大笑。

马占山带兵出征时，想不到有关当局居然封锁消息，美其名曰防止骚乱不让群众前去送行。在黄浩等进步人士和学生会的动员下，庄世平他们不信这个邪！他们和另外几所大学的学生，以及上千群众，这天晚上一早就到了火车站，待马占山的部队一到，便郑重地献上募捐而来的钱物，然后逐个和将士们拥抱话别。令受到冷落的出征将士，个个热泪盈眶。就在汽笛齐鸣，出征将士就要踏上征途时，一个令人热血沸腾的场面出现了：几百名东北难民，手捧焚香，一排排跪在广场上，祈求上苍佑护抗日将士早传捷报，平安归来……这天晚上，庄世平回到宿舍，激动得夜不能寝，干脆爬了起来，在日记本上挥笔疾书："穷不是外侵的主要原因。中国，是多么需要一个能够团结起四万万人民的政府啊！团结起来的四万万中国人，是可以摧毁任何外侵的力量的！

为着这样的政府的诞生，他真诚地祈祷着。

然而，现实马上就粉碎了他的美梦——

鲁迅先生要到中国大学演讲的消息，是早就传出了的。对旧中国的种种黑暗和弊端，鲁迅先生的论著和言行，是匕首，是火种。他的剖析是新生的前奏，他燃烧起的是光明的希望。因此，早在一个月前，学校进步教师和学生就为这次盛会做了充分的准备，保卫、宣传、接待、会场布置……表面看去已是万事俱备，万无一失了。

激动人心的一天终于到来。演讲预定九点半钟开始，庄世平八点钟就来到会场，帮助整理标语、卫生等等。然而，布置刚就绪，上百个既有长衫短褂，又有全身短打；既有油头粉面，又有满脸横肉的不三不四的人物就和保卫人员争吵起来，并不顾一切占据了台前的一片座位。这些人来干什么呢？入世未深的他终究往好处上想：以鲁迅先生的名气，这些人是来一瞻尊容的吧？但愿鲁迅先生的警世良言，能成为这些人的苦口良药！可是，他想错了。九点半，当鲁迅先生在学生会的领导的陪同下，走上讲台，台下一片雀跃欢呼时，不谐声也从前几排那些不三不四的人中出现了。口哨声、嬉笑声接踵而起，有些人甚至站在椅上手舞足蹈。保卫人员走上前劝阻，刚开口，马上就演变成推推搡搡的武打戏。有个油头粉面、浑身找不足十斤肉的家伙，更是躺倒在地，口口声声说被打了。那些全身短打、满脸横肉的彪形大汉，于是看准那些保卫人员挥出拳头，或扭成一团……会场已不成其为会场，任凭台上鲁迅先生和学生会领导们的呼喊劝阻，都无法扭转整个混乱的局面。上千个进步学生终于忍无可忍，纷纷斥责之余，捋起袖子往前挤去。众人一口痰，你几个流氓地痞不就淹进了没顶汪洋！然而，善良正直的人们都想错了。这完全是一场有预谋的丑剧呀！这近百个流氓地痞的背后，恰恰是有强大的黑势力在支撑。眼看这些流氓地痞就要陷入进步学生的包围，一声警笛，一队荷枪实弹的警察早有准备地窜入会场，煞有介事地抓起几个扭在一起的保卫人员和流氓地痞，然后在学生和流氓地痞中间隔开了一条分界线。接着，一个大腹便便的警官站在椅子上宣布：因大会无法保证治安秩序，立即当场撤销解散。情绪激昂的学生面对黑洞洞的枪口，并不退缩，反而高呼"爱国无罪！""救国人人有责！"的口号和警察对峙着……流氓地痞们一个个灰溜溜地走了，但警察却一直用枪口逼迫着手无寸铁的学生，直到日头偏西。

一次绝好的爱国主义教育被扼杀了！

衷心敬佩鲁迅先生的庄世平，失去了一次聆听先生教诲的难得机会！

他伤心透了！啊，一个置民族利益于不顾的政府，怎么会任凭鲁迅先生向人民进行剖析点火呢？这样的政府不灭亡，国无宁日呀！

对南京国民政府，庄世平完全失望了。随着"何梅协定"的签订，国民党丧失了冀东大片土地的主权，他的这种失望又几近绝望了。

他射向社会的目光，从单纯变得复杂了。

1934年初，他踏入中国大学的最后一个学期，7月份就可以毕业了。然而，正在这时，由南京的潮州籍大学生挑起的一场关系到北平潮州籍大学生的重大利益问题的争端，把庄世平推向了为不平等而抗争的前台。

清末，两广水师提督方耀在广东虎门和汕头大筑炮台抗击外侵的同时，专门把他家一片位于汕头外砂一带的田园的租赋，汇往燕京组成"都门旅费"，用以支持接济潮州人上京考试或公干商务的费用。由这笔钱，在京的潮州人在清末就组建了京都潮州会馆，经逐年扩大后又分为南馆和北馆。清朝垮台后，废除了封建会考，潮州会馆就成了潮籍大学生的活动住宿场所，"都门旅费"则成了潮州会馆的经费和潮籍大学生生活上的补贴费用。庄世平能够仅用不多的积蓄就完成四年的大学生涯，同样得益于"都门旅费"的补贴。而因为他是学经济的，加上有组织能力，在潮籍学生中人缘极佳，所以在他入学第二年，就被潮州会馆的同学选为管理执事，负责对"都门旅费"的开支管理。以前的都门旅费，一直以在京的潮籍学生的人数，平均分配。这对那些纨绔子弟来说，仅仅用来吃喝玩乐几次而已；但对贫穷的学生，却够几个月的生活开销。庄世平一上来就提出：以后分配时，不要一次性把钱分光，应留下一部分随时支持经济上有困难的同学。从此，都门旅费成了潮籍学生扶贫济困的一笔费用。一些贫穷的潮籍学生最终能够完成学业，成为国家的有用之才，正得益于这一笔费用的支持帮助。潮籍著名学者马大猷，就是其中之一。庄世平在潮籍学生中的威信，由此又得到极大的提高。正在这时，南京的潮籍学生提出：顾名思义，"都门旅费"是潮州先贤为在京都的学者设立的经费，如今京都已迁往南京，这笔费用理应转为南京潮籍学生所有。几次信件来往，北平潮籍学生晓以大义，婉转地给予批驳。南京潮籍学生于是利令智昏，自恃他们中的一些人在南京官场上有着这样那样的关系，经过一番谋划，于是告到南京的高等法院，掀起一场使潮籍学界蒙污的事件。

同是血气方刚的年轻辈，哪有受羞受恼之理。庄世平是断然主张兵来将挡的，理所当然地被北平潮州会馆的学生推举为诉讼的代表之一。于是，诉讼状在匆匆中起草完毕，北平潮籍学生就急急地乘火车直落南京，开始了为自己利益而抗争的征途。前几次开庭，北平和南京的潮籍学生各执一词。南京方面是旧调重提："都门旅费"是"都"字出头，理应归属在京城南京的潮籍学生所有；先贤的意思很明确，不论如何改朝换代，只要是在京都学习的潮籍学生，就拥有这笔经费。而以庄世平为代表之一的北平潮籍学生，则据理力争："都门旅费"仅仅是个名称，星移斗转，这笔费用也早已从支持潮州人上京作科举考试和公干费用，变为北平潮籍学生的专门费用和潮州会馆的开支费用。如果要咬文嚼字从表面去理解这笔费用，是不是应该把现行的、先进的教育制度拉回到当年的科举制度上呢？只有承认历史，才能承认事实……双方唇枪舌剑，莫衷一是，连法官也感到为难了。

法官宣布休庭之后，庄世平回到北平。为打好这场官司，他陷入了连绵不绝的思考。论他在法庭上的一言一行，应该是无懈可击的，但为什么不能感动法官呢？是不是还有更加尖锐的突破口呢？这时他想到黄声。如果不是黄声在一年前就毕业，以他的组织和雄辩的才能，更适宜在法庭上抗争呀！由黄声，庄世平转念一想，在自己身边，不是有许多大名鼎鼎的潮籍法律教授么？为什么不去请教他们呢？于是，他找到了留学于日本东京帝国大学、曾在东北大学教授经济和法律的潮籍澄海人吴贯因教授。以前为请教学问，他曾去过吴教授家多次，吴教授对这样一位学习上孜孜不倦的潮籍后生，也打从心里喜欢。经他详细介绍了"都门旅费"纠纷案件的来龙去脉之后，吴教授思想良久，才微笑着说："虽说事实胜于雄辩，但只有找到法律依据，才能立于不败之地。"真是听君一席话，胜读十年书呀！谢别了吴教授，庄世平翌日就从图书馆借来大量法律书籍，认真地查阅起来。功夫不负有心人，终于，《中华民国法律大典》中白纸黑字写明："拥有二十年的产权而又无异议者，产权拥有者为合法。"他欣喜若狂，当晚就找到吴教授，以这条法律为依据，在教授亲自指导下，重新起草诉讼状。状辞写好后，他还不放心，不仅请中国大学法律系的方教授提修改意见，并且按照法庭上的审判程序，在潮州会馆与同学作了一次模拟答辩。再次开庭的时间迫近了，他又一次奔走于各位教授之间，请他们与南京法律界的专家、教授联系，以取得舆论上的支持和同情……当他再一次出现在南京法庭上时，自然已是胜券在握了。

南京胜诉，不仅表现了庄世平灵敏尖锐的思想触角，更在他今后的漫长的人生旅途中，铸入了谨慎、稳重、周密的品性。

啊，漫长的学生生涯就要结束了！而恰恰是这漫长的学生生涯特别是四年大学生活，丰富的书本知识，坎坷的人生历程，变幻的社会风云，铸就了庄世平这把敏锐锋利的利剑。如今，剑就要出鞘，直指黑暗的社会了。

哪里是用武之地呢？

四 上下求索

　　30年代中期的中国，一个大学生的毕业，意味着失业的开始。

　　然而，对一颗已经立志飞翔的心来说，逆境只能唤起他更加强烈的抗争的斗志。

　　早在毕业前的两个月，庄世平就通过黄浩、陈豹隐以及众多的同学，寻找赴苏留学的道路。苏联，那是一个多么令人向往的地方啊！十月革命的胜利，农村集体化、城市工业化的道路，使苏联迅速踏入世界先进工业国的行列，给资本主义世界以极大的冲击，为正在争取解放的各国人民和社会主义政党以极大的鼓舞。中国的进步学生，都以能够到苏联学习深造为荣。然而，这也是一条布满荆棘的道路。在东北完全放弃抵抗的国民党政府，正倾尽全力围剿江西的共产党红军。为了稳住后方，他们对一切凡有抵触的进步救国的言论都必欲置之于死地，何况是奔赴苏联接受共产主义的赤色教育！

　　庄世平深知这种危险，更愿意承担这种危险。

　　终于，经过各种渠道的不懈努力，1934年7月初，有同学悄悄告诉他，25日有一艘邮轮出青岛开往苏联，船长已秘密同意接受二十个赴苏留学的学生，庄世平已被列在其中了。这是多么喜人的消息呀！15日就举行毕业考试，20日举行完毕业典礼，再作一点准备，他就可以奔赴心中的圣地了。欣喜之余，他也有一点点沮丧：

在那个冰天雪地的地方，单凭在北平的这点衣物，怎能抵御这刺骨的寒冷呢？增添衣物看来是必不可少的，只可惜他早已囊中羞涩。是不是应该向黄浩或哪一位教授开口借钱呢？正当他犹豫不决时，又有消息传来：苏联船长交代，因为是秘密行为，随身的东西要尽量减少；到了社会主义大家庭，有苏联人吃的穿的，就有中国学生吃的穿的。啊，能够生活在那个没有人剥削人的制度下，是多么的幸福呀！留在庄世平心里的最后一点阴翳，也一扫而光了。

可是，福兮，祸所伏。正当庄世平沉浸在欣喜之中，一场大病偏偏在这个时候发作了。毕业考试时，为了忍住疼痛，他咬着牙憋出一身大汗。到了20日后，尽管同学和老师诸多关心，求医吃药打针不止，病痛仍然击倒了他，一躺下就是十多天……赴苏留学的美好愿望，从此化作深切的遗憾！

啊，如果他成功走出去的话，我们这本书的大半部分，也许就要改写。

然而，现实就是现实。厄运，断送了庄世平一次绝好的人生机遇。

在教师和友人的护理下，到这一年8月中旬，痔疮病痛才逐渐治愈。一能起床，一个十分严酷的事实摆在眼前，他已不是学生，是失业者。如果不尽快找到工作，一日三餐也难以为继了。他先是遍查北平的报纸，寻找招聘广告；然后是向学校的图书馆、教务处，接着是向友人同学四处遍访求职。可惜，偌大一个北平城，居然人满为患，没有一个他庄世平的安身立命之地。到8月底，正当他失望叹息时，上海一位姓林的同学来信了。信中说，上海邮政局正在招聘职员，如果他有意，要从速前往。这不啻是一个福音，庄世平当天晚上就收拾了简单的行李——其实四年大学生涯他也没添置什么东西，直奔火车站而去。车上的座位已经售完，他想都没想，买了站票就登车走了。

经过四十多个钟头的颠簸，挤出一身臭汗，到达上海时已是第三天下午二时多。他顾不上疲倦，人生第一次花钱坐上黄包车，直奔林姓同学的家里。然后，拉上同学，又直闯到上海邮政局。然而，入世未深的庄世平怎么会料到，尽管他的学历都符合大上海邮政局的招聘条件，他最终还是被排除在招聘的行列之外。究其原因，是由于他花不起一笔庞大的贿金。这是一个只认钱不认人的社会呀，没有钱，即使你是才怀八斗、学富五车的大学者，一切也都枉然！因此，他仅在上海待了三天，就搭上返回汕头的客轮。

四等舱的空气太污浊，他一直站在甲板上望着墨般的大海。而心情，也像波涛滚滚的大海一样翻腾不止……啊，想不到四年大学学成之后，前途竟是这样的渺茫！大学生何价？上了汕头码头，他才又记起：应该在北平或上海为影平买一样物件的，怎么当时就没有想到呢？他懊丧极了。

庄世平的突然归来，给林影平不小的惊喜。当世平问候过二位叔父，看望过银庄各位伙伴，回到自己温馨的小窝，对见到自己仍有些羞涩的林影平说："真对不起，连一样给你的物件都没有。"林影平脸上掠过一抹绯红，莺啼燕啭般吟道："你回来了，我什么都足够了。"……温柔国里，仿佛一夜间洗去了庄世平浑身的疲惫，解开了他萦心绕肠的郁结。他以满腔的热情，决心给长期孤单寂寞的林影平以加倍的补偿。林影平虽未有过"悔教夫婿觅封侯"的念头，但沐浴在这如火似水的柔情爱河中，口上不说，心里却暗暗地祈祷：只要他不再离去，即使粗茶淡饭，也不枉这一生一世呀！三天的缠绵缱绻之后，当六叔来到房里，对正在看书的庄世平聊起："对日后的生计，不知有何打算？"庄世平居然满脸茫然，不知所措。六叔于是自问自解："虽说咱增裕银庄日渐难支，但混口饭吃还是有的。你就留下来帮我打理事务吧。""不哩不哩！"谁料庄世平一口回绝了，马上想起他和黄声谈过的理想，"全家人扶持我读了十六年书，不至于是要让我当一名银庄的账房先生吧？眼下虽难得谋到什么好职位，但当名诲人子弟的教书匠，也许还有可为。如果汕头找不到，我就回普宁去。""那好那好，只要谋到个你认为合适的职位，我就放心了。"叔父连声说道。正在一旁泡茶端水的林影平，刚听到庄世平不想留在银庄不由得有点失望，如今知道他选择的是当地的职位而不是别处，这几天常常浮在脸颊的红云，这下子又飘起来了。

可惜，当他给已经去了泰国的黄声和父亲写了信，道明志向，真正付之行动，面对现实时，他才知道自己的想法是多么的幼稚。当时汕头有十多所中、小学校，他几乎都登门征询过。家乡普宁的公、私立各级学校，他也尽可能托朋友询问或写信自荐。但懵懵然中，待遇好一点的，是一句"职位已满"的回答，而更多的，是白眼嘲讽："凭什么给你职位？凭一张大学毕业证书？白痴！""大学毕业证书值几个钱？老妈宫的棕球一个可以换回三张！"……这是怎么回事？他百思不得其解，烦恼至极！终于，见过许多世面的叔父为他探得了究竟："时下是什么东西都可以买卖的，职位也一样。汕头的中、小学教员职位，一个少说也要几百块大洋。普宁那边也便宜不到哪里去。你如果真有心在学校谋碗饭吃，这笔钱我来筹措。"

"这……教员的月薪也不过三十几块，什么时候能将这几百块大洋赚回来？"庄世平吃惊不小。

六叔掠过一丝微笑，对侄儿的单纯不禁有些犹豫。他本不想道明这黑暗的内幕，以免刺伤庄世平的纯洁心灵。可是，庄世平毕竟已经长大，就要走上社会，搪塞和掩盖对他有什么好处呢？六叔顿了顿，只好说道："单靠薪水当然赚不回来，但羊毛出在羊身上，学校当然只有加重学生各种学杂费用，再让教师从中分赃。"

"这还叫什么为人师表？这不是诲人子弟，而是误人子弟！"庄世平愤然而起，"在这样的学校任教，只有辱没了我自己的人格，请我也不去了！"

说到这份上，叔父只有摇头叹息了！

不久，一所新办的中学招聘教员，一些熟人拉上庄世平参加应聘。他到了那里一打听，想不到为了获得省教育厅的批准，必须按职位分别送上一笔钱，当校长要上千块大洋，当教职员要几百块不等。简直就像狗市猫市上的买卖！他当下就一言不发，拂袖而去了。

庄世平彻底失望了。看着他茶饭不思，夜不能寝，日益消瘦，林影平忐忑不安了。她这才意识到：温柔之乡，是拴不住男人的远大志向的。与其看着他愁眉不展，不如让他远走高飞，寻求发展。可是，自己一介弱女子，有什么能耐助他一臂之力呢？

好在，黄声和父亲的信相继而至，庄世平仿如黑暗中看到一丝烛光。

黄声在信中说道："我是在国内踌躇了半年，在失望之中出走异国的。兄要在国内谋一干净位置，想来也难。如能谋到，实为万幸！如未谋到，弟倒有一去路。时下暹逻（泰国）华人社会正迅速发展，报刊杂志、学校会社、金融实业，无不欣欣向荣。弟也正与同仁创办一所华人学校——崇实学校，唯人才紧缺。兄如有意，弟当予以推荐……"

父亲的信表明了同样的内容："在暹逻谋生皆不成问题，儿可三思而行。儿如有意从事教育行业，如今曼谷华文学校很多，谋一职位也不成问题……"

不用三思，庄世平就给黄声复了一信："承蒙兄邀弟赴暹任教之盛情，弟感激之至。弟拟择日启程，决意和崇实中学各位同仁一起，为华人教育事业献上一分力量。"于是，一切就已经成为定局。尽管这时林影平已有三个月身孕，庄世平有意留到她生产之后再离开。这是他们爱情的第一次结晶呀！然而，贤惠的林影平已决心自个担负起责任，让心爱的人早日去找到展翅腾飞的地方。她一改往日的柔顺，庄重地对庄世平说："你走吧！待孩子出生后，我去暹逻找你。"庄世平禁不住揽住她的肩膀，动情地说："不！孩子出生了，我一定回来接你！"

于是，出国事宜紧锣密鼓地张罗起来。林影平腆着日见凸大的肚子，日夜赶着为世平添做衣衫鞋袜。而想不到的是，当庄世平前往汕头侨务局，办理出国证件时，腐败的旧制度居然还要在他受伤的心里又划上一刀。侨务局的官员告诉他，他送来的照片不合格，应到"黄花照像馆"重拍。他懵然，只好到了"黄花照像馆"。一看价目表，他顿时明白了。同一样的尺寸规格，这里的价格竟然高出三倍。这不是官商勾结，明火执杖，巧取豪夺么？他二话不说又赶回侨务局，又交上原来的照片，并指出：一样的照片高出时价三倍，无异于抢劫！而侨务局的官僚们，居然恬不知耻地讥嘲他：时下处处事事无不如是，连几张高价照片都拍不起，还出什么国！出国当乞丐么？庄世平应了一句："当乞丐也比当强盗好上十倍！"就破门而出。

他决心不要什么出国证，强行出国！如果因为这样而导致罚款，导致拘捕，这也要比去变相行贿使他的自尊心遭到伤害而更加好受。

1934年冬末的一个清晨，北风料峭，天色迷蒙，这时心里已激荡着"风萧萧，易水寒"那首壮怀别歌的庄世平，已没有了以往几次离别时的儿女情长，仅仅拍了拍林影平的肩膀，和叔父简单道别，就带上那只曾陪着他走过大半个中国的藤箱，神情穆然地走出家门，直往码头。乘着旅客上船的混乱之机，他机警地躲过警察的检查，上了开往曼谷的客轮。

真是应了"吉人自有天相"这句古话。上了船，正担心开船前的第二次检查，不意遇到一位姓吴的同学的哥哥。他和吴姓同学来往甚密，在其家与这位同学的哥哥也见过几次面。他也顾不了许多，当下就介绍了自己的困境。好在这位同学的哥哥是船上医务室的医生，当下就把他带进船上的医生休息室。按惯例，医生休息室属于免检范围。在吴医生的帮助下，庄世平终于闯关成功了。

轮船乘风破浪，出南中国海，过南太平洋，直驶向那遥远神秘的佛国——泰国。

然而，那庄严佛国给予他的，并非大慈大悲的欢迎。

他要摆脱黑暗，但光明离他还远。

五 栽桃植李

　　轮船经过漫长的颠簸航行，终于到达曼谷。金顶飞檐，绿荫翠碧，佛国之都以其神秘和静谧默默地迎接来自异国的客人。由于有黄声接船，庄世平踏上异国的第一步，感到格外的兴奋和充实。

　　当晚，两位推心置腹的朋友，即聚首于湄公河畔。回首往事，展望未来，两条汉子唏嘘感叹，豪笑痛说，无不尽兴。一瓶白酒相伴，不觉竟至天明……

　　翌日，他就在黄声的引荐下，见到崇实中学校长许宜陶。尽管早有黄声介绍了庄世平的一些情况，尽管庄世平在厦门云梯中学学习时许宜陶、丘秉经等人也在集美中学学习，大家互相认识并有许多了解，但有一些话，许宜陶仍不能不照直说来："严格地说，这只是几位同仁合办的学校，经济上相当困难。在这里当教师，我们只能提供三餐一宿，难有薪水支付。不知庄先生能否接受？"沉吟一下，许宜陶补充说："不过，话说回来，虽然我们这里师资不足，但现有教师中，有些人的名字庄先生恐怕是在国内就熟悉或听过了。比如丘秉经、余天选、林艺、马仕纯、黄耀寰等等。和这么多的有志之士汇于一炉，一道工作，这也是人生一大乐事呀！"

　　许宜陶讲的这些人中，有的因为早在国内就是相当活跃的进步分子，有的因其饱学多才，庄世平早在潮汕以及其他地方就耳闻其详了。能和这些志同道合的乡亲友好一道工作，不正是自己一贯的意愿么！庄世平当下就决然说道："要赚钱，我就不来崇实了！只是，到学校教书，我还无甚经验，还望各位多予指教。"

这是心里话，昨天从船上下来后，父亲为他介绍了几个待遇优厚的去处，甚至说到帮他做小生意（当时"胜裕兴批馆"已倒闭），每月也能拿到一百铢泰币的零用。可这一切，并没有使他动心呀！

"庄先生万里而来，不求功利，立志教育事业，这精神真是令人钦佩！我代表全校同志，欢迎你！"许宜陶欣然说道。

大学毕业近半年，庄世平像一位不畏风浪的弄潮儿，终于靠着坚强的毅力，寻找到一块铺满绿草、洒满阳光的绿洲。

这是大学毕业后庄世平的心情最为愉快的一段时光。他和一群志同道合的师长朋友，经常谈古论今，吟诗作赋，抒发情怀。特别是和黄声一起，更是无话不谈，互相切磋教学经验，一同探讨中国的未来，一同组织学生开展爱国进步活动。而庄世平待人接物上的平易近人，对工作的兢兢业业，对学生的谆谆善诱，以及丰富深厚的学识，也使他在曼谷教育界崭露头角，受人注目。

但可惜得很，由于当时泰国政府对华侨学校采取了歧视取缔的政策，在庄世平到达的一个多学期之后，崇实中学就遭到第一次查封。一群刚聚集在一起的有崇高理想的热血青年，又只好挥手作别了（黄声、许宜陶等人随后回普宁兴文中学任教，直到1938年又在揭西石牛埔创办了西山中学，继续以教书为掩护，进行抗日救国活动）。

有关崇实中学更具体的情况，庄世平在后来的《崇实之光》一书的"序言"中，作了这样的叙述——

　　崇实中学创办于1932年，至1939年结束，为期八年。其间因当时泰国政府对华校采取歧视取缔政策，曾被查封三次，历尽艰难险阻，学校终于被迫结束。崇实学校的历史虽短，但它的创办，却为泰国华侨教育史，开创了一个新局面，谱写了一页光辉的篇章。

……

崇实在众多的华侨学校中，享有很高的声誉。当年曼谷的华文学校，没有一所能像崇实具有那么大的凝聚力。学校以极微薄的待遇——每位教师一律每个月仅领五元泰币作为生活费，却能聘请到那么多的来自祖国大专院校毕业生担任教职。这样，崇实学校既有一个志同道合强有力的领导骨干，又有一支优秀的教师队伍。他们以拓荒者的姿态，展现在华侨学校的前列，号召力特别强。开学之初，报名投考的学生十分踊跃。他们来自社会各个阶层，一时由于校舍课堂所限，难以全部录取。这种情况，也是华校绝无仅有的现象。崇实的诞生，震撼了泰国华侨社会和华校教育，崇实学校成了泰国华侨青年心目中最仰慕的一所学府！

崇实学校的名字，是由筹办的教师反复讨论定下来的。这个名字定得很好，字义平实而内涵深刻……一班有骨气、有学问的思想先进的知识分子，既然认为当年华校教育的现状和教育的路线不行，一心一意要实行改革，那么自身办学，就想从办好这所崇实学校做起，以作实践，以作模范，来推动泰国华侨教育的进步。崇实学校的教师非常团结，他们有一个共同的理想和目标，旗帜鲜明地坚持抗日救国，为培养泰国华侨新的一代而竭力献身。这种崇高的精神自然受到人们的无限敬仰。

崇实学校摒弃了……脱离实际的教育思想和教育方法，它实行开门办学，学校与社会打成一片，使社会了解学校，提出意见支持学校；学校明了社会情况和要求，改进办学教学，增进社会效益。崇实实行民主办学，学校采用教务委员会制度，组织教师会、学生会、班级会，以集思广益，教师和学生打成一片，一起学习，共同生活，形成勤奋好学、团结奋斗的优良校风。崇实实行活的教育，做的教育。学校为创造好的学习环境，不遗余力地充实图书设备，以及其他工具参考书籍。号召学生开展读书运动，号召大家关心社会情况，进行调查研究，在当地报刊开辟《崇实》《蕉风》《椰雨》等专栏，号召教师和学生投稿，培养写作情绪和能力；组织体育游艺活动，使学生的学习生活多姿多彩，生气蓬勃。

在做的方面，则更为生动突出。崇实提倡理论联系实际，要求学生做的，教师带头做。教师衣着朴素，赤脚上课，经常同学生参加校内各种劳动，如建设校园、打扫卫生等等；号召能坐而谈——论道，起而行——实践，教师以言教、身教相结合，身体力行。当年有人讥评读书人劳动，就是斯文扫地。他们就是要从实际的"斯文扫地"做起，大胆同旧的传统教育模式挑战。新的教育思想的实践，对泰国华侨教育产生十分巨大的影响，获得了华侨社会大众的普遍赞赏。

崇实办校八载，累计就读学生以千万计。这批青年学生在崇实受课，大多被培养成有道德、有学识、有理想的社会栋梁。其中更有不少学生投身国内革命前线，参加抗日战争，参加国内解放战争，以至参加社会主义建设。在各个时期，各个领域，各条战线都有崇实学生的足迹，都有他们献身的业绩。

……

庄世平旋即和曼谷新民学校接上关系，打算到那里任教。恰巧得很，林影平来信，报告了他们的爱情结晶的儿子已出生了。信中，同时浓烈地透露出她对他工作、生活的关注和怀念之情。庄世平喜从中来，乘新学期还未开始，又感到在泰国终究有了立足之地，应该将影平和儿子接来一起生活，以解遥念之苦，于是匆匆收拾了一下，就乘搭轮船回到了汕头。

对刚出生的儿子，刚当上爸爸的庄世平表现出十分的疼爱，天天给予尽心尽职的照料。对林影平，他的关怀更是无微不至，一日三餐，端茶送饭，问咸问淡；入夜早起，叠被加衣，问寒问暖。林影平过意不去，多次要下床自己料理，都被他劝了回去……可惜的是，时光苦短，还未及享够温馨的家庭生活，新民学校的催促信已寄来：新学期即将开始，教师应尽快到校筹备开学。林影平刚坐完月子，身子虚弱，不宜远行颠簸，他不由有些闷闷不乐了。林影平看在眼里，还是那句老话："你走吧！我的身体一朝壮实了点，就到泰国找你。"话说到这份上，他只好恋恋不舍地离开了。

然而，重来佛国，黑暗势力即向他显露出狰狞的面目。

由于第一次去泰时旅途上的寂寞，同时为了增进学识，这一次出发前，他特地到书局购买了供路上消遣的书籍。出于自己是学经济的，他购买了一本商务印书馆发行的《苏联五年实业规划》。问题并非出在内容上，而是该书封面上的斧头镰刀的图案上。泰国移民局在检查行李时见到这本书，顿时十分紧张，未及他分辩，已认定他有"赤色共党"的嫌疑，二话不说就将他拘留起来。

庄世平被拘留的消息在新民学校传开，急坏校董会一班人。新民学校在当年曼谷华人社会中，有着较大的影响力。学校办有幼小、小学、中学三大部分，学生最多时达1500多人。著名侨领和旅泰华人知名人士蚁光炎、廖公圃、陈景川、余子亮、郑子彬、郑景云都是该校的主要支持者。泰国华人社会，特别是潮人社团中，素有团结互助的好传统。大家经过商量，由新民学校校董许竞立出面恳请，推出和泰国警方素有往来的"森兴隆"建材行的老板郑景云前往移民局担保，庄世平终于获释。而那本《苏联五年实业规划》，经泰国警署两个多月的翻译查阅，终于确认这仅仅是一本经济书籍，无宣传共产主义的言论，物归原主，成了庄世平人生旅途上一份重要的纪念品。

经此一遭，庄世平旋即对泰国有了更深的了解。佛之国，并非就普渡众生，天下太平呀！

好在，马上就有了意外的惊喜。刚踏入新民学校大门，他就见到名驰潮汕的女共产党员苏惠。苏惠也是普宁果陇人，原名庄启芳，按辈序是庄世平的"姑母"辈。她1925年到海丰中学读书，并加入中国共产党，不久即成为学生运动的领袖。高中未毕业时，随着彭湃领导的农民运动风起云涌，第一个苏维埃政权的建立，她干脆放下书本参与苏维埃妇女解放协会的领导工作。1928年革命低潮时，白色恐怖笼罩着整个中国，国民党竟然悬赏三百块银元买苏惠的脑袋，而果陇村的反动势力也一而再地谩骂她为"不肖逆女"。出于对反动势力的抗争，她干脆改名苏惠，姓"苏维埃"的苏，并辗转跋涉，转移到了泰国，在新民学校以教书作为掩护。

出于亲情，更出于对共产党人的景仰，庄世平来不及说更多的客套话，就向苏惠询问起国内国际的革命形势，请教起如何支持、配合国内的抗日战争。望着眼前这位热血同乡，苏惠以其娴静的神情，一一作了解答。对最后一个问题，她说："华侨是革命队伍中一支不容忽视的强大力量。在当前，我们要动员华侨支持、投身到国内的抗日战争中。除了物质上的支持，对素质好的华侨子弟，要着力给予培养，争取他们投身到国内共产党领导的抗日队伍中，以壮大我们的力量。当然，这是在异国他乡，情况不同，工作方法也不同。我们必须学会保护自己。只有保护好自己，我们的事业才有可能发展和壮大。"末了，被庄世平称为"阿姑"的苏惠，还以自己的经历讲述了如何保护自己的经验。随后，苏惠特意将庄世平介绍进中国共产党在泰国的外围组织"读书会"，加强对庄世平政治理论思想的培养。一年后，她就要回国参加革命斗争，又向组织介绍：庄世平具有强烈的爱国心和马列主义思想，可以赋予大任。

与此同时，庄世平还荣幸地在新民学校结识了早在1924年就参加共产党外围组织——反帝大同盟、于1928年就到泰国教书的同乡方明生。方明生虽比庄世平大六岁，但志同道合，两人立即结为好友。从教学到抗日救亡运动，两人互相帮助，互相鼓励，共同作出了不懈的努力。

心有灵犀一点通。庄世平在学校主教的是国文和历史。他利用课堂，从北平故宫、颐和园，从民族英雄文天祥、郑成功，讲到八国联军火烧圆明园的惨况；讲到东北三省被日本侵略后大量难民涌入北平的惨况，讲到国民党不顾民族利益和外国殖民主义者签订的许多丧权辱国的条约；讲到马占山等爱国将领出关抗日如何受到欢送以及抗日战士在物质上的贫乏等情况。由祖国的大好河山激发起学生的爱国热情，由祖国备受外侵内乱激发起学生的忧患和愤慨，并由此激发起学生在物质上捐助支持国内抗日力量的热潮，也由此将一批正直进步的学生吸引到了他的身边。而他那本封面上有斧头镰刀图案的《苏联五年实业规划》，被他端端正正地摆在宿舍的书橱里，成为他鉴别学生是否追求共产主义思想的试金石。能一下子被这本书所吸引的，不正说明他对那个神圣的国度、对共产主义有着追求和信仰么?!

学生詹尖锋，父亲是二十岁就赴泰的华侨，母亲是泰国贫民女子，全家靠种田为生，经济十分拮据。抱着望子成龙的思想，父亲在他很小的时候就把他送到崇实学校当公读生，即为学校做工抵在校学费。后来，他又转到新民学校学习。他爱听庄老师讲课，曾多次萌发当面向庄老师请教抗日救亡、为国为家的各种问题的念头。可惜在这个等级观念十分森严的国度里，自卑的心理终于使他几次欲行又止。真是天随人愿，一次，庄老师因伤寒病倒了，学校把为庄老师送饭打水、清理卫生的差事派到詹尖锋的头上。一连十余天，詹尖锋给予庄老师以无微不至的服务，而当庄老师安然睡去，他就选择庄老师书橱里的进步书籍，如饥似渴地学习起来。他当然不知道，庄老师也在默默地观察他。终于，当庄老师知道了他的身世，他们的关系蓦然变得亲密起来。庄老师不仅让他带走书橱里的书，与他作内容极为广泛的交谈，还时不时为他借一些外面难得一见的进步书籍，比如鲁迅的杂文集《彷徨》《呐喊》，小说《祝福》，以及茅盾、巴金、郁达夫、丁玲、冰心等作家的作品。等到庄老师身体痊愈了，他们已成了忘年交。庄老师不仅专门为他买了两套衣服，还对他敞开门户说："我这里，随时欢迎你来。"这一切，使受尽鄙视的詹尖锋倍感到了人格的尊严。随着交往的深入，当詹尖锋多次表示要回国内参加抗日救亡、为国分忧的志向之后，庄世平不动声色地作了暗示："干大事业，一个人是不行的。只有一群人，及至千千万万的人一道艰苦奋斗，才能到达理想的王国。"正是这句话，唤起了詹尖锋强烈的使命感。他不仅自觉地投身于华侨抗日救亡运动中，更暗中寻找志同道合的伙伴，并最终找到了共产党的地下组织。1938年3月一个阴雨绵绵的夜晚，他匆匆地来到庄老师的宿舍，恭恭敬敬地向老师鞠了个躬，说："老师，我今晚就走。"话虽简短，但庄世平心里已明白他将要奔赴的是一个什么地方，将要走上一条什么样的道路。他虽知道詹尖锋能够前来告别已说明他对自己信任的程度，本应该满足了，但仍按捺不住问："有同行人么？"詹尖锋顿了顿，似乎在考虑要如何回答，但终于直说："有二十多人。"欣慰和喜悦顿时浮现在庄世平的脸上。他像多年的老朋友一样握着詹尖锋的手，诚挚地说："保重！愿不久我们又能见面。"

尽管早已习惯了离别的愁绪，庄世平的眼睛仍然潮湿了。

詹尖锋走出校门很远很远，乍回首，望见尊敬的老师仍在细雨中默默地为自己送行……不久，他所带领的二十多人的泰国归国华侨抗日义勇队第三队，便在福建龙岩加入新四军行列。烽火连天的抗日战场上，多了一支来自异域的中华英豪。

学生姚念先，有着詹尖锋一样的背景，也是以做工抵在校学费的公读生。他自小爱好文学，庄世平不仅帮他修改杂文散文，指明爱国进步的思想，还四处联系，帮他将文章发表在报刊上，使他成为一支动员广大华侨抗日救国的响亮号角。后来，在庄世平的启发下，他也回国参加了新四军，在战火的洗礼中成长为一名出色的指挥员。解放后，他作为我国驻北非多个国家的大使，在外交战线上又做出了贡献。

学生一批批地送走，庄世平一次次地掀起连绵的豪情和怀念……

从1934年至1939年，庄世平教育出来并投入到抗日战争和解放战争的伟大事业中的学生，遍及新四军、八路军、东江纵队、汕头青抗等革命队伍。人数之多，连庄世平也难以说清了。不过，数字毕竟只能说明事物的一个方面。从解放以来中央以至地方的报刊上，我们不难发现庄江生、詹尖锋、姚念先、张汉英、王耀华、钟时、戈扬、张伯英、谭岚、黄礼等由庄世平教育过的、在各级党政部门担任重要职务的学生的名字。由此可见，庄世平在异国所走出的第一行脚印，是鲜明的，深刻的，影响广泛的。

路，已经走出来了。然而，更艰难更壮观的人生之路，还在后头。

六 救亡之路

在新民学校，庄世平在不到五年的时间里，由教师而迅速成为教务主任、训育主任，最后担任起主管全面工作的副校长，威信在不断提高。而正是这种威信，使他在一段时间里，受泰国中华总商会创办的中华中学的邀请，担任该校的训育主任、代理校长职务。

"七七"事变的消息传入泰国，华人社会无不为之震惊。捐助前方将士、抗日大游行、日寇暴行控诉会……各种活动如火如荼。走在抗日救亡运动前列的新民学校，成了一个不容忽视的坚强堡垒。参与组织和领导的庄世平，也日益为华人社会所认识，成了黑暗势力有所畏惧的人物。

国民党政府面对着对其丧权辱国政策一片鼎鼎沸沸斥责之声的东南亚华人社会，为了骗取人心，更为了得到华侨在物质上的支持，不得不采取拉拢的手段。"七七"事变不久，他们在东南亚组织了一个华侨学校代表团，回国观光。已在泰国华人社会确立了骨干以至领导地位的庄世平，自然成了代表团的一员。代表团在参观了山东各地之后，转到了南京。以国民党政府的本意，是要以国统区酒绿灯红的一面，许诺等待国家安定后给予华侨学校以经费、师资、课本等支持的空头支票，笼络拉拢华侨学校代表团这些具有影响的人物，并通过他们去为它丧权辱国的"攘外必先安内"的政策在东南亚各国华人社会中作辩解和宣传。可惜的是，苟且偷安的酒绿灯红，掩盖不了国统区许多地方街头巷尾成群结队的衣衫褴褛、蓬头垢面、卖儿卖女、神情绝望的东北难民的凄凉惨况，更有青年学生卧轨、上南京请愿、在街头示威竟遭军警毒打的令人悲痛又叫人感慨万分的情景。这一切从反面使华侨学校代表团对国民党政府的腐败有了更深的认识。

在国民党政府主持华侨工作的负责人、画家陈树人和陈春圃接见华侨学校代表团时，当陈树人满口生花地慰问了一番，又重复了一遍"攘外必先安内"的"方略大计"，再对海外各地侨校许以各种诱人垂涎但子虚乌有的空头支票之后，庄世平这位代表团中年纪最轻的团员随即起立问："现在全东南亚的华侨只关心的是一件事：政府何时能出兵抗战？何时能收复失土？如何解除广大难民和人民的疾苦？先生能明确示明吗？"

陈树人待了一会儿，才说："大家要相信政府是会以民族和国家利益为己任的，至于具体出兵收复失土的事，这纯属军事机密，谈不得的。"

台下有代表团的成员说："不知道政府何时能举兵抗日，我们难以向海外乡亲交代呀！"

陈树人应道："反正，'攘外必先安内'的救国方略已定，大家是毋庸置疑的。"

庄世平说："打内战必然涣散人心！一个四分五裂的民族怎么有力量抵拒外侵？如此发展下去广大华侨对祖国的前途怎么能不担忧呢？"

会见终于草草收场……

当晚，华侨学校代表团笼罩着一片不安、躁动、复杂的气氛。绝大多数有正义感的教师校长，集中到庄世平的房间，纷纷赞扬他不屈于权势的胆识，有人甚至提出动议：要列出各种尖锐紧迫的问题，一俟有国民党更高层的官员接见时，请其解答，以正视听。个别人则忧心忡忡，一早就关门上床，辗转反侧，害怕今天这样一搞，当局发起火来，不让回去该如何是好。也有几个人受当局的空头支票所诱惑，其中极个别人说不准还是国民党豢养在华侨社团的鹰犬，七嘴八舌大骂庄世平对国府政要的不恭，胡说他把当局的好心当歹意。这几个人越骂越气，干脆就找上门和庄世平辩论来了。可惜，这些人也是除了向国民党的言论鹦鹉学舌，并没有任何新的论调。看着这些糊涂虫，庄世平大义凛然地作了回应："街上的难民你们不会看不到吧？姑且政府的许诺是真的，国难当头，我们敢承受这样的恩惠么？别说我们的经济生活状况比起难民好上一百倍一千倍，就是比一般的大众也要好得多。政府有能力，理应放在解救内地劳苦大众上。我们办侨校，是因为我们爱国。爱国怎能增加国家的负担？争取广大华侨的支持，应立足于自力更生，这才是我们的出路。千万不要舍本求末呀！这还是其次。如今关键的问题，是日寇亡我中华之心不死。大家都看到《田中奏章》吧？日寇占领了东北三省，又挥军入关，'七七'事变就是一个信号，中国人就要成为亡国奴了。政府置亡国于不顾，还大谈什么'攘外必先安内'，杀戮自己人，这能叫顺应民心么？尽管我们侨居国外，但亡国了，我们还抬得起头么？没有国家作为靠山，我们都成了无根的浮萍。别说有发达的一天，就连我们的人格要得到侨居国的尊重也很难！国难当头连大是大非都辨不清楚，连说句公道话的勇气都没有，枉为中国人！"

一番话，字字如泣如诉，有理有节，震人肺腑。绝大多数侨校代表，纷纷拍案叫好。特别是马来西亚槟城钟灵中学的陆校长、吉隆坡孔教中学的林校长，更站在庄世平一边，义正词严地一起驳斥丧权辱国的论调。那些前来兴师问罪的人，有的惭然离去，有的恼羞成怒，但碍于真理只好悻悻而退……

国民党政府组织华侨学校代表团回国观光的目的，终于竹篮打水一场空。于是，只好草草打发代表团回去。代表团中的乐观者以为当局会有更高层次的权贵接见的愿望终成泡影，那些怕回不去的人则从此落下心上的大石头。而庄世平和绝大多数的团员，最大的收获是更清楚地看清国民党政府的腐败无能，得到更多的佐证向侨居国的侨胞进行宣传，呼吁广大侨胞督促推进国内"团结对外、一致抗日"的政治局面。回到曼谷的一个月里，庄世平几乎每天都受各种华侨社团的邀请，出席各种抗日救亡的报告会、恳谈会。庄世平有求必应，乐而为之，每次都在会上疾呼：敦促国民党停止内战，和共产党一道，早日把日寇赶出中国去。

西安事变，促成国共第一次合作，沉寂了许久的曼谷华人社会又猛然活跃起来了。

上海"八一三"事变，十九路军将士英勇杀敌，但终因弹尽粮绝失去支援而导致失败，又有多少华侨欲哭无泪，痛心疾首。而庄世平的悲愤，不仅是由于国恨，还因为家仇。六叔庄锡涛的儿子庄世辉，早年投考于南京军校，学炮兵专业，在中日这场大战中，竟然战死于日军的炮火之下。噩耗传来，令庄世平彻夜难眠，遥望北方，仰天吊祭。

但是，不管欣喜和悲伤，绝大多数华侨的爱国心矢志不泯。这时，已担任半公开的泰国华侨抗日联合会常委的庄世平，工作更忙了。白天，他是一位勤谨的教师；晚上，又要主持会内商、学、青等几个方面的抗日爱国活动；生活上再无昼夜之分。也恰恰是在这一片抗日大潮中，他的组织才能，得到了极大的显示和发挥。华侨捐赠的抗日资金，通过他的手，源源送往国内抗日前沿。在款项物资的捐助分配上，国内曾有由国民党中央政府统一分配的号召和规定，会内也有人同意这样的做法。但是，庄世平另有一番道理："这是华侨的血汗钱，是一颗颗爱国心。如果我们不把这些物资送到真正的抗日队伍上，我们就对不起华侨。从主张到言行，共产党领导下的新四军、八路军，不失为一支真正的抗日队伍，理该有他们应得的一份。"他的正确主张，得到会内绝大多数人的认同。当年共产党领导的东纵游击队的很多物资和经费，都是直接或间接来自泰国华侨抗日联合会，来自庄世平之手。

1937年，庄世平在《中原日报》担任记者，又担负起利用手中的笔，进行宣传和鼓舞华侨踊跃抗日的工作。

可惜的是，庄世平的行动终究被日伪势力视为眼中钉、肉中刺，必欲除之而后快。1937年底的一个深夜，报馆一位同仁摸黑而来，悄悄告诉他：他已上了黑名单，警察局的逮捕令已经发出，三十六计走为上，快！情急之下，他来不及向早在1935年末就携儿带女来到他身边的、早已睡熟去的林影平告一声"再见"，就匆匆地第一次踏上了出走之路。

路漫漫，何处是落根之地？危难当头，热血正沸的庄世平仍然记起多位共产党员的嘱咐："以你的身份，在华侨中开展工作，将起到许多人无法起到的作用。记住，要抗日救国，华侨也是一支不可忽视的强大力量。"随即，他脑海里浮现出两个名字：林连登，陈嘉庚。于是，一条出走之路，更应该说是战斗之路，在他眼前伸展开来。

林连登和陈嘉庚分别为马来西亚和新加坡的著名侨领，日本刚侵占东北三省，他们就不约而同地成立抗日振救会，组织和领导当地华侨的抗日救亡运动。而陈嘉庚更公开支持共产党的主张，旗帜鲜明地表达自己的政治倾向。庄世平的到来，他们无不欣喜异常。他们所缺乏的，正是善于组织的人才呀！东南亚各国华侨社团素有紧密联系、互相合作的传统，他们对庄世平的才学胆识已有所闻。当年回国观光的华侨学校代表团中的马来西亚槟城钟灵中学的陆校长和吉隆坡孔教中学的林校长，早已把庄世平在南京的大义勇为在马来西亚作了极为广泛的宣传。熟门熟道的，庄世平立即参与两地的抗日振救会的工作。他的勤奋和谦逊，也使他熟悉了两地的人文环境，结识了许许多多的朋友，为他以后办公司搞经济工作提供了不少的方便。其中，与槟城《现代日报》总编辑、普宁籍爱国华侨方君壮的认识并结下深厚友谊，不仅使他拥有新的灵敏的信息渠道，而且经常撰写文章在该报发表，报道国内以及泰国等地抗日斗争形势……半年之后，当泰国方面传来消息：形势转好，有关方面已解除对他的追捕。尽管林连登、陈嘉庚、方君壮等许多人再三恳留，但他执意回去了。许多侨胞纷纷赶来与他握别，再三嘱咐以后要加强联系和合作，共同为祖国的抗日事业献谋出力。

这次他没有直接回曼谷，却应泰国华侨抗日联合会的要求，以曼谷《中原日报》记者身份去考察滇缅公路，实地踏勘这条由同盟军打通的陆上交通动脉的情况。由于消息受到封锁，泰国华侨无法了解到祖国的抗战情况，支援国内抗战的物资难以运出，必须寻求新的渠道。于是，他由槟城坐船到了仰光，作了数月的调查研究之后，才到了缅甸北部的滇缅公路。风餐露宿、卧荆爬棘、蝎咬蚊叮的艰难对庄世平来说自然是家常便饭。而这条路的险峻陡峭，几乎是他这一辈子所未见识。每天，成千上万的运载抗战物资的汽车，如蛇般行走于这条十弯八曲、陡峭如壁、崎岖不平、峰回路转的道路上，稍有不慎，就会跌落深涧，或撞石碰壁。每隔几里路，都能见到出事汽车的残骸和遇难司机的尸骨。令庄世平感到振奋的是，在这条路上奔跑的司机，几乎清一色是东南亚各地的华侨。中华民族有这么众多的海外赤子，加上本身的坚强品格，抗战胜利的日子是必然会到来的。不过，他同时发现，国内有的贪得无厌的官僚，居然利用这条公路走私奢侈品，大发国难财。无数抗日将士用鲜血打通的这条道路竟然成了民族败类的发财之途，庄世平不由感到极大的悲伤和愤怒……半年之后，他才重返曼谷。回到家，林影平初见到黝黑瘦削、疲惫不堪的庄世平时，欣喜和激动中禁不住一行泪一声笑地把他的手挽在一起。

付出是有代价的。不久，庄世平连续在《中原日报》发表了几万字的《滇缅公路考察报告》、《中国得道多助、抗战必胜》等文章，详细地报告了在同盟军的支持下广大中国民众历尽艰险打通中国与东南亚陆上通道的伟大事迹，宣告了日寇封锁中国与外界的联系、断绝外界物质支援中国抗日战争事业的企图的破产。《滇缅公路考察报告》发表这天，《中原日报》加印数倍，仍告售罄。广大华侨奔走相告，像看到曙光一样充满了胜利的希望和信心。——这，也算是庄世平重返泰国所献出的一份厚礼。

然而，正当他满腔热情地重新参与抗日联合会的工作，并公开在声誉日增的《中原日报》任职，不久，日寇穷凶极恶地轰炸珍珠港，随即又挥兵直入东南亚各国，特务汉奸开始招摇过市，更为险恶的白色恐怖笼罩着整个曼谷，笼罩住每个爱国华侨的心。每时每刻，都有震人魂魄的血淋淋事件发生——

中华总商会会长、著名爱国侨领蚁光炎惨遭暗杀；

随着泰国宣布投降，对众多的著名爱国抗日侨领廖公圃、陈景川、庄世平等人的搜捕也越来越紧，通缉令满目皆是，宪兵密探遍布街头巷尾：

每日都可以见到火光……

每时都可以听到枪声……

这是一个月黑风高的夜晚，地下组织的负责人丘及找到庄世平隐蔽的地方，对他说：形势紧张，马上转移！同行的还有抗日救国知名人士许子奇。

啊，既然他选择的是这样一条人生之路，那么，未等到胜利那一天，命运注定他将在漂泊跋涉中度过。他的生命没有落根之地，有的只是战斗的驿站。

七　艰险旅程

和庄世平一起转移的，除了抗日救国知名人士许子奇，还有《中原日报》负责人李其雄带领的十多位记者编辑。日寇占领曼谷后，素以刚正不阿而载誉于泰国民众的《中原日报》便宣告停办。然而，侵略者却妄图借《中原日报》在泰国的威信，多次威迫利诱《中原日报》复刊，为其侵略扩张政策迷惑大众。不愿作亡国奴的《中原日报》报人，于是只好选择转移之路。

他们选择的目的地是暂时还未被日寇占领的邻国缅甸。由于铁路沿线地区已被日寇占领，他们只好走水路。乘船时，为了掩人耳目，一班人扮成商人的样子，神态自若。码头上的警察果然毫无觉察，让他们顺利地过了第一关。

从曼谷坐船，沿湄南河向北逆流而上，因冬季水浅，须几天航行才可以到达泰国边境清迈，再走几天山路，就可到达缅甸。一行人刚刚庆幸逃过了日伪罗网，想不到轮船才开了十几个钟头，由于正逢枯水期，河浅见底，搁浅在泰国境内一个叫磨焱的小镇旁边。真是屋漏偏逢连夜雨！考虑到人多目标大，容易出差错，庄世平、许子奇和李其雄一合计，决定分散转移。

黄昏时分，庄世平和许子奇匆匆走入磨焱镇，正想找个落脚歇息的地方，突然，一个人急切地朝他走了过来，喊道："这不是世平兄吗?!"说话间，已握住了庄世平的手。暮色朦胧中，这人似曾相识，但庄世平一时憬然。"我是陈章策呀！同是潮州人，又同是中国大学的同学，比你低两年级。这兵荒马乱的时节，你到这里做什么？"

"你看我，连老乡老同学都认不出了！"他乡遇故友，庄世平不由露出了喜色。"我和朋友本想乘船到清迈，再去缅甸，可惜船在这邻近搁浅了，只好由水路改走陆路了。今晚，打算先在镇里住下。"

"这……这几天有大批日本军车朝北面开去，估计边境已被封锁，缅甸是去不成的了。"陈章策应道，"这样吧，你们先到我店里歇息，有什么事再从头计议，好吗？"陈章策早从报刊和友人口中知道庄世平在曼谷的一些爱国活动，知道路上说话不方便，又提议道。

庄世平和许子奇相视一瞥，感到这样更安全，就跟陈章策走了。

到了陈章策经营的土特产商店，庄世平粗略地讲述了他和许子奇的处境，陈章策不由感慨道："这些天风声好紧呀！昨天，日本仔才来过。看情景，一定是来搜捕爱国抗日人士的。你们既然来了，就不要贸然走开。出了什么差错，我的心可是一辈子都不安呀。"

血浓于水！不做亡国奴的心在华侨之中是相通的。陈章策见庄世平和许子奇听了他的话，若有所思，又说："离我这店子一里外的地方，我有一间兼放农具的谷仓，倒还清静隐蔽。两位如不嫌弃，住些时日倒也可以。等探明外面的情况，你们再走也不迟。只是，这年月，没什么好吃的，苦了你们，就别见怪了。"

只见庄世平向许子奇使了个眼色，许子奇点了点头。于是，庄世平笑着对主人说："那我们就不客气了。"

不一会儿，青菜白米饭摆上桌来，两人一番吞咽，风卷残云，转眼已是饭饱水足，疲惫的脸上又呈现出红润的精神气来……待到在谷仓里整理好床铺，天边早已发白。庄世平和许子奇合铺而睡，这一觉，一直睡到翌日太阳隐落在西山一侧的黄昏。

这一住就是二十多天，热情细致的主人天天到一里外的谷仓问候看望庄世平和许子奇，并报告外面的各种情况。当确知日寇已完全控制了泰国的局势，又将视觉投放在对东南亚其他国家的侵略上，曼谷的气氛反而比较平静，才赶紧让庄世平和许子奇化了装，搭上火车，重新回到曼谷。

三天后的凌晨，他们已经来到曼谷近郊的萱园，住在一位以种花为生的潮籍乡亲阿春的家里。由于已断了去路，加上听说日寇已占领了缅甸北方，他们决定到老挝他曲镇去。那里，除了有自己的同志，有许子奇的亲戚，更有一群热心救国的华侨。为了缩小目标，他们又决定分头转移，庄世平找到了当时在泰国和老挝各地都有商贸机构的"许裕合商行"，请求给予帮助。"许裕合商行"和庄世平素有交往，其老板一听，立即应允，当下就拟定了行动方案。随后，在商行老板的陪伴下，庄世平坐商行的汽车，先到达泰国北部边境万沛市，住在庄世平的二弟庄世大家里。十几天后，见没什么动静，才又坐商行的汽车到了莫肯市，又观察了几天，最后到了与老挝仅一河之隔的洛坤市。在洛坤市休整了几天，当先期到达的许子奇派人通知他曲镇平静无事，他才过河，完成了这次跋涉的转移之路。

紧张的工作立即展开，由庄世平和许子奇提议和策划，在当地爱国侨领佘金记、林德长的帮助下，曾经在抗日救亡运动中有过赫然业绩的"他曲公学"又复办了。他曲公学一律免费，不仅招收当地学生，也为逃难而来的难民子女提供就学机会。学校不仅在学生中传播中华文化，还适时地开展各种抗日爱国活动……为了学校经费能够长流不息，更为了从物质上支持国内的抗日救国力量，也为了拯救由于战争使许多华侨无法汇款回乡而导致国内侨眷挨饥受冻，甚至活活饿死的苦难，当学校的工作走上正轨，庄世平和许子奇找到佘金记、林德长，经过一番商量，决定在华侨中招股集资，成立"合盛"商行，经营侨汇兑换和各种贸易。由于当地乃至整个东南亚地区早已和国内断绝了沟通渠道，广大华侨正为国内侨眷的死活忧心如焚。这下，"合盛"真是帮了大忙。一两次交易以后，国内果然有音讯传来，于是"合盛"声名大振，获得华侨信赖。

随着业务的扩大发展，仅三几个月，"合盛"的分支机构就遍及曼谷、马来西亚、新加坡、河内、海防、东兴、柳州、贵阳，直达战时的大后方重庆。这些分支机构，又同时使经贸活动大为得益。由于是战争年代，日常生活用品十分缺乏，通货膨胀十分严重，庄世平和许子奇利用在东南亚各地的渠道多方采购，互补各地有无，生意一时间竟十分红火。积少成多，"合盛"所获得的利润十分可观。这些利润，都通过已经建立的渠道送到国内抗日进步力量的手上。庄世平对每一笔难得的资金，除了购买国内所急需的专用药品物资，大部分都兑换成方便携带的黄金。越南、老挝、柬埔寨等地的黄金价格比国内便宜好多，使这笔资金更加有利可图，便于灵活经营。庄世平由此每隔十天半月，就要派出专人，穿上可藏金条的特制衣服，把黄金从老挝转向河内、东兴，再由东兴转往柳州……

1942年初春，随着国内抗日战争的深入，"合盛"商行随即成为中共和许多爱国进步团体向外输出力量的大本营、中转站。国内许多进步人士如王亚夫、马从云、詹益庆等，就是通过他曲镇而散往东南亚各地开展工作的。为了使这些人食宿有靠，便于隐蔽，庄世平又以集资方式，小起大型的养鸡场。

共产党人和进步人士杨世瑞、丘秉经、余天选、姚木天、姚娟、王质如、曾冰、吴刚等人，1942年初夏到达桂林，原打算参加新四军。可惜其时新四军已战略撤退。在进退两难之时，工作难以展开，眼看生活都成问题，中共中央副主席周恩来指示全部人员前往泰国，在华侨中恢复和发展抗日爱国组织，开展救亡活动。于是，一群热血青年由桂林到东兴镇，找到负责东兴"泰东"商行（"合盛"的分支机构）业务的翁向东夫妇，再由其带领到达他曲镇。在他曲，庄世平除了将他们安排在鸡场和学校，使他们得到休整，还重点介绍了曼谷的情况，为他们制定了去泰路线图……一个月后，这些同志就要走了，庄世平还周到地为他们筹集了一笔足以使他们在泰生活两个月的费用。

他曲镇由于经济上的发展，迅速成为内地沟通东南亚各地华侨的必经之地，成为向国内爱国进步团体提供抗战物资和资金的重要集散地，更成了共产党人和抗日进步力量休整聚集的枢纽。

突发和偶然，构成了战争年代的特色和主旋律。

1942年初秋，随着日寇迫近的风声越来越紧，他曲镇笼罩在战云密布的气氛之中。一些不明不白、不三不四的人经常在街头巷尾出现，日伪军队也时而匆匆而过，庄世平和伙伴们的处境已十分危险，转移势在必行了。终于，一天清晨，庄世平刚通宵处理了转移的事宜，就有侨领林德长、佘金记派来的伙计匆匆赶来报信。汪精卫的汉奸部队召见了两位侨领，拿出一叠照片，要其辨认。照片上，有庄世平、许子奇、翁向东等人。啊，该来的终于又来了。庄世平马上派人通知有关人员火速转移，先分散到东兴镇集合，然后再确定下一步的工作。

庄世平在破旧的货车上颠簸了近两个昼夜，才到了越南海防。这时海防已遍布日本侵略者，形势十分险恶，庄世平只好乘船到了蒙街，再到东兴。由于庄世平未在东兴开展过工作，不便于掩护，因此他仅向翁向东等人部署了下一步工作，就匆匆地前往柳州。

到了柳州，庄世平住进"合盛"的分支机构"德泰公司"，以商人的面目出现，继续指挥各地贸易网点的工作。遗憾的是，当他在柳州找到中共南方局华南工作委员会联络站，才知道该站负责人原来是他的老相识徐扬，而徐扬早在几天前就离开柳州前往重庆。他和徐扬曾是汕头岩石中学的同学，也曾一同往福建厦门求学，有过深切的友谊。不过，相逢何必曾相识。联络站的王岷灿热情地接待了他，并向他介绍了柳州的情况。能在内地见到自己人，庄世平无时不感到回到家里的欣慰和温暖。对内地同志在十分贫乏的物质条件下坚持斗争，庄世平感到十分的钦佩。这里应提到的，是在同志们的介绍下，他认识了徐扬的叔父徐冠英。徐冠英曾和叶挺将军一同留学法国并取得军事博士学位，组织和参加过广州起义和南昌起义，如今却在柳州任国民党军统别动军第三纵队司令官。因地位悬殊和身份上的不了解，庄世平和他未能有太多的接触，但这层关系对于不久之后庄世平重返东南亚各地开展工作，漫长的交通线一直保持安全畅通，却无疑是起到一定的掩护作用的。

　　柳州的工作终于开展开来，几宗杂货生意做成了，几批同志的接送转移完成了，局势刚刚有了好转。这年年底，一个深夜，王岷灿敲开庄世平的房门，告诉他：日寇在长沙火车站放了大火，眼看柳州又将陷入铁蹄之下，撤退本来势在必行，但这天收到徐扬来电，由于中共南方局工作委员会出现叛徒，南方局的组织和一切与南方局有联系的进步人士，必须火速转移。

　　豆般的油灯下，庄世平和王岷灿两双大手紧握在一起，又喊出那两个喊惯的字眼："珍重！"

　　由于德泰公司还有部分未销出的存货，庄世平只好租了两部货车，装上货物，经河池、宜山、六寨、独山、都匀，一直到达贵阳。从柳州到贵阳，山高路陡还不算，更充满了惊心动魄的艰难险阻。在河池，他亲眼见到离他们的汽车仅一百米来去的大道上，一群狼心狗肺的土匪山盗居然光天白日拦路抢劫，杀人越货；庄世平一方面请大家拿上木棒铁钳，准备万一时反抗自卫，一方面对司机喊："开足马力，冲！"好在土匪山盗洗劫了前面的汽车，已经心满意足并作鸟兽散，肉搏血刃的事件才没有发生……在六寨，刚刚吃完午饭，有人提出就在这里过完一晚再走，但庄世平为了保护货物，决意继续前行。也真应了"吉人自有天相"这句古话，才离开六寨十分钟，防空警报就响了。二十分钟后，日机就飞临六寨上空，炸弹从空中倾泻而下，整个六寨顿时变成一片火海……坚毅而果断的决策，使他一次次摆脱了人亡货毁的灾难。

一连走了五天，才到了贵阳。考虑到身边留着太多货物，很难保证安全。更因为已从朋友处得知，许涤新和黄声正在重庆，他决心前往重庆会见日思夜想的老师和战友。辗转的时日太长了，国际和国内的形势有什么发展，今后自己的工作如何开展，他都急切地需要老师和战友的指点帮助呀！因此，他把两车货物低价卖掉一车，仅在贵阳作了短暂的停留，便信心百倍地重新上路，奔往新的目的地。然而，福兮祸所伏，仿佛取经路上要历经九九八十一大难，汽车开到黔西至大定途中，再也开不动了。一查，原来汽车的一些零件损坏了，没办法，他只好让司机回贵阳购买零件，自己住进路边山坡上农民守山的茅棚里，寂寞地看守着一车的货物。正值冬季，山风如刀，冰霜似剑，夜里根本无法入睡，他只好在山边生火，一边取暖，一边烤玉米，以作干粮……五天后，司机回来了，汽车修好后刚上路，又因为冰冻路滑，汽车难以前进，只好在车轮上绑上铁链，让车轮一寸一寸地向前行进……终于蚂蚁爬行般地到达叙永，刚庆幸离重庆已经不远，心情骤然开朗，没想到由于长期风餐露宿，浑身污垢，竟致使全身生疮溃烂。坐在颠簸的汽车上，身上的肌肉竟像刀刮一样疼痛。他虽在泸州休息了近十天，但心急如焚，干脆搭上轮船，前往重庆。

到达重庆时，他的心情如获大赦般地兴奋不已。

战时的大后方重庆，烟遮雾罩中呈现一片畸形的繁华。白天，车水马龙，靡靡之音震人耳膜，五花八门的店铺人头簇拥。晚上，各种霓虹彩灯如满天星斗撒落人间，各类夜总会争奇斗艳；达官贵人，乘轿坐车，呼三吆六，招摇过市；阔少豪绅，富婆艳妇，莺啼燕啭，拥娇携玉，脂粉弥漫，酒绿灯红……只有那防空警报的呼啸和敌机轰炸的巨响，那呼天喊地的惊呼狂叫以及露宿街头的衣不蔽体的难民，才仿佛提醒人们一个铁的事实：侵略者在迫近，铁蹄之下无完卵！

　　看着这一片粉饰了的太平景象，想起一路上所见所闻的广大同胞的深切疾苦，想起前方正在浴血苦战的将士，想起已经落入敌手的大片国土，庄世平不由感到格外的心酸。因此，尽快投入新的工作的心情也随之强烈起来。于是，稍作收拾之后，他立即奔赴心目中的圣地——重庆红岩村，寻找许涤新去了。

八　重庆受命

自从上海握别之后，庄世平就没有再见到许涤新。但有关许涤新追求学问、追求真理的事迹，庄世平不仅十分关注，而且感到由衷的敬佩。

30年代，许涤新被国民党逮捕，投进苏州监狱。一天，他竟然在尿桶底下找到一本以前难友藏下的日文经济书籍。他虽然不懂日文，这本书又早已发黄发臭，一般人看一眼都恶心，但他硬是从认识日文的难友那里，学懂了日文，精读了全书。他读书的勤奋精神，居然使全狱难友纷纷仿效，蔚然成风。对此，国民党有关当局恼羞成怒，下了一道命令，不准囚犯再有阅读一般报刊杂志的自由。这对嗜书如命的许涤新来说，不啻于比杀头还要难受。对已经对学习产生浓厚兴趣的难友，也是一个沉重打击。于是，在许涤新提议和组织下，全狱难友绝食以示抗议。绝食坚持了六天，终于使国民党有关当局取消了这条禁令……为了精神的自由而不惜自己的生命，不正是一个正直的学者崇高人格的体现么！

于是，当庄世平和许涤新相会在重庆红岩村八路军办事处，两人的手紧紧地握在一起时，中国进步力量在海外的经济活动，从此有了新的起步，拉开了更为壮观的帷幕。

许涤新成名在前，身为八路军办事处经济组组长，然而更像一位谆谆善诱、慈祥谦和的长者。第一夜，他从国际联军参战、德意日法西斯已近穷途末日等国际形势，一直讲到日寇投降后中国可能出现的两种命运，中国共产党对这可能出现的两种命运的基本态度，以及如何建立广泛的统一战线，最大限度地争取华侨以至国际友人的同情和支持，尽快建立共产党海内外的经济网络，为将来大规模的经济建设做好准备等等，一一解答了庄世平的提问。许涤新说："爱国一家。这不仅对广大华侨，就是对现在的国民党政府，我们都抱这样的态度。陈嘉庚、蚁光炎、廖公圃、林连登等等著名侨领，不管他们是什么出身和观点，对他们支持祖国的抗战，同情和支持一致对外的主张，坚决反对分裂的立场，我们永远感谢他们，永远怀念他们，视他们为我们最可信赖的朋友。对海外广大侨胞，我们也将努力争取和团结，扩大我们统一战线的力量。这一点，我们以前处在战争年代中，说得少，宣传得少，以后要好好地补上去。要让全世界的华侨和国际友人都知道，我们的党，是最讲信义的。"一席话，为庄世平今后在海外开展工作，指明了明确的方向。

隆冬寒夜，室里却弥漫着春天的温暖气息。不知不觉中，东方已经放白，新的黎明到来了。

第二天晚上，夜幕刚降临，许涤新又来了。他专门尽一次地主之谊，请庄世平到饭馆吃了一次"隔天舌头还没变软"的麻辣火锅。饭后，又请庄世平到红岩村八路军办事处，再作长谈。这一夜，位置倒换，庄世平从东南亚各国的风土人情，一直讲到广大华侨对抗日战争和国共两党的态度。他说："有一个道理是应该坚信的：尽管华侨的成分参差不同，但国家强盛，必然增强侨胞在侨居国的地位和尊严，反之，必然受到歧视和凌辱。因此，祖国能够团结强盛，应是广大华侨的共同心愿。基于这一点，对日寇的侵略，各国华侨都表现出极大的愤慨，都愿意为祖国的抗日出钱出力，甚至亲身投入。现在日寇已是强弩之末，我们的胜利已是指日可待。

胜利后，如国共两党能坐在一起，成立联合政府，合力于祖国的经济建设，这则是广大华侨乐意看到的并衷心为之祝福的。但一旦谈不成，陷于分裂，必然兵戎相见。对此，我们必须尽早做好长远的准备。在国外，由于有侨居国法律的约束，所以，在争取广大华侨的同情和支持上，我们就有必要讲究更多的政策和策略。"

一番话，说得许涤新频频点头，并不时在笔记本中记下要点。直到东方已出现鱼肚白，他又要回去工作了，才握住庄世平的手："你讲的问题很重要，很有见解，很有眼光。请你尽快地将这些情况和观点详细地写成报告，以利于我们在华侨统一战线上的决策。"

"涤新同志，你看我在重庆的工作？"望着许涤新临走的身影，庄世平有些迫切地问。

"你刚来嘛，不用急。像你这样既熟悉国外情况又熟悉经济工作的同志，在我们队伍里可是不多呀！对你的岗位，我们必须作周密的研究，这样吧，抽空你也将自己这几年的工作情况写一写，使我们在研究时能更全面稳妥些。"许涤新回过身，望着眼前这个热情如火但又充满智慧的年轻人，不由亢奋地拍了拍他的肩膀，疼惜地说："这几年你东奔西走的，也该休整休整了。"

于是，庄世平终于在长时间辗转跋涉之后，有了一段短暂的平静日子。他除了撰写自己十多年来的工作情况报告和东南亚各地的侨务情况报告，还把那一车从柳州带来的货物卖了出去，再有的就是和许涤新、黄声、陈家康、杨少任等人探讨国际、国内的政治、经济形势，查阅学习各种政治、经济资料和理论文章。但不久，他那习惯于紧张工作的心又躁动起来，工作报告和侨务报告一交到许涤新手上，由于身上有一部分缅甸卢布，又听说昆明市面上的缅甸卢布的价格比重庆高得多，因此跑了一趟昆明，把身上的缅甸卢布卖了出去。随后，当回到重庆，见到许涤新，又提出了工作的请求。这一回，许涤新详细询问了他身上现有资金之后，说："你的工作，还要慎重考虑，正所谓'好钢要用在刀刃上'呀！但作为临时的工作，我想可以搞一间餐馆。我们的同志来来往往，谈论工作，都必须有个落脚点呀！你看呢？"

"好，好！我立即去办。"尽管是临时的，但一听到工作，庄世平立即兴奋起来。于是，租赁场地、购置设备、招收员工的工作立即展开来了。

一个多月后，眼看餐馆的工作已筹备得七七八八，但这时，形势急剧转变，一个更加重要的新的任务，又落在庄世平的身上。

1945年仲夏的一个上午，许涤新和杨少任来到庄世平的房间，严肃地对庄世平说："日本侵略者彻底投降的日子，已不再遥远，可以看见的了。苏联朋友曾经希望我们，通过我们在东南亚各国以及港澳地区的渠道，为他们的影片的放映发行，以及化工、轻工、医药、食品等商品的经销，提供帮助。我们认为，这对我们在东南亚各地开展经济工作，团结广大华侨，是很有好处的。经研究，我们决定由你和少任同志来共同完成这个任务。餐馆的工作就不要搞下去了。具体细节，由你和少任同志研究确定。如无其他意见，几天后就可和苏联朋友签订协议。考虑到你的身份还未暴露，为了保护你，我们决定由少任同志前去签订协议。"

早就憋着一股劲的庄世平，经过一番深思熟虑之后，便紧紧地握住许涤新的手，把任务接受下来了。当下，他就和杨少任就这个任务的执行细节，展开了细致而深入的讨论。为了适合国际惯例，更为了便于经营，他们决定成立一家贸易公司，以便在东南亚各国和地区登记注册；至于资本，可以用苏联影片的发行权作为股权，招募知交的华侨向公司集资入股；鉴于泰国华侨在爱国救亡、同情支持进步力量方面有较好基础，公司的业务重点可以放在曼谷；为了尽快招募华侨集资认股，使公司的业务早日走上正轨，这次南下泰国，可顺道经河内、西贡等地，联系有关同志和侨领，做好早期的宣传联络工作……到了翌日，当许涤新再次到来，一份完整的意见书已经出笼。许涤新认真地阅读了意见书，当即表示这是一个可行的方案。

不久，在苏联驻重庆代表处，以杨少任为中方代表，和苏联贸易代表，一同签订了苏联影片放映权在东南亚的总代理和苏联轻工、化工、医药、食品等商品总经销的两份协议。随后，庄世平购买了一部小轿车，载上五部苏联影片，入贵阳，过广西，出东兴，又开始了新的漫长旅途……在柳州，庄世平专程拜访了国民党军统别动队第三纵队司令官徐冠英，说明自己将往东南亚办公司搞贸易，希望得到他的帮助和保护。徐冠英是资深的共产党员，又是徐扬的叔父，立即就答应下来。自此，庄世平办公司所需的物资，不论运往国外或是运往内地，在广西都得到徐冠英暗中指派别动队给予保护，一直畅通无阻，安全稳妥。

1945年初秋，庄世平、翁向东、许子奇等人到达河内，又有陈复礼、丘秉经、许敦勋、许木强、王逸鹏、丘绍彬、林德长、丘公衡等人加入到他们的行列。而更使他们振奋的是，广大华侨对他们的事业表现出极大的热情，纷纷响应入股。于是，他们决定以河内作为大本营，成立公司，立即开展大规模的集股和商贸活动。在讨论公司的名称时，起初大家列了许多，但都感到不甚满意。刚好丘秉经要运送一批黄金回国内，他脑海里一激灵，提议道："我看就叫'安达'吧？愿我这一次的行动能够安全到达！愿我们今后的事业能够安全发达！"大家一听，不由异口同声拍手叫好。于是，由中国一批爱国志士组织成立的"安达"公司，开始在异国的河内竖起牌子，并由此走向世界。

8月15日，正当河内的工作已走入正轨，收音机传来了一个日思夜想、振奋人心的消息：日本天皇宣布日本战败投降。听到这个消息，庄世平、许子奇、陈复礼、丘秉经等人竟高兴得热泪盈眶，雀跃拥抱。当晚，大家买来食物，欢宴座谈，唱歌联欢，以示庆祝。不久，庄世平就带上部分人员，按照把工作重点放在曼谷的既定方针，前往曼谷开辟新的经济领域。他们决心用自己的努力，为新的历史时期作出自己的应有贡献。

啊，离别曼谷四年的庄世平，又安然归来了。

九 傲然"安达"

　　日本法西斯的投降，使作为反法西斯战争同盟军"五强"之一的中国，国际地位空前地提高，广大华侨在泰国受到了前所未有的尊重，华人社会呈现出一片生气勃勃的景象。战后的泰国摄政员、总理比里，是一位有着强烈的民主自由思想的民族主义者，日本侵占泰国时他组织了"自由泰国"武装力量给予抵抗，在民众中很有威望。他的政府在战后致力经济复兴的工作，对外很有开放的倾向，深得民众的好感和拥护。

　　庄世平携"安达"进入泰国，真可谓适得其时。

　　由于华侨踊跃入股支持，安达公司成立之初已经具备了一定规模的经济基础。如何树立企业的形象和声誉，获得较高的经济效益，进而支持祖国战后的经济建设，成了庄世平重返泰国之后首要考虑和研究的重大问题。曼谷的"卢沟桥影院"，不仅名字上中国味十足，具有典型的纪念意义，而且属御产厅的产业，地点也适中，座位有近千个，租金却并不高。庄世平志在必得，专门在安达公司之下独立注册了一家电影放映公司，负责租借影院和影片的放映工作。几番谈判下来，卢沟桥影院的业主终于同意与演出公司签订"放映各国影片"的三年租用合约。合约注明：三年期满后，演出公司可优先续租。

　　安达公司正式和电影演出公司签订合同之前，庄世平考虑到影片来源还不多，为以防万一，目光深远地在"放映各国影片"的条款后面又增添了这样的内容："每部影片连续放映的期限，影院业主无权干预。只有影片的上座率不足百分之四十时，影院才有权阻止该影片的继续上映。"电影演出公司及其他发行商在后来与各家影剧院的业主签订合同时，也加入了这条内容。这就为后来出现的一些纠葛争端，埋下了获胜的伏笔。

正式放映之前，在庄世平的指挥下，演出公司精心设计印刷的一万份精美海报贴满了曼谷的大街小巷，许多报刊则早于一个星期前就对苏联影片的艺术取向、审美价值以及具体各部影片的故事情节作了极为广泛的介绍和宣传。而《斯大林格勒战役》等苏联反法西斯战争影片，则先期安排在"天外天影院"上映，使看惯了西方影片的泰国人民，领略到第二次世界大战的壮烈、恢宏和刺激，感受到另一种激动人心的、可歌可泣的、真实可信的艺术享受。在强烈的宣传攻势下，期待影片的上映，成了广大市民的渴望；谈论苏联影片，成了曼谷的热门话题之一；全市仿若迎接盛大节日般地充满了喜气。入场券发售当天，一个星期内每天昼夜四场的预订票便宣告售罄，未能买到票的市民居然围住影院不愿散去，各社会团体的订票询问电话更使庄世平应接不暇。为此，只好将第二星期、第三星期的入场券预先卖出。

开映第一天，上映舞蹈艺术片《天鹅湖》，泰国皇室、内阁成员、中国和各国驻泰使馆文化参赞等官员以及有关的重要社团领导人物都前来观看，全场爆满。神奇的故事，绝妙的舞姿，优雅的音乐……无不使全场观众如痴如醉，陶醉于一次不可多得的艺术享受之中。放映结束，为了满足新闻单位的需要，安达公司只好临时召开记者招待会。会上，除了庄世平简单介绍影片的内容和俄罗斯芭蕾舞在国际舞坛上的地位，皇室和内阁一些成员，以及部分驻泰使馆官员竟然自愿参与讲述观看影片的感受。一片赞许声，一直延续到凌晨二时多……随后，全泰各大报纸，几乎清一色在重要位置登载了首映式的盛况。《"安达"刮起俄罗斯舞蹈旋风》《"安达"打开了一扇幽秘的文化窗口》《皇室成员纷纷发表〈天鹅湖〉观感》《"天鹅"的信使——庄世平纵谈苏联影片》……各种各样的溢美之词，见诸报端，闻之街头巷尾。一时间，苏联影片成了整个曼谷的热门话题。

随后，《攻克柏林》《乡村女教师》《斯大林格勒战役》《列宁在1918》《夏伯阳》等影片相继推出。每一部影片的上映，都带来一种新的气息，掀起一次新的热潮。尤其是《斯大林格勒战役》《攻克柏林》这两部战争片，如上所说得到了广大观众的青睐，每天连续加映，历时一个多月，竟场场爆满，座无虚席。

安达公司开市大吉，一炮打响。开业第一个月，单是放映苏联影片就获利不少，加上苏联化工、轻工、药品等商品的经销，盈利极为可观。而与此同时，由翁向东、许子奇、陈复礼、王逸鹏、丘秉经等人参与组织，上海、美国、新加坡、香港、海防、河内、西贡等地的安达公司的分支机构也相应建立，并迅速开展业务。

与此同时，黄声也在泰国组织领导了中国民主同盟暹逻分部，并与众多同志创办了《曼谷商报》《民主新闻》等进步报刊。这些同志初来乍到时，庄世平的安达公司便成了他们生活和开展工作的立足点。这些组织发展之后，安达公司又成了他们与上级联系和文件传送的联络点和大本营。

由于以苏联影片起家并取得轰动，不久，就有人给安达公司冠以"赤色宣传"的帽子。

终于，有人忍受不了这种"赤色宣传"了——

最早的消息是由卢沟桥影院传到演出公司的：影院业主中的一些人已明确通告卢沟桥影院：安达公司属下的演出公司放映的是清一色的苏联影片，明显违约，应终止租用影院合约的履行。庄世平泰然处之，对演出公司的负责人说："租用合约是我逐条逐句修改审定，经双方认可签订的，已具有法律约束力。时至今日，我还看不出我们的做法有违反了合约的地方。如果单凭谁一句话就要终止租用合约的履行，那才是违法呀！"随后，他拿出合约，就抗争的策略，逐条逐句地向演出公司的负责人作了解释。

由于演出公司向卢沟桥影院作了有理有据的抗争，影院又向业主作了实事求是的陈述，大概一些别有用心的人实在难以从合约中挑出演出公司哪怕一丁点的瑕疵，闹了一阵子的风波，终于暂时平息，有了一段时间的相对平静。也许是好奇心的牵动，经历了这一次风波，曼谷观众对苏联影片更增添了热情，上座率有增无减。

然而，这种平静也仅仅持续了半个月，一些唯恐天下不乱的人是不会看着安达公司将苏联影片顺利发行下去的。围绕着"放映各国影片"这项条款，又有人无端指责安达公司仅仅发行苏联影片是"司马昭之心，路人皆知"的行为了。一天下午，临下班时，演出发行公司的负责人匆匆赶来，向庄世平汇报，业主已通知卢沟桥影院，半个月内如继续单独发行苏联影片，将单方终止合约的履行。庄世平一听，愤然而起："凭什么理由！讲不讲法律？讲法律的话，他们敢终止合约，我们就敢诉诸法律！我相信，泰国既是法制国家，还是有法可讲的。"顿了顿，他又对演出公司的负责人补充道："下次他们再来干涉，你让他们带合约来找我。合约上的条文细款，完全说明我们的经营没有一丝一毫是违反合约的，是合法的。在大是大非的问题上，我们绝不能后退半步。"

果然，三天后的下午，卢沟桥影院一位负责人带着业主的代表D先生直接找到了庄世平。D先生一副兴师问罪的样子，还未坐定，就说道："根据贵公司的表现，贵公司已违反合约。因此，我奉业主指示，立即终止贵公司租用卢沟桥影院的合约履行。"说罢，把带来的合约丢到了庄世平的桌面上。

庄世平把合约往D先生身边一推，付之一笑说："合约是我代表公司签订的，有关条文我清楚，我实在看不出有违约的任何事实。"

　　"还抵赖！"D先生几近跳了起来，"合约写明'放映各国影片'，可你们放的是清一色的苏联影片，不违约是什么？"

　　"'放映各国影片'的含义，包括世界一切国家，可以是美国、英国、法国，也可以是苏联和中国，并没有严格的数量和特指的界定。谁能说苏联不是世界上一个完整独立的国家呢？我们是贸易公司，以盈利为目的，采购到哪一国的影片，哪一国的影片卖座，我们就放映哪一国的影片。当然，每个公司都有自己的宗旨，对淫秽颓丧的影片，我们是绝不推介的。而贵国的法律对应该不应该放映什么影片，并没有任何明文的规定。我们上映的每一部影片，进口时经海关纳税，上映前都受电影审查局审查同意，我们所做的，完全是贵国法律所许可的合法行为。你大概也看到，我们放映的苏联影片，可是得到广大市民的欢迎呀！合约中已有明确的规定：一部影片只要上座率不低于百分之四十，影院就无权拒绝放映。白纸黑字，我真不明白你们怎么就看不到呢？只要市民欢迎苏联影片，我们还将继续放映下去。至于以后，是仍然放映苏联影片还是其他国家的影片，也要看市民的欣赏口味和我们的采购结果而定。"庄世平义正词严，对D先生的指责作了有理有据的回击。

　　"难道你不怕我们诉诸法律吗？你应该明白，在这里，法律绝对对你不利！"D先生图穷匕首见，满口是火药味十足的威迫。

　　"我以为，业主中的大部分人，也是比较明智的，也是绝不会以滥用权力而无视法律的尊严的。区区几部苏联影片，难道就要引起你们兴师动众与一个贸易公司对簿公堂吗？不可能。我想这仅仅是个别人从中作梗而已。当然，如果最终要让我们对簿公堂，我们也只好来者不拒，用全力去维护我们的合法权益。有理走遍天下，我们也将无愧于天下。是非公论，有口皆碑，即使万一出现你所说的结果，这对你们又有何益呢？"庄世平针锋相对地说。这一刻，他确确实实对一些滥用业主权力的做法，感到隐隐的痛心。

"听你这口气，似乎是得到什么人支持，或什么组织作背景的吧？"D先生被庄世平驳斥得哑口无言，愣了好一会儿，话锋一转问道。

"哈哈哈——"从来极少情形于色的庄世平，禁不住开心大笑。狐狸终于露出尾巴了！这才是这场风波的真正起因吧！"我可以告诉你的是，我们的总公司是在越南河内登记注册的，是在中国上海、柳州、美国、香港、新加坡等国等地都有分支机构的大公司。除此之外，别的无可奉告。"

D先生盯着庄世平好久好久，大概已找不到任何发泄的去处，只好喊一声："告辞了！"和那位影院负责人匆匆地走了。

安达公司的部分员工，从事态开始，手心里不由捏着一把汗。等闹事的人走后，有些人还忧心忡忡，唯恐遭到秋后算账。"大家各自做好工作。有什么事发生，责任全算在我一个人身上。"庄世平给大家打气说。而后，公司在一切公开场合的活动，只要有半丝危险的存在，他都亲躬亲为，身先士卒。这种大智大勇的行为，仿佛给员工们注入了一针定心剂……又三个月过去，一切都风平浪静。"安达"这艘大船在庄世平掌舵下，顺利地渡过它诞生之后的第一个危险区。

潮涨潮落，花开花谢。随着苏联影片片源不足，几部影片一映再映，观众的热情正在减弱，上座率已早不如前；而为苏联影片所作的广告、海报、传单、翻译等费用，则有增无减，全数压在安达公司的身上；还由于价廉物美的美国货大量涌入泰国市场，笨重粗糙的苏联产品日益受到冷落，安达公司的经营状况大受影响，面临着新的选择。私下或公开的场合里，如何谋求公司新的出路和发展，成了热门话题。甚至有人提出：缩短战线，裁减部分分支机构，辞退部分员工……庄世平认为：在卢沟桥影院发行放映影片，已成为公司的信誉和形象之所在，放弃它，无疑是向市民宣布公司的危机，同时也打击了众多入股华侨的积极性；至于各地分支机构，是用心血和生命建立的，任何环节的削弱都是公司的损失；而全体员工，早已成为进步力量中一支骨干队伍，大家相濡以沫、同甘共苦才是这支队伍应有的品德。他认定：关键是输入新的血液，另辟蹊径，才能找到重振雄风的出路。于是，在1946年岁末，他找到了新的合作伙伴——中国新联影业公司，签下代理《一江春水向东流》《八千里路云和月》等七部影片放映权的合同。

由于有放映苏联影片的经验，这一次的舆论宣传做得更为妥帖得体，隆重热烈。更由于这些影片是货真价实、原汤原汁的中国货，而中国和泰国的文化在互补互通上早已源远流长；且不说华人社会人多势众，就是每个泰国家庭，也或多或少地与中国有着千丝万缕的血缘关系。因此，这批影片更容易得到广大市民的接受。用"趋之若鹜"来形容首映的盛况，并不为过。

"安达"这棵大树，经历了短暂的严冬，又迎来了花繁叶茂的盛春时节。

然而，成功的喜悦还未消去，1947年春节的喜庆气氛还浓烈地挂在人们眉梢，倏然间一盆冷水从背后泼向庄世平，使他虽身处离赤道不远的曼谷，却深切地感受到来自西伯利亚的严冬冷酷。

这天，他因为应酬，上班时晚了一点。刚踏入公司，就有伙计告诉他："苏联驻泰大使馆来人了，让你到那里一趟。"

"有什么事吗？"庄世平有点茫然。安达公司与苏联的业务一直与其驻国内代表处直接联系，关系稳定良好，并未与其驻泰大使馆有什么瓜葛呀！

"没说。但那脸色，很难看。"伙计回答说。

庄世平心里一愣，但马上释然。安达公司尊礼守法，业务发展一直正常，没有妨碍了谁呀！这倒要去看看是什么大不了的事情。于是，他带上秘书郑肃生，按约来到苏联驻泰大使馆。

送上名片，他被告知：文化参赞正忙于事务，请他和秘书在休息室等待。对此，庄世平倒也泰然，客随主便嘛。更何况，这是在"老大哥"的家里，这"老大哥"的国度曾使他多么的心驰神往！能与"老大哥"面对面座谈，是多么惬意的事情呀！然而，一个钟头，两个钟头……一直等到墙上的挂钟已近十一点，仍不见一个人影。如果参赞太忙，何必约人前来呢？如果是临时的要事，又怎么不让人通告一声呢？这是一个国家的使团所在地呀，怎么连一点礼貌也不讲呢？是疏忽么？不可能！严格地说，这是由怠慢来达到蔑视的目的。庄世平的心里仿佛堆满了干柴，一经火苗点燃，顿时熊熊燃烧起来。当挂钟敲响十一下，他再也按捺不住，带上秘书走了出来，对使馆工作人员说："请转告参赞阁下，他忙，我先走了。有什么事以后再说。"工作人员连忙拦住他："请留步，待我通报一下。"工作人员旋即进了参赞办公室，不到一分钟，又回到庄世平跟前："请，参赞有请！"庄世平脸上顿感发热发烫。看来，他的猜疑没有错。

不过，他终究深深地吸下一口气，让个人的屈辱服从于大局的利益，瞬间就坦然地和秘书踏进参赞会客室。着实让他意想不到的是，长着一头卷发的文化参赞居然又在他们坐了好久之后才走了进来。他既不和庄世平握手，甚至没有让工作人员泡茶送水，连一点起码的外交礼仪都不顾。坐下后，他一双蓝眼睛足足盯住庄世平十分钟，临开口，还装模作样地点燃一支雪茄，把那一副面孔连同粗犷的声音，都笼罩在一片浓浓的烟雾之中。庄世平不禁感到好笑：你这副目空一切、傲慢无礼的样子，吓谁呢！

"你就是庄世平?"参赞终于开了尊口。

坐在不显眼角落里的翻译,立即将话直译过来。

"有什么事情快说,我已等待两个多小时了。"耿直的庄世平再无法容忍这傲慢和鄙视了。

"好,我欣赏你的爽快!请问,贵公司和我国驻中国代表处签订过什么协议吗?"

"签订过发行苏联影片的总代理和苏联商品总经销的协议。"

"贵公司是否认真执行了协议?"

"本公司绝对认真地执行了协议。"

"真的?"

"真的!"

参赞猛然揿灭雪茄上的火种,两只眼睛喷出两束蓝色的光。沉默了好一会儿,才仿佛将暴怒压下去,一字一顿地说:"查最近贵公司的经营状况,正大张旗鼓放映我国以外的影片,这作何解释?"

"这纯粹是本公司的业务,和贵国有什么关系呢?"

"关系重大!"参赞的手高高扬起,但落到桌上却悄无声息。憋了好久才又说,"协议上是全权代理苏联影片的发行放映,最近却放映其他国家的影片,不是违约么?违约属什么性质的问题,你们不怕我们提出索赔么?"

庄世平的脸上掠过一个轻蔑的微笑:"我不知是阁下的误解,还是阁下并不懂经济工作。协议上确实写明由我们全权代理苏联影片的发行放映,并没有说明我们不能代理发行其他国家和地区的影片,这怎能说违约呢?"庄世平顿了顿,本想不再浪费时间,但终于还是多说几句。"如果阁下不健忘的话,阁下一定参加过我们公司的苏联影片首映式。自那以后的半年时间里,我们放映的都是苏联影片。并非我们不能放映其他国家和地区的影片,这实在是我们当作一种友谊和相互的支持。问题是,反复放映苏联影片之后,观众的热情已减弱，上座率大降，盈不抵亏，我们才不得不引进其他国家的影片上映。还有更重要的一个问题，不知阁下是否注意到了：如果贵国的影片长期放映下去，观众并不欢迎，偌大的影院门可罗雀，这对贵国的形象到底是好处还是坏处呢？"庄世平吞下一口苦涩的口水，突然加重了语气，"阁下刚才的指责，实在是于法不符、于理不合的，也是我们断然不能接受的。对此，我代表我们公司，希望阁下收回刚才的不符合事实的意见，并转告贵国的有关部门。"

谁料，参赞反而按捺不住，跃然而起，在庄世平跟前来回走动着。突然，他双脚一并，俨然一个宣读命令的将军，气急败坏地强词夺理说："我以苏联驻泰大使馆文化参赞的名义宣布：安达公司和我驻中国代表处所签订的协议，必须得到完满的履行，希望贵公司立即放弃对其他影片的放映。否则，我们将寻求其他的有效的解决办法。"

"很好，我们等待你们的其他有效的解决办法。"

庄世平应道，旋即转身带上郑肃生走了。走出大使馆门口，他感到一种难言的愤慨。一个社会主义国家的外交人员，竟然如此蛮横无理，强词夺理，不能不令人深感莫大的惋惜呀！

自此，尽管苏联驻泰大使馆还几次派人到公司胡扯乱缠，庄世平除了义正词严的据理力争，再有的就是不理不睬的沉默。他甚至做好了最坏的打算，准备打一场旷日持久的国际官司。然而，自知真理不在自己一边的俄国人，经几番蛮横胁迫而不能奏效之后，也只好不了了之……再不久，安达公司根据合约的有关条款，干脆把苏联影片发行放映代理权，转交泰国其他公司经营。为了息事宁人，安达公司在苏联影片的进口税、海报宣传费等费用上放弃了追索，这在商业范围内，可说是十分厚道的。

安达公司和苏联大国沙文主义的抗争，虽然在波澜壮阔的中苏关系史上，仅仅是十分细微的事件。但在中国革命队伍中，能够认识并比较清楚地看清苏联在坚持马列主义的同时已蕴含着大国沙文主义危机的人中，庄世平不算是第一人，也可算是较早的一员。

50年代末期中苏关系在经历了一段蜜月之后，终于由大论战导致最后破裂。庄世平于40年代在曼谷时就对苏联大国沙文主义的深切隐忧和认识，不幸已成为不堪回首的历史事实。

十　艺醉曼谷

1946年12月19日。

上午，庄世平刚刚来到办公室，正想赶紧审阅几份急着用的贸易协议，秘书郑肃生走进来，递给他一份香港安达公司经理丘秉经打来的加急电报："中国歌舞剧艺社一行三十四人，昨晚登上'多利士摩拉'货轮，一切道具也都装船完毕，但由于香港水警干涉，已无法成行，运费则全部被扣。眼下，全艺社人员正受阻于香港，经济十分困难。他们正等待我们的援助，以保证在泰演出的协议顺利履行。你的意见呢？"

庄世平不由愣住了。昨天下午，才接到"中艺今晚乘搭'多利士摩拉'出发，七天后抵泰"电报，他刚庆幸一桩大事终于有了结果，昨晚好好地睡了一个安稳觉。真是天有不测风云，乐极生悲呀！他的大脑翻腾了一番，长期养成的敏捷的应变能力终于使他下了决心，立即拟定了发往香港的加急电报："中艺的同志是从虎口逃出来的，十分不容易。他们既是进步团体，又是祖国的宝贵艺术人才，我们必须全力保证他们在港的生活。我代表他们与曼谷'东舞台'签订的从1947年1月1日起演出八十场的协议，已在曼谷方方面面产生了影响，应坚决履行。乘搭客轮在时间上已很不可靠，请你立即联系各航空公司，能买机票就买机票，万一不能，包租专机也可。"

电报马上由郑肃生拿到邮政局拍往香港，但庄世平再也坐不住了，把手头上的工作交给下边的同志，便匆匆找到了著名的电影导演谭有六，然后一起来到"东舞台"大剧场。他向剧场经理马天翼通报了突发情况和自己的应变措施，又一一再次检查落实了中艺到来时的欢迎仪式的人选以及他们的住地、演出宣传等工作。直至午后一时多，他回到安达公司，见还未有香港方面的回音，尽管郑肃生为他打来了饭菜，但他一口饭也吃不下去，一会儿坐在椅子上发呆，一会儿在办公室徘徊，一颗心早已飞向遥远的香港。在如煎似焚的心境中度过了整个下午，到晚上七点多，终于盼来丘秉经的加急电报，他的心才算放了下来，脸上呈现出宽慰的笑容："已和国泰航空公司联系上了，20号上午有飞机飞曼谷，中艺的同志可望于下午三时左右抵达。"

庄世平坐在椅子上，倦意全消。他仿佛看到，被国民党右派迫害的中国歌舞剧艺社三十四位同志，还有夏衍、欧阳予倩、邵荃麟、饶彰风等著名爱国人士和艺术家，那焦灼的脸上，正浮现出欣慰的笑容——

1938年，由陈诚、周恩来分别担任正副主任的国民政府军事委员会政治部，下设以郭沫若为首的第三厅，负责领导抗日宣传工作。周恩来和郭沫若反复和国民党交涉之后，经苦心经营，成千上万的热血文艺青年组成了十个"抗战演剧队"，四个"抗战宣传队"，奔赴各个战区宣传演出，极大地鼓舞了战争中的广大军民，为抗战胜利作出了不可磨灭的贡献。原活跃在中南地区的"演剧五队"和"演剧七队"，抗战胜利后，不约而同地到了广州，为祖国南方这座大都市的各界民众献上了一台台呼唤和平、争取民主、争取自由、针砭时弊的节目。广大民众拍手叫好之时，便是国民党右派难受之日。于是演出被勒令禁止，个别干部遭到扣押，队里的共产党员和骨干分子随时都有可能遭到逮捕。黑云压城的白色恐怖中，正在广州与国民党谈判的廖承志，立即派人向周恩来作了汇报。为保存实力，以利再战，周恩来批示："相机撤退。"

在共产党以及各方人士的帮助下，五队和七队充分利用国民党内部矛盾，以集体复员的名义，于1946年8月底，乘国民党右派在广州的头目前往南京向主子乞讨指令之机，除一小部分同志就地隐蔽之外，有四十多人秘密转移到香港。安达公司香港分公司立即接受了接应这批同志的任务。按要求，这批同志安顿下来后，应组成一个艺术团，靠演出收入维持自己的生活，并着手准备到东南亚各国巡回演出。"中国歌舞剧艺社"这个名称，是刚好正在香港的中国当代大文豪夏衍针对华侨中文化层次比较复杂，演出时必须有歌有舞有剧才能产生艺术效果，而有的放矢命名的。可惜的是，在香港这块殖民地上演出，毕竟不同于战火纷飞的战场。开头，是因为政治性太强，口号式的宣传太多，迫于压力而停演；后来，则是由于节目不合观众口味，不仅没有收入，还赔上广告、制作、交通运输费用三千多港元。船漏偏逢顶头风，原来由安达公司出面租来用做宿舍的工厂，居然又因为主人要复业，只好由九龙搬迁到筲箕湾的另一家旧厂房。眼看着大家生活十分困难，庄世平和丘秉经、翁向东等人无法袖手旁观，一次次地拨款相助。为了使演出队伍更加精悍，除了留下三十四位同志，其余的人经安达公司和其他朋友出面介绍，有的出去打工，有的当家庭教师，有部分甚至去了新加坡、吉隆坡、印尼苏门答腊。这些远去的同志，当然有经济上的原因，也有为"中艺"下一步出国演出打前站的考虑。为此，庄世平不仅要为这些同志的落脚点和工作付出人情，还要贴上船票或机票，及一笔路上费用。

好在，"中艺"在近一个时期，逐渐适应了资本主义世界的环境，在演出的节目中已大多能够寓宣传教育于娱乐之中，不仅逐步为香港市民所接受，而且收支已接近于平衡……

一想到这些,刚刚为"中艺"能够按时到达而高兴的庄世平,一颗心又慢慢悬了起来。泰国是古老王国,不论是文化还是宗教,和资本主义殖民地的香港还是相去甚远的。首先,节目的内容台词,一定要有严格的分寸。其次,必须争取有合法的身份,这就需要国民党政府驻泰大使馆的支持:泰国既认为国民党政府为中国之正宗,国民党政府驻泰大使馆的支持和承认与否,决定了"中艺"在泰的地位和号召力。第三,舆论的力量不容忽视。如果能先期在泰国报刊上转载"中艺"在香港演出时的剧评文章,不仅在华侨中可以起到先声夺人的宣传效果,也可促使国民党政府驻泰大使馆的有识之士的认同……两个钟头后,庄世平已有了"中艺"到泰之后的更周密更深入的计划。在争取合理合法斗争上,在充分调动群众的积极性上,在充分利用敌人内部矛盾而为我所用的技巧上,在政治或商业的宣传发动上,庄世平真可谓行家里手,这是在过去和今后的斗争中都将证明的。

　　12月20日,香港国泰航空公司一架客机穿云破雾,降落在曼谷机场。庄世平、谭有六、马天翼连同新闻界、文艺界、教育界人士二十多人,专程进入机场在舷梯旁迎接。"中艺"的同志经历了一番风风雨雨,在异国他乡得到如此隆重的欢迎,许多人感动得流下了泪水。由安达公司女职员向"中艺"的同志献了花之后,一行人分乘两辆小轿车、一部大客车,在欢声笑语中穿过绿树婆娑的市郊,穿过高楼矗立的闹市,直进入曼谷外国使馆区,在一座两层小洋楼前停了下来。"你让我们住别墅?""中艺"负责人丁波惊讶地问。庄世平笑着回答:"这里原来是缅甸大使馆,刚刚搬迁,我们就租下来了。""这……租金一定很贵吧?我们……"丁波欲言又止。作为战士,"中艺"的同志都是从战火纷飞的环境中度过的,即使在香港和广州期间,住的也是破败霉湿的旧厂房、废民居,这样舒适的生活环境是想也不敢想的。更何况,上级明确指出,从踏

086

庄世平传

上飞机的那一刻开始，他们就将以自己的艺术才能，自供自给去换取生存和壮大。还未收获，怎么能讲享受呢？而且，这次到曼谷的机票费用，都是安达公司提供的，"中艺"还不知能不能偿还呢！

庄世平看出丁波的忧虑，说："泰国人民和华侨都视你们为中国的文化使者，你们也必须以此为自豪。你们如果住得太寒酸，不仅影响你们的形象，也将降低我们国家的声誉。你们是到泰国传播文化的客人，不是在自己家里，必要的礼仪和摆设都要有个规格才好。放心吧，一切生活上的问题，我会帮你们解决的。"一番话，解开了丁波的忧愁。"哟，你看，新闻记者正在小花园为你们拍摄全家福了，快过去。啊，对了，等下就把你们在香港的剧评文章交给记者。我已交代过了，文章和全家福争取明、后天见报。"

当一切安排就绪，本想让同志们好好休息一下，但"中艺"担任舞台监督的海风却耐不住，当下就随马天翼前去考察"东舞台"。

庄世平亲自策划的"中艺"艺醉曼谷的一场好戏，终于拉开了大幕——

21日下午，由"东舞台"经理马天翼出面，在"华侨建国救乡会"举行欢迎会，为"中艺"接风洗尘。参加欢迎会的人，集曼谷华人社会文化、教育、新闻以及经济界的精英名流，如知名人士蚁美厚、李其雄，"暹华艺术协会"的林艺，"暹华教育协会"的吴刚、杨世瑞，"暹华青年联合会"的林达、杨白冰，"暹华戏剧协会"的罗丹、郑一标，等等，都是至今仍为人们所推崇和怀念的人物。中文报纸中的《中原日报》《中华报》《华侨日报》《全民日报》《民生新闻》《真话报》《曼谷商报》《光华报》等，在抢发了昨天"中艺"抵泰的新闻之后，今天又各自派出强大阵容，为挖掘各自的"独家新闻"竭尽全力。于是，这边椰树下，频频举杯，互道祝贺；那边草地上笙歌悠扬，共磋技艺；这边纵谈抗战胜利后的祖国前途大计；那边抒发弘扬祖国光辉文化的见解……一片欢声笑语中，昨晚通宵阅读了"中艺"部分节目剧本的庄世平，却悄悄拉住丁波，漫步于花廊幽径间。他们的手上都拿着饮料，表情是悠闲的，但谈话的内容却极为严肃。

"大部分节目是精彩的。"庄世平说，"但为了首演成功，为了绝大多数华侨能够接受，包括国民党政府驻泰大使馆的大部分人。记住，泰国视国民党政府为正宗，你们的言行都应符合'合法'两个字，唯此，才能保存、发展、壮大自己。所以，一些剧目和内容，甚至其中的一些字眼，就应很好地斟酌。首演的《中国人民悲欢曲》因是元旦新年期间，可否改为《歌舞新年》？吉祥如意，人共此心呀！内容上，最好只是提和平、民主、团结建国，不提反对独裁。'独裁'这个字眼，很容易让人联想到国内的一些反动头目，授人以借机闹事的把柄。当然，今天来的新闻、文化、教育各界的侨领朋友，你们都可以征求一下意见。"

"我们一定好好研究，好好征询大家的意见。"丁波说。

"这里终究是国外，情况复杂，你们内部应在组织纪律上有自我约束的保证。"庄世平说着，呷了一口香槟。

"在香港时，我们已签订了《'中艺'出国公约》，从工作到生活都有严格规定和奖罚条例。"丁波回答。

"曼谷没有春夏秋冬四季，只有雨季和旱季。眼下正是旱季，气候炎热，动一动都会全身冒汗。大家本来就不适应这里的水土气候，如果不注意休息，很容易得'新唐病'。"庄世平望了丁波一眼，"你们首期演出八十场，元旦那天演三场，2号和3号各演两场，任务很艰巨。任务要完成，又要力保大家的健康，这就要凭有力的组织和坚强的意志。对此，我已作了一点安排，请华侨中学的校医肖英小姐做你们的业余保健医生。她很积极，还说要请她的朋友黄医生一起来帮忙。"

"谢谢,谢谢!"

丁波的话刚出口,就听见远处一把银铃般的声音在喊:"庄经理,你怎么不来看节目,精彩极了——"

"你看,说曹操,曹操到,那就是肖英。"庄世平指着不远处一位姑娘向丁波介绍说。

这时,月色初上,庄世平和丁波走上去,汇入了欢乐的海洋中……

22日上午,庄世平会同马天翼,带着林林总总十几份登载有"中艺"抵泰消息或有关"中艺"演出的评论文章的中文报纸,来到国民党政府驻泰大使馆,请求大使李铁铮的接见。

其时的国民党内部,正处于矛盾分化的时刻。以蒋介石为首的一派,在美国的洋枪洋炮支持下,正处心积虑地准备内战,妄图一举消灭共产党,以便实行新的独裁统治。而以包括许多孙中山时期的元老在内的国民党有识之士,则真心地主张国共合作,一致致力于经济建设,使刚刚在抗日战争的烽火中缓过一口气来的广大劳苦大众,获得新的生机。这些有识之士中,尽管对共产党和共产主义的看法和认识不一,但主张和平、民主、团结建国,则是一致的。大使李铁铮,无疑是后者的代表之一。而其为人,更以热情耿直出名。

安达公可其时已是曼谷经济界的佼佼者,公司的总经理庄世平,必然要在许多重要场合出现,连泰国总理比里举行的一些招待会和皇室举行的一些活动,他都有幸参加,结识了泰国政界和商界的许多重要人物和知名人士。这必然要有许多和李铁铮握手交臂的时刻。李铁铮力倡"建设民主、和平、团结的新中国"的主张,庄世平是极为赞赏的。而对于在华侨中受到推崇的庄世平,李铁铮也是尊敬有加的。因此,他们的会面,既平常,又热烈。

"你庄世平是无事不登三宝殿呀!"李铁铮打哈哈地说。

"李大使大概已看到报纸了，中国歌舞剧艺社已抵达曼谷，过几天——明年元旦就要在'东舞台'演出，'中艺'的前身，是国民政府军事委员会……"

"我知道我知道，不就是陈诚、周恩来领导的政治部设立的演剧队、宣传队吗！"李铁铮抢着说，"这很好嘛，请你们代我问候大家。"

"我们想请李大使为首演剪彩。"马天翼说。

"这……哎哟，我恐怕走不开。抗战胜利了，使馆的事情多如牛毛，忙呀！"李铁铮有意捏了捏眼皮。

他这是在推托！庄世平心里想。但既然来了，岂能空手而回！他斟酌了一下，说："我们已把报纸上有关'中艺'的消息和剧评文章都带来了，演出的节目剧本，慢些时候也会送来，请李大使审阅。据我所知，演出节目大部分是宣传抗战胜利的，有一部分是宣传建设一个和平、民主、团结的新中国的，也有一部分属于我国优秀的传统文化。中泰文化在互通互补上源远流长，不仅泰国人民能够接受中国的文化艺术，更何况这里华侨众多，大家对祖国的文化艺术早就心神向往，一脉相承。所以，我相信这次演出一定会受到欢迎，一定能为中泰人民的友谊作出新的贡献。还有的是，中国是迫使日本法西斯投降的战胜国之一，这个时候中国的文艺团体来泰国演出，意义就更不同一般。而这些内容，我以为也是和李大使的观点一致的。所以，大使馆作为中国在泰的全权代表，如果李大使能拨冗出席首演式，并给予剪彩，不仅是对演出节目的审查和指导，而且对中艺的同志是极大的鼓舞和慰藉，对广大侨胞也是莫大的鼓励。"

"这些道理我都懂，报纸上的文章我也都看过了，至于剧本嘛，就不要送来了，我实在没空阅看呀！你们说，除了剪彩，我能做点别的什么呢？"李铁铮顿了顿，蓦然自问自答道，"这样吧，以我个人的名义为'中艺'题个词，该算是表示态度了吧？"

马天翼还有些犹豫，庄世平却马上应道："好，这个主意好！"他想，从李铁铮的地位上看，能做到这一步已经很不错了。以李铁铮个人而不是以大使馆的名义发出题词，将来演出成功了，自然有大使馆的功劳；一旦出了问题，则只由他自己承担而不累及使馆其他人。这既表现了他外交官的灵活手腕，也表现了他为人耿直的品格。对此，我们也应该通情达理才是。至于以后，李大使还能不能出面，就要看"中艺"的真功夫了。

当下，李大使立即铺开宣纸，运足丹田，屏心静息写下了"行万里路，宣扬祖国文化"十个苍劲雄浑的大字。随后，便把庄世平和马天翼送到门口。

庄世平和马天翼径直往"东舞台"走来。今天是"中艺"演出的入场券预售的第一日，他们不能不记挂观众对演出的态度。一路上，庄世平交代马天翼，要马上找到"中艺"的美工人员，尽快在剧场大门口设立大屏风，将李大使的题词放大加工后张贴上去，以扩大宣传声势。

当他们走到离"东舞台"还有二百多米远，不由为观众踊跃购票的情景浮现出欣喜的笑容。远远望去，那黑溜溜的排队长龙，没上千人，也有八百……至此，庄世平才突然想起一件事，对马天翼说：按此声势发展下去，泰国其他地方以至东南亚其他国家的华侨，都可能前来观看"中艺"演出，为应急起见，一月份每场演出都要截留五十张特等票，归剧院和安达公司掌握。

至此，万事俱备，只待东风了。

激动人心的时刻终于到来。1947年1月1日，在新年的喜庆气氛中，"东舞台"披上了盛大节日的盛装。街口两头，搭上富于中国特色的牌楼，楼上分别写着"欢迎中国歌舞剧艺社"和"祝贺中国歌舞剧艺社演出成功"的字样；大红灯笼高挂，名花异卉放彩；一月份预告栏上，描红画绿，重要演员和主要节目的照片分外醒目；巨大的鲜红屏风，摆在门口正面，贴着李铁铮大使苍劲雄浑的题词："行万里路，宣扬祖国文化"，令行人无不止步，啧啧称赞不绝……未到九时早场演出时间，全场一千二百多个座位已坐满。由庄世平和马天翼掌握的五十张应急票也解决不了问题，而外地许多社团和侨领都不约而来，只好在通道走廊摆上椅子，增加座位；到后来，连舞台上的椅子都搬下来了也不够，只好委屈了各位名流豪贾，统统让其站在后面观看。

九时整，首场演出启幕。舞台正中，悬挂着两颗金光闪闪的金星和英文字样"中国歌舞剧艺社"（CSDDS）。在"中国"两个辉煌金字下边，突出"中艺"社徽——一只引颈高亢的金鸡。这图案象征着在祖国长夜里"中艺"像报晓的雄鸡，以其勇敢和无畏迎来了黎明。三十个演员，男的着白西装结红领带，女的一式白旗袍，在五彩灯光辉映下，白中透红，显得格外端庄、肃穆。富丽而大方的场景，透出一种生气勃勃的精神，未亮歌喉，已引得台下一阵鼓掌喝彩。经庄世平审阅，又经许多侨领提出意见的节目，无疑得到华侨的认同和赞赏。第一个节目大合唱《我们爱的大中华》，结束时热烈的掌声达几分钟之久，提早进入演出高潮……整个演出声情并茂，连歌带舞，谐趣横生，扣人心弦，将观众一次次带入感情的激流之中。演出结束时，观众竟然聚而不散，累得演员多次谢幕，才算了结。

面对这巨大的成功，坐在后座的庄世平一阵激动之后，立即又跑到后台。今天还有下午、晚上两场演出，明天和后天也各有两场演出，演员的生活安排得好不好，关系到以后演出的任务是否顺利完成，更关系到"中艺"在泰国的声誉，以至今后的生存发展呀！当他看到演员吃的是快餐，立即让人就近买来汤水、饮料、水果。

接着，又设法在舞台上增设椅凳，让演员们在中午或黄昏时有暂时得到休息的地方……此后，他又从公司派出得力助手，到剧场全权协助"中艺"应付处理各类事务。

事实应验了庄世平的预测，"中艺"的成功，使李铁铮大使和馆里许多有识之士不能不另眼相看，给予厚待。1月18日中午，大使馆举行酒会招待各国驻泰使节，"中艺"全体成员作为贵宾被邀出席，并在酒会上演出助兴；1947年农历除夕之日，大使为皇室官员、各国使节和侨领举行除夕酒会，"中艺"再次出席并成为酒会上引人注目的中心。会后，暹罗九世皇握住李大使的手，频频点头说："太感谢您给了我们美好的享受。过去我以为中国只有潮州戏，今天真是大开眼界……"

转眼，两个多月过去，"中艺"在曼谷第一轮演出顺利结束，比原来协议多演了四场，达八十四场，观众达六万三千多人次，其中最受欢迎的节目《英雄儿女》，连演十一场，观众达一万三千多人次。演出的成功，不仅扩大了中国文化艺术的影响，提高了中国在泰国的地位，还获得了经济上的较好效益。在庄世平和广大爱国侨领的关心支持下，"中艺"解决了内部团结的问题和"新唐病"的威胁，以更加强有力的形象，出现在异国的土地上。

于是，第二轮四十场演出的节目进入了紧张的筹备排练。与此同时，在庄世平、谭有六等人亲自参与策划下，应广大华侨子女的强烈要求，"中艺"在"进德学校"和"南洋中学"分别开办了歌咏和舞蹈两个短期训练班。仅三天，报名人数就达二百五十多人。歌咏班设"普通乐理"、"指挥常识"、"识谱"、"视听"、"文艺知识"等等课程，舞蹈班的课程则是"舞蹈基本知识"和"舞蹈的艺术道路"等。一个月的学习结束后，"中艺"和学员在"东舞台"联合举行结业演出。演出晚会上，不仅大部分侨领和广大家长前来观看，出版了"专刊"，李铁铮大使又特地送来了"且习歌舞、预祝升平"的贺辞。"中艺"从此不仅获得"文化使者"的称号，还增加了新的衔头："文化播种人"和"艺术师长"。后来成立的"华夏合唱团"和"暹华舞蹈研究会"，就是以这两个班的学员为主体。由此扩展开去，"中艺"还和"皇家舞蹈团"的泰国艺术家切磋技艺。文化连同友谊，一起深深地在异国土地上生根，开花，结果。而更加可喜的是，两个训练班的学员，有许多在新中国成立前后，回到祖国母亲的怀抱，用自己的聪明才智参加革命和建设。如马明、郑诗敏等人，后来都成为颇有成就的艺术家。

这里不能不提到的是，正是"中艺"本身的努力，尽管他们的演出内容终究有着鲜明的政治色彩，透过艺术形式仍能听出中国共产党维护民族利益的雄伟声音，一些反动分子怕得要死，恨之入骨。但由于庄世平和广大华侨的保护，虽也泛起一点异常的波澜，出现几声不谐音，却都化险为夷。第二轮演出的节目《生产三部曲》，是根据田汉、冼星海创作的《生产大合唱》改编的六场歌舞剧，剧中公开提出了"反对内战"的口号，唱出了广大劳苦大众"内战起，生活难"的呼声。然而，演出第三场时，剧场门口《生产三部曲》的海报被人涂改为《共产三部曲》，"中艺"为之气愤，经理马天翼为之惊悸。在泰国这古老皇国，公开提出共产主义，可是不小的罪过呀！消息传到庄世平处，他愤然而起："剧本的内容无问题。如果连'反对内战'的口号都不敢提出，还谈什么和平、民主、团结、建设。这是有人要向'中艺'栽赃、泼污水，妄图借泰国政府之手来整'中艺'。查，一定要将这事查个水落石出。"于是，安达公司、"中艺"以及剧场工作人员，经过一番紧张的明察暗访，终于查出涂改海报的阴谋是"三青团"策划的。庄世平和马天翼等人为此作了相应的妥善处理……一处暗礁刚过，另一道黑浪压来。两家被国民党右派控制的报纸，假借读者来信，谩骂《生产三部曲》宣传共产党的主张，胡说"中国没有内战，只有戡乱"，"反对内战，就是反对戡乱政策，就是共产党言论……"眼看这黑潮来势汹涌，庄世平亲自调查访问。原来黑潮的根源就是大使馆的武官。怎么办？公开的论战毫无益处，最好的办法是争取舆论支持，用事实讲话。于是，就《生产三部曲》的内容到形式，大部分中文报纸连篇累牍地发表赞赏的评论。而庄世平的另一个绝招是，把大使馆的有识之士统统请来看戏，看戏后又让他们发表见解，以正视听。本来是一件坏事，却收到意想不到的良好效果。《生产三部曲》连演十四场，场场爆满，创造了"中艺"在曼谷演出的最高纪录。

啊，八个多月如烟似梦地过去，"中艺"转眼就要离开曼谷，前往新加坡，重新开始又一轮征战。她所取得的，何止是一百三十九场的演出，对十一多万人次的宣传！何止是经济上的高收入！

她保存和壮大了一支优秀而宝贵的艺术队伍。解放后，"中艺"绝大多数人都回国参加社会主义革命和建设，丁波、郑达、梁伦、海风等人都在文化部门中担任了重要的职务。

她传达了正义的声音，唤出了中国人民的心声。广大华侨因此更加理解和支持中国共产党的正义事业，激发起他们参与新中国建设的热情。

她为中泰友谊播下了新的种子，为两国文化交流做出了新的榜样。

任何简单的数字，都难以概括她深远的历史意义。

因此，半个多世纪之后，当人们看到庄世平以其近百岁的高龄之躯，还孜孜不倦地热心致力于教育和艺术人才的培养，其实是源有所自的了。

十一 扬帆香江

风云突变！

随着国民党在国内全面挑起内战，随着国际风云变幻莫测的变化，以旗帜鲜明地宣传和执行中国共产党的主张的安达公司，经营日益艰难，形势日益严峻：

首先是安达公司西贡分公司，由于地处法国殖民主义者的统治区，法国殖民主义者对一切支持和同情越南人民争取民族独立的斗争的团体或个人，必欲除之而后快。安达公司西贡分公司的处境十分危险，不得不于1946年底撤销。

接着是安达公司河内总部。由于河内是战略要点，越共部队和中国同盟军、法国军队在此摆开战场，绞杀血刃，枪炮声不绝，安达公司已无法在此开展任何商贸活动，更不宜作为公司的总部，只好于1947年初夏撤销。

随后，由于恶势力的逼迫，安达公司在上海、新加坡、海防、美国的分部也难以维持，于1947年底先后撤销。至此，安达公司仅剩泰国、香港两个分公司。

然而，从1947年夏天开始，泰国分公司的日子也很不好过。由于粗糙笨陋的苏联货物已无法和价廉物美的其他国家和地区的货物相抗衡，公司的经营日益下降。还有国民党右派也在东南亚一些地方成立了"越中贸易公司"，专与安达公司唱对台戏。尽管越中贸易公司也采取华侨集资的办法，但由于一些官员的浪费贪污，全部资金被中饱私囊耗费殆尽，仅一年时间就宣告散伙。然而它在倾销商品和造谣惑众方面，也给安达公司的经营工作造成了许多困难。更为险恶的是，泰国恶势力已开始向正义的力量开刀，特别是不久又发生军事政变，对进步力量和民主人士的迫害就显得更加肆无忌惮。泰国安达公司由此承受了极大的压力。

有近一年的时间，庄世平为求公司的生存和退路，频繁地往返于曼谷和香港之间，尽早做好最为困难的打算。而使他终生难忘的是，曾有一次，他在香港坐上同盟军的飞机，准备返回泰国。临起飞时，他被机组人员叫下飞机，说是带有迫切任务的人员要搭乘这架飞机，要他让出座位。然而，恰恰是这架飞机起飞十几分钟后，竟撞在钻石山上，机毁人亡。一次偶然的换机，居然使他逃脱了死神的追逐……当时香港没有飞往曼谷的正常的航班，飞机全是军用飞机，只有乘机的军人太少或任务不太重要，才会卖出一些散票，庄世平钻的就是这个空子。他是个面对变化安之若素的人物，那天从机上被赶下来后，干脆就在机场宾馆开了房，美美地睡到晚上十一点多才回家，也不知道外面发生了什么。家里此时正为他摆开了灵堂，他的出现，吓得林影平和一众亲友魂飞魄散，还以为是把他的阴魂招回来了……真是生命中的一次大幸！而使他感到欣喜的是，在香港，他见到了离别十多年的苏惠和她的丈夫方方。他们在庄世平以后的漫长的人生道路上，给予了里程碑式的帮助和指导。

1948年初，庄世平为挽救安达公司的危机，以求另图发展，在观众中以优惠价格发放电影月票，既方便观众看电影，又为公司尽早筹集到一大笔资金，并另名"庄岩玉"签放月票。集资工作起初颇为顺利，危困中的安达公司眼看又有了起色。然而，早已把他和安达公司视为眼中钉肉中刺、必欲逐之而后快的曼谷黑势力，立即抓住发放电影月票这件事和"庄岩玉"这个名字，伙同曼谷税务局，以安达公司税务不清为名，为迫害庄世平和栽赃安达公司设下了一个个黑暗的陷阱。这天一早，庄世平正在密室中清点账务，门外一阵阵敲门声如雷传来。伙计问："谁——"门外应道："税务局的。"庄世平立即闻到一股迫在眉睫的血腥味，急中生智，马上在伙计的帮助下，从桌上爬进天花板的通风口。一连一个多小时，他耳闻一群歹徒掘地三尺地对办公室进行搜查，带走了一切他们认为有用的物品，并对伙计们进行恐吓。好在安达公司的伙计们个个都是硬铁汉，半句也没有透露总经理的行踪。直到歹徒将伙计们带走了，办公室又归于安静，庄世平才迅速撤离了现场。好险呀！后来证明，正是庄世平的果断，才避免了一次遭到拘捕的厄运。面对这险恶的形势，庄世平已无法在曼谷开展工作，只好紧急撤往香港……此后，安达公司几乎所有的职员都遭到逮捕。至这一年初夏，泰国黑势力更干脆扣以莫须有的罪名，将安达公司查封。

安达公司泰国分公司从此被迫关门歇业。

刚刚摆脱了厄运的庄世平一进入香港，安达公司这盘残棋已摆在他的眼前。香港安达公司的规模和业务本来就不大，这时公司的存款不够三千港元，仅够公司一个月的正常开销，难以承受巨大的困难。撤退下来的员工家属，生活出路在哪里？被查封冻结的财产已经失去，被别人借去的资金无法讨回；而借别人的，他必须做出进一步强有力的承诺和兑现。拆东墙，补西墙；借东家，还西家……为此，他承受着参加工作以来空前绝后的巨大困难和压力。但许多债权人，无不惊讶庄世平还贷的能力和身处逆境仍高高举树的人格信誉。于是，每当这时，当庄世平提出："我这里有几个伙计，能帮忙找一条生活出路么？当家庭教师，到工厂打杂，在店铺当差，都行！"那些人都乐意并全力给予支持。连安达公司的领导人之一丘秉经也不能不为他面不改色心不跳的应变能力而惊叹："有他在，事业不死。"然而，甘苦自知！只有到了深夜，尝遍了生活中酸辣苦涩、唯独没有甜味的庄世平，才知道自己是多么的疲惫不堪！——过去的一切苦难，毕竟只涉及自己及少数几个人呀，而这次，危及的是几十几百人的一盘大棋呀！整整四个月，他可谓心力交瘁！而在泰国被捕的安达公司数十名职员，则在他长期不懈的努力下，于两年内先后得到保释。

然而，有坚强的信念在，有远大的理想在，挫折和失败又算得了什么？

更何况，他并不是孤立的。他的身边，有着一批坚强而真诚的同志和战友。

苏惠自1935年离开泰国回国，在上海参加地下工作一段时间后，到了延安。1946年初，她和丈夫、国内军调部第八小组中共首席代表方方，一同南下监督广东当局执行停战协定和解决华南抗日游击队北撤问题。这年4月，方方和廖承志、林平、曾生等一道就东江纵队北撤问题和国民党广东当局进行了谈判，签了著名的《北撤三原则》；7月，方方就任中共中央代表来到香港，直接领导华南党组织的工作。

在庄世平敬仰的中共领导人中，方方有着重要的一席之地。方方乳名方瑶泉，学名方思琼，属普宁县洪阳方氏家族。由于他在1923年就组织起旨在反封建反殖民的进步团体"洪阳集益社"，成为该社的社会科长；次年又到广州第二届农民运动讲习所学习，而后成为中共潮安县工委书记兼潮安县总工会秘书长、普宁县县委书记、汀连县县委书记、杭武县县委书记、福建省委常委兼宣传部长、省委代理书记……致力于武装斗争，建立革命根据地，终于为洪阳城内一批反动势力所不容。在一次族亲会议上，封建遗老遗少们荒唐地将他开除出方氏家族，不准他再使用"方"姓，并为此煞有其事地在报纸上发表"启事"。方方不仅不屈服于反动势力，反而还将名字思琼又改为一个"方"字，你不让我姓方，我偏偏要让名字也叫方，你奈我何！

方方和苏惠的名字，居然有异曲同工之义；两人的结合，真可谓璧合珠联！

"从今以后，我可就要称方方同志为姑丈了！从事业到私人感情，咱可是亲上加亲呀！"1947年夏天和苏惠见过面时，庄世平乐呵呵地开玩笑道。不过，从苏惠领着他第一次来见方方开始，他从未叫过他一声"姑丈"。有什么比"同志"的称呼，更显得亲密无间呢？

从许涤新以及泰国、缅甸等地进步组织的汇报中，方方对庄世平的工作也是了解入微，赞赏有加的。初次见面时，比庄世平大七岁的方方，就像对着一个小弟弟，如数家珍般地历数了庄世平如何在泰国宣传抗日救亡，如何捐助国内抗日进步力量，如何逃脱追缉搜捕，如何在老挝、越南等地经商兴学，如何办起规模宏大、商誉昭著的安达公司……而庄世平不仅对方方的名字缘由能说出来龙去脉，对他的诗词文章记忆犹新，甚至对他1942年在大埔被土匪绑架，是周恩来指示潮梅地区的党组织不惜代价才营救脱险的事件，也能说出个大概。末了，他居然还能背出方方于1930年为《普遍》报所写的序诗《无题》——

　　红山风啸，
　　白湖浪吼，
　　我们的枪已上膛
　　刀已出鞘。
　　一、二、三，
　　看你狗命何逃！

不是出自崇高的情感，不是出自对方方的敬仰，又何来如此细致入微的关注？

移居香港之后，庄世平就来到弥敦道185号，向方方汇报了泰国安达公司遭到封闭的情况，并迫切地询问了国内形势，请求方方对他今后的工作给予指示。方方拿出他到香港之后发表的部分文章说："具体形势和工作方针，这些文章都有一些记述，你拿去看看吧。总的说，以蒋介石为首的反动势力，已不让人民得到和平，内战战火已经燃起。我们党中央已作了最长远的估计，为了建设一个民主、自由、繁荣的新中国，即使战争要打上五年十年，甚至十五年，我们都将承担起这个神圣的历史责任。但从战况上看，也许要比我们估计的时间来得更快更早。北方的大片土地已经解放，人民政权已牢牢建立。解放大军眼看就可以挥师南下。在南方，为了牵制国民党的兵力，我们也已开展新的游击战争，着力建立新的红色根据地。形势，将越来越朝着有利于中国人民和中国共产党的方向发展。"望着庄世平好久，方方喝下苏惠递过来的一杯茶水，话锋一转说："对战争的物质支援，还有胜利后经济建设的资金和人才等问题，如今也越来越迫切地摆在我们面前。你对东南亚各国的深刻了解，在广大华侨中的影响力，对经济工作的熟悉和丰富经验，正是我们当前极为缺乏的人才。在尽快妥善处理好安达公司转移撤退工作之后，希望你尽快广开财源，创造新的经济局面，为支援我们的正义战争，为建立南方红色根据地，为树立我党在人民群众中的形象，作出你应有的贡献。"

在困难时刻，在新的战场上，庄世平仿如一艘夜航的轮船，又看到了指明方向的航标灯。

不久，方方又把庄世平请到弥敦道185号。刚坐下，方方就问道："不知近来有什么生意可做？能赚到钱？"庄世平虽对方方谈起这样的话题感到有些奇怪，但仍熟门熟道地介绍道："抗战时，国内有一部分纺织厂转移到国外。加上当地原有的纺织业，这类工厂很多。但东南亚一带缺乏棉花，加上战后人民急需温饱，棉布的需求量大，还有欧美各国对棉布的进口量也十分巨大，所以近一个时期棉花、棉纱、扣布在这些地区成了抢手货，价格一直高居不下。如果能在这个时候做棉纱生意，肯定是有利可图的。"方方脸上露出一片喜色，又问："能找到供货渠道么？"庄世平应道："安达公司后期就曾与上海一些企业做棉纱生意，供货渠道不成问题。"

方方听罢，倏地又显得严肃起来。他从抽屉里拿出一张存折，郑重其事地对庄世平说："这里有五十万港币，是我们南方局的经费，暂时还用不上，就当是短期借款交给你了。希望你能珍惜党的这一笔资金，努力使它在市场上生息生利，以壮大我们党的经济实力，保证不能亏本。"

庄世平心里想：做生意是难免亏本的，只要是整体上盈大于亏，就是胜利。但他没将这些话说出口，而是郑重地接过存折，表示道："我会尽力尽心去做的。"

真是吉人天相！正当庄世平手上有了钱，正在物色办公场地时（香港安达公司在最困难的时刻，因还不起租金，公司办公场所和铺位被人收回了），曾在泰国入过狱、与他交往颇深的知名进步人士邱芝荣，恰恰这时也在香港开展经济工作，听说了他的困难，主动将一处有几十平方米面积的铺位交给他经营。一次燃眉之急，终于被同志间的友爱所融解了。

于是，安达公司原班人马立即联系客户，寻找货源，熟门熟道地行动起来。强将手下无弱兵，从拿到五十万港元那一天算起，仅十几天，第一笔棉纱生意就做成并运往泰国。从此，货如轮转，利如湖聚，仅四个月工夫，已赚回十分可观的利润。安达公司虽然在每次成交中仅收取极少的百分之二的佣金，但这毕竟如渴时甘露，终于缓过一口气来，又积蓄起发展的基础。

在经济转好的同时，庄世平十分冷静地分析了国内外的形势，在方方的支持下，又迅速创办了专营侨汇兑换业务的"宝通钱庄"。钱庄不仅方便了广大当地同胞，更为后来组织上开展更大规模的经济活动，提供了十分有利的条件。

1949年初，中共南方局的同志询问安达公司：海丰汕尾的地下组织收购了一些生猪，打算卖往香港，不知安达公司是否愿意代理经营，佣金同样是百分之二。此时安达公司做棉纱生意正如火旺，在经济好转的同时，银行也已同意贷款透支，前景看好。因此，有些人以生猪生意难做为借口，有意不做这笔生意。然而，庄世平认为这是安达公司重整声誉、重振雄风的一次机会，毅然鼓励大家说："和外国人都做生意，有什么理由不与自己的同胞做呢？我们的形势虽然正向好的方向转变，但大家千万不要在顺境时忘记逆境。积少成多，集腋成裘，才是我们搞经济工作应坚持的原则。"便一锤定音了。自此，每月三四批，每批二三十只的生猪，由安达公司组织，源源不断地运入香港市场。由于生猪数量较大，市场上又供不应求，价格更有升无降，安达公司获利不少，不仅为国内组织提供了大量经费，也使安达公司有了可观的积累。

在庄世平的努力下，至1949年初夏，安达公司已完全摆脱了困境，成为一家颇具实力的、在南北行业中备受瞩目的公司。

这里要特别交代的还有：1948年前后，尽管中国共产党在自己的国家还没有取得政权，但对比自己还困难的越南共产党寄予了极大的同情并给予无私的支持。中共华南局负担起向越共捐赠资金经费的任务，而具体执行联络和交接工作的就是庄世平。这是一项十分秘密又必须十分稳妥的任务，庄世平不时要与一位姓陈的越共同志见面，将捐款交出去。华南局的捐款几乎都是临时从各方面调运的，总共几万元或几十万元的港币就是一大堆的零钞。为了不暴露目标，也便于携带，庄世平总要一家银行过一家银行地将零钞换成大钞。长年累月重复着这样枯燥的工作，这需要多大的毅力呀！60

年代庄世平参加中国银行代表团访问河内时，受到了超乎规格的隆重款待，原因就是他见到了那位当年与他交接捐款的越共陈同志。陈同志当时正担任越共中央联络部副部长。

　　扭转了安达公司的厄运并使之有所发展之后，庄世平在方方的直接领导下，迅速担负起一件件事关民族前途的重要组织工作，出色地完成党和人民交给的重托——

　　随着国内战争的胜利消息一个个地传来，辽沈战役、淮海战役、平津战役……蒋家王朝的覆灭已指日可待。香港作为培训新中国的干部、保护人才、提供物质支援的一个基地，也越来越显示出它的重要性。然而，尽管在抗日战争中东江纵队保护和营救了大批港英当局的官员和各方面的知名人士，中国共产党在包括许多在国际上卓有声誉的有识之士的香港人心中，有着极高的威信，但就在中国大地上曙光初露的时刻，不幸的事件终于发生了——

　　1949年4月20日至21日，当中国人民解放军渡江作战的时候，侵入我国内河长江的紫英号等四艘英国军舰和国民党的军舰一道向我军开炮，打死打伤我军252人。我军进行还击，紫英号负伤被迫停于镇江附近江中，其余三艘英舰逃走。英国当局曾由其远东舰队司令布朗特通过紫英号舰长同我军代表进行谈判，要求将紫英号放行。在谈判中，英方始终采取狡赖态度，拒不承认侵略罪行。7月30日晚英舰紫英号趁机逃跑，又撞沉我方木船多只。对此，中共最高领导人毛泽东，愤然命笔，写了著名的《中国人民解放军总部发言人为英国军舰暴行发表的声明》，表明了中国人民不怕任何威胁，坚决反对帝国主义侵略的严正立场，并且表明了即将成立的新中国的对外政策。

　　然而，帝国主义的侵略本性是无法改变的。4月22日，紫英号英舰被扣之际，谈判即将开始，港英当局就遥相呼应，对许多进步团体实行大搜捕，将二十多位共产党人和进步人士羁押拘留，制造了一个恐怖的白色之夜，妄图以此压迫中国共产党人在谈判席上让步。对此，整个香港社会哗然，在港的共产党人为之心急如焚、义愤填膺。新华社香港分社社长乔冠华，23日凌晨就致电约见港英当局最高层人士，提出了强有力的声明和抗议。由于中共驻港人员纪律严明，由于港英当局对二十多位共产党人和进步人士的诬陷都是查无实据的胡言，在真理面前，港英当局只好假惺惺地提出"保释待查"的方案。保释金因人而异，林林总总，二十多人的保释金额高达数万元之多。

当天，方方就约见庄世平，布置保释二十多位同志的工作。方方说："组织的经济状况你是知道的，一时难以拿出这样一大笔保释金，只能由你想办法尽快筹集了。以后条件好了，组织会将这笔钱还给你的。"庄世平激动地说道："眼下是救人如救火，还谈什么还钱不还钱！请组织放心，我会尽心尽力的。"

当下，庄世平就回到安达公司，清理出部分可以调用的资金，亲自将第一批十多位同志保释出来。然后他又亲自出动，以其真诚和信誉，探亲访友，东借西贷，多则几千，少则上百……至第二天上午十点钟，全部保金终于集齐，又是他亲自恳请几位香港的知名人士当担保人，出面把第二批近十位同志带出了险境（1992年7月24日上午，当笔者采访当年遭到拘捕的黄灼人同志，她对当时的情境仍记忆犹新，对庄世平的感激之情无不溢于言表："没有庄老的帮助营救，我的命运也许完全是另一个样子，也许早就不在人世上了。"她的爱人、原暨南大学经济学院院长蔡馥生听了她的话，频频点头，连连说道："是的是的，世平兄的义无反顾，令人钦佩呀！"）。

一桩重大任务刚刚完成，庄世平还来不及歇一口气，另一桩更加艰巨的任务，又摆在他的跟前——

1949年5月初，共产党在中国的胜利已成为定局，中共中央统战部电邀泰国华侨代表、著名爱国侨领蚁美厚回国参加在北平举行的中国人民政治协商会议第一届全体会议筹备会议。中共华南分局特派邱芝荣同志，从香港陪同蚁美厚前往北平，而蚁美厚在港的起居安全，则由庄世平全面负责。

蚁美厚从少年旅泰起，就受到其叔父、著名爱国侨领、泰国中华总商会主席蚁光炎的培养教育，并成为蚁光炎的得力助手。1939年底，由于蚁光炎主张祖国第二次国共合作，支持国内的抗日战争，终于为日伪反动势力所不容，遭凶手暗杀，壮烈牺牲。蚁美厚坚定地继承了叔父的遗志，以泰国华侨建国救乡联合会总会主席的身份，在支持祖国的抗日战争和解放战争，在领导侨团、侨胞进行爱国事业上，都作出了卓越的贡献。庄世平在泰国时，不论在抗日救亡运动中，或是在商贸经济工作上，都和蚁美厚有着十分密切的联系，共同磋商，紧密配合，互相支持。他们早就是心神相交的朋友。因此，对这次蚁美厚北上和党政各方人士共商建国大计，庄世平对自己担负的任务，既感到责无旁贷，又深知责任重大。有关的方案和措施，他无不亲躬亲为，一审再审。最后，在一批贴心的骨干中，他选定了自己的侄子、安达公司的经理庄佐贤，协助邱芝荣完成这个重要的任务。

5月底，蚁美厚终于偕同秘书魏孟昌，以曼谷商人的身份飞抵香港。庄世平、邱芝荣、庄佐贤等人专程到机场迎接，并将蚁美厚送入新光酒店住宿。从蚁美厚住入酒店这一刻开始，庄佐贤和几个公司职员也以住客身份入住，实行二十四小时值班服务。翌日中午，为了表示中国共产党对爱国著名侨领的关心，中共有关领导人杜国庠专程在酒店请蚁美厚吃饭，为蚁美厚接风洗尘。未入解放区就受到如此厚待，蚁美厚感动得彻夜难眠。然而，由于蚁美厚的身份的关系，港英当局政治部不久就派人来到新光酒店，对蚁美厚作了盘问。他们拿出杜国庠的照片让蚁美厚辨认，甚至责问他是不是要去北平。对此，蚁美厚作了有理有节的回答："我当然认识杜国庠，我们是同乡，他又是著名教育家，怎么，有什么问题吗？至于去不去北平，我还未有打算，这又有什么问题吗？"港英当局不得要领，只好限令蚁美厚三天之内离开香港。为了蚁美厚的顺利北上，庄世平、邱芝荣、庄佐贤只好对护送方案作了调整和变动。第五天晚上，他们就悄悄地将蚁美厚送上早已租好的丹麦货轮。按照上级确定的路线，外轮将通过台湾海峡直接到达已经解放的青岛，然后从青岛乘火车前去北平。由于蒋介石早在5月底就已飞逃至台湾，国民党部队对海峡戒备十分森严，随时都有可能对外轮也实施武装检查。为此，庄世平事先吩咐庄佐贤，在蚁美厚及几位陪同人员的身份上，又作了一些安排……这天晚上，一直在公司不敢离开电话机半步的庄世平，等到晚上近十一时，庄佐贤打来"客人已平安离去"的电话，他心头的一块大石，才仿佛落地消失了。然而，翌日起来，尽管自己的任务已圆满完成，但蚁美厚一行旅途上的安危，不能不使他有所挂念。一天、两天、三天……这种担心与日俱增。有几次面对方方，他多想打听一下蚁美厚的消息，但严格的纪律观念，又每每把浮到喉咙头的话硬吞下去。只有到了夜深人静，他悄悄地打开收音机，把一线希望寄托在北平新华电台的广播上。十几天后——1949年6月13日晚，红色电波传来的消息，终于抚平了他心中的忧虑：北平各界为前来参加首届政协筹备会的代表和来宾举行欢迎会。在一连串重要来宾的名字中，有"蚁美厚"三个字。

庄世平的心，终于完全释然了。

然而，战斗未有穷期。黎明前的祖国，还有更加艰巨的任务等着庄世平在香江完成。

就像一艘永不歇息的航船，庄世平正朝着一个个更新更高的目标，奋力挺进。

十二 开国礼赞

1949年初春一个薄暮低垂的黄昏。

庄世平审核完半个月来公司经营明细表，公司的职员早已下班离去。他呷了一口茶水，揉了揉额角，顿感疲惫的大脑已恢复了精神活力。他站起身，像惯常一样检查了一下门窗，正想回家，突然电话响了。"谁啊？"他拿起话筒问。

"我是苏惠呀！老方请你来吃晚饭。"听口气，苏惠显得很快乐。

"有什么喜事吗？"庄世平也不由乐了，随口问道。

"老方会当面告诉你的。"

一定有什么重大事情，才使方方这么郑重其事！庄世平不由得一阵激动，随口又问："要我带什么菜吗？"

"我这里有你喜欢的鸡蛋炒菜脯（萝卜干），你来就好了。"苏惠应道。

庄世平出了门，等不及有轨电车，干脆快步走了一里多，搭上过海渡轮，径直往九龙弥敦道185号。一进门，只见桌上已摆下一碟鸡蛋炒菜脯、一盘菜蕊、一盘红烧肉和一碗咸菜汤，好丰盛呀！方方显然在等他，正坐在桌旁阅读当日的报纸。庄世平风风火火地刚要问什么事情，方方以手拦住说："孔夫子曰：民以食为天。咱先对付这天大的事情再说。"

"有饭也有粥，你自个挑吧。"苏惠说。

当下，庄世平熟门熟道，自个拿碗装了粥，就着鸡蛋炒菜脯，低着头转眼间就把几碗粥填进肚里。等他坐在木头沙发上，方方完全理解他一有工作就一副拼命的劲头，马上丢下饭碗坐了过来。待苏惠送上茶水，收拾饭桌去了，方方才开口："有一件事情，想听听你的意见。"

庄世平不由精神一抖，倏然板直了身子。

"我们拟在潮梅根据地创立南方人民银行。"方方接着说，一边观察庄世平的神态。"可是，内部意见还不统一，有些议论。有的说：解放军转眼就要南下，全国就要解放，不久将由统一的人民币流通全国，这时做这件事，是多此一举；有的说：北方许多解放区的人民政权已发行有多种货币，我们拿来南方解放区使用就行了；有的说：办银行，发钞票，需要雄厚的经济后盾，而现在我们自身的经济都十分困难，条件不足，等等。对此，不知你有什么看法？"

"我以为这些意见和议论，都各有各的道理，但也有所偏颇的。"庄世平顿了顿说。不久前，他就从内部听到要创办银行这件事，心里早就憋着一股劲。开头，他还在字斟句嚼，但说到激动处，竟站了起来。"共产党在解放区、根据地实行政治上的领导，却在经济上流通伪币，这对人民政权的形象，只有削弱而无好处。如果有了我们解放区的金融系统，我们就有能力帮助人民群众摆脱因战争造成的各种困难，完善和繁荣当地的经济，实行税收体制，同时自行解决我们政权内部的开支费用。这事，怎么能看成单纯的经济问题呢？这是巩固政权，壮大队伍，在人民中树立共产党形象的根本性大事呀！至于北方各个解放区已发行各自的货币，可以拿来为我们所发行的说法，我以为是不切合实际的。我们和北方解放区金融系统在内部制度、兑率、运输渠道等等方面的了解、磋商、确认和建立，不知要经过多长的时间。而我们这里有的是这方面的人才，条件也较成熟，可以马上付诸落实，又何必舍近求远，舍易取难呢！至于说到货币太多样，到了全国解放之后，可能给统一货币造成困难，则是杞人忧天之谈。全国的解放，正是由一块块解放区的扩大而最终合并的结果，货币多样是战争时期的一种特色。如果我们因为可能给全国解放之后的统一货币造成一点困难，而不去创立自己解放区的银行，发行自己的货币，这是舍本求末。为了树立党的威信，巩固我们的人民政权，这点困难又算得了什么？在建立政权的过程中，坐牢杀头的危险我们都经历了，如果现在反而让这点困难吓倒，不是成了笑话么。我想提出这些意见的同志是不懂得：政权的体现，除了政治，还有更为具体、更为实际的经济领域。而经济领域的核心，是金融系统的占领和覆盖。"

庄世平一口喝光了茶杯里的水，见方方正聚精会神地望着自己，不由说："也许我说得偏激了。"

"不不，你说得很好，说下去，说下去。"方方忙不迭地应道，又在他的杯里添满了茶水。

"至于第三种说法，我以为：办银行，发钞票，如果有雄厚的经济基础做后盾，当然更好。但如果没有这个条件，难道我们就不去办了？我就不信北方许多解放区在创办银行、发行钞票之时，就已经具备充足的黄金和实物的经济基础了。上面我已说过，只要我们在创立银行的同时建立并完善解放区的商业系统，认真做好货物的调剂，我们的钞票在市场上物有所值，价值稳定，自然会有良好的声誉，自然会受到群众的欢迎。所以，我认为创办银行的条件只有两个。第一是全国何时能够解放？如果马上就能解放，必然要统一货币，我们就无须多此一举。第二是我们的解放区是否相对地固定？如果解放区没相对固定，敌人随时可能占领，我们创办银行就会失去信誉。除此之外，我以为我们是完全有能力把银行办好的。"

"好，你的意见很好！"方方不等庄世平说完坐下来，就站起来搭着他的肩膀，在不宽的小厅里一边踱着步子，一边说着话："事实上，今天我们创立银行发行钞票，正是为明天全国解放之后的统一货币工作做好准备，积累经验。据我所知，广东、广西、福建等沿海地区，由于华侨众多，港元、美元、越币等外国货币通行无阻，有一些地方甚至还有以物易物的现象存在。潮梅根据地的情形也大致如此。情况本来就是这样，我们为什么不能发行钞票，去占领市场，统一流通呢？据最低估计，如今流于华南地区单港币一项，就达五亿元以上。这意味着帝国主义单华南地区就掠夺了五亿港元以上的物资。所以我们要利用创办银行把这些外币集中起来，从香港以至国外购回我们需要的物资，尽量减少祖国和人民的损失。另外，这也是我们为根据地人民办的一件大事实事。如今国统区通货膨胀严重，伪币价值一贬再贬，整个金融体系已面临崩溃，人民苦不堪言，我们绝不能让根据地的人民也这样遭受伪币的祸害呀！人民政权发行钞票，可说是顺应历史潮流，顺应人民的愿望。从现实上看，这也是利用金融手段为党和人民创造财富的一次机会。根据统计，1935年至1936年间，单潮汕每年就要从南洋转入二百万担左右的粮食，还有大量的肥料和生活必需品，最低估计要折合港元两亿以上。如果我们在发行钞票的同时，做好物质支援，稳定物价，繁荣市场，广大华侨何必辗转千里为这些生活必需品操劳，而这笔外汇的绝大部分也将为我所兑换，为我所用。啊，说到外汇市场的生意经，你是内行，你比我更清楚。至于你说的两个条件，据我所知，如今离全国解放还有相当的一段时间；前段时间，中央曾对全国形势有过'红了北方，黑了南方'、'以十五年时间解放全中国'的估计。如今看来，这个估计是太保守了，相信不用十五年，不用五年，甚至不用一年就可以解决问题。我想只要有一段比较完整的时间就行了。办银行既是经济问题，更是政治问题，我们办事情应以党和人民的利益作为最根本的着眼点。另外，潮梅根据地不论是人口或是地盘，都相对固定，我们的政权也一直较为稳固。所以，我们创办银行的时机是比较成熟的。"

"既然如此，我们就应该抓紧行动！"庄世平被说得兴起，为方方递过茶杯，急切地说："你指示吧，分配给我什么任务？"

"你呀，我知道一有对革命有利的工作，你就睡不着觉！今天请你来，除了听你的意见，就是要分配给你重要任务的。"方方坐回到木头沙发上，呷了一口茶水。"蔡馥生等同志已到了潮梅根据地的河婆、灰寨等地，正紧张地筹备创立'南方人民银行'，南方人民银行将直属中共华南分局领导。从现在开始，我们应该立即着手做好三件工作：一、采购印刷设备，为印刷南方人民银行的'南方券'做好印刷准备。同时，为了'南方券'顺利发行，防止假冒，可能要采取两地合印的办法，所以，请你物色政治可靠、印刷质量上乘的印刷厂。二、将你主持的宝通钱庄，作为南方人民银行在港的代理机构，华侨在钱庄汇入侨汇，由侨眷在南方人民银行兑换，或作为外汇存款存入；这也需要在人员配备、内部管理上尽快做好准备。三、筹措资金，大力采购物资，特别是人民群众日常生活必需品，为即将发行的'南方券'的价值提供保证，树立其形象信誉。"

方方顿了顿，望了望正屏息听他说话的庄世平，问："大概就只有这些，有什么意见和补充吗？"

"很好。请组织上尽快进行明确的分工，我一定完成组织交给我的工作。"庄世平站了起来，掠了掠衣角，就告辞出门了。

一出门，他的心仿佛窝着一团火，浑身都被"我们就要有自己的银行"这个神圣的理想所激动着。他顾不上夜深更阑，直往码头搭了轮渡过海，就直奔安达公司。他用电话招来几个骨干，开始为南方根据地有史以来第一个经济战役进行紧张而又有条不紊的战前部署。

不久，"宝通钱庄"在原有业务上，又开拓了新的项目。钱庄除了储蓄和兑换业务，更主要的是做沟通华侨和侨眷的"侨批"工作。那些有亲人在解放区的华侨，由于国民党层层的武装封锁，双方早已断了音讯。宝通钱庄不仅经营上注重信誉，还由于有地下组织建立起来的秘密渠道，华侨的信件款项可以直接无误地汇往国内各解放区和根据地。因此，钱庄的业务，得到华侨的信赖，发展欣欣向荣。与此同时，在庄世平的协助下，购买印刷"南方券"的印刷设备、为根据地采购各种日常生活物资的工作，也迅速得到落实。

1949年6月底，南方人民银行印制钞票"南方券"的设备及纸张，由香港秘密运抵潮梅革命根据地的中心河婆镇。与此同时，在方方领导协调下，为防止假冒"南方券"，保护其严肃性，也为了避免不必要的麻烦，决定在香港印制"南方券"一元券、五元券、十元券的图案，然后运往河婆，由南方人民银行加印"行名"、"金额"和"发行年度"；只有五角、两角两种辅券由南方人民银行自行印制。由于南方人民银行是在收购了裕民银行和新陆银行的基础上成立的，还规定南方券的币值和裕民币、新陆币的币值一样，两元南方券的币值相等于一元港币。

1949年7月2日，由庄世平协助监制的第一批已经印上图案的南方券运抵河婆；随后是大批物资源源输入，投放到根据地广大的市场上。至此，南方人民银行的准备工作已全部就绪，可以付诸实施了——

7月8日，南方人民银行总管理处在河婆成立。

7月23日，南方人民银行潮汕分行在河婆成立并开始营业。后来扩大到五家支行，一家办事处。

9月20日，南方人民银行东江分行在老隆成立并开始营业。后来扩大到一家支行，五家办事处。

10月14日，南方人民银行梅州分行在梅县成立并开始营业。后来扩大到一家支行，六家办事处。而庄世平领导的宝通钱庄，实际上就成了南方人民银行的香港分行。

由于严格按照经济规律办事，有一整套严格的管理条例，有源源不断的物质保证，物价稳定、市场繁荣，南方人民银行发行的南方券，从一开始就受到根据地人民的欢迎，并一直保持它良好的信誉。虽然，国内的反动派和国际上的帝国主义对南方券的发行恨得要死，曾在初期利用裕民币和南方券同时使用之机，伪造裕民币掠夺根据地的物资，但立即被南方人民银行采用回收裕民币、禁止裕民币在市场上流通的办法所粉碎。接着，因内外反动势力又企图输入港币抢购根据地物资，造成市场供给困难，破坏南方券的信誉，但由于南方人民银行严格实行金融外汇和对外贸易的管理，而无法得逞。因此，尽管至1949年底广东大部分地区已经解放，南方人民银行也先后结束业务（潮汕分行最早于1950年1月1日，梅州分行最迟于4月20日），但短短的时间里，整个南方人民银行却取得了十分骄人的成绩——

为解放军挥师南下提供了大量的物资保证，使广东以至整个华南地区得以迅速解放。

巩固了人民政权，树立了党的光辉形象。

保护了广大华侨的利益，沟通了根据地侨眷和华侨的联系，为人民政权在华侨中间树立起威信。

除贷出款项用以采购物资，稳定市场，保护南方券币值外，还给予私营工商业、农业、渔业、水利、文教卫生以大力的扶持、培植，为新中国大规模的社会主义经济建设打下了基础。

培养出大批优秀的金融管理专业人才，为解放后人民政权对金融领域迅速实施管理，作出了贡献。

便利了解放后人民币的统一流通，增强了人民群众的民族主权意识。

……

随着南方人民银行的成功创立，一个更大胆更辉煌的设想，又几乎同时在方方和庄世平的脑海里形成了。

庄世平那瘦削的、本来就已经超重负载的肩膀，又将担负起更加沉重的光荣的历史重任。

1949年仲夏的一个夜晚。

已经过了九点钟，庄世平刚刚在宝通钱庄忙完一天的工作，就匆匆来到方方的住处。

"方方同志，有什么事吗？"一进门，他就急忙向正在审阅文件的方方问道。

"没事就不能请你来了？"方方将文件收起，笑着应道。"有朋自远方来，送了一点凤凰单枞茶。你这老茶客，不会不感兴趣吧！三国有煮酒论英雄的美谈，咱今晚就来个烹茶论香港，人情风俗、经济政治、东西南北，无所不谈。如何？"

"这当然好，当然好！"庄世平笑道。

于是，随着苏惠端上火焰正旺的小炭炉，转眼间水壶沸盖，一番低冲高斟，两杯清洌甘淳、滋肺润腑的功夫茶下了肚，政治家和经济高手都拉开了话匣子，神聊开来——

从1637年由英国通过炮舰政策达成的中英之间第二次通商，到1800年英国对中国的鸦片侵略达4500箱，而1830年就从中国运走670多万银元；

从虎门禁烟、鸦片战争的开始，到《穿鼻草约》《南京条约》两个卖国协定的签订而丧失中国对香港的主权，香港沦为英国殖民地；

从《北京条约》《拓展香港界址专条》两个卖国协定的签订而丧失中国对九龙的主权，到香港人民不屈不挠的反帝反殖民斗争；直到1921年的海军船坞工人和电车工人的罢工，1922年的海员罢工，1925年的省港工人大罢工；

从鸦片战争前香港仅5000多人，1851年只有33000多人，到1945年已激增为65万人，1947年更猛增为180多万人；

从香港开埠第二年起，英国当局就宣布香港为自由港，一直实行自由贸易政策，并在香港人民的辛勤努力下，经济得到了空前的繁荣发展，先后出现了1861年的中华煤气公司，1885年的山顶缆车公司，1889年的电灯公司，1904年的电车公司，1904年完成的中区填海工程，1910年始建广九铁路，1911年成立香港大学，1920年九龙的开发、湾仔填海工程的开始，以及完成新界和港岛山顶公路干线，1936年3月14日首先开辟伦敦和香港的定期航班和10月23日泛美航空公司的水上飞机"菲律宾飞剪号"首次完成横渡太平洋的飞行。

从1841年2月港英当局发出第一个告示中宣告："凡属华商与中国船舶来港贸易，一律特许免纳任何费用赋税"，香港被称为"无税港"而为世界瞩目，抗战前已成为国际转口贸易中心，抗战胜利后出口加工工业和对外贸易更是雨后春笋般的发展；到各国各地资本的大量涌入，至1948年各类银行已达140家以上，香港已具有成为世界金融中心的基础。

……

海风轻拂，茶甘情浓，谈兴似酒，不觉已到了午夜。

方方话锋突然一转，语重心长地说："孙中山先生曾赞誉华侨是革命之母，这话说得一点也不过分。中国的抗日战争和解放战争都得到华侨的支持。华侨热爱祖国，出钱出力，还有不少为革命事业献出了宝贵的生命。将来建设新中国，仍要取得广大华侨的支持。香港是联系海外的通道，对华侨的工作以后更应好好地做。"他顿了顿，问："新中国成立后，你对香港在我们工作中的地位，怎样估计呢?"

"这——"庄世平顿感到方方话中有话,仿佛有什么重大的决策正在思考之中,蓦地感到一阵兴奋。"香港作为国际转口贸易中心的地位,已是不可动摇的了。如今世界许多国家和地区也正踊跃投入香港金融界,香港不久也将是国际金融中心。由于是'免税港',被世人公认为'购物天堂',加上得天独厚的深水港,通往世界各地的航空优势,香港还将是国际上未来的旅游城市。抗战后美资、日资、法资以至各国大量资本的涌入,已说明它在未来国际商战中的重要位置。人家是万里而来,而我们就在这块土地上,如果我们不在经济各个领域中占领一席之地,我们将犯历史性的错误。"早在泰国时,由于政局多变,庄世平就以经济战略家的眼光分析了东南亚各地的情况,寻求更理想的发展之地。在香港这块英国殖民主义者占领的中国土地上,他已深感到发展经济的种种优势。"现在,全国解放在即,世界上敌视我们的势力,已对我们实行经济封锁,橡胶、化工、钢铁、战略物资、药品的禁运已经开始。以后和华侨的联系,就只有香港和澳门这两条通道了。澳门的地盘太小,发展的余地有限,主要应在香港。而我们要打破封锁,香港也必将成为一条纽带,一个桥头堡。"

"在香港,如今我们已拥有一些贸易公司、钱庄、报刊。但我总觉得远远不够,因为这些实体要担负起联系华侨、打破封锁的重任,实在很难。"方方瞥了庄世平一眼,"所以我想,我们很有必要在全国解放之前,在香港营造一个核心工程,建立一家骨干企业。你说什么行业才能担负起这个任务呢?"

庄世平蓦然预感到自己朝思暮想的宏伟理想就要付诸实施,两眼灼灼发亮,激动异常地说:"办一家银行吧!金融是整个经济系统的核心。"在安达公司创办后,他曾有过创办一家银行的打算。可惜碍于当时主客观等许多条件的不足,只好作罢。但这一宏伟的理想，却一直埋在他心里，成了他梦牵魂萦的奋斗目标。

方方含笑点了点头，说："你呀，一说就说到点子上了。有什么困难吗？"

"困难？"庄世平抑捺住兴奋的心情，使发热的头脑冷静下来。"从资金到人才，不能说没有困难。但今天我们拥有的一切，不都是从无到有、从小到大、从弱到强创造发展起来的！初办银行，不一定要承接银行的全部业务。做侨汇是我们的优势，我们可以从这方面首先做起。等有了积累，有了经验，再扩大业务。这当然有个实践和操作的过程。"

"哟，我差点忘了，经济学家马寅初先生正在香港，我们何不请他指点一下？"方方突然恍然大悟说。

"什么时候呢？"

"我联系上了，马上通知你。"……

可惜，第三天，如约和马寅初先生作了探讨论证之后，结果却令人感到一丝的遗憾。经济学说记载的是普遍性的原理，却忽视了特殊性的揭示；经济学家也无法解答一个未彻底取得国家政权的政党在一个与她的主张完全不同的地区设立银行的问题。而一句"创立银行必须以雄厚的黄金储备作为先决条件"的答案，仿佛在庄世平创造宏伟事业的前景上，蒙下了浓重的阴影。

握别了马先生，方方试探庄世平："怎么样呢？"

"很好！"想不到庄世平笑着说："你知道，十几年前我在中国大学是学经济的，今天算是温习一下荒疏了的功课。"

"说实在的，让你创立银行，我是很难给你多少支持的，真使你勉为其难！"方方感慨说。

"我勉为其难，你又为了什么呢？"庄世平感动地说，肺腑间蓦然升腾起一股凛凛豪气。"财富是事业的基础条件，但财富终究也是人创造的。"

"对！人才是最重要的财富，第一位的财富。"方方激动地握住庄世平的手。"创办银行的大任，我就交给你了。"

"请放心，我会尽心尽力的。"庄世平信心百倍地应道……

又一个攻坚战役开始了。由于1948年1月港英当局公布了《香港银行条例》，规定任何公司必须领取银行牌照才能经营银行业务，所经营的业务须经审定才能展开，而牌照必须经由香港总督会同行政局才有权签发。因此，合法领取照牌，成了庄世平创办银行第一道、也是最为关键的一道关隘。

"山重水复疑无路，柳暗花明又一村。"正当庄世平为领取银行执照而绞心费神之际，一个机会仿佛黑暗中的亮点，倏然出现了。

经有关友好人士的介绍，一位朋友早已申请到手的"南洋商业银行"执照，终于转让到庄世平的手上。——一切都仿如水到渠成般的平淡无奇，其实是天降大任的一种巧合：50年代庄世平在北京的某一场合，便见到了这位转让执照的朋友，原来是中共华东局一位负责人，而且是中共早期领导人博古的弟弟。当时华东局的工作重点正向香港以外转移，说不定转让执照的美事就是中共高层内部协调的结果。庄世平与这位同志相逢一笑，热烈拥抱，一切都在不言中——这是后话。于是，正式创办银行的各项工作，紧张而又有条不紊地展开来了。随后，庄世平又向有关机构借了一万美金，作为银行的开办费用。至此，创办银行的条件已万事俱备了。

在北京举行开国大典、一代伟人毛泽东向全世界宣告"中国人民从此站起来了"的两个多月后——1949年12月14日，香港最繁华的中环区中最不起眼的德辅道中167号，张灯结彩，修刷一新，悬挂起鲜艳夺目的五星红旗——南洋商业银行成立开张了。

德辅道中167号是一座四层楼房，在金碧辉煌的中环金融区仿如一只丑小鸭，但庄世平所挂起的，是港岛上的第一面五星红旗！她宣告了一个伟大时代的开始，传达了新中国对广大侨胞的血浓于水的深情。

1950年初，这面五星红旗又飘过大海，飘扬在澳门的土地上——庄世平和他的伙伴们在澳门创立的南通银行，开张营业了。她再一次昭示了中华民族屹立于世界之林的决心。

从香港的第一面五星红旗到澳门的第一面五星红旗，庄世平仿佛在茫茫夜海中竖起两盏明亮的航标灯，为这两块殖民地的人民树立起新中国的形象，传达了新中国对广大同胞的关怀，增强了新中国在广大同胞中的凝聚力，打开了新中国通向世界的两扇大门。

从参与南方人民银行的组织工作，发行南方券，到南洋商业银行、南通银行的创建，织成了庄世平生命乐章中最为璀璨最为辉煌的一页。

这是他为新中国献上的最为深情、最为厚重的礼赞。

十三　光明使者

港岛中环，作为香港这个国际金融中心的中心，世界上一百多家银行高度汇集，备受世人特别是经济界的瞩目。这里的每一个动荡，或一个信息，甚至一个电话，随时都可以牵扯动东西方各个角落的经济神经。白天里，它就像一个雍容华贵的妇人，出现在人们的面前——各种风格的高楼大厦相拥挺拔，争奇斗艳；各类最新型最现代的轿车，穿梭不息，尽显异彩；各类超豪华装修的精品店珠宝店，比肩而立，诱人倾囊；各种肤色的豪贾富婆、阔少美女、冒险专家，都来到这里或斟盘下注，或一掷千金，或伺机圆梦……在这里拥有一块地盘，其身份的高贵自不待说，就是店堂里的侍应小姐，因为必须通晓外语会话，待遇要比其他角落的同行高出许多，脸上自然要多出几分光彩。只是，到了下午五点半钟后，客走人散，大亨们征服完世界又为晚上享受世界匆匆筹划去了，这里便显得格外的静寂。而离这里仅一站路的湾仔和隔海的尖东，则华灯初放，各色夜生活场所刚刚进入早市，艺人骚客、夜莺歌女都正跃跃而动，为粉墨登台、抛笑换金、争宠博欢作着紧张的活动。

1949年9月28日，就在这日将西落、下班潮退去的时刻，庄世平匆匆地来到位于中环多爹利街的中国银行的办公楼里。

这是他近一个多月来第九次拜访中国银行香港分行郑铁如经理了。

郑铁如的办公室里，窗帘紧闭，显得有点闷热。他把庄世平让进室里，才带着一丝欣喜地问道："庄先生又有什么新消息么？"

"看你把我当成新闻发布官了！"庄世平笑着应道，"郑老大概已经从报纸电台上获悉，本月21日，中国人民政治协商会议第一次全体会议在北平召开，宋庆龄、何香凝、陈嘉庚、郭沫若、马叙伦、章乃器、沈钧儒、章伯钧、蒋光鼐、蔡廷锴、司徒美堂、蚁美厚等海内外著名人士正和中共最高层毛泽东、朱德、周恩来、刘少奇、陈云等济济一堂，共商国事，相信不用多久，新中国的临时宪法就将面世，一个新时代就要开始了。"

"形势的转变实在出人意料。"郑铁如感慨说，"想不到蒋介石挑起的这场内战，仅经历了三年多，就把他自己在大陆的命运葬送了。六百多万军队，美式装备加美钞，竟然输得这么惨！"

"这就叫得人心者得天下呀！"庄世平恳切的目光望着郑铁如。"大局已定，国家和人民期盼着中国银行在新的形势下作出新的贡献呀！"

"是呀，是时候了。"郑铁如说着，语气中透出一股坚定的信念。

郑铁如出生于潮汕潮阳县，早年留美专修金融科系，又当过北京大学教授，对国际经济形势的分析特别是对国内经济发展的研究，都有其独到精辟的见地。由于他的才干，更由于他追求光明和进步，对国家大事敢于仗义执言，中国现代史上许多著名的人物如宋庆龄、何香凝、廖承志、郭沫若、马寅初、梅兰芳、章乃器、章汉夫等都与他有着友谊的交往。20年代后期他出任中国银行香港分行经理时，马上发现外汇业务大有可为，在外汇市场上屡出胜招，使中国银行香港分行的业务一跃而进入香港银行业的前茅。由此获得"外汇专家"的美称，并成为中国银行界的口碑。第二次世界大战期间，郑铁如曾被日军拘留，日军软硬兼施要挟引诱他出任伪职，但他坚决拒绝，不为所动，不仅表现出强烈的民族气节，更保护了中国银行在港的大批财富。后来，日军碍于他的名气和威望，又抓不到他的把柄，才将他放出。他高尚的品格，得到了人们由衷的赞扬。抗战胜利后，各地纷纷实行外汇管制，香港银行界的资金难以找到出路。郑铁如由于在素有"纺织城"之称的南通工作过，对纺织业有较深刻的了解，因此当上海各家纱厂在第二次大战后购得大批机器设备，但碍于内战而不知往何处办厂之际，经郑铁如指引并决定向他们放款，这些纱厂纷纷在港开创工厂。许多纱厂如"南海"、"伟纶"、"怡生"、"永生"等，都得他巨额贷款。纱厂属新兴行业，利润丰厚，放款可高枕无忧，郑铁如不仅支持了民族工业的发展，也使香港从此开辟了一条发展轻工业的渠道，改变了香港的经济结构。

读大学时，庄世平对郑铁如在经济上的建树已有了一定了解，怀有敬仰之情。来到香港之后，由于有业务关系，加上是同乡，自然有了来往。在经济预测，在外汇买卖业务上，郑铁如自然是老师，有理论又有实践，庄世平不时地虚心前往请教，可谓得益良多。郑老对这位勤奋好学、工作上颇有成就的小老乡，爱惜之情和褒扬之语也常常溢于言表。不过，自这一年5月开始，庄世平和上级指派的周康仁同志一道，频繁接触郑铁如，却负有更为神圣的历史使命——

1949年初，为迎接新中国的诞生，中共中央决定在香港成立金融接管团，庄世平作为成员又担负起接管和保护中华人民共和国在港的金融财产的神圣而又艰巨的使命。5月中旬，他带来了首任中国人民银行行长南汉宸3月份到天津传达的中共中央关于接管中国银行的方针和政策：国民党政府"四行"、"二局"、"一库"中，中国银行有其特殊性，即有商股，有海外机构，历史悠久。全国解放后，中国银行要建成面向海外的外汇专业银行。为此，中共中央原则上决定继续保留中国银行的原名义、原机构和原有员工。传达之后，庄世平试探性地问："这样的方针政策，不知您老的看法如何？"郑铁如回答得相当稳重，显得字斟句酌："这当然是很明智的。"第一次实质性的接触，郑铁如就表现出如此强烈的倾向性，这就为庄世平以后的工作打下了十分坚实的基础。

自此以后，国内解放区接管中国银行的一个个消息，就由庄世平随时传达到郑铁如这里，推动着他早日下定投向新中国怀抱的决心——5月27日上海解放，解放军代表到达中国银行，受到员工们的热烈欢迎。28日，上海军事管制委员会主任陈毅、副主任粟裕签署命令，宣布接管、改组原中国银行总管理处。6月4日，由邓小平主持召开了重要会议，参加会议的有华东局书记饶漱石、华东局财办主任兼人民银行华东区行行长曾山、人民银行华东区行副行长陈穆和接管中国银行的军代表龚饮冰、冀朝鼎、詹武、项克方等。会上，邓小平再次传达了中共中央对中国银行机构、人员的方针，要求原封复业，稳步改造，尽快恢复营业，并宣布龚饮冰任总经理，冀朝鼎、詹武任副总经理，项克方任上海分行经理。5日，上海中国银行宣告复业。16日，总管理处致电海内外各分支机构，要求全体员工保护行产、卷宗、账册、统计资料等，坚持职守……共产党的英明政策，像一阵阵春风不时地激动着郑铁如这位学贯东西、对金融工作有着独特才能、在国际金融界显有声誉的耿直多才的中国知识分子。

见郑铁如久久不开口，庄世平也只好沉默了。过了一会儿，他终于按捺不住地问："不知您老有什么不方便出面的事情需要我去办？"

"这嘛——"郑铁如微微一笑，慢慢说道："对6月16日总管理处的指示，我已要求全体员工对行产、卷宗、账册、统计资料等实行保护。员工也确实尽职尽守的。另外，行里的资金我早已购买了不动产，正筹建新行大厦，任谁也拿不走的。"

"这就好，这就好！"庄世平应道，"您老有什么需要我做的，请尽管吩咐。"他见郑铁如有了明确的表态已经很不错了。于是，便告辞了。

他们当然并不知道，再过两天——9月30日，中国人民政治协商会议第一届全体会议就要结束。而10月1日，中华人民共和国开国大典将在北京举行。此时，大红灯笼已高挂天安门城楼，礼炮已上弹待发，接受检阅的解放军三军正进入最后的定型操练……

一个崭新的中国，马上就要出现在世人面前。

10月2日一早，激动了通宵的庄世平刚刚上班，郑铁如的电话就追到了——

"昨晚睡得着觉吗？"

"哪里睡得着！你呢？"

"一样，一样的！"郑铁如的声音溢满欣喜之情，"今晚一起干一杯吧？"

"好呀，什么地方？"

"老地方。"庄世平和郑铁如在海外工作早就养成了十分谨慎的作风，许多事情绝不用文字记录或传送，电话里商讨问题也总是点到为止，意会为宜。更何况这是光明和黑暗交替的关键时刻，行动说话更要慎之又慎。

当晚，等到庄世平匆匆赶来，郑铁如果然在他办公室的茶几上，摆着烧鹅、叉烧肉和几样罐头。待关好门，他斟了茶，递一杯给了庄世平，说："本来应该去大酒店，但我想那地方不好说话，还是这样好。恕我不喝酒，只好以茶代酒了。来，先干一杯！"

"为谁干呢？"庄世平故意问道。

"当然是为新中国，为中国人民啰！"郑铁如爽朗地应道。

喝过茶后，两人终于落座，庄世平乘兴问道："您老主意已定了？"

"中国银行的一切，理该交给新的人民政府。"郑铁如随即应道。顿了顿，又开口说，"不过，我有个小小要求。"

"什么要求？"

郑铁如一下子变得纳闷了："中国银行在14个国家和地区有28个分支机构，是不是让谁先作个号召，我们香港分行一定追随其后呀！"

"您老这想法就差了！"庄世平马上应道，"新中国刚建立，正是您老为国为民建立新功之时。以您老的资历、才干、业绩，这'第一'的英名非您莫属，理应当仁不让才是。"

"这——"郑铁如默然。

"其实，您老即将要做的，完全是继承和发扬中国银行的光荣传统。"庄世平充满激情，仿佛要在烧红的炉膛里又加上一把火，加快加大郑铁如的决心。"1912年，袁世凯的北洋政府为应付军费支出，弥补财政赤字，迫使中国银行不断增发钞票，受到中国银行的强烈抵制。1916年，又碍于经济困难，袁世凯下令中国银行、交通银行停止钞票和存款的兑付。此令一出，舆论哗然。当时中国银行上海分行坚决抗拒袁世凯的停兑令，宣布上海中国银行发行的钞票照常兑现。在上海中国银行的影响下，长江流域各分行也先后抵制停兑令，照常兑现各自发行的钞票。这不仅受到当时社会各界的赞许，提高了中国银行的信誉，也使上海分行的经理宋汉章、副经理张嘉璈声名大振，受到千万人的称颂。1917年，张嘉璈升任中国银行副总裁之后，作了一系列的改革，树立了纸币信用，限制军阀借款，保护了人民利益，再次树立了中国银行不畏强权、坚持正义的形象。还有，1926年国民革命军出师北伐，中国银行汉口、南昌、杭州等分支行秘密对北伐军提供资助；1928年后，中国银行带头发起成立'国货产销协会'，支持农业及交通运输等部门，着力于改善国计民生的基础条件；30年代初，内战外患，天灾人祸不止，农业颓败，工商业萧条，加上美国提高银价，国内白银不断外流。中国银行带头降低利率，发放农贷，资金投向内地，同时提出整顿公债，阻止白银外流，为挽救民族经济作出了贡献，等等。这一桩桩光荣的事迹，构成了中国银行光辉的历史。如今，新中国已建立，中国共产党正为中国银行的光辉历史的延伸作出努力，其英明政策无不令人叹服。在历史上留下光荣的足迹，这也是中国银行海外分支机构的责任。您老过去都这样做了，如今更应该以香港中国银行的地位，率先起义。只要对国家、民族有利，其余的一切都是不在话下的，对么？"

庄世平说得满脸通红，口干舌燥，话匣子刚关上，就把杯里的茶水喝了个底朝天。

"想不到你是这样熟悉中行的历史。"郑铁如激动起来了，"你说，我该怎么办呢？"

"我这就向有关方面报告。"庄世平激动万分，紧紧地握住郑铁如的手，"中国人民会记住您的，历史将永远留下您的英名。"

"你刚刚才说，只要对国家民族有利，其余的一切都不在话下的。怎么一下子就忘了！"郑铁如欢悦地应道。

两人不由得放声大笑起来……

翌日，庄世平就向有关部门报告了郑铁如追求光明和进步的决心。不久，周康仁及时地给郑铁如带来上级的八字指示：做好工作，等待时机。

1950年1月初，时机终于成熟，英国和英联邦国家政府相继宣布承认中华人民共和国，周恩来总理签发了接收中国银行各海外机构令，总管理处立即通电海外各行，要求接受北京总管理处领导。郑铁如接到指示，率先响应，带领全体员工宣布接受北京总处领导。真是一呼百应，缅甸、印度、新加坡、巴基斯坦、印度尼西亚、马来西亚等国家的中国银行分支机构也随后致电，接受北京总处领导。伦敦中国银行经理夏屏方，曾置历史潮流于不顾，仍与台湾保持联系，迟迟不理会北京的指示。北京总处及时通知英国米兰银行全部冻结伦敦中国银行在该行的存款，伦敦中国银行副经理楼福卿同时联合起中国籍职员，对夏屏方的错误群起而攻之，终于迫使夏屏方改变了立场……

郑铁如在庄世平以及周康仁等的协助下，率领中国银行香港分行投身新中国怀抱的义举，成功地保护了中国人民在海外的财富，以及由此对中国银行海外分支机构的影响，无疑是新中国金融史上至为灿烂的一页。

香港中国银行投入新中国怀抱后，因不少华侨在该行中存有"法币"、"金圆券"等外、伪币，银行必须作出兑换补偿，同时还必须在侨汇上与国内有关部门进行沟通，庄世平出任香港中国银行副行长兼华侨服务部经理。

此后，在不同的时期，郑铁如、庄世平由国务院任命为中国银行的董事、常务董事。在50年代开始，两人更被推选为全国人大代表。

新的历史时期，为他们展开了更广阔的发挥才干的用武之地！

与此同时，庄世平还在张铁生、吴荻舟的领导下，与周康仁等一道，参与组织了香港中国航空公司、中国旅行社以及广西银行、广东省银行等金融机构的起义，具体负责后勤保证和通讯联络等工作。

香港中国航空公司是国民党政府设在香港的两个航空公司之一，美国空军飞虎队的陈纳德将军在该公司拥有股份。公司规模之大，在港首屈一指，最高峰时拥有各类飞机八十多架。起义时，也拥有各类飞机五十多架。

香港中国航空公司起义之初，由二十多名飞行员驾机直飞内地，几分钟内就完成了一次惊天动地的壮举。但马上，港英当局和台湾当局狼狈为奸，疯狂的压制和野蛮的封锁接踵而来，整机回归的计划已无法实现。庄世平和他的伙伴们一计不成，又生一计：化整为零。每天晚上，机场里灯光昏暗的机库里，地勤人员卸下飞机上的重要零部件，然后快速装车，直运内地；或转运货轮，改行水路……待港英当局发现情况有变，匆忙赶来，却发现剩下的绝大多数飞机里，只剩下一个空壳。

香港中国航空公司起义一段时间之后，由于要在当地重新办理登记注册等法律手续，庄世平出任该公司的新的持牌人（法人代表）。

解放后，曾经有许多人不理解，庄世平怎么总是在不同的历史重要时期担任中国航空部门的重要职务，这大概就是其中的原因了。

随后，随着大陆解放，解放军即将挥师渡海解放海南岛，这时已从为东江纵队经营生猪而扩展到经营粮油等土特产品的安达公司，又接到上级指示：秘密运送大米，支援大军解放海南。为了海南岛人民早日见到光明，庄世平又投入了新的紧张工作。他通过同泰国经营大米出口的商户，采购了成千上万吨的泰国大米，然后租用大货轮运载到离海南岛不远的公海上。当解放军渡海进入海口的第二天，源源不断的大米就运抵海口。军事和经济两条战线的紧密合作，为迅速解放整个海南，安定民心，发挥了极大的作用。

1947年初，在许涤新的直接促成下，以香港工商界进步代表为骨干的"香港华侨工商俱乐部"成立，并取得合法公开的地位。庄世平、庄成宗、林诚致、汤秉达、邱亦山、陈君冷、陈祖沛、周康仁、刘森庆、林蕃元、温康兰、黄炎培、费彝民、土宽诚、郭宜兴作为倡导者，推举黄长水为理事长。俱乐部每月一至两次以上以聚餐或郊游、参观等形式开展活动，经常邀请专家、学者发表演说，内容多以评论国内形势和各地经济问题。应邀讲话的知名进步人士有许涤新、夏衍、郭沫若、章乃器、侯德榜、胡愈之、章汉夫等。这些活动在联络感情、沟通情况的同时又宣传了中共关于建立新中国的政策和方针，有效地团结、稳定了工商界，鼓励并引导工商界关心祖国前途、参与祖国建设。1948年冬，平津战役在即，在许涤新的号召下，俱乐部集资二百一十万港元，组成新中公司，组织了汽油、柴油、卡车、轮胎、西药等大批解放区急需物资，租用英国三千吨级货轮"三民号"，由陈祖沛亲自押运到刚刚解放的天津港。1949年5月，天津解放区又要求支援大批新闻纸、道林纸和钞票纸北上印制人民币和报纸，他们又义无反顾地组织货物以应急需。在这些活动中，庄世平都担负了后勤保障的繁重任务。其后，俱乐部在迎接大陆解放、组织广大侨胞回国观光学习上，又做了大量的工作。可惜的是，1950年底，俱乐部政治上明显的进步性质终究为港英当局所不容，被勒令禁止活动并解散。陈君冷等人被驱逐出境，黄长水、吴槐庭、莫应溁等人被"劝令"离境。然而，由俱乐部培养出来的一大批知名人士，从此成了香港或内地知名的进步人士或侨界领袖。比如黄长水回国之后，就曾在全国人大、全国侨联、中侨委中担任要职。庄世平与这些进步人士都保持着十分密切的联系，在推动祖国的进步和繁荣，在制定和落实华侨政策等等领域，都互相配合，紧密合作，作出了不俗的贡献。

从香港中国银行到香港中国航空公司、香港多家银行等金融机构先后投入祖国怀抱，以及运送大米支援解放军渡海解放海南岛、协助成立华侨工商俱乐部，其工作之繁重，都是令人难以想象的。庄世平能够圆满地完成祖国和人民交给的任务，正是他对国家和人民一片赤胆忠心的具体表现。

从此，庄世平以其在香港的合法身份，成了祖国与海外炎黄子孙进行联系和沟通的一条可靠重要的桥梁。不知有多少漂游国外的爱国进步人士，在他的引导帮助下，毅然回国，走上了人生的崭新历程。

庄世平在云梯中学的初中同学罗铭，是著名国画家，以精于画"华山"和"麻雀"而在画界有"罗华山、罗雀"的美称。可惜他解放前一直郁郁不得志，更不满当时社会的暗无天日，40年代便开始在东南亚一带以卖画为生，云游于山水之间。1947年罗铭在泰国时，受到庄世平热情无私的帮助，办了个人画展并卖画，收入的一部分归他自己，一部分归泰国潮州商会作为潮汕救灾捐款。五十年代初他由马来西亚到香港拜会庄世平，庄世平向他通报了新中国各方各面欣欣向荣的新景象，苦口婆心地希望他回国参加社会主义建设。多次谈话说得罗铭热血沸腾，于是庄世平给在北京的战友林艺、丘及等人写信，请他们为罗铭寻找合适的工作。最后，罗铭来到国画大师徐悲鸿任校长的中央美术学院任教授，把自己的技艺奉献给祖国和人民。

可以说，由庄世平动员回国的各类人才，遍及国内各个领域……

1951年，庄世平为抢救保护国家珍贵的文物的一段佳话，至今仍为文物界的朋友所津津乐道。

清朝乾隆皇帝将东晋期间的三件稀世书法珍品合摆在御书房，并命斋名为"三希堂"（到故宫可见此堂）。这三希，一是王羲之的《快雪时晴帖》，二是王献之的《中秋帖》，三是王珣的《伯远帖》。王羲之的《快雪时晴帖》在大陆临解放时被蒋介石带走，现珍藏于台北故宫博物院。其余二希的珍品早在溥仪被扫地出宫时携出紫禁城，一直不知遗落何处。对这三件稀世文物，各类文史书法辞典都有着十分传奇曲折的记载，如王珣的《伯远帖》南宋时入宫，后又外流，至乾隆时才又收进宫中，几经辗转。新中国的文物界，都渴望着流失多年的二希珍品能够早日重见天日。

这天，庄世平早早就来到银行。刚坐下，有客来访，强烈要求庄世平接洽。刚好庄世平手头上没什么事，就喝着茶聊开了。说着说着，客人突然唏嘘感慨：他的两件国宝押给了印度人，印度人又以十几万的高价典当给汇丰银行；如今期限将至，如不及时赎回，恐怕国宝要流失到外国人手中。庄世平问：什么国宝？客人对文物其实也一知半解，只说出作品出自"王献之"和"王珣"之手。庄世平是懂得历史的，深知王献之和王珣都是东晋期间的大学问家大书法家，可惜自己对文物没有研究，未能辨出真伪；但转念一想，汇丰银行既然敢出十几万的高价予以典当，相信一定物有所值，说不定还真的是国宝；倘若如此，如真的被外国人买走，就太可惜了！想到此，一股爱国情怀荡溢而起，庄世平当即拿出几千港币作为定金，与客人定下君子协定：三个月内由其寻找买主，在此期间内客人不得将国宝转卖给他人。当时内地与香港的联系不很方便，所以必须留有一段时间以便专家前来辨认洽谈。客人乐呵呵地走了，庄世平马上给北京中国银行去函，道明原委。信函几经转折，一直送到了政务院，二十几天后，中央人民政府果然派来三位专家，一连数天从汇丰银行中借出文物，认真进行鉴别。精细的汇丰银行恐怕被掉包，还特别在文物上打下火漆印。终于，专家认定其中一件作品属真迹无疑，不惜花巨款将文物买回北京，为空寂多年的故宫"三希堂"请回一位真正的"主人"。这就是王珣的《伯远帖》回归祖国的真实内幕，庄世平因此为新中国的文物保护立下了大功。此事后来在国家文物局局长郑振铎的文集、文化部社会文化事业管理局副局长王冶秋的传记以及解放后首任故宫博物院院长马衡的文章中，都有提及。庄世平也从这些文献中得知，他的信函原来一直送到了周恩来总理的手上，这次收购文物成功完全是因为周总理亲自批示亲自指挥的结果。

　　自此，国家对流失在海外的文物的抢救收购工作更加重视。在庄世平的带动下，后来又有很多唐、宋、元的文物在香港得到回收，如唐韩滉的《五牛图》、宋徽宗的《祥龙石图》及宋、元善本等等一大批。

为祖国维护大量财产，为祖国输送大批人才，庄世平最为灿烂的人生，诞生于新中国诞生之时。他的辉煌业绩，无疑将记载在新中国历史篇章的首卷上。

他，是传送光明和真理的使者！

十四 艰巨任务

中华人民共和国诞生了。

中国人民从此站起来了。

中国人民的伟大领袖毛泽东，决心为中国人民讨回那一份已经失去了许久的国家和民族的尊严。

国家主权的象征之一——统一全国货币，摆上新中国缔造者们的重要议事日程。

各种货币各行其是、各占地盘的广东，统一人民币和否定外币在国内市场的地位，驱逐扫荡外币在国内市场的流通的任务，就显得尤为艰巨。历史也因此而记载下广东的共产党人为完成这一任务所作出的不懈努力和赫赫战果——

1949年11月18日，广州市军管会颁布金字第一号布告，宣布人民币为全国统一流通的合法货币，确立了人民币的合法地位，否定了外币在国内市场上的地位。为此，出动了群众以及武装人员两千多人，对非法地下钱庄和投机倒把外币的人员实行大扫荡，极大地提高了人民币的信用，为广大城乡作出了示范。

1950年2月3日，广州市军管会颁布金字第二号布告，宣布调整外币牌价，大量收兑外币。为此，组织了五千多人进行了深入细致的宣传，使广大群众普遍得到一次经济上的主权教育，全市商店几乎都在门口贴上"本店拒用港币，只用人民币"的小标语，使人民币的流通变为群众的自觉行动。

1950年3月中旬以后，将统一流通人民币的做法推行到全省各城乡。为此，人民银行在各城乡增设兑换点达322处，人民群众兑换外币的热情激增。以广州市为例，三月中旬以后每日的收兑量比以前每日最高收兑量增加了一百倍……

至这一年年底，广东省收兑的港币就达五亿多元，还有美元、越币一批。

这一笔数字巨大的外币，凝聚着广东人民的血汗。这是人民的财富，必须还原于人民！然而，帝国主义已开始对年轻的共和国实行全面经济封锁，这笔外汇如留在国内，难以发挥其应有的效益，难以为年轻的共和国服务。而这时，香港虽有多家中资银行，但还未和内地的金融机构建立业务联系和通汇渠道。怎么办呢？已经担任广东省人民政府副主席的方方，在和叶剑英主席商定之后，把庄世平找到了广州。香港南洋商业银行成立不久，庄世平不时被国内热火朝天的社会主义建设所激奋，曾向方方提出"让我回内地工作"的请求。方方因此找他谈过心："我们队伍里懂军事的人多，懂侨务工作和统战工作的人少，懂经济特别是国际金融的人就更少。你是后面这两方面不可多得的人才，如今国家和人民需要你留在香港，你就安心干下去吧。要记住，你肩负的任务特殊而又艰巨，绝不是一个师、一个军的部队可以完成的。"话说到这份上，庄世平只好坚定而又愉快地留下了。

"中国人民被人欺负的时代过去了。帝国主义从我们这里掠夺多少财富，就必须从他们那里拿回多少财富。"庄世平目睹内地欣欣向荣的景象，目睹统一流通人民币这一象征国家主权的壮举在这么短的时间内就得到人民的拥护，内心无比激动，斩钉截铁地说。

"用什么办法呢？"方方问。

"运出去。"

"这样做合法吗？"方方和叶剑英也曾有运送外币出境的设想，但不能不考虑到各种各样的困难因素。

"港币现钞本来就是在香港流通的。让它流回香港，法律上应该是没有问题的。"庄世平应道。

"港英当局会不会干预呢？路上是否安全？"方方关切地问。

"我以南洋商业银行的合法身份，携带和存放巨额外币绝不会招致什么是非。"庄世平深思熟虑地说，"如果连银行都不能拥有巨额的外币，谁还能呢？至于安全问题，当然是值得注意，但也完全可以解决的。"

"将来我们一旦需要，支取的手续麻烦吗？"方方又细心地问。

"这容易。我们只要和内地中国银行建立各种账户来往关系，随时都可以支取。"

至此，方方心中的忧虑已经尽释，不由握住庄世平的手："世平同志，我——这先代表人民政府，代表人民，衷心地感谢你。你回去之后，立即做好接送外币的准备工作。待我向剑英同志汇报并确定具体方案之后，立即实施。"

叶剑英主席以一个身经百战的元帅的风度，迅速细致地审定了运送外币出境的实施方案。方案规定：按约定日期时间，广州方面派武装人员将外币送到宝安县罗湖边境，然后由南洋商业银行到指定地点交接外币，并安排外币的收存和调拨。

从此，庄世平除了负责管理南洋商业银行的日常工作，参加大量的社会活动，又增加了一项繁重而又特殊的任务。第一次作为尝试，运送的港币仅四十万元，由于行动规划十分周密，安全无恙！于是，就有了第二次、第三次、第四次、第五次……外币款项也由五十万、六十万达到八十万、一百万元。开头每星期仅一至两次，后来增加到每星期三至四次。

庄世平参加了开头几次接运并取得经验之后，后来的接运虽大多都派得力的骨干前往，但每一次，他都守在南洋商业银行，直等到大家顺利归来，才放心地离去。一段时间后，他不能不重新考虑如此冗长而又繁琐的接运方式是否对头。虽说每次接运的数量已经上百万，但比起总数几亿元来说，毕竟是少之又少，这样下去接送的次数和时间还会很长很长。时间长了，单靠自己银行的力量，难保不出一点意外呀！能否用正规的渠道运入呢？再说，南洋商业银行刚创办不久，场地和保安条件有限，难以承担巨额的外币储存，能否将这些外币存入其他银行呢？对后一个问题，他认为是可行并且有益的。自己的银行暂时还用不上这笔外汇，存入其他银行，不仅安全，还可额外得到一笔利息，真是一举两得。因此，对后一个问题他立即付诸行动予以解决，向汇丰银行办理了存款手续。以后每次接运来的外币，都直接运往汇丰银行的金库点存。而对于前一个问题，他却不能不谨慎再三，除了听取各方面的意见，还特别请教了有关的法律专家。

当一切都可以在法律中找到合法的依据，庄世平立即起草申请书，申述了南洋商业银行因为在新界的业务，每月以至每个星期都需要到新界接运巨款，请求警方给予护卫并愿意承担护卫中的费用。申请书仅送达新界警察局四天，就得到答复：同意南洋商业银行的申请，以后到达接运巨款日期，由南洋商业银行提早通知警方，警方于指定时间指定地点派出警车警员进行护卫；每次护卫的费用，以警员的多少计算，每人每次十五元。

护卫的费用，远不及几亿港元进入香港社会所能产生的银行利息的零头！由此所产生的安全系数，无形解除了庄世平以及伙伴们呕心沥血的精神压力，使他们从繁杂的事务中解脱出来。而外币的运送速度和数额，也猛然加快增大了。说白了，香港警察也是中国人，他们对高挂五星红旗、专为侨胞侨眷排忧解难的南洋商业银行也深有好感，乐得睁一只眼闭一只眼做好事。善于逆水行舟的庄世平，也从此与香港警方建立了良好的关系。

自此，接运国内外币现钞的道路畅通无阻，一帆风顺。仅半年多，五亿多港币以及美元、越币等一批外币顺利进入香港。人民的财富，开始生生息息地产生应有的效果。后来，这一笔财富在巩固新生的人民政权，打破帝国主义的经济封锁，支援祖国社会主义建设等方面，发挥了极大的特殊的作用。

从安达公司货物运送、组织"中艺"访泰演出到这一次接运巨额外币进入香港等等，庄世平善于调动利用各种力量为我所用的斗争风格，无疑已经炉火纯青了。

在特殊的战线上，他能够屡屡取得令人叹服的奇迹，与他那种坚韧不拔、勇往直前、实事求是的工作作风和独特性格也是分不开的。

十五　金星轨迹

在香港竖起第一面五星红旗的南洋商业银行，在董事长兼总经理庄世平的领导运筹下，独树一帜，于初创之时，就呈现出欣欣向荣的崭新景象——

由于她是香港独家经营全国侨汇的银行，坚持"便利侨汇、服务侨胞"的宗旨，创业之初就迅速与国内各地区的中国银行和人民银行建立业务往来关系，拥有全国汇款网络，工作迅捷稳妥，不仅在侨汇业务上深得港澳同胞、海外侨胞的好评和信赖，而且对一部分对新中国、对中国共产党不够了解的华侨，也起到了沟通和宣传的桥梁作用。在当时的华侨中，不论是碰到侨汇方法，或是国内外汇价格，或是国内物资流通情况，或是对共产党某些政策的理解，甚至是寻找战争年代失去联系的亲属，形形式式各种问题，都会听到这么一句忠告："找'南商'吧。"香港德辅道中167号三楼，成了名副其实的"华侨之家"。

与此同时，随着国内实施统一人民币的流通，南洋商业银行不仅迅速建立外汇业务的联系，大大支援了祖国的社会主义金融事业，维护了国家的独立主权，而且在配合国内沟通物资供应，巩固新的人民政权等方面，都做了大量工作。

因此，至1950年12月，南洋商业银行建行一周年时，全行员工已由初创时的十九人发展到七十九人，经营业务已扩大到存款、放款、汇款及进出口押汇等方面。

信誉，是财富，是成功的基石。善于抓住机遇的庄世平，从不因为成绩而自满。他以一个政治家的胸怀，以一个经济实干家的目光，密切注视着国内国际上政治和经济的瞬息万变的风云，人变我变，以灵活的经营策略，屹立于香港金融界之中，为南洋商业银行的运行划下一道闪烁着时代光辉的轨迹——

随着国内短时间的经济调整，工农业生产很快恢复，国产商品出口迅速增长。为方便国产进出口商开证赎单结汇，1954年，南洋商业银行在国货批发商集中的香港文咸西街，设立了第一家分行。1956年南洋商业银行获准为授权外汇指定银行，开始经营外汇买卖，并陆续与海外银行建立起代理行关系，发展海外进出口押汇业务。1959年12月，建行十周年时，总行迁入德辅道中1号A旧太子行营业，已拥有总、分行三家，员工160人；全行实收资本虽然仍为125万元，但总资产已近一亿元。

从一家不见经传的小银行，十年奋斗，居然跃升为可以和香港各家大银行齐头并进的金融新星，南洋商业银行的成长过程不能不说是新中国在港的经济工作中的一个奇迹。然而，创业的艰辛，只有创业者自知。德辅道中167号三楼，仅几十平方米面积，几十个人挤在里边办公，挤迫的程度几乎到了极限。办公设施也十分的简单，全体员工唯有以加倍的勤奋工作来弥补条件上的不足。从那些整天手上几十万元出、几百万元进的职员，到握有银行决策大权的庄世平，生活的简陋更令人难以想象。渴了，喝白开水；困了，躺上办公桌，盖上毯条，就过了一晚……时值大陆解放不久，上级并未对海外中资机构的人员在生活待遇上有严格的规定，薪金的分配往往由各个机构的领导人在一定限度内自个划定，每人几百到近千元不等。庄世平为自己划定的薪金只是机构负责人的最低限度，仅二百来元，与一般职员相差无几。他个人经济上的拮据是可想而知的，但他和职员的心也由此贴得更近了。庄世平领导的南洋商业银行所取得的每一项成就，每一个进步，无不闪烁着中国人民勤俭朴素、艰苦奋斗的传统美德的光辉。

更值得赞叹的是：南洋商业银行开风气之先，率先在香港金融界招聘女职工。香港金融界从此结束了没有女性参与工作的历史。

60年代上半期，香港经济发展较猛，尤以进出口贸易增长最大。南洋商业银行为配合各项业务发展的需要，实收资本增至一千万元，先后增设了分行四家及南洋商业货仓、南商有限公司等附属机构，并投资观洋有限公司和观海有限公司。业务上已超出金融范围，向着更广阔的经济领域拓展。1965年后，香港经济出现动荡局面，房地产发生危机，多家银行遭受挤提，导致个别银行倒闭。恰恰这个时候，庄世平突然向北京有关部门递上报告，又在香港商界宣布：他本人放弃在南洋商业银行的放贷权；本来属于他的放贷权改由银行内部新成立的信贷委员会集体审定决策。银行的董事长，没有了放贷权，何来的权威！在当今经济社会，权、名、利相辅相成，嫌权力太多太大的人也许有，但少之又少。相反，为了争权而撞到南墙的人，却不在少数。庄世平唱的是哪一出呢？也许是眼下的经济环境太恶劣，他有意逃避？这似乎不对，他自来就是个敢于负责任、敢于逆水行舟的领航人！其实，历史上许多大智慧、大气度的大举措，往往不是人们一眼就能够看得出究竟的。庄世平心里有底，却不便明说。因为，一、他早就有在银行体制内进行改革的念头，只是一直找不到突破口而已，如今拿自己开刀是风险最少的代价；二、其时国内"极左"思潮已十分严重，个人意志盛行，借某些领导人的名义前来贷款的条子已应接不暇；他这样做，对上有所交代，既保护了国家财产又保护了许多领导人，对下既维护了银行的声誉又保护了广大员工，锻炼了新人。既然有这么多的好处，他何乐而不为。

一直到他去世，他都安然地在中国银行担任要职，从未有过闪失，这都与他放弃放贷权的大智慧有关。他放弃的是自己的一点小权利，却换来了国家财产的稳固和安全，同时收获了个人生命的大圆满。

南洋商业银行由于经营作风稳健，有灵活的应变能力，更有内部改革产生的强大动力，并未受到风潮的影响，业务反而继续发展。1969年12月，建行二十周年之际，已拥有总、分行七家，员工305人，总资产增长近五亿元。

进入70年代以后，西方出现周期性的经济危机，美元一贬再贬，金价直线上升，欧，美、日各国普遍采取浮动汇率措施，有些国家甚至限制外资流入。香港经济在西方经济危机的影响下，工商业遭遇到莫大困境。1973年，香港股市暴涨暴跌，变幻莫测，给金融工商界和人民生活带来极大的困扰，街头巷尾一片唉声怨气。在国内，由于"文化大革命"浩劫的连续破坏，残酷的批斗搞得人心惶惶，国民经济面临崩溃的边缘。是知难而退，从此落伍而吃老本？还是知难而上，在困惑中求出路求发展，出奇制胜？在庄世平的人生哲学中，没有"休战"，只有"进取"，困境也许正是"转机"和"取胜"的代名词。他追求的，只有"胜出"，而无"退出"。于是，他召开董事会，集思广益，统一思想，制定了难中取胜、乱中取胜、弱中取胜的各种办法和措施。就在许多银行大力压缩业务的时候，南洋商业银行却不断扩大机构，陆续增设分行十五家，并设立南洋商业银行信托有限公司，为国内人民、侨胞侨眷和港澳同胞办理各项信托业务，保障他们的正当权益；还成立了南洋财务有限公司等附属机构；增办美元和其他外币存款、外币找换、外汇买卖、保管箱、旅游等业务。

经济领域和战场一样，有着不同层次的指挥艺术——

日求三餐，夜求一宿，这是庸人的活命哲学；

以丰补欠，以盈补亏，不求大富，只求平衡，这是一般智者的守财观；

只有敢于逆水行舟，知难而上，不断探索，不断改革，不断进取，敢于在厄运中捕捉胜机，敢于以一万的努力去实现万一希望的人，才称得上横空出世的英雄本色。

庄世平无疑是第三种。

然而，他从来不居功自傲。对"水能载舟，亦能覆舟"的古训，他是深知其中的深奥的哲理的。他知道自己仅仅是南洋商业银行这艘大船上的一名指挥员，这艘大船能否到达理想的彼岸，除了他是否指挥得当，还要看托住这艘大船的长河大海是否安稳妥帖。那托住大船的长河大海，无疑就是广大国内人民、侨胞侨眷和港澳同胞，是他们对南洋商业银行的信赖。因此，事关企业生存的信誉和形象，他自来是严厉有加，并且从不计较个人的得失。他说，"我们是中资银行，中国的银行应当有中国人的道德形象。归纳起来，这道德形象大概可以归纳为八个字：廉正、勤奋、俭朴、热情。凭着这道德形象，我们才能沟通广大侨胞侨眷、港澳同胞，并取得他们的信赖和支持。有了这信赖和支持，我们的银行才能够生存和发展。也只有这样，才能达到我们银行奉献祖国、服务侨胞的目的。"

南洋商业银行副总经理卢静子于70年代初在庄世平外出的时候，毅然开除了两个生活腐化、经常出入色情场所、最后发展至"包二奶"的分行负责人。庄世平回来之后，听了汇报，不论在私下还是公开的场合，都对卢静子的断然行动给予了高度的赞扬。在各个时期，庄世平在国内的老上司老朋友总会时不时给他写白纸条为某个单位某个企业贷款，庄世平总是坚持原则，给予婉拒："南商的注册地是香港。香港有一套管理银行的法律。大家绝不愿意看到因为我行使了违反法律的权力,而使南商受到影响和蒙污吧?!"合情合理的话,无不令人信服。

不过,更多的时候庄世平却表现得特别的宽容。这也是他在创办安达公司、在参与创办南方人民银行时就表现出来的一贯思想:在他领导下的企业,绝不容忍"不求有功,但求无过"的中庸保守的观念存在,更不容许持有这种观念的人从中得到什么好处。他提倡探索、提倡进取、提倡开拓。而如果为此而受到挫折,或者使银行吃了点亏,他也在所不惜,有的是鼓励,是提醒大家多总结经验教训。有几句话,成了他在银行里大会小会经常告诫大家的口头禅:"天下没有常胜将军!抗日战争、解放战争、抗美援朝,我们死了多少人?但死了人并不能抹杀我们的胜利呀!经济工作也然,只要收入大于支出,盈大于亏,就应当肯定,就是成绩。"

正是庄世平这种既严又宽的灵活而辩证的领导艺术,造就了南洋商业银行宽松、勤奋、向上的环境,造了广大侨胞侨眷、港澳同胞长久不衰的信赖。因此,不管是60年代中期香港经济的动荡或是70年代国际国内政治和经济上的危机,南洋商业银行这艘大船仍然朝着更广阔的经济大洋开拓奋进。

1977年,南洋商业银行总行在多次租用搬迁了办公地点之后,自置德辅道中151号18层的大厦,作为永久性办公地点。

历史,从此又翻开了新的一页。

应该特别强调指出的是:自置德辅道中151号18层的大厦作为总行所在地,不仅是香港中资银行打破旧的经济管理框架的一项重大举措,更是庄世平敢于实事求是、锲而不舍地为中资银行的管理拓出新路的无畏胆魄的体现。

长期以来,在国内极左思潮的影响和毒害下,国内有关部门在制定香港中资银行的经营管理政策时,存在着许多偏颇和不顾事实的失误。由于认准"香港是中国的领土，中国的银行没有必要在香港购置房地产"的不承认现实的僵化教条，很长时间内不承认土地是最宝贵的商品之一，香港中资银行一律不准涉足房地产业，不准购置自用的不动产；由于只看到股票买卖的投机现象而看不到发行股票是筹集资金的极有效手段的一面，香港中资银行一律不接受客户的股票抵押贷款；更不允许中资银行上市发行股票或进行股票交易；由于闭关自守而产生对现代化的科学经营管理方法的抗拒，香港中资银行一律不发行信用卡；就连中资银行逢上建行的喜庆纪念日要印刷发行纪念册，或在电视上做一次广告，也以诸多莫须有的借口予以阻止……这不准，那不准，清规戒律，条条框框，像一条条绳索捆住了香港中资金融系统多少有志之士的手脚。而更使人为之忧伤的是，这些清规戒律，不同程度地动摇了广大侨胞、港澳同胞对中资银行的信心。特别是中资银行不准购置不动产，没有自己的立根之地，使许多侨胞、港澳同胞在香港的前途问题和国家的港澳政策上，产生了信念上的动摇和猜疑。

以国家利益为自己第一生命的庄世平，面对这些清规戒律，条条框框，曾经历过多少痛苦和悲伤。银行一天天壮大，可以随时随地贷出巨款给香港房地产界发展业务，而自己竟然上无片瓦，下无寸屋，这成何体统！而每次租用办公场地，精明的香港业主最多也是和你签订三五年的协议。时间一到，就必须看业主的脸色。抱着满箱金钱财富让人迫迁的滋味，任哪个人都难以忍受。更要命的是，由于业主政治态度不同，签订租用协议时，有些业主硬是规定不准在房屋外面悬挂国旗。中资银行的头头脑脑们每每聚在一起谈起这事，无不扼腕叹息、痛心不已！这是事关国格国威的大问题呀！然而，难道这能怨业主？不能！这只能归结于我们自己政策上的失误！

庄世平决心不信这个邪，为南洋商业银行购置一块立根之地。

从50年代末期起，不论在北京，或在香港，或在别的什么地方，只要见到有关的决策人，他都不厌其烦、不怕被扣帽子地就这个问题大胆执言。对他这种矢志坚持真理、实事求是的作风，有人摇头，有人为他捏过汗，有人则暗暗赞许。在70年代中期极"左"思潮极为泛滥猖獗的时候，在北京一次中银系统的会议上，他居然在会上公开为这件大事据理力争："在座的许多领导同志，是从战争年代走过来的，都深知战斗时抢占要地要塞的重要性。商场如战场，怎么有的人一到经济领域就忘记了这条重要性呢？香港虽说是殖民地，但同时也是我们打破帝国主义封锁的桥头堡，是我们连结广大华侨和港澳同胞的桥梁，是支援祖国社会主义建设的纽带。在这么重要的地方，我们却连一块立根之地也没有，事业还怎么发展？不是说政治高于一切吗？中国的银行因房屋业主的规定而无法挂中国的国旗，恰恰是高于一切的政治问题。挂了旗的银行，一旦不能挂旗了，国际人士会怎样看，广大华侨同胞会怎样看，银行内部的员工会怎样看，这政治影响有多大！可这一切，偏偏是我们能做却因死抱死教条而不准做造成的，是我们自己的责任呀！"正是他坚持不懈的呼号，终于使他为南洋商业银行购置行址的要求得到北京中银系统高层一些领导人的默许。

经过调查研究，多方物色，他终于用五千万港元购下香港金融界集中之地：德辅道中151号。

这座18层的大厦，业主为其时已闻名香港的华人优秀实业家李嘉诚。庄世平购下这座大厦时，大厦已被人租用，并有客户入住。

庄世平和李嘉诚素有同乡之谊。由于在各自的经济领域中都有着不同凡响的成就，相互间都怀着深切的敬慕之情。

1928年，李嘉诚生于潮州市一个书香世家。1940年随父母离家到香港谋生。当过教师的父亲对他教育甚严，使他自小就懂得爱国爱乡，尊老敬贤。由于父亲因病早逝，刚读了几个月初中的他只好入厂打工或当推销员，小小年纪就担负起照顾母亲、抚养弟妹的重任。由于他勤奋自学，生性聪颖，胸有大志，50年代就自行经营塑料工厂。60年代中期，在香港房地产发生危机之际，他独具慧眼大量买入，一跃而为香港房地产界巨子。进入70年代之后，除了经营塑料、房地产，他的事业更扩展到金融、码头、航运、货仓等领域，业绩显赫，为世人所瞩目，为华人社会所骄傲。他的岳父庄静庵，既是香港"中南钟表行"的大老板，又是香港知名的社会活动家。大陆解放后，庄静庵自个在家乡潮州捐建了"绵德小学"、"绵德中学"，热心培养祖国的后一代，成为香港以至海外华人社会颇有影响的人物。仁善相爱，庄世平、庄静庵、李嘉诚互相敬佩之情自不必说，更有李嘉诚一位叔父曾在安达公司负责账房工作，对庄世平的深远目光、广博胸怀、无畏胆略都有极细的了解。

因此，当庄世平提出购买德辅道中151号，从价格到条件上，李嘉诚都给予了恳诚的合作。特别是当庄世平提出大厦的第一至第五层必须交吉（客户全部搬走）才能开展业务，但由银行出面请其搬迁极有困难时，李嘉诚一口答应由其负责客户的搬迁。

南洋商业银行购下德辅道中151号，开创了香港中银机构购置房地产的先河。对此，就连北京高层人物在内的绝大多数人，都对庄世平敢于坚持真理、在维护国家利益上敢于突破禁区的行为大加赞赏。同时，也符合了广大侨胞、港澳同胞的美好愿望，增强了他们对中资银行、对祖国的信心。

直到2004年拍摄专题片《庄世平》时，香港中资银行的许多老前辈仍对庄世平当年勇闯禁区、自购行址的大无畏行为赞叹不止：不是当年向他学习，买下办公用地，今日的香港土地寸土寸金，租金昂贵，许多银行也许付不起这笔费用，早就关门大吉了。

南洋商业银行迁入德辅道中151号大厦营业之后，各项业务有了更大幅度的增长，除大力支持国货出口外，还积极开展当地和海外业务。香港工商界，包括房地产、纺织、印染、制衣、造船、船务、交通运输、进出口贸易以及旅游等行业，都与南洋商业银行有密切的业务往来，承做的海外业务遍及五大洲五十多个国家和地区。通过叙做进出口押汇、外汇买卖和同业拆放等业务，也扩大了南洋商业银行与同行业之间的业务往来。与南洋商业银行建立了直接的业务关系的香港和海外银行以及规模较大的财务公司，达到一百多家。国内代理、通汇行处也增加至五百多家，增进了国内以及海外同业的业务和友谊。

至1979年，南洋商业银行的规模已与三十年前创立时不可同日而语。全行员工增至近八百人；分行和附属公司增至二十五个；资本从一百二十五万港元增至一亿港元，连同公积金五千万港元共增加一百二十倍；资产总额从1950年的八千六百万港元增至三十二亿港元，比增三十七倍。

又是1979年，南洋商业银行走上了全面现代化科学管理的新历程，全行装妥电脑系统，所有总、分行存折储蓄存款的收支通过电脑处理，客户可在任何分行办理存款或提款。其他业务也一样由电脑汇为一体，管理和服务更为严谨周到，几近完美。

还是1979年，在南洋商业银行成立三十周年的大庆日子里，庄世平再一次突破禁区，为银行出版了大型纪念画册《南洋商业银行成立三十周年纪念》。这画册仿如报春红梅，通报了南洋商业银行三十周年历程的光辉业绩，树立起中资银行在港以至海外的形象，昭示了中国人民的聪明才智和中华民族屹立于世界民族之林的决心。

仍然是1979年，中国共产党十一届三中全会的春风吹遍神州大地，中华民族从此结束了极"左"思潮所造成的动乱，意气风发地走上了振兴经济、富国强民之路。庄世平和南洋商业银行的同仁立即闻风而动，在香港金融界率先成立中国投资咨询部，为有意前往中国投资的人士搭桥铺路，提供咨询服务。

随后，不合理的条条框框迅速得到瓦解，南洋商业银行随着中国改革开放的步伐，不断开拓进取，业务欣欣向荣，事业如日中天，年年有新举措，载载有新业绩——

1980年，南商首次参加银团贷款业务，扩展资金运用渠道。

1981年，南商成立南洋信用卡有限公司，在香港中银系统中独自发行首张信用卡——"发达卡"；随后，"发达卡"加入Master Card国际组织，并在北京举行发布会，从而使"发达卡"不仅在香港可以使用，也成为中国境内以至国际上的支付工具，促进了中国金融界走向世界的步伐。同年，在香港银行公会成立之际，南商被选为该会首届理事会理事之一。

1982年，庄世平带领南商的同仁，加入到特区建设的开荒牛行列，特设立南商深圳分行——深圳特区首间海外注册银行的分行。同年，南商又与中国银行联合推出"中银卡"，开展本行电子银行服务。

1983年，为配合支持深圳特区的进一步发展，庄世平在南商深圳分行的工作还面临重重困难之际，独具慧眼地设立了蛇口分行，表明了庄世平和南商的有识之士与国内的改革开放、与特区的建设同命运的决心。南商的业务也同时步向国际化，旧金山市分行的设立，成了美洲商人和华侨向中国投资的枢纽和桥梁。

1984年，南商又加入VISA国际组织，并与香港恒生银行合作发行港元VISA旅行支票，加快了国际化的步伐。同年，南商与其他同业组成"JETCO"（银通）组织，并将"银通"柜员机的网络扩展到深圳，为客户提供更为完善的电子银行服务。

1985年，南商成立押汇中心，为客户提供更完善更专业化的贸易融资业务。同时，直面全国性的改革开放热潮，设立北京代表处，加强了南商与国内的联系。

1986年，七十五岁高龄的庄世平光辉退休，被聘为南商名誉董事长。日常的具体事务虽然不管了，但南商的发展和对国内改革开放的支持，无一不系在他的心头，使他焕发出更加强烈的工作热情。仿如要在他的历史转折点上记下辉煌的标志，这一年南商的喜事多多，捷报频传：推出各种外币存款业务，存款业务从此迈向多元化；信用卡公司加入万事达卡国际组织。发行万事达卡，并联同各兄弟行共同发行"金万事发达卡"，使信用卡业务集团化；成立商人银行部，积极参与批发银行业务。

1987年，南商深圳分行推行商品楼房抵押分期业务，对推动国内房地产市场及推动国内制定特区有关房地产抵押法规等方面起到了积极作用；同时，与詹金宝、新华银行、民安保险公司合资经营南商联合投资管理有限公司，发展各种基金和投资管理服务。

1988年，经紧张筹备，海外注册银行在海南省设立的首家分行——南商海口分行挂牌营业，庄世平亲自出席了庆典。原海南省省长刘剑峰于2004年7月，在北京饱含深情地回忆道："1988年海南省办经济特区，当时是全国晚一点但是最大的经济特区。特区一办，庄老就把南洋商业银行在海口开业，那是海南经济特区第一个在海外注册的银行，所以对海南的招商引资、活跃金融、经济发展都起很大的作用。从1988年到1992年整个海南的金融非常繁荣，大概整个有将近三百亿的资金进入海南，庄老是带了头的。"同年，南商信用卡公司同各兄弟行共同发行"VISA发达卡"，而南商联合投资有限公司则推出两种单位信托基金……

1993年10月，《紫荆》杂志发表了"竹韵"访问南洋商业银行副总经理吴连烽的文章《立足香港 共创繁荣》。对南洋商业银行艰辛而又辉煌的发展历程，吴连烽在文中有许多十分精彩的形象描述：

1949年12月14日，南商在香港开业。当时是新中国刚刚宣布成立，由于受大环境的制约，海外华侨和港澳同胞与内地亲友经济上的联络并不顺畅。南商的创办人庄世平董事长看到了这种状况，决意为他们架一道桥梁，汇款的业务就这样办起来了。当时由于本港其他银行尚未开办这项服务，因此经常出现客户带面包排长龙办理汇款的热闹景象。另外五十年代还专门设立了华侨服务部。为世界各地华侨办理存款，并按照他们的要求，办理瞻家汇款服务。经过努力，我们目前已把华侨服务成功地发展到近百个国家和地区，客户遍布各大洲，甚至在一些只有数十户华侨的非洲国家，也有我们的客户……

　　在香港大型基建项目中，不少都有南商积极参与的记录，如亚洲货柜码头、新界高速公路、地下铁路、东江输水工程，以及近期新机场核心工程之一的北大屿山高速公路等等。还有，香港人最关心的住房问题，南商也对发展商及小业主提供服务，支持地产商发展大型屋邨以及私人机构兴建房屋计划。例如：丽港城、海怡半岛、富宝花园、富景花园及荣福中心等。同时，又是本港提供私人买楼分期付款的主要银行之一，推出了年期长达20年，利息优惠、申请手续快捷简便的"居者有其屋贷款计划"服务。

　　每年举行的"公益金百万行"是全港市民瞩目的一项公益活动，南商近年不但积极参加，去年还勇拔头筹，以一次参加人数2800多人的纪录成为所有参加中银百万行活动机构的第一名。

　　信用卡业务在香港起步于70年代中，是传统银行业务所没有的，但发展很快，仅15年时间，全港市场上流通的信用卡已约有250万张。按人口统计，进入九十年代，香港平均不到3个人中就有一张卡。而南商的高层人员开始就关注到这项业务在本港及开放的内地的发展潜力。1980年南商成立了南洋信用卡有限公司，第二年发行内地与港澳通用的"发达卡"，初期规模虽小，但意义很大，引起国际上重视，本港报刊和国际通讯社争相报道。1984年，国际上规模最大的两个信用卡国际组织VISA和万事达卡（Master Card）先后向南商高层表示，他们下年度的董事会和年会希望在北京举行，南商能否帮助联系和安排？当南商负责人首先接到VISA国际组织这一要求后，十分重视，立即与北京有关方面联络，积极促成。从提出要求到最后确认，他们只有短短之24小时，十分紧迫。通过香港——北京两地紧张联络和安排，终于在限定截止前的一刻，南商给予了肯定的答复：可以在北京举行；会议地点：人民大会堂；嘉宾住地：钓鱼台国宾馆。此举在当时谈何容易，它得到国际两个信用卡组织的赞扬和信任。两个会议在中国银行总行的大力支持下，终于圆满成功了，与会者大都是国际知名的银行家和政治家，不少还是第一次来到开放后的中国。除了完成会务外，他们也增加了对今日中国的感性认识和了解。事隔不久，南商通过其附属机构南洋信用卡有限公司开始发行全球通用的万事达卡（Master Card）和VISA信用卡，在内地各大城市陆续推广这项业务。如今，南商在本港和内地的信用卡业务已有良好进展，其发卡的种类和数量都在本港同业前5名之列。

南商到深圳特区设立分行的策略是1981年确立的，当时的深圳仍是小镇风貌，许多地方路不平、水不通、电不足，但南商已看到了特区未来发展的前景，义无反顾地北上探路。第二年初，南商深圳分行开幕和新厦奠基，他们邀请了300多位香港嘉宾前去观礼。由于当时仅能乘搭火车通过罗湖海关出入境，他们特地向香港九广铁路局申请包了三节头等车厢上罗湖，事后连九广铁路局负责人也笑说："如此'包车'，在九广铁路开业迄今近百年历史上仅有这一次了！"转眼又是十年，南商深圳分行的业务蒸蒸日上，员工人数已从几个人发展到80多人，经营存放款、押汇、信用卡、保险、项目贷款等多种业务，客户中大部分是港商迁厂或投资兴办的三资企业，是当地经营得最早又最好的外资银行之一。

南商不但拓展业务眼光独到，而且成功纪录高。例如，在开展内地业务方面，统计显示，他们通过自己融资、投资或牵头组织银团贷款支持的项目近600个，累计已为中国内地引入资金100多亿港元。在这些大至电厂、高速公路、大桥、钢铁厂、飞机、五星级酒店，小至衣履厂、塑胶、医药、食品、养殖场的众多项目中，八成以上的贷款已经收回了，至今没有出现一笔坏账，绝大部分项目效益都是良好的。

在招聘人员时，他们都根据需要进行过挑选。但员工入行后，仍尽力鼓励他们积极参与各种进修和在职的岗位培训。根据不同的部门，不同岗位，不同时期的业务重点，南商安排了系统的培训计划。从1981年就设立了专职的培训部，仅1992年一年就安排了3301人次参加各种业务培训。

量才录用，起用能人。南商行方一直沿用一个原则，既重视老员工的经验，但又不论资排辈，只要有真才实学，有好表现，在哪里都有机会得到重视。目前的中层管理人员既有服务数十年的老职员，也有不少是30岁左右的年青人……香港一所大专院校的学生在专业调查中称：南商注意搞好员工业余康体活动，促进同事之间感情，加强在工作中互相协作，发挥团队力量，增强了同事的归属感。香港劳工紧缺，银行业近年来员工平均流失率达20%，但南商员工流失率平均不到10%，原因是在"与同事关系"、"与上级关系"、"工作安全感"这几项最影响员工稳定性的因素中，南商员工都"感到最满意"。全行现有员工2200多人。1992年资产总值近500亿港元，经拨转内部储备的税后利润5.9亿港元……

1995年7月，又有振奋人心的重大喜讯从北京传来：成立已十年之久的南商北京代表处，即将升格为南商北京分行。

这是庄世平为南商的发展而作出的又一巨大贡献；

这更是庄世平以其八十五岁高龄为深化中国的改革开放事业，特别是金融改革中利用外资的领域所作出的又一重大建树——

1992年3月，庄世平到北京参加全国政协会议。在学习了邓小平的南巡讲话之后，他亢奋不已，夜不能寝。于是，一个早已深思熟虑的建议跃上心头，使他欣然命笔，给国务委员兼中国人民银行行长李贵鲜和北京市市长写信，提出了开放外资银行到北京设立分行的建议。他谈到：从1980年起，中国人民银行首先批准在海外注册的中资银行到深圳、蛇口、海口和厦门经济特区设分行，1991年又批准美国花旗银行、英国巴克莱银行、日本兴业银行、三和银行、东京银行、法国里昂信贷银行、东方汇里银行等外资银行到上海浦东设分行，说明中央为改革开放、发展经济制定的一系列方针政策与措施，对促进经济建设和金融业的发展起到了一定的作用。"可先批准一两家在海外注册的中资银行，待积累一些经验后再逐步扩大范围。"在阐述了审批在京设立外资银行的步骤之后，他特别强调：海外注册中资银行的突出特点是具有双重性，从引进外资的意义上看是一样的，都是将海外吸收的存款拿到国内来运用；从机构的性质来看，中资银行是我们国家的银行，国家可以充分利用这些银行在海外的优势为国内建设服务；先审批中资银行将会对执行我国利用外资政策、总结开放外资银行经营业务、沟通中外金融界信息，建立友好往来，引进国外资金等方面起到积极的作用……紧接着，把南商北京代表处升格为北京分行的申报工作，也紧锣密鼓地展开了。中国银行总行及其港澳管理处对南商这一重大举措，给了多方的关心和支持。

然而，困难同样是巨大的。1994初，国务院同意北京市对外资银行开放的政策，同时颁布了《中华人民共和国外资金融机构管理条例》，该条例与在此之前发布的《中国人民银行关于外资金融机构在中国设立常驻代表机构的管理办法》同为中国政府管理外资金融机构的现行法规，对外资金融机构的设立和登记、业务范围、监察管理、解散与清算、罚则等都有明确的规定。南商在北京设立分行碰到最大的障碍，就是有关方面规定在京设立分行的银行总资产应在二百亿美元以上，南商达不到。何况，当时在京要求设立分行的外资银行多达五十多家。既是达到要求、财大气粗的银行，势必各有背景和优势，竞争本来就十分激烈。由南商发起和推动的这场京城引进外资银行的大会战，刚进入实质操作，南商却明显地处于劣势了。

困难难不倒庄世平。他坚信南商对祖国忠贞不二的赤诚和奉献，就是其他外资银行无可比拟的最大优势。他多方呼吁和请求，多方给予关切和支持。1995年3月，他在京参加全国人大和全国政协会议的同时，又不遗余力地为南商的发展作着最为有力的争取。国务院副秘书长何椿霖被他感动了，特别安排了时任国务院副总理的朱镕基及各方面的负责人，在中南海紫光阁接见了庄世平。接见时，庄世平的阐述是多么真情款款、入情入理：

"香港中资机构的第一面五星红旗是我在成立南洋商业银行时举起来的；南商是从无到有壮大起来的。从改革开放伊始，对引进外资和金融界的改革，包括在京设立外资银行的分行，我都给予建议和身体力行。南商是第一个在深圳和蛇口设立分行的在海外注册的中资银行，我们已对外资银行在国内的运作有着一套比较成熟的经验。可是，因为有在京设立分行的外资银行的资产必须达到二百亿美元的规定，香港十三家中资银行都将被拒于京城之外。香港的中资银行不能在自己的首都设立分行但外国的却可以，广大港澳台同胞将如何看待这件事？国际金融界会如何看待我们？我们不能不感到十分的惭愧。如果单独一家中资银行的条件不够，我们十三家香港中资银行联合起来的资产不就远远超过二百亿美元了！让南洋商业银行代表这十三家银行总该可以吧！另外，账面资产和实际资产是有差别的，南商不是上市公司，因此许多物业，比如房地产并没有列入账面资产。南商的实际资产远远超过账面资产。还有的是，原来隶属于南商的澳门南通银行，如果不是在60年代划归中国银行成为中国银行澳门分行，南商和南通联合起来的资产也可能已超过了二百亿美元的规定。更何况，十年前南商在北京成立代表处的同时，就已经在京提出成立分行的申请，当时上级并无提出二百亿美元的标准。由从无到有而壮大起来的南商一直以来对国家的赤诚和奉献，她在海外华人和港澳台同胞心目中的信誉，是远远不能用多少资产来说明其价值的。我今年八十五了，还图的什么？还不是中国人的信誉，中资银行在国际上的形象！"

一番声情并茂的话，无不令在场的人动容。朱镕基副总理当即指示在场的有关部门负责人："庄老的要求很合理，很有代表性。你们要好好研究一下，尽快给庄老一个明确的答复。"这个指示实际上已为南商在京设立分行确立了一个十分光明的前景。庄世平又一次化无望为现实，如愿以偿了。

南商北京分行的设立，极大地鼓舞了南商的全体员工。庄世平每次赴京公干，无不对分行的建设和发展悉心地给予支持和指导。在分行行长荣凤娥和员工们的努力下，以"三线并行"作为打开局面的起点——一是抓好内部基础工作建设，保障业务的快速发展；二是与外界建立良好的关系，争取各方面的理解和支持；三是积极拓展业务，为客户提供优质服务；一步一个脚印地使分行的工作推向良性、快速地发展。设立分行的第一年，南商北京分行即取得突破性的业绩，在中国人民银行北京分行公布的"北京外资银行1996年度主要业务指标排行榜"中，排列第三名。第二年，南商北京分行在以"效率"为中心的经营方针的驱动下，各项业务突飞猛进，实现了盈利的目标；在中国人民银行公布的"北京市外资银行1997年度主要业务指标排行榜"中，排列第二名。

2001年，中国金融界的改革进入深水区，香港中银集团辖下的十三家银行，准备精简机构合并为单一——一个名称、一个集团。对于中国银行通过精简机构，形成规模化、集团化，减少管理层次和成本，是庄世平历来倡导并付之实践的。问题是，"一刀切"之后，集团内部原来各个品牌的特色、企业的灵活性和多元化，势必减少或消失；还有的是，一些品牌或企业是标杆，是旗帜，比如陈嘉庚先生创办的集友银行就是广大侨胞支持国内建设、特别是支持祖国教育事业的一面红旗；又比如南洋商业银行的办理侨汇和外汇、发行信用卡以及经营风格灵活进取等等方面，都有目共睹，业绩赫然；保留或取消这些品牌，事关侨心民心，事关中国金融界的声誉。还有更深一层的政治考虑——庄世平一直未将这层考虑向外公开：香港中银集团原来在香港金融界有十三张选票十三支声音，为今眼看只剩下一张选票一支声音，不是自削大树，自弱根基么！改革，也要适度呀！因此，他不顾已是九十高龄，上至中央，下达有关部门，为南洋商业银行和集友银行保持独立的特色经营，为中国银行在香港的强大和声誉，不停反映，四处呼吁。写给主管部门的一封信中，他甚至写道：我已经九十岁了，还健康地活着。我有八个儿女，第七和第八个儿子分别名为"香港南洋商业银行"和"澳门南通银行"。第八个儿子因为澳门回归的需要，中国银行在澳门没有机构，已将他改名为"中国银行澳门分行"。在我的有生之年，我实在不想看到我的第七个儿子又改动名字！

时任中国银行副董事长的黄涤岩于2004年夏天，如此评价庄世平在这一合并事件中的表现："我们国内有些领导不太了解情况，想要一刀切地把在香港的金融机构合并成为一体，统一管理、统一政策、统一领导。他（庄世平）是有不同意见，而这个不同意见应该说是对的。因为南洋商业银行只有保持它独立的这么一个性质，它才能起到我们其他国家银行所起不到的作用，有时候包括开展对台业务，还有当时对美国对东南亚的一些业务。"黄涤岩对于庄世平在这一事件中的努力，作出了更多深层次的揭示。

南洋商业银行和集友银行，终于独立保留下来了。

更加强大的香港中银集团，应为此感到大幸！

海内外的侨心民心，也为此感到大幸！

据香港金管局的统计数字表明：2003年，在除了汇丰银行以外的香港八大银行中，南洋商业银行的业绩排行第二，盈利达十六亿多港元。能够在世界经济走下坡路、特别是香港经济很不景气的形势下，南洋商业银行能取得这样的业绩，仍然有着庄世平不可磨灭的贡献。1996年就在南商任职、如今已担任总裁一职的李继文，在2004年夏天拍摄六集电视专题片《庄世平》时，如此动情地说："我的肩上一直承受着两种压力，一是来自市场竞争，二是来自庄老。前者是紧张的甚至是残酷的，但也是带普遍性的；后者是无形的、无处不在的、催人向上的。小至闲聊，老人家每月总有几次到我办公室坐坐，谈着谈着就要谈到银行的各项事务上；老人家对他六个儿女的情况可能不甚了了，但对银行的事务却一清二楚，悉时地给予掌舵指点；他把南商当作他最疼爱的第七个儿子了。大至银行的各项重大改革，老人家无不运筹帷幄，决胜千里；单是大前年香港中银集团精简机构大合并，老人家就上至中央、下至中银内部不厌其烦地反映情况，提出建议，终于使南洋商业银行和集友银行继续保留名称，保留原有的经营特色，使这两家侨领创办的境外银行继续在侨胞中发挥其原有的号召力，同时也使中银集团的经营更加多样化、多元化。可以说，庄老本身就是我们银行最最宝贵的财富。面对着他时，包括我在内的任何一位员工，除了加倍努力做好工作，别无其他。"

南洋商业银行经过庄世平五十多年的心血培育，经过全体员工的勤奋努力，如今仿如一颗灿烂的金星，为国内外经济金融界所瞩目，为中国人民争得了荣誉。

2004年8月，中国银行改制为国家控股的股份制企业，庄世平出任中国银行副名誉董事长。这是中央政府对他最大的信任，是中国金融界对他最高的评价。

庄世平以自己无私无畏的实践，实现了自己奉献国家、奉献人民的理想。

这里似乎还应该指出的是：在南洋商业银行取得如此辉煌的业绩的同时，在庄世平的内心深处，曾承受过多少由于极"左"思潮和官僚主义造成的矛盾、压力和痛苦呀！

十六　大义之举

　　新中国像初升的太阳，温暖着庄世平的心，激励着他加倍努力地勤奋地工作。

　　1954年9月30日傍晚，庄世平破天荒地在六点钟前回到家里。四个儿子和两个小女儿大概已接到林影平的通知，早早就聚集在狭窄的房里，有的看书，有的聊天。见到父亲，几个人不约而同地露出欣喜的神色，站了起来。别说是和父亲吃饭，有时甚至一连几天，也难得见他一面呀！庄世平拍了拍老大荣叙和老二耀植的脑袋，问："母亲呢？"

　　"和大姐在厨房。"乖巧的耀植应道。

　　窄小得难以转身的厨房里，林影平正在炉前忙碌着，烟腾气漫中难得见到她的脸色。而大女儿耀瑞正忙于洗菜剁肉。庄世平走到门口，深吸了一口气，说："好香呀！要我帮忙吗，大厨师？"

　　见母亲一声不吭，连身子也不转过来，不知内情的耀瑞笑着说："你歇一下吧！这里，有我和妈就够了。"

　　庄世平来到自己的小房间，闷闷地呆坐在床上，心里不由得有点发酸：自己的决定是不是太绝情了？这对林影平是不是太不公平呢？

　　这半个多月来，像往年一样，他一直参与筹备即将来临的国庆集会。作为炎黄子孙，有什么比国庆节更为盛大的节日呢？更何况，今年还是五周年大庆！所以，每年这一段时间，庄世平总是要劳心费神，殚精竭虑，为国庆这一神圣的盛大集会而奔忙。

然而，恰恰是新中国建立五周年的吉庆时刻的到来，一桩积聚在他胸间已久的心事，使他迫不及待地要付诸实施了。他不怀疑孩子们会反对，担心的是林影平能不能接受他的安排。因此，昨晚尽管忙碌到午夜，他还是赶了回来。林影平对深夜中把她弄醒的庄世平，不仅不嗔不恼反而要下床为他热一碗吃剩的潮洲粥作夜宵。"别忙了，我还有事与你商量呢！"庄世平劝住她。可是当庄世平兴冲冲地把话说完，刚刚还欣喜于色的林影平转过身去，半天也说不出一个字来。顿时，庄世平不由闪过一丝内疚：哪一位女性不冀望子孙满膝的天伦之乐呀？自己对这个家、对孩子们有过什么作为呢？几乎近于零呀！由自己做这样的决定，合适吗？沉默了好久，他终于又开口："影平，我知道你这些年来辛苦了，本来不应由我作出这样的决定。不过，你知道，这些年来我们含辛茹苦为了什么？就为了新中国的建立。如今，我们都是国家的人，孩子不更是国家的财富么！让国家来培养，让他们为国家服务出力，不正是我们的愿望么？"又沉默了一会儿，见林影平沉默不语，他又说："作为中国人，我和你都受到我们民族的优秀文化的熏陶和教育。我们过去和现在所走的路，正是这种熏陶和教育的结果。虽说香港是中国的土地，但这是殖民地，我们怎能让孩子接受殖民地文化的教育呢？何况我是中银机构的负责人之一，更应带个好头。"又等了一会儿，才听到林影平柔细的声音："结婚时我就说了，我听你的。"听到这话，庄世平的心中释然了，美美地睡了过去。快天亮时，他突然感到手臂上凉爽爽湿漉漉的。睁眼一看，林影平的泪水默默地从脸颊顺着他的手臂流到枕头上，半边枕头已湿透了。他拍拍她的肩膀，嗔爱地说："你呀，几十年辛辛苦苦都走过来了，怎么还这样儿女情长？"他以为：作为母亲，一时的难分难舍，也是在所难免的。

可这时，庄世平不能不担心：林影平是不是反悔了呢？等下她如果不支持，事情可就难办了。

"爸，吃饭了。"耀瑞在外边喊道。

庄世平回过神，来到小厅上。饭桌已摆开，上面摆着一汤四菜，有鱼也有肉。除影平和耀瑞，六个儿女都已坐在桌边。难得和父亲一起吃饭，而且又是如此丰盛的菜肴，他们都显得有些迫不及待。特别是小女儿庄如明，一只小指头伸在嘴里吸吮着，一副馋猫的样子。庄世平坐了下来，喊："影平、耀瑞，大家都等着你们了。"接着，就往每个碗里舀进半碗骨头白菜汤。没有酒，以汤代酒。

影平和耀瑞终于一边擦手，一边坐到桌边。庄世平说："影平，你说几句话吧。"

"你有话，你说。"林影平头也不抬，闷闷地说。

"好，我说。"庄世平端起盛了菜汤的碗。小如明一看，拿起菜汤就往口里送，被荣新拦住了，并指了指父亲。意思说：父亲还没喝，你怎能喝？庄世平被孩子们的稚气逗乐了，嘴角掠过一丝微笑："明天，就是我们中华人民共和国成立五周年了，今晚咱们全家聚在一起，以示庆祝。来，大家拿起母亲做的菜汤，为着咱们国家的强盛——喝。"

乘孩子们风卷残云之际，庄世平瞥了林影平一眼。林影平被丈夫的话逗起兴致，暂时忘记了忧愁，那双含情脉脉的丹凤眼正瞅着庄世平发笑。庄世平一看她这样子，浑身顿感轻松。看大家已经喝完菜汤，重又开口：

"这些年来，我为了工作，四处奔波，没有尽到父亲的责任呀！你们有今天，特别是荣叙、耀植、荣新，都已经长大了，离不开你们母亲的辛劳培养呀！来，大家再舀汤，敬母亲一次！哟，对了，你们有今天，也是耀瑞协助母亲洗衣做饭，背着抱着长大的，今天也要敬耀瑞一次。"

"妈，喝，喝嘛！"

"姐，喝，喝嘛！"

随着一声声亲昵的呼喊，桌上随之响起一片喝汤的惬意的咂舌声。

庄世平看着耀瑞拿到嘴边的碗又放下，劝道："怎么不喝了？今年，你二十二岁了吧？"

"你呀，连女儿多少岁都记不准了！不是二十二，是二十三了。"林影平嗔怪地说。

"你看我你看我！耀瑞，你不怪我吧？"庄世平敲了敲脑袋，深情地说。对这位养女，庄世平的感情天平并不亚于其他六个亲生骨肉。她六岁就到这个家，随后和林影平到泰国，来香港，挑起了这个家的一半担子。勤劳刻苦、担惊受怕不说，吃的，往往是弟妹吃剩的；穿的，往往是影平退下来的。如今，弟妹都已长大，自己却做出这样的决定，对她实在不公平呀！一想到这些，一丝内疚又闪上庄世平的心头。

"爸，你有话就说吧。"贤慧的耀瑞见父亲久久不开口，主动说道，"妈已告诉我了。我听你的。"随着她的话，弟妹们这才感到今天的气氛有点特别，都不约而同地放下碗，望着庄世平。

在他的事业和理想上，有什么比"我听你的"这样一句亲人的支持更令人感动呢？这句话，远远超出了血缘上的联系。在影平和耀瑞身上，体现了中国妇女多么可贵的品质呀！庄世平激动地说："是的，我还有事要告诉大家。你们知道，你们的父亲一直为之奋斗的，就是建立新中国。如今新中国建立了，我和你们母亲也算是新中国的一员，你们呢，自然也是新中国的财富。既然是国家的财富，你们就必须回到她的怀抱，去完成学业，或去为她出力。所以今天我要对你们说，我和你们母亲对你们的养育任务已经完成，我要将你们交给我们的国家了。你们以后的路，由你们自己去争取，由国家去安排。你们应该为这样的安排感到幸福。"庄世平顿了顿，爱惜的目光移向耀瑞。"耀瑞的工作已由广州的叔叔们作了联系，确定在省总工会幼儿园当幼师。耀瑞有带大六个弟妹的经验，我想是可以胜任这个工作的。其他人还要继续完成学业，我也请广州和汕头的叔叔们选择了学校。至于你们想什么时候动身，全由你们自己决定。"

从荣叙到如明，都圆睁着双眼望着父亲，一时不知说什么好。

"我想——"耀瑞沉吟了一下，蓦地变得十分坚决，"这几天就走。"

"这……"庄世平真有点意想不到，愣了愣，才疼惜而又有点不舍地说，"也好，早点走上岗位，早点为国家作点贡献。到了国内，要虚心，要努力，服从领导。对了，你看看缺什么，只要家里有的，都可以带走……"想不到，他自己竟变得婆婆妈妈了。

这是一顿很有纪念意义的晚饭。

这也是一顿十分沉闷的晚饭。

晚上，林影平没有来到庄世平身边，而是在耀瑞的房里一直忙碌、谈话到将近天亮。一早，庄世平记挂着白天的大事，悄悄就起身了。为了不吵醒孩子们和影平的睡梦，他仅仅从门缝向刚睡不久的耀瑞瞥去十分深切的一眼……下午，当国庆集会进入高潮，庄世平和整个会场正处在雀跃欣喜的时刻，林影平正陪伴庄耀瑞越过罗湖桥，向着新的目的地——广州进发。

随后，六个儿女也于1955年底以前先后回到祖国，由小学、中学到大学，再分配到祖国各地，或由祖国保送到海外继续深造，为祖国的社会主义建设事业作出了应有的贡献。

十七　高风亮节

1959年，庄世平光荣地当选为中华人民共和国第二届人民代表大会代表，代表广大华侨同胞的利益，走上了更为广阔的政治舞台。

第二届人民代表大会开幕的前一天，他和另一位港澳代表、香港中国银行总经理郑铁如（全港澳仅此二人）到达北京，住进北京新侨饭店。行李甫放下，来自中南海的电话已追到他们房间：周恩来总理今晚在家设便宴为两位先生洗尘，接两位先生的汽车已经开出，大约二十分钟后到达。

一切都在猝不及想之中。周恩来，一个和中国革命、和新中国联系在一起的伟大人物，今晚就要亲切接见他庄世平了！本来应该欣喜异常的庄世平，没想到这时却十分的平静。在这样难得的时刻，应向总理汇报些什么呢？他想到自己对国家和人民的贡献还很少，想到解放以来各项工作的成就和出现的困难，想到已在某些领域某些角落出现的一些不健康现象……千头万绪，他多想向周总理诉说，并得到他的指教呀！于是，他和郑铁如商量，从香港中资银行的发展壮大以及出现的一些困难，一直谈到对旧人员的使用上出现的一些偏差等等。末了，早已见过周总理的郑铁如，笑呵呵地说："你呀，等见到周总理时就会知道，他的伟大，正是出于他的平凡可亲，知识渊博，任何人见过他一次之后，都会把他当作和蔼的师长，并产生由衷的敬仰。所以，在他面前，我们只要做到畅所欲言就可以了。"

汽车驶过长安街，进入中南海。西坠的夕阳，正给这片中国革命和建设的心脏，镀上一层金黄色的光彩。

周总理早在门口等着他们。郑铁如抢先一步迎上去，热烈地与他握手寒暄。郑铁如回过神，正要介绍庄世平，周总理已放开他的手，把手向庄世平伸来，朗笑说道："是庄先生吧？啊，不，我们应称同志。"庄世平只知一个劲地应道："是，是。"

入座坐定，邓大姐已为大家的小杯斟满了清洌香醇的茅台。桌上，四碟小菜加四盘热菜，外加一碗青瓜肉丸汤。"困难时期，没什么好吃的，铁老，你别见怪！"周总理真诚地拿起酒杯，站了起来。"为铁老，为世平同志的身体健康和事业成功，干杯。"

于是，桌上的气氛更为热烈。当郑铁如和庄世平为周总理和邓大姐的健康而祝福干杯之后，汇报了香港中国银行的经营情况，以及内部员工的一些亲属在内地碰到的一些情况时，周总理那卧蚕般的浓眉抖了抖，说："对华侨和港澳同胞在内地的亲属，我们在政策上是应该给予更多的优待照顾的。我们已注意到，各地在执行上有偏差。我们会尽快解决的。请告诉你们的同事，爱国不分先后，我们对广大爱国人士，是会给予高度重视的。"周总理的声音饱含着深切的感情。"铁老，你在中国革命的关键时刻带领香港中国银行所作出的义举，中国人民、中国政府是永远不会忘记的。"

"过奖了过奖了！"郑铁如乐呵呵地说，"你知道吗，当年还多亏了我们身边的世平先生给我联系通气，给了我很大的帮助呀！真是后生可畏！他几乎是白手起家的南洋商业银行，如今业务上已迫近我们中国银行，在香港中资银行中排列第三。"

"我知道我知道。先念、一波等同志都向我汇报了。"周总理转眼望着庄世平，亲切地说，"世平同志，你可要虚心向铁老等老前辈学习，不能骄傲呀!"

庄世平严肃地点了点头。

这一顿饭，持续了一个多小时。到底吃了什么菜，有没有吃饭，庄世平已全然不记得了，感到的是一阵阵的兴奋和激动。临握别时，周恩来对郑铁如所说的话，又一次叩响了他的心扉："请代我问候你在台湾以至世界各地的老同事老朋友。就说我周恩来怀念他们。中国金融事业有今日，是金融界一代代人长期奋斗的结果。中国人民是不会忘记这个历史事实的。不管他们过去是何种政治立场，只要他们从此不做伤害国家和人民利益的事，只要爱国，我们都欢迎他们回来。"

一个胸怀广博、目光远大、和蔼可亲、敏锐机智的伟大形象，从此耸立在庄世平的脑海里，激励着他去加倍地努力地工作。

当晚，他就给在中国侨委任副主任的方方打去电话，兴奋地汇报了见到周恩来的经过……

从此，一年一度的全国人民代表大会开幕前夕，周恩来都一如既往地邀请郑铁如和庄世平共进晚餐。和周恩来吃饭，和周恩来谈话，成了庄世平不可多得的人生幸事。"有容乃大"的至理名言，在周恩来身上得到莫大的体现。话题，任你纵横；观点，任你坦露。在这里，有的是心心相印的真诚和忠告。

不过，久而久之，当庄世平反映一些尖锐问题——诸如华侨和港澳同胞回到内地受到冷眼以至敌对的对待、在侨眷中开展阶级斗争有扩大化和过火行为等等，周恩来的回答总是干脆的："一定要派人查办!""中央注意到了，正在加紧纠正!""这样不对嘛，伤了人家的心嘛!"……但庄世平发现：他那浓黑的双眉和深沉的眼睛里，常常会在大义凛然的愤慨中，不时地流露出一丝丝忧虑。

偶尔间，似乎还夹杂着一种更为复杂的情绪。

是为难？是苦恼？也许是，也许不是。

一想到这些，庄世平不由感到一阵惶惑。作为一个十亿人口大国的总理，难呀！

由此及彼，他想：自己碰到的一些困惑和痛苦，又算得了什么呢？

关于家庭在土改中的情况，庄世平是土改结束后许久才知道的。

整个家族除了一户被评为中农，未受到冲击外，其余都被评为专政对象的富农和地主，复查时更一律列入地主黑册，都不同程度地尝到了无情斗争的滋味。自然，家族的一切财产都被充公没收。令人不解的是，庄世平一家兄弟六人，每个兄弟又有儿女数人，合共三十多人，但分在名下的土地仅一亩多，竟然也被评为地主。真不知这地主的帽子是依据什么戴上的？

对大房堂兄庄世义的惩罚，倒也情有可原。世义自小就粗蛮骄横，肆意欺负弱小。当上伪乡长后，居然不顾三叔庄锡春等人的强烈反对，用家族的十三担公谷换回了一支二十响驳壳枪，整天吊在屁股后面，以武凌人。临解放时，乡里一位素有小偷小摸恶习的小偷因偷田里的庄稼被抓住，世义指挥一班乡丁，严刑拷打，竟活活将人置死。这样的恶少劣绅，刚土改就被政府逮捕枪毙，家人则被流放外地他乡，也算是罪有应得。

五房堂兄庄世趾，是家族中五个大学生之一。他待人和气，学问深厚，毕业后任职于普宁师范学校，由一般教员慢慢升至临解放时的校长。1950年秋，他即遭逮捕。乡里群众念他知书识礼，对在校的贫穷子弟也多有照顾。特别是1943年那场大饥荒中，同样是满腹诗书的三叔庄锡春，在世趾率众大力支持下，将四十担家族公谷拿出来扶贫济困，不知从死亡线上救回了多少条生命。因此，乡农会和团组织先是向县土改工作团写信，请求对庄世趾予以宽大。因请求信发出后如石沉大海，部分农会干部和共青团骨干经商议，竟决定采取激烈行动。于是，经过秘密联络，1951年初一个早上，竟有几个共青团骨干敲起铜锣，呼喊群众上县城为世趾请愿。想不到群众的情绪极为高涨，不一刻就集合了一百六十多人。还未到上班时间，这支庞大的农民队伍已会集在县政府门前，一会儿鸦雀无声静坐等待，一会儿高呼口号要求县领导人接见并释放庄世趾。整整一天，县府里除了几个工作人员出来劝说大家解散离去，并无什么正式的答复。群众自然很有情绪，黄昏离去时，都相约明天一早再来……然而，对一部分人来说，已没有昂首挺胸的明天了。当晚深夜，个别干部就被拘留审查。而整个乡的团组织，被谓之"立场不稳"，遭到解散重建。群众的良好愿望，在铁腕之下从此不敢再有任何形式的表达。而庄世趾，也为此付出了灵魂以至皮肉的更加严酷的代价。末了，也被逐出了家园，流放他乡。

如果说庄世趾有罪，那也是他的知识，以及他兢兢业业的敬业精神和与人为善的脾性所使然。如果当过伪职的人都有罪，那还要建立什么爱国统一战线？不是一直说群众是养育我们党、养育中国革命的母亲么？即使母亲的做法有什么不当，又何必采取过激甚至专政的手段呢？这不是要把自己摆到群众的对立面去么？庄世平百思不得一解，内心充满了深切的忧虑。

此后，许多怪事接踵而至，庄世平心里那隐隐作痛的忧虑，与日俱增——

1952年7月，协助叶剑英元帅在解放广东、在领导广东的革命和建设中取得赫赫功绩的方方，竟然被冠以"农民运动右倾"、"地方主义"的莫须有帽子，从华南分局第三书记调为第五书记。不久，又在"新三反"运动中受到严厉批判和组织处分，撤销了华南分局第五书记、省政府第一副主席等职务。后来，仅任分局委员和分局交通运输部长。直到1955年，他才调往北京，任中共中央统战部副部长和全国华侨事务委员会党组书记、副主任，成为廖承志同志的得力助手。广东的革命不是整个中国革命的一部分么？团结熟悉情况的当地同志搞好工作，怎么能说是"右倾"，是"地方主义"呢？难道只有将指挥权交给不熟悉情况、只懂得蛮干的人，把工作搞得一团糟，才能叫革命，叫左派么？

恰恰是方方受整的期间，1950年就任汕头市副市长的黄声，也被扣以"右倾"、"地方主义"的帽子，先调往北京中国新闻社工作，后来才调到广东省华侨事务委员会任办公室主任。

为了给"地方主义"罗列更多的罪名，有人还处心积虑地提出清理中共华南局的经济账。庄世平领导下的安达公司以及"宝通钱庄"等，自然也成了清理的对象。好在庄世平对于经济活动自来就小心谨慎、如履薄冰，小至当年与东纵几十只生猪等土特产的小交易，大至解放初运送大米支援海南岛、稳定大局的大买卖，公司里都有十分精密的明细纪录。这样的做法，本来是要提防外部黑暗势力的明枪，想不到却在对付内部的险恶暗箭上派上了用场。对此，庄世平伤心透了。

更令人气愤难平的是，经济建设中的一些成就居然被"黑白颠倒"，勤奋工作的人受到冷落排斥，诬陷说假的人却大言不惭，大行其道。比如，方方为了使从化温泉这一旅游景点受益于民，获利于国，主张并开辟了广州至从化的公路，竟然被批为"糟蹋耕地，不顾国计民生"（1980年后，又有人指责公路开得太窄，适应不了现代化的需要。真是令人啼笑皆非）。又比如，解放初广州仅有爱群大厦一间像样的旅店，广州市市长朱光为适应南大门日益频繁的外事活动和联谊统战工作，建起了"人民大厦"，居然被斥为"浪费""丢掉了艰苦朴素的优良传统"（广州后来建"广州宾馆"、"东方宾馆"，仍有许多非议）。还有……

就是他七个于1955年就陆续送回国内就业和就读的儿女，因地方组织不了解他的情况，误认为他是腰缠万贯的资本家，以阶级分析的标准都把他们划入了另册，在政治上不同程度地受到歧视和冷落。

　　大儿子庄荣叙读完大学后，被分配到广西省梧州一处偏僻的乡镇中学教书，三年困难时期，饿得患了水肿；在饥饿和白眼中只好来到广州治病；广州的老同志热情地接待了他，但因为当时条件太差，只好送他到香港；可是在香港仅治疗了四天，就遭到庄世平的训斥："全国人民都活得下去，你娇贵什么！"硬被送了回去。1960年面对政治和经济的双重困境，只好又偷偷跑到香港寻找出路，但不敢告诉父母，又不敢暴露身份，只好改名换姓在毛衣厂打工，接着又自己购买织毛机为人加工，再后来是自己买车为人送货，或当出租车司机；直到1968年林影平在长期多方寻找中找到他，母子抱头痛哭于街头，但谁都不敢将真实情况告诉庄世平。荣叙直到四十三岁才结婚，是因为结婚才万不得已与庄世平相认的。二儿子庄耀植，在武汉大学经济系毕业后，分配至汕头市一家银行工作，但在多次政治运动中被诬为"资本家的儿子"，在政治上被列入另册。三儿子庄荣新从上海交通大学毕业后，分配在石家庄一家兵工厂工作，受到政治和身心上的双重"改造"。四儿子庄荣文在北京国际关系学院外语系学习时，境况也好不到哪里去。养女庄耀瑞从回国之后就在省总工会幼儿园工作，至退休的时候也仅仅是一位不用组织部备案的副园长；境况比较好的是小女儿庄如明，她在国内读完师范专业，被国家派往国外深造，随后又分配在英国的中国银行工作——不过，这已是改革开放之后的事情（对庄世平一群儿女在平凡的岗位上做着平凡的工作，许多人在叹息之余，曾提出支持和帮助。笔者在香港新华分社采访时就曾听到这种善意的声音。庄世平既然能够为国家为他人作出了那么大的贡献和帮助，也绝对不是没有办法为儿女们谋到一份令人目眩的工作。但他的品格决定了他绝不会这样做，也不会让别人因他的关系而这样做。这也许正是他几十年身处政治风浪中而不倒的重要原因，也是他能够随时随地唤起千千万万人一起为中华民族的振兴而奋斗的人格力量使然。直至最近一次采访，庄世平豁达地对笔者说："我已是快九十的人了，大的儿子也快七十了，小的女儿也早就进入不惑之年。几十年风风雨雨，顺境也罢逆境也罢，都未发现他们在品质上有什么问题。他们的安分守己，便是家庭幸福欢乐的基础，我对此已是够满足了。"）。

唉，庄世平除了感叹和焦虑，又怎么阻止得了他还未能从本质上看到的、极"左"思潮的越来越猖獗的泛滥呢？他能做的，是愈加频繁地去看望和探问昔日的老领导老战友，想借此得以抚慰他们那受伤的心。然而，每次见面，受感染的倒是他自己。方方还是那么和蔼大度，黄声还是那么豪放爽朗。有时触及他们的遭遇，回答也往往是豁达的："工作方法不同嘛，""看法上的分歧在所难免，""职位大小，受点委屈，都算不了什么，只要是为党工作，就是幸福。"等等。偶尔，也有一两句经过深思熟虑的忠告："战争年代党内就有两条路线斗争，建设时期不可能没有。"这些道理庄世平虽懂，但经过老领导老战友之口，印象尤深。共产党员襟怀坦白、赤胆忠心的高贵品格，无时不强化和净化着他的灵魂。当然，从老领导老战友的只言片语中，从每次握别的深沉的目光中，他深切地感觉到这么两个字：谨慎！

因此，从50年代后期始，有六个字成了庄世平工作和生活的座右铭，成了他告诫同事部下的口头禅。这就是："少说话，多做事。"

实践证明，在后来的漫长的人生之路上，正是这"少说话，多做事"六个字，使庄世平赢得了为国家和人民工作的更广阔天地和更多机会——

1957年期间，一位从国外回到内地工作的同志在北京见到他。

这位同志抱怨：在我们的队伍里，有出自解放区的同志轻视出自国统区、来自国外的同志的倾向，自己难得提拔，住房越来越窄，用车越来越大，过去的部下已成了上司，眼下是过去的部下坐专用轿车，自己坐大车以至走路……末了，便要求与庄世平联合写大字报提意见。庄世平对这些状况早已用豁达大度的眼光和胸怀想通看透，马上劝这位同志别写这样的大字报，他当然也绝不会在大字报上签名。末了，他还用很富有哲理的比喻劝慰这位同志："有两粒种子，尽管都是良种，但因为一粒播在沃土里，一粒播在瘠土里，成长的程度当然也不同。"……恰恰是这样襟怀坦荡的品格，无形中使他避过了一次灾难的袭扰。那些写了大字报的同志，后来绝大部分受到了严厉的处分和长期不公正的对待。

1955年，他调到北京中国银行任国外处处长。尽管职务不高，但他想到自己长期在国外境外工作，总是担心因不熟悉国内的工作方法而有负这个职务。因此，他虚心学习，工作上兢兢业业，使国外处的工作成效有了进一步的提高。时值经济困难时期，按他的身份，可以享受物质上的诸多照顾，但他把这一切都统统谢绝了。和大家一样在集体食堂打饭，吃一样的窝窝头粗糠饼，喝一样的黄菜汤。正因此，银行里因耐不住饥困而从不正常的渠道弄了些物资便被党纪处分、甚至开除党籍开除出队的人和事，时有发生，而他都安然无恙。一年后，由于他严于律己和勤奋严谨的作风，得到大家的一致肯定，他又回到香港，继续当他的南洋商业银行董事长兼总经理……

1966年，《五·一六通知》揭开了祸及全国的"文化大革命"的大幕。正当庄世平意识到一场严酷的政治斗争已迫在眉睫时，血腥的惨剧就已经发生了。6月13日下午，临下班时，庄世平忧心忡忡地收拾了杂物，正要离去。唉，中银系统内部也有人要和国内一样"大鸣大放大字报大辩论"，中银驻港管理处虽向北京汇报了动向，但一直不得回音。眼下，人心思动，人心思乱呀！如此下去如何是好？这时，电话铃响了。打电话的是远在广州的黄声的儿子黄大同。一听到庄世平的声音，大同的声音顿时变得暗哑了："世叔，我爸他……"庄世平的额头一凉，一个不祥的预感冒上心头，冷汗禁不住渗了出来。早在半个月前黄声就被诬为"三反分子"、"反动学术权威"、"广东三家村"等等，连他建议不要在华侨大厦客房和卫生间悬挂毛主席像，建议不要对华侨进行强制性政治灌输都被列为反毛主席反共产党反社会主义的罪证。庄世平曾捎话上去："疾风知劲草！要相信党，也相信自己。历史是会作出公正的结论的。"可如今，莫非……"你爸怎么了？你快说呀！"庄世平急得对话筒大声喊，瞬间，话筒已被攥得湿漉漉全是汗水。听到广州那边黄大同沉重地吞下了一口口水，才说："我爸下午二时从家里的天台跳……了，已经……"遥远的声音证实了血腥的预感，庄世平沉重地闭上双眼，像经历了一场万米跑般地喘着粗气，口中喃喃细语：声兄，你走好，慢走……直到黄大同反而慌了，一个劲地喊"世叔世叔"，他才回过神来，问："你爸留下什么遗物了吗？"黄大同答："跳下时带了个塑料袋，袋里有刚开了头的认罪书。他下午本来是要去接受批判的。在医院检查时，他身上只有五分钱，看样子是要搭公共汽车用的。"庄世平又问："组织上有什么指示吗？"黄大同回答："组织要我们全家和他划清界线。"庄世平叹了一口气："既然组织这样决定了，你们就划清界线吧。"顿了顿，他又嘱咐，"要保存好遗物。要照顾好你母亲。我了解你父亲，你放心。"说罢，他自个瘫在椅子上，脑海一片空白，昏昏沉沉的……

直到晚上十点钟过后，他才仿佛恢复了理智和体力，从中环一直徒步走到跑马地的家里。一路上，他欲哭无泪，欲喊无声，胸腔中的无名火压抑得仿佛要爆裂开来。整整几天，他食不甘味，夜不能寐……

随后，惨剧几乎不断，一次次地震撼着他的心灵——

方方和苏惠于1966年下半年开始受到无情的斗争批判。后来方方更被非法关禁达五年之久，于1971年9月21日含冤逝世。

许涤新、丘秉经、丘及、方明生、卓炯等曾经患难与共、相濡以沫的战友，几乎也同时被划入另册，遭到严酷的非人的对待。

随着华侨在中国革命和建设上所作出的巨大贡献被一笔勾销，当年在泰国受庄世平介绍、动员、教育而投身中国革命的华侨子弟和同事，都几乎无一例外地、不同程度地受到审查、批斗、关押。有被折磨致残的，有被酷打致死的，有不堪凌辱含恨自杀的……

到1966年底，他自己也必须每隔一段时间，就要回广州或北京，参加那"触及灵魂"的斗批改，深挖自己斗自己，苦笑着请别人斗争自己……作为中银驻港管理处副主任，作为多间中资机构的兼职负责人和持牌人，他唯一不能不考虑的、不能不挺身而出的是维护中华人民共和国在香港的声誉和利益，以及巨大的财产。因此，对于上至周恩来、李先念、廖承志，下至方方面面各个部门，他无不坦露不能在香港中资内部开展"文化大革命"的想法，无不直言陈情："我们在香港的声誉和利益，可不是一朝一夕就可以获得和树立起来的。我们可不能不考虑和照顾香港的现实和企业内部的情况呀！"面对这言辞切切的陈述，许多领导人无不为之感动，由衷地给予理解和采纳。庄世平的行为，对稳定香港中资机构，无疑起到了极大的作用。

随着文革的深入，他对林彪反党集团和"四人帮"的反动本质有了更深的认识。首先是服装的规定令他反感：上京公干时，起初是要他改西装为中山装；到了四届人大时，又要他穿西装，美其名"人大会议上要有各种代表性"；人大会议一过，又要他穿回中山装……连穿件衣服都要朝令夕改，还怎么治理国家！至于四届人大时受到江青接见的一幕，除了使他莫名其妙，更感到难以言状的愤怒。那是一个已过九点半钟的晚上，有关部门来了急电：中央领导马上要来接见港澳代表。庄世平立即让大家整装集合在会议室。然而等呀等，直到近十点半，穿着半女不男的列宁装的江青出现了。见大家正襟危坐地等她，她娇柔造作地说："哎呀呀，你们怎么集中等我了！散了散了！"便拉起一位年近六旬的女电影明星代表，躲进房里去了。如此显赫的人物半夜来访，庄世平和代表们当然不敢散去。待坐了近四十分钟，待到女代表的房门打开了，江青连招呼也不打就径自走了，庄世平和代表们才毕恭毕敬地问女代表："首长有什么指示么？"女代表先是一阵大笑，脸红得像一朵花，才道明了情况：江青一进门，先是把她从头到脚打量了一遍，又把她从头到脚捏了一遍，连连称赞她的皮肤、她的身材保养得好；随后又十分详细地询问她使用什么护肤品化妆品，做什么样的健美运动，还要她脱下外衣……在众人的嬉笑声中，庄世平悄然离开了，内心除了愤怒，更有难以抑制的厌恶和无奈。

除此之外，慰藉和救援受难的老领导老战友的家属子女，成了他繁重而又义不容辞的人生使命。在北京，他多次不避嫌疑，踏进苏惠、许涤新、黄浩、连贯、李启新、朱曼平、丘及等的家里，探望并慰藉那些受到了伤害的心灵。有时，甚至还把仍戴着各种莫须有帽子的杨世瑞、詹尖峰、庄江生等战友和学生请到住处，共叙友谊，互相勉励。广州离香港近些，对黄声的家属的照顾和关怀就更加方便频繁。黄声逝世后，全家从原来一百多平方米的住处被迫搬到仅二十平方米来去的小住宅。庄世平到广州办事开会时，总要抽出时间去看望一下"声嫂"陈瑞贤。有时更放着宽敞舒适的招待所宾馆不住，偏偏要和黄大同等一班孩子挤在小厅里过上一夜，为这个苦难的家庭带去信任和期望。林影平去的次数就更多，每次都和"声嫂"同睡一张床，同吃一锅粥。来时或走时，常常往陈瑞贤的衣袋里塞进几十或几百元，给予了黄声一家经济上无私的支援……

1975年，原中国驻英大使柯华到香港访问。和庄世平畅叙家常时，流露出他对在港的妹妹和对在马来西亚的姐姐的怀念。可惜碍于当时极"左"路线的禁锢，他不好贸然前去访问，又不好让他们前来酒店探望。说者无心，听者有意，庄世平不仅找到柯华在港的妹妹，还给其在马来西亚的姐姐打去了电话。于是，柯华的妹妹及妹夫、孩子，还有从马来西亚风尘仆仆赶来的姐姐，在庄世平的安排下，终于在离别四十多年之后，相会于香港跑马地庄世平家里。林影平特别为此准备了丰盛的家庭便宴。饭前席后，离合别聚的欣喜和伤感，笑声和喜泪，交集在一起……此事后来也被个别别有用心的人当作政治本钱报告了上头。上头也煞有介事地专门派人作了调查，庄世平和柯华都如实汇报了情况，专案人员于是又对庄世平的亲属和柯华的姐妹进行了掘地三尺的了解和调查。好在实在找不到什么政治上的瓜葛和黑点，此事才不了了之。

　　其他的一切，除了在关键时刻从不隐瞒自己的观点，庄世平只有根据自己几十年来跟随共产党的觉悟和经验，寄希望于党最终能够自己清除极"左"路线的影响和祸害，最终能够带领中国人民走向繁荣和富强。因此，更多的时候，他只能选择沉默。

　　沉默是金。

十八 躬逢大治

1976年10月7日，随着高踞在北京的四位窃国大盗落入人民的法网，中国现代史上一场长达十年的政治浩劫终于结束了。

历尽劫波兄弟在——当整个中国沉浸陶醉在掌声、笑声、美酒之中，庄世平联系了那些劫后余生的老战友老领导，不及细说浩劫中的种种磨难，就又为中国临近崩溃边缘的经济状况皱起了眉头，苦心孤诣地思索着振兴中华的有效途径。

不论是过去，或者将来，广大华侨和港澳同胞都是振兴中华、强盛中华的一支强大的重要力量。

问题是，在极"左"思潮长期的高压下，海内外无不心有余悸，谁能够义无反顾地带这个头呢？

思索再三，他找到了庄静庵和李嘉诚。

早在"文化大革命"前，庄静庵就为家乡潮州市捐建了绵德小学。然而，浩劫之年，红卫兵不仅把他的名字写在地上践踏，写在墙上画上红叉，还扎起他的模型草人，当众进行烧毁。继而，又附信寄去烧毁模型的照片，声称："不论你走到哪里，一定要把你打翻在地，永远不得翻身！"为此，他伤心至极。庄世平对这一切自然是心知肚明，相见之下，禁不住为劫难中的祖国和家乡唏嘘不已。然而，庄世平的话题一旦进入美好的回忆，壮心不老的庄静庵立即表现出舒心的欣慰和向往——由庄静庵在潮州捐资负责、由解放前一直延伸到解放后的"集安善堂",司棺赠葬,司医赠药,扶危济困,不知安埋了多少穷困无助的孤魂,不知使多少患病绝望的心灵重新唤起了生的希望,不知在灾荒之年从死亡线上救活了多少难民;绵德小学以其高质量的教育,不知为多少贫困子弟提供了入学机会,为国家培养提供了多少有用之才……随后,庄世平又提供了大量数字和事例,说明祖国在浩劫之后面临的许多困难,强调了党和人民政府在大治之年对华侨和港澳同胞的殷切期望。他说:"静庵兄,我们都老了,已没多少时间去计较人世间的恩恩怨怨了。如果我们还能继续为国家为人民留下一点益处,那才是我们这代人的骄傲呀!"

"你说,我们做什么好呢?"庄静庵的爱国热情终于又被煽起。

"不用急。回去看看再说。"庄世平回答,"怎么,要我陪你回去吗?"

"说陪就见外了。你有空,一起回去走走,再好不过了。"庄静庵乐了。

于是,或自己带着家人,或由庄世平做伴,从1977年下半年至1978年,庄静庵多次往返于潮州。所到之处,备受各级党政部门和人民群众的欢迎。而内地百业待兴,人民群众在噩梦之后渴望尽快重建家园、振兴国家的热情和干劲,更时时震撼着庄静庵的心扉。1979年他已暗下决心,决定斥巨资捐建潮州绵德中学和绵德幼儿园(绵德中学和绵德幼儿园建成后,他甚至将自己百年之后的长眠之地也选在绵德中学校园内)。

庄静庵每次从内地回港,庄世平总要率领港澳潮籍乡亲前往聚会,听庄静庵介绍内地的情况和家乡人民的呼声。

而此时的李嘉诚,已是在海内外享有盛誉的著名实业家。庄世平在《李嘉诚成功之路》一书的序言中,对这时的李嘉诚有这样全面的介绍和评价:

李先生凭着敏锐的观察，分析了60年代初的香港状况。香港是一个地狭人多、经济发展迅速的社会，土地的使用需求很大，而更重要的是香港的政治环境，相对地比东南亚地区更为稳定。李先生由此预见到香港对海外投资者是极有吸引力的，也预见到这里的地价必然上涨的趋势。

但是这个期间许多的人给内地"文革"灾难性的动乱吓跑了，对香港的前景失去了信心，引起了恐慌性的疯狂抛售和贱卖。李先生却独具眼光，深信祖国局势会雨过天晴，香港市道会更为灿烂。事后证明他的判断是正确的。到了70年代，昔日"弃船"而去的财团大亨和投资者，相继旧地重返，香港又成了投资者的福地。

但此时李先生已掌握了有利的优势，他的地位和影响力，已非昔日的大亨所能代替了。

70年代末，80年代初，香港逐步形成为国际金融中心之一的地位。李先生的投资取向成为一股影响力，他更具备了英雄造时势的条件了……

在经济工作中成绩赫然的庄世平，如此评价和盛赞李嘉诚，真可谓相知之明、深交之见。

从零创业而一跃而为全球华人首富的李嘉诚，自然深知他的成功得益于中华民族的优秀文化的教育和熏陶。他那强烈的爱国心，如日月昭然。可是，在极"左"思潮的泛滥下，他是报国无门呀！如今，祖国正走上拨乱反正的大治轨道，特别是中国共产党十一届三中全会召开之后，摒弃了闭关自守的国策，开始了改革开放的新时代，神州大地如沐春风，正呈现出朝气勃勃的景象。对此，他内心无不欢欣鼓舞。因此，不用庄世平开口，他就毅然说道："世平兄，祖国和家乡有什么需要我出力的，请多指教，我会竭尽绵力的。"

榜样的力量无穷！庄世平深知李嘉诚一旦向内地提供资助捐赠，将会在广大华侨和港澳同胞中产生多么巨大的深远的影响力。时值1977年年底，他立即将李嘉诚的意愿向广东省委书记吴南生转达并请他向广东省委报告。

在拨乱反正中敢于大胆解放思想、大力破除极"左"禁锢、倾心于国家富强之路的吴南生，1977年秋，在广东省文化工作会议上，一批蜚声海内外的老作家、艺术家还被扣以种种莫须有罪名，在极"左"路线的枷锁中未能解脱之际，他居然改变大会主席台的座次，将各个部门的负责人向后移，然后亲自点将，鼓动大家用掌声将欧阳山、秦牧、陈残云、黄新波、李门等老作家、艺术家请到主席台前排就座。由此，人心大快，广东的文化工作进入了新的繁荣发展时期……他接到庄世平传来的信息后，马上对李嘉诚的意愿在可行性上作了必要的调查研究后，立即电邀庄世平赴广州共商大计。

正当千家万户为挣脱了政治枷锁，欢天喜地准备迎接1978年春节的时刻，庄世平和吴南生这两位共同有着强烈强国富民之心的潮汕优秀儿子，终于在广州见面了。其时，庄世平已六十有七，吴南生则已五十有六，虽然他们过去并不相识。但各自对对方经历的熟悉和业绩的敬慕，竟有一见如故的亲切感。一段开场白，已见其情浓意切：

吴南生："庄老，在外事侨务工作上，我是学生，你是老师。以后你要多指点、多帮助呀！"

庄世平："不要客气！从今日起，我们就是一条壕沟的战友了。太客气，反而见外呀！"

庄、吴的友谊由此产生，并迅速转向深厚。两人商定，为了使李嘉诚的意愿百分之百地变为美好的现实，李嘉诚支援祖国建设的第一个目标应选在他自己的家乡，项目内容应以解决群众疾苦的福利事业为主。爱国心加上亲情乡情，有什么话不能说，有什么事不能办呢？

随后，他们立即将李嘉诚的意愿和刚刚商定的意见，传递到千里之外的潮安县和潮州市。实质性的准备工作，随之紧锣密鼓地展开了。

也正是这次历史性的会见，庄世平和吴南生从此紧密配合，在中国的改革开放进程中，导演出了一幕幕精彩的里程碑式的"大戏"——这是后话。

1977年9月，为了加强广大华侨和港澳同胞的凝聚力，中国国务院决定邀请华侨和港澳同胞的代表参加当年国庆观礼。在北京观礼后，还将参观游览成都、重庆、三峡、武汉等地。港澳同胞国庆旅行团的团长由庄世平出任，副团长是新华社香港分社的副社长罗克明、梁尚苑，团员包括李嘉诚、利铭泽、胡汉辉、廖瑶珠、马蒙、胡应湘等著名实业家和各界知名人士。当庄世平把邀请书郑重地送到李嘉诚手上，李嘉诚顿了顿，问："你去吗？"庄世平回答："我去的。"李嘉诚蓦地欣然："那好，我去。"

深秋的北京，碧空万里，气候宜人。第一次来到首都的李嘉诚参加了国务院侨办的欢迎招待会，出席了人民大会堂万人国庆招待会和首都体育馆国庆文娱晚会，受到党和国家领导人的亲切会见和热情欢迎，参观了市容，听取了各种建设情况的介绍……面对祖国大地发生的巨大变化，到处呈现一派生机勃勃的景象，他的爱国热情更加高涨了。他问庄世平："我打算为内地办点实事的心意，有消息了吗？"庄世平心中有数，欣然应道："快了，快了。"

1978年10月8日，潮州镇归国华侨联合会主席李春泽代表潮安县统战部和外事办邀请李嘉诚偕夫人返乡访问的信件寄到了李嘉诚的手上。家乡的领导人很客气很诚恳，他们要让李嘉诚感受到亲情的温馨之后，再做实质性的安排。可惜，李嘉诚刚好商务繁忙，又难以婉拒乡亲们这一份沉甸甸的盛情。他只好把庄世平请来一同商量。庄世平一听，笑了："都是乡亲父老，有什么困难，什么想法，直说就是。自己人嘛，不必客气。"于是，一封抒发了李嘉诚北京之行的观感和他关心桑梓的热情洋溢的信件，经庄世平修改过目后，即速发往潮安：

> ……承邀回乡一事，由于目前工作所羁，近期内恐难成行，一俟商务稍暇，当另函奉告……目睹祖国之高速进步，在四个现代化政策推动下，一切欣欣向荣，深感雀跃……乡中或有若何有助于乡梓福利之事，我甚愿尽其绵薄。倘有此需要，敬烦详列计划示知为盼。

潮安县党政干部接此信后，激动不已。他们抓住了"文革"期间千百干部下放农村、千万知青上山下乡，如今回城之后上无片瓦、难得栖身的突出问题，于11月6日向李嘉诚提出了一个筹建民房的计划，并制定了从人民币54万元至60万元的几个建房的方案。李嘉诚毫不犹豫地选择了最佳的一种方案，用"乐观厥成"的热诚从此揭开了他支援祖国建设的帷幕。

随着建房方案付诸实施，潮安县有关部门面对无房户困难户近三千户之众，僧多粥少，向李嘉诚征求分房的原则。李嘉诚又请来庄世平，反复商量探讨，终于确定将符合入居资格者的名单公布于众，然后通过大公无私的抽签方式予以确认的原则。并强调："先让部分下放回乡，年老而家属成员众多之露宿户籍入居，同时居住于帐幕的住户，最好也能先获分配。"至于租金，原则上仅作为支付公寓保养费之用……1980年12月10日，李嘉诚在庄世平和吴南生的陪同下，视察潮安"群众公寓"，检查了工程质量，慰问了广大工人。潮州人民对自己这位优秀儿女，给予了红地毯式的欢迎。当天刚好下雨，潮州市委书记彭启安专诚为李嘉诚撑伞遮雨。对内地干部观念的转变和谦逊有礼的精神，李嘉诚和庄世平感到由衷的高兴。不久，分到公寓住房的一百多户人家，欢天喜地搬入新居。潮州人民对李嘉诚的义举表现出了由衷的感戴。

可惜，在租金问题上，当地有关部门试图利用这笔租金协助政府筹建更多的的简易住房，以解全市住房的燃眉之急，由开始规定每户每月征收十二元，继而确定每户预征八年共一千元。消息传出，舆论哗然。一些人写信向李嘉诚投诉；一些不明事理者更含沙射影指责捐建人"为富不仁！"。李嘉诚虽心胸坦荡，一笑置之，但也不能不向有关部门"深表关注"。庄世平闻知此事，立即通过各种渠道了解情况，并对个别同志作了善意的批评。而后，他将情况全盘向李嘉诚作了介绍，感慨道："国内建设千头万绪，资金紧缺，人家也是一番好意呀！这只是工作方法的差误。"在他的斡旋下，李嘉诚内心的一点情结终于释然，决定再捐100万港元，作为代纳租金之用。有关部门把这100万元捐款，又作为李嘉诚赠建葫芦山简易民房的义举。双方经多次协商，取得了一致意见："一、凡经批准入居李嘉诚赠建民房及入居地方这次统筹建设之简易平房之搭篷户、无房户一共五百户，一律不收预付租金；二、从第六年起之租金，按现有最低租金每平方米一角二分至一角四分计算。"至此，一切问题迎刃而解，前嫌尽释，皆大欢喜。

李嘉诚两次捐建民房，面积达14500平方米，楼房十四栋，解决了276户。其后，他对家乡公益事业的支持，更加热心了——

捐建"潮安医院"和"潮州医院"，每座各耗资人民币1100万元，从1985年开始，两座医院都设立"医疗福利基金会"，每年各给予20万港元经费，用以救治经济贫困的患者；

为建设韩江大桥先后两次捐赠港币450万元；

先后三次以其母亲李庄碧琴的名义，为修复开元寺捐赠港币211万元……

在此之前，庄世平视察了汕头医学专科学校附属医院。面对该院设备简陋，经费短缺，难以进行高新医学研究，难以给人民群众高质量的医疗服务，他耳边又响起李嘉诚多次的表示："内地其他地方如需要我尽绵力的，也请你多予指教。"特请附属医院拟就了一份捐助设备项目的清单。医院对庄世平的好意极为感激，但由于是拨乱反正之初，一个国营单位接受华侨的捐赠在国内还绝无仅有，因此他们在拟定捐助设备项目的清单时十分客气，款额仅几十万元。这清单由庄世平审定后，亲自送交李嘉诚，请求给予捐赠。当年李嘉诚的父亲就是因为肺病而缺医少药离开人世的，李嘉诚因此在后来的岁月中，对缺医少药的贫困百姓寄予了极大的同情，曾给予香港医疗服务界以极多的支持，其送医赠药的义举在香港早就有口皆碑。李嘉诚看了庄世平送来的清单，沉思良久，说："偌大的汕头没一间像样的医院，实在说不过去。我们要支持，就要干出效益来。像这份清单，仅几十万元，买一部高精尖的仪器都不够，能办多少事情呢？为家乡父老治病赠药，花多一点钱也没关系。所以，还请你再详细落实一下。"为此，庄世平再次视察了附属医院，从医疗需要到设备配置都作了更深刻更切合实际的了解，清单的捐赠款项也分为两级，一级为二百万元，一级为五百万元……最后，经李嘉诚确定，慷慨给予汕头医学专科学校附属医院五百万港元的捐助。在70年代末期，这样巨额的捐助，在国内无疑产生了不同凡响的震动和影响。

李嘉诚捐赠捐建的一个个项目，在潮汕有关部门的负责人同心同德的努力下，正如他自己1981年复信给汕头医学专科学校附属医院所写的信一样："贵院利用先进仪器为人民服务，所获效果，远逾于本人想象，良感欣慰。"都取得了极其良好的社会效益。

在庄世平的努力组织下，又得到庄静庵、李嘉诚的带动，潮籍华侨和港澳同胞捐助创办家乡福利事业的义举蔚然成风。

潮汕大地上，改革开放，"好戏"连台！

十九 历史突破

　　近百年来，随着全国新式学堂纷纷建立，中等学校遍及潮汕各县，但却没有一所大学。潮汕的莘莘学子，凡有志攻读大学者，无不负笈省城、香港、厦门以至京、沪等地，交通不便，经济负担也十分沉重。求学深造之艰难，往往使人仰天兴叹。"粤东地区必须办一所大学！"这是近代先进中国人，特别是潮籍有识之士梦寐以求的夙愿。五四运动后，随着陈嘉庚在粤东地区的毗邻厦门独力创办厦门大学，在粤东地区创办大学的呼声就更加强烈了。

　　从1920年初开始，粤东地区及海外潮籍的有识之士张竞生、杜国庠、刘侯武、林子丰等，就为粤东创办大学筹谋划策，四处奔忙。可惜，一次次的努力，却由于经费困难，或由于政局动乱，官僚腐败，军阀争斗，而一次次地夭折。特别是1925年11月，东江各属行政委员周恩来推荐澄海中学校长杜国庠任金山中学校长之后，粤东创办大学的美梦几近成真。杜国庠这位早年留学日本、受过革命新潮洗礼、思想作风正派的年轻人一到金中，就清校产，修宿舍，聘请进步老师，大胆提出改办高中，并在此基础上作了进一步扩充为大学的设想。他在给广东省教育厅厅长许崇清的报告中说："年来潮汕初级中学林立，而高级中学独付阙如，为便利学子升学起见，高中之创设刻不容缓，决于本年秋季改办高中，满拟俟校产清理后，更进一步改办潮州大学，以应学生之需要，而树岭东学府之中枢。"周恩来对此给予大力的支持。1926年1月22日他在《新金中校产事致广东省政府》电报中倾力为金中争回校产："查该校校产颇丰,该学生会所称本为公产一节,确有实据。谨电告请予照收作为公产,不收归省有。"并强调："该校本年度筹办高中,需费颇多,而地方人士尤望清理有成绩,租息增多,俾将来扩充为大学,是该校校产如能切实整理,前途必有可观。"2月22日至3月3日,周恩来在汕头市甲等商业学校主持召开江东各属行政会议,就潮汕创办大学一事,专门作为一项议程提出,并得到会议的一致通过。他致电报告广州国民政府:"东江教育确定了适应国民革命总需要,成为革命化、平民化;积极设法增加教育经费,不与行政其他项目公款相混;筹办岭东中山大学……"他在致《广州民国日报》的电报中指出:"厉行强迫教育前期小学运动,于最短时间,做到完全免费,并筹办岭东中山大学。"这里,周恩来把拟议筹办的潮州大学改名为岭东中山大学。可惜,由于周恩来过早地离开东江,杜国庠也在蒋介石发动的"四一二"反革命政变后,被迫逃亡,离开潮汕,粤东人民办大学的愿望终成泡影……

沧海桑田,潮涨潮落,几十年过去,人民政权顺应历史潮流的需要,在汕头地区办起了工专、医专、师专一类的高等专科学校。可惜,这些学校专业狭窄,学生较少,仍适应不了事业的发展。潮汕应创办大学,又成了海内外潮人的热门话题。特别是中共中央十一届三中全会以后,广东实行特殊政策和灵活措施,在酝酿筹办汕头经济特区的同时,这种呼声就更为强烈了。庄世平和吴南生肩负起时代和潮汕人民的重托,一直为筹办这间大学而奔忙。

1980年5月24日,汕头大学筹备委员会经广东省委批准,宣告成立。委员会由广东省省委书记、省特区管理委员会主任吴南生任主任,广东省副省长杨康华、广东省人大常委会副主任蚁美厚、广东省人大常委会副主任罗明、香港南洋商业银行董事长和第五届全国人大代表庄世平、广东省文教办公室主任李超、广东省高教局局长林川、汕头地区地委书记罗晋琛任副主任（1986年5月7日增补汕头市市委书记林兴胜、汕头市市长陈燕发为副主任），各有关部门负责人8人为委员，中国人民大学党委常委、文法五系领导小组组长、新闻系主任罗列兼任秘书长。

汕头大学选点、察勘等实质性前期工作随之展开。

然而，办学的庞大经费则至今未有着落。

一直活跃于政治舞台上，一生兢兢业业于文化教育事业的吴南生，其内心深处对于汕头大学的创办其实早就有着一套深思熟虑的蓝图：借鉴外国许多名牌大学的做法和经验，汕头大学将设人文学院、医学院、海洋学院、现代科学院……先期设立的学院以四至六个为宜，以后再随形势的变化而扩大，统一领导，分散管理；成熟一个，办成一个，既便于资金运筹，又便于短时间内产生效益和影响……第一次听到吴南生畅谈内心的宏伟蓝图，庄世平不由感慨道："好周密呀！和你合作干事业，真个痛快！我们党内的干部如果都像你一样忠诚，一样熟悉教育，一样热爱中华文化，我们怎么会走那么多的弯路！"唏嘘之后，他立即感受到吴南生向他投射来的灼热的目光，内心的深处，顿时涌动起一股不易抑制的激情……

历史重担明白无误地摆在庄世平的面前。他提出为了使创办汕头大学的信息尽快传到华侨和港澳同胞中间，可在香港成立基金会，作筹款建校准备。此建议获得筹备委员会的一致赞成。

自然，在吴南生和庄世平等人商讨之后，他们的内心都有一个共同的目标。

这就是有着强烈爱国热情的、众望所归的李嘉诚先生。

改革开放的年代，为潮汕教育事业的历史突破提供了具体的契机。

1980年清明节刚过，在潮州市有关方面负责人陪同下，庄静庵偕夫人游览了厦门多处名胜古迹。随后，来到集美，拜谒陈嘉庚坟。当看到清明过后前来悼慰陈嘉庚魂灵的人仍川流不绝，庄静庵感慨万千，赞叹道："为人子女，也难得如此呀！"接着，又参观了陈嘉庚纪念馆"归来堂"，瞻仰了周总理赠送的陈嘉庚铜像。"归来堂"的工作人员不仅热情接待了庄静庵，还赠送了《嘉庚集》二本……归来后，他加快了绵德中学和绵德幼儿园的建设，深有感触地对人说："我无力像嘉庚一样搞大学，但搞中学、小学、幼儿园，则责无旁贷呀！"并且，专程把一本《嘉庚集》送给李嘉诚。谈及厦门之行，老人又是一番感慨："人生能像陈嘉庚一样，足矣！"

李嘉诚早已听过有关陈嘉庚的事迹，读了《嘉庚集》，更是感动万分。于是，当潮汕筹办大学的消息传来，一个大胆的设想在他胸中形成了。

1980年秋的一个下午，在香港皇后大道中华人行二十一层一个宽敞的办公室内，一次有关潮汕教育事业的历史性突破的谈话，在庄世平和李嘉诚之间展开了——

李嘉诚："世平兄，你说，人生什么最有意义呢？"

庄世平："兴学育才最有意义。陈嘉庚先生的名字是和他创办的厦门大学和集美学校联系在一起的，这样的人生最有意义。"

李嘉诚感慨："祖国现在搞四化，潮汕没有一所大学就无法快出人才呀！"

庄世平点头称是："你说得很好。厦门有所大学，汕头也应有所大学，才能加快国内四化建设的步伐。厦门大学历史上培养了不少学生，为国家作出了贡献；将来汕头办所大学培养现代化、高水平的人才，对祖国的贡献也一定很大。"

李嘉诚："办一所大学要多少钱？"

庄世平："大学像海洋一样，多少钱都可以投进去。我和吴南生先生商量过，第一期开办费需要3000万元。"

李嘉诚："3000万港元够吗？"

庄世平："这已是不小的数目了。作为开办一所规模不大的大学，也是可以的。至于以后要扩大发展，当然还需要更多的投入。"顿了顿，他又强调，"只要有个良好的开端，会后继有人的，将来一定会得到海外华侨、港澳同胞的响应。"

李嘉诚顿时十分喜悦，一口提出捐赠港币3000万元。他说："筹建汕大第一期工程就由我开头吧。潮汕人遍布世界各地，豪商巨贾也不少。众志成城，集腋成裘，汕大一定能办起来的。"……

在庄世平的牵引协助下，李嘉诚不负众望，勇敢地担负起创办汕头大学的历史重任。当晚，庄世平就打电话将喜讯告诉了吴南生。吴南生抑捺不住心中的喜悦，立即将情况向省委第一书记习仲勋和中央有关部门作了汇报。国务院总理赵紫阳接到广东省委报告之后，深为海外侨胞创办大学的热情所鼓舞，尽管国家财政十分困难，仍拨出了1000万元作为汕头大学的创办经费。

在此之前，由吴南生和庄世平主持，从中央到地方各有关部门已多次联合选择校址，并初步在汕头选定三个地点：岩石风景区、市郊龙湖和鮀浦桑浦山下。1980年底，李嘉诚决定亲自到三个点上考察。由于他商务繁忙，预定在潮洲和汕头仅两天时间。而当时的广汕公路，仅是十几米宽的三级公路。且崎岖不平，陆路往返至少就要两个白天。为此，他和庄世平商量，决定动用他的游艇，由香港直开汕头。庄世平考虑再三，认为：三百多海里的航程，风大浪急，危险性大，不可冒险。然后，他提出自己的方案：在港乘机直达广州，从广州乘坐专机往汕，再由这条路线返港。这在当时来说，应是最为理想的行动路线了，李嘉诚当即予以同意。当晚，庄世平即打通吴南生的电话，请求以广东省委的名义包租专机。尽管解放以来由广东省委出面为一位著名实业家包租专机的情况几近绝无仅有，但吴南生一口就应承下来。可是，专机包下了，因为省委对接待费用有严格的限制，包租专机的费用远远不够。庄世平在电话里听到这个消息，对吴南生说："省委能出多少算多少，不够的都由我包了。"一个难题于是迎刃而解了……由于庄世平和吴南生的紧密配合，李嘉诚第一次回乡的路线和交通工具都得到了妥善落实。

1980年底，李嘉诚在庄世平陪同下，由香港飞往广州，在广州会合了吴南生，转乘以广东省委名义包租的专机直达汕头。广东省和汕头地区负责人刘俊杰、罗晋琛、程春耕以及各界的群众，专程往机场迎接，盛况空前。

由于当时市郊龙湖还是一片滩涂，建校费用繁重，已在选址中列为次要目标。而风景区岩石虽是理想之地，但不仅供水困难，而且由于解放后好长一段时间实行备战，汕头属前线，岩石许多地方辟为军事用地，军事设施随处可见。如要在此建校，部队提出需要数千万港元以上的搬迁费，而上级能否批准也不一定。还有的是，岩石的旅游场地本来就不大，再在此占地建校，既影响景观，又不宜校园环境，都有悖办校人美好的初衷。更难的是，当时岩石的水电十分缺乏，不宜大规模建设。因此，桑浦山下郁郁葱葱的丘陵腹地，成了校址的最佳选择。

当情况摊开之后，李嘉诚重点踏勘了桑浦山下各处。预定的校址坐落在潮安、澄海、揭阳、汕头市区交界处，离市区仅七公里，背靠重峦叠嶂的桑浦山麓，面临广阔平原。校内日月坑水库澄碧如镜，清风习习，是避暑胜地；邻近的名胜龙泉岩，巨石巍峨，泉水叮咚，终年不断。岩前有明代嘉靖年间兵部尚书翁万达及第前潜心攻读的"翁公书院"……李嘉诚被眼前的秀丽风光所吸引，欣喜之下对吴南生和庄世平说："学校，就建在这里。"竟和筹委会的意见不谋而合了。

桑浦山下的汕头地区党校，随即辟为汕头大学筹备委员会办公地点，并作为第一批创业者的临时宿营地。

随后，汕头大学筹备委员会决定：邀请国内和香港多个设计部门对校园进行总体设计，然后从中选择确定一个。

李嘉诚经和庄世平商量后，决定付出巨款，邀请香港著名的伍振民建筑师事务所进行总体设计。伍振民建筑师事务所设计的汕大总设计图经李嘉诚多次指点，庄世平细致的审核，于1982年初拿到汕头，征求有关专家和各部门负责人的意见。这个设计，格调高雅，气势磅礴，不仅使许多人咋舌，还引来一些议论。而较为集中的议论是，校园中央的主体楼群——行政楼、教学楼、图书馆、食堂、学生宿舍等近十幢环形大楼，有机相接，连成一体，楼下第一层一律作为空间走廊。有的说：太浪费了；有的说：增加噪音，互相干扰……对这些，庄世平深思熟虑，力陈好处："楼下辟为空间走廊，有利于师生上课和生活上免遭雨淋风吹日晒。地下潮湿，不论是作为生活用房或工作场所，都影响师生员工健康，不宜考虑。至于互相干扰的问题，设计人员已注意到了，所以在设计时楼与楼之间的间隔达六十米，中间是绿化的庭院，噪音干扰的现象是不可能存在的。同时，地下空间还可做一些文娱场所，走廊更宜于师生散步休憩。这样的设计，我想在提高土地使用率、美化校园环境上，是很有好处的。"严谨周密的设计构思，终于获得绝大多数人的认同。最后，由吴南生一锤定音："我看这个设计好。按李先生和庄老的意见做修改后，可付实施。"这总体设计便被筹备委员会确定下来了。

正是在支援祖国建设、在汕大的创办过程中，庄世平和李嘉诚同心同德，志同道合，两人相互的信任和友谊由此而与日俱增。1981年5月2日李嘉诚致汕头大学筹备委员会的信，便是这种信任和友谊的明证——

吴主任委员南生先生

庄副主任委员世平先生　赐鉴：

大学筹委会列位委员

　　昨与庄世平先生晤面，藉审大学筹备工作进行情况。为使建校计划及设备购置各项预算更臻完善起见，本人兹特自动建议将照原定预算全部大学建设费港元三千万元增加百分之五十共为四千五百万元。以使此计划能臻较为完善效果。本函作为正式证实，尚希查照，列入预算案内。

　　上述捐款，配合筹备需要，每次调动当接获庄世平先生通知七日后当即如数汇上。

　　在过去筹备期中，歉以事务纷如，未克参加实际工作，但或有需本人效劳之处，敬烦由庄先生转知，自当悉力以赴。深盼在各位领导下，建校工作能如期完成，早日发挥其长远而有价值之作用，为乡梓服务。庶几十年而后，乡亲子弟，均能身受其教。进而日益发扬光大。瞻望前景，本人谨以欣切之心情，追随各位，以期乐观厥成。

　　专此奉达，并颂

　　公祺

　　　　　　　　　　　　　　　　　敝李嘉诚　谨启

　　　　　　　　　　　　　　　　　1981年5月2日

　　在李嘉诚和国内的联系以至工作的协调上，庄世平无疑是桥梁，是纽带。

　　这其实也是广大的海外赤子对庄世平的莫大信任！

　　为了表示对李嘉诚爱国爱乡的感激，庄世平决定：李嘉诚对汕大和国内福利事业的每笔捐款，经由南洋商业银行及其属下的业务部门处理；南洋商业银行在处理这项捐款时，不收一分一毫的手续费。

1983年秋，汕头大学开学，第一批招收中文、法律、外语、医学四系学生二百零六名；首任校长为中国著名经济学家、中国社会科学院副院长许涤新。

汕头大学第一期工程总面积12.6万平方米，共二十四个工程项目。1983年5月破土平整土地，11月初开始动工兴建，1984年元旦举行奠基典礼，1986年6月竣工。整个工程的设计，结构新颖，别具一格。十二幢教职工宿舍楼群坐落在校园西面，每套住房建筑面积九十至一百多平方米，客厅有莲花吊灯，厨房有壁柜，卫生间设备齐全；布局合理，实用舒适。八幢教授别墅楼坐落在校园深处的湖岸上，每幢建筑面积一百五十八平方米，家具雅致，小巧玲珑，环境恬静，是治学的好去处。位于校园中央的主体楼群——行政楼、教学楼、图书馆、食堂、学生宿舍等近十幢环形大楼，用长廊相接，连成一体。衔接之外高耸着方形塔楼。整个主楼群由高柱横梁支起，格调高雅，气势非凡。这种采用密集、整体、高架庭园式的结构布局，充分体现了民族传统、地方色彩和时代精神相结合的建筑艺术风格。

汕大建筑之花——投资2250万港元的集会堂，建设面积5200平方米，座位1795个。在集会堂的建设开始时，李嘉诚注意到，要把当今国际上最先进的建筑材料和音响设备集中在一起，让学生从这里了解到国际上先进的科技信息，同时也给国内有关人士和部门起到展览作用。因此，集会堂的建设和装饰可谓精益求精。其中群众厅和展览厅采用日本三菱公司自动水冷式空调系统，舞台灯光由一台电脑控制光亮度，并可编入程序放映光景。台上有先进的演出指挥系统。此外，会堂内部有德国的音响，美国的灯具，日本的坐椅，英国的吊灯，意大利的大理石，比利时的钢化玻璃，泰国的高级柚木，印尼的橡胶，香港的水泥，台湾的马赛克等等，可谓集海外先进材料设备之精萃。在集会堂建设之初，有关人员曾打算以李嘉诚或他祖先的名字命名，但受到李嘉诚态度坚决的拒绝："兴学重教是我应尽的一份责任和义务。如果以我或我的祖先命名，无异于以钱买名，万万做不得。"他此举同时也得到庄世平态度鲜明的支持。因此，汕大一改国内许多重要场所被人乱题名乱题词的现象，净化了校园的环境。

第二期工程于1985年开始，建筑总面积12.2万平方米，其中包括建筑面积三万平方米的医学附属医院、八千平方米的学术交流楼、八千平方米的B座学生宿舍楼、七千平方米的医科教学楼以及金凤疗养院、学校运动场等。第三期总建筑面积2.8万平方米的工程也随后开始……

事实证明，李嘉诚和庄世平对汕大校园建设的构思是广博远大的。如今屹立于南海之滨的汕大校园，倾倒了无数前来参观访问的人们。国务委员谷牧在视察汕大之后指出："汕大的建筑形式是全国高校之花。"著名诗人赵朴初则称之为："世内桃源现代家。"

随着国内改革开放、四化建设的深入发展，随着支援祖国各个建设项目特别是汕大建设的顺利成功，李嘉诚对祖国建设进程和人民疾苦更为关切，目光更为深远。1985年春，他给新华社香港分社写信作出承诺：在非潮州地区兴建医院三间，参照潮安、潮州医院规模，捐赠总额为四千万港元。

可惜，近半年过去，国内有关方面迟迟未就捐赠计划向新华社香港分社作出明确答复。李嘉诚于是托请庄世平前往询问。经了解，庄世平面复李嘉诚："分社答复，有关部门还在研究之中。"对此，李嘉诚沉默无言。

时值国家教委批准汕头医学专科学校升格为汕大医学院，庄世平出谋献策道："将这笔捐款投到汕大医学院去吧。医专的功能和规模毕竟不能与医学院同日而语，眼下正需要经费扩大医学院的设备和校舍。"

李嘉诚略一思索，摇了摇头："说出去的话再收回来，恐怕不好吧。何况潮汕是我的家乡，人家会怎么看呢?"

"这你不必多虑。"庄世平早已成竹在胸，"我们不是提出要把汕大办成全国一流的重点大学么! 汕大仅仅冠以'汕头'二字，招生却遍及广东、全国，以后还要面向海外。她培养的人才和科研成果，将来必为全省、全国以至海外共同分享。汕大是属于全省、全国以至海外的。因此，投资汕大，同样是光明磊落、言而有信、造福人类的大好事。"

一番话说得李嘉诚连连点头："你说怎么办?"

庄世平说："写信直接说明道理就行了。"

于是，李嘉诚立即向新华社香港分社写信。信中说：考虑到汕头大学医学院"在筹建初期，并未列入预算，如不预先绸缪，补充经费，则增置计划，无从下手。仪器设备未能适应时代需求，医学院之功能，自不能发挥尽善。"希望将原计划在非潮汕地区捐建三间医院之四千万港元，拨作汕大医学院扩建校舍及购置仪器之用。

这封信随后由庄世平面呈分社负责人，并口头上作些补充说明。不久，这建议得到了有关部门的同意。汕大的建设和规格，又更上一层楼。

汕大的硬环境日臻完善，但由于旧的人事体制的制约，人才未能充分流动，汕大的师资问题虽经吴南生、庄世平等校董事会成员四处奔走呼号，仍存在许多困难。汕大要成为全国第一流重点大学，师资已成关键。1986年4月17日李嘉诚和庄世平经过深入讨论，以李嘉诚的名义给中共主要领导人邓小平写信，针对汕大存在着

"师资力量与教学实验设备跟不上专业发展之需要"的矛盾，要求邓小平"九鼎一言"，指示国家教委采取措施支持解决汕大三大问题：

> 一、给予大学更大开放，俾能招揽国外良好之师资及尽速调国内优秀人才南下。
>
> 二、给予大学更大权限，俾汕大能成立研究院，遣派研究生出国，早日学成归来，为汕大服务，使汕大学术水平能达至国际标准。
>
> 三、给予大学更大方便，俾国内外有心为汕大贡献一分力量之人士，有机会为汕大培养高素质之科技人才而努力。

不久，庄世平便从有关部门给李嘉诚带来了喜讯：邓小平和中央其他领导人将于近期在北京接见李嘉诚。虽说这是最高机密，李嘉诚仍抑制不住心中的喜悦，马上拿起杯子以茶代酒，与庄世平同祝汕头大学第二个春天的到来。

然而，天有不测风云，李嘉诚的母亲突然辞世了。李老夫人一生勤俭，端庄贤淑，相夫教子，深受潮人特别是族人的敬重。李嘉诚是个大孝子，对此悲痛不已。在香港这个中西文化交融的地方，华人视孝道为本，为长辈的治丧程度往往被视作后辈子孙的道德品格，还有社会地位等等。李嘉诚的内心马上决定：举行七七四十九天的最高的祭拜治丧活动。临到要宣布这个决定，他顿了顿，又找来庄世平一起商量。庄世平其实早已有所考虑，他一听马上说："以老夫人的功德，做七七四十九天的丧事，实不为过。古人不论官做多大，只要父母离世，都得丢下官职回家守制三年。从三年改至四十九天，已是简单的了。只是——"他略一沉吟，待李嘉诚说了一句："您老即管说。"他才又开口："以你今天的事业，关系着许多改革开放的重大项目，关系着千千万万人的工作和生活，更何况还有北京随时随地的召唤，所以，四十九天又似乎长了。"他瞥了一眼李嘉诚，见他满脸的虔诚，才又再说下去，"只要规模和规格上尽善尽美，情到深处，绝对没有人计较时间的长短，老夫人也会欣慰于九泉的。我想，就三七二十一天吧。"直听到李嘉诚应道："我听你的。"庄世平马上告辞赶到有关部门，通报了李家的治丧日期，请求北京的接见时间以此后延。此后他几乎每天都到李家，亲自过问祭拜治丧的各个环节各个细节，有时甚至亲自主持某个活动。正是他和一群乡贤的帮助，李老夫人的丧事办得情浓意切，感人肺腑，哀荣极一时之盛。

1986年6月20日，重要的历史时刻终于到来，李嘉诚在北京分别光荣地受到邓小平和国务院总理赵紫阳的亲切接见，受到热烈的赞扬。邓小平对李嘉诚说："我同意你更开放一些的观点，可以聘请外国教授来任教。"他强调："汕头大学要办就要办好，国家教育委员会可以从全国调一批好的教师去，保证这个学校一开始就高质量。"他认为："大学的质量高不高，决定于教师的质量高不高。教师如果质量低了，就教不出好学生。"他特别指出："对汕头大学的教师要有适当的待遇，待遇不能太低了，这样才可以调到一些高质量的教师。"他还对在座的国家教委副主任何东昌说："国家教委要全力支持汕头大学的工作，把这所大学办好。"并希望通过这件事能进一步提高中国的办事效率。

在北京得到最高礼遇的李嘉诚，对办好汕头大学，信心更足，热情更旺了。

经过邓小平的"九鼎一言"，国家教委以最快的速度在8月26日于广州召开有中国人民大学、复旦大学、南京大学、南京工学院、厦门大学、中山大学、华南工学院、中山医学院、汕头大学和广东省高教局的领导人参加的工作会议，共商落实邓小平关于办好汕大的指示精神，重点解决汕大师资问题。吴南生、林川等汕头大学核心决策人物在会上介绍了汕头大学的情况，并提出具体各种优惠教师待遇的措施。各方面对此反应热烈，初步确定了支持汕大师资的方案。

1988年2月，国家教委又发出《关于上海第二医科大学支援汕头大学医学院及附属医院的通知》。

源源不断的人才新血，注入了汕大这座粤东最高学府的肌体中。

随后，李嘉诚、庄世平又多次前往北京，寻求对汕大的各项支持。其中尤以1989年3月27日国家教委副主任何东昌会见庄世平时所谈的若干意见，极具深度：

1. 国家教育委员会对汕头大学放权；
2. 要鼓励汕头大学进行改革。

——为了加快汕头大学的建设，允许汕头大学采取特殊措施。如果有些做法与国家教育委员会现有的规定不一致，可以允许不按国家教育委员会现有的规定办。因为，汕头大学是李嘉诚先生捐资兴办的，有特殊性；而且国家教育委员会对大学也在进行改革。

任何一个熟悉中国国情的人都应该明白，作为国家教育主管权力机构的国家教委对一个下属单位采取如此特殊措施和放权，几近绝无仅有。

握有这把"尚方宝剑"的汕头大学，在吴南生、庄世平等的领导下，在李嘉诚多次主动提出和具体指导下，一个又一个的改革方案相继出台：《汕头大学校董会章程》《汕头大学实行校长负责制试行条例》《汕头大学校务委员会章程》《汕头大学系主任负责制试行案例》；设立汕头大学学术基金会，实行师生员工生活津贴和职称、职务津贴办法；成立汕头大学教师招聘委员会，向社会公开登报招聘教员；设立奖学金，吸收国内优秀人才往香港大学进修硕士或博士学位课程，学成后返回汕大任教；设立汕头大学教职员工敬业金，奖励在教书育人中作出贡献的教师，校长级最高金额可达港币十二万元，副校长及学院院长级最高金额可达港币五万元……对每一个方案，庄世平无不逐章逐节逐字认真审阅，亲躬亲为。

这里应特别指出的是：作为汕大管理体制一项重大改革，作为"协助政府对汕大的建设和发展，进行积极的实质性的工作。对学校的重大事务起决策和审议作用"的汕大校董会的创立，同样耗费了庄世平和李嘉诚、吴南生的诸多精力和心血。从1986年夏天开始，他们就多次辗转于广州和汕头、深圳之间，几经协商探讨，几易其稿，终于使《汕头大学校董会章程》于1987年2月11日获汕大校董会通过，于1987年11月4日获广东省人民政府批准。在1987年2月10日汕大第一届校董会上，李嘉诚荣任名誉主席，吴南生荣任主席，庄世平荣任副主席。汕大的发展，从此更上一层楼。

现（1993年）汕大在校学生有4077人，研究生24人，夜大学生472人，已毕业的本专科生6010人，为地方培养了各类急需的专科生2124人，还招收了泰国、新加坡、香港、澳门等国家和地区的学生。教师有566人，其中教授40人，副教授153人，其他中级职称以上的专业技术人员243人（当这本书即将完稿时，作者从报上得知，又有多位中国科学院学部委员、著名学者南下，加盟汕头大学。而李嘉诚创办的香港长江实业（集团）公司则承诺每年招收三十名汕大毕业生，为其设在国内的机构服务）。计划在2000年招收学生五千名，并成立研究院，设立硕士和博士课程及学位。

汕大的影响日益加深和扩大，前途光明而美好，李嘉诚满怀信心和期待，经和庄世平不断探索，为适应形势的需要，使学校的规模不断扩大，设备仪器不断扩充完善，一笔笔巨额捐赠源源注入汕大的肌体。至1989年，全部捐赠达5.7亿多港元；至1997年底，更达十二亿以上；至2001年，已达十八亿！为了使汕大的经费有更长远和充足的保证，李嘉诚又决定在汕头兴办实业，所投入的资金及赚取的利润，归汕大作为办学基金。1992年6月22日，庄世平陪同长江实业（集团）公司的业务人员，到汕头实地视察并与有关部门商议，初步确定了以房地产业为主的投资项目……如今（1994年）李嘉诚在汕头投资的"第一城"房地产项目正进入兴建阶段。预计"第一城"投入的资金和所赚利润将达十二亿至十五亿元。这笔基金对汕大今后的发展，无疑将起到极大的推动作用。

为着汕大的更快发展，如今已年过九旬的庄世平，仍和各位关心教育事业的同仁一道，不断地呕心沥血，殚精竭虑，努力，再努力！

二十　特区先驱

　　此刻，如果你站立于高耸云天的汕头金海湾大酒店，俯视那高楼林立、车流如潮的金砂路，直视那同样凌空而起的国贸大厦、金碧辉煌的艺都大剧院，遥望那银星闪烁的特区管委会广场、那怡人的海滨浴场、那雄伟壮观的潮汕体育馆、那气势恢宏的汕头大学，还有那风格各异的现代化办公楼群、那鳞次栉比的标准厂房、那春笋般拔地挺秀的宿舍楼群……而点缀这一切的，自然是那天真稚童的嬉闹欢笑，那穿红戴绿的少男少女的轻歌曼舞，那鹤发童颜的老头老太的舒怀逸趣。不时，总会在汕头这座年轻城市的某一角落，炸响一阵或奠基、或开业、或大大小小的喜事乐事的喜庆鞭炮。而远处，打桩机仍在不停轰鸣，宣告着这座城市仍在延伸……于是，你也许会产生一种既神奇又新鲜的感觉。

　　如果你再到深圳、珠海、厦门一走，那感觉又将如何呢？

　　也许，你对过去的一切都已经淡忘，有的只是陶醉；也许你记起了这里十多年前的点点滴滴，一股常感常新的亢奋就会蓦然从心底里升起；但如果，你曾参与过这里的创造，你将感受到一种无与伦比的自豪和伟岸……

　　现在，就让我们回过头来——

　　1979年1月，广东省委分工吴南生到汕头传达十一届三中全会精神。一个多月的时间，使他对汕头当地的情况有了较深刻的了解。当时，全国、全省的任务是解放思想，落实政策。不解决这个问题，一切都无从说起。但在整个人民经济生活中，呈现的种种现象实在令人触目惊心。整座城市经常停电，晚上漆黑一团；工厂经常停电，亏损严重；自来水管和下水道大部分是30年代的旧设备，年久失修，破损不堪；马路上污水横流，随处可见粪便脏物……这还是表面的，"内伤"更为严重：解放后年年准备打仗，汕头作为前线，不仅没有投资建设，而且还将一批骨干企业"迁往"三线地区。"文革"后期，不少移民和知青回城，不少人在街道两旁搭起竹棚简易房栖身。待业人口猛增，治安问题严峻。何况，潮汕地区本来就是国际上人多地少最典型的地区，全世界人均拥有耕地五亩，中国是一亩半，广东是七分多，潮汕地区仅三分多……吴南生作为潮汕地区1936年重建党组织的最早一批老战士，作为1949年代表中国人民解放军进城接管的领导人之一，心底里深深地觉得对不起和共产党同甘共苦、养育了革命的人民群众。叶剑英元帅近两年来多次深情地同他谈到要想尽办法尽快振兴广东经济，尤其是尽快改变粤东家乡面貌的问题，更使他深感肩上的重任。这些，自然而然地使他加深了对十一届三中全会精神的认识，反复思考如何使粤东这一经济中心——汕头市的经济发展起来。

从50年代开始，由于工作关系，吴南生较多地接触了港澳报刊和海外经济信息，结识了一批海外人士，由此知道台湾办了出口加工区，带动了全岛经济的发展，眼下又正在兴办密集型的工业园区。这一切，他有意识地加以收集综合，联系到汕头的实际，一个大胆的设想于是随之在胸臆中形成了：办出口加工区！

2月21日晚，他被自己的设想亢奋不已，夜不能寐，即向省委发去一份陈述汕头尖锐问题、振兴汕头经济的长达1300多字的电文，初步提出了自己的设想。随后，他又不能不感到由于长期闭关自守而导致我们在全球经济信息上的贫乏和麻木。即使是台湾的出口加工区，也仅仅是大概的文字资料。全球的出口加工区有多少类型，人家有什么政策、措施和先进管理，我们几乎一无所知。而对这一切的不了解，又谈何发展和振兴汕头以至广东的经济！思索再三，他终于按捺不住，时间已是22日凌晨，仍给远在香港的庄世平打去了电话。

习惯了深夜来电的庄世平，睡眼蒙眬地听完了吴南生介绍的情况，神情一振，睡意全消，连连说道："你这个想法很好，很好！解放这么多年了，人民群众还那么贫困，我们党有责任呀！你知道么，这几年我经常回潮汕，但不论是在汕头、潮州或普宁，我都很怕上街。为什么？街道肮脏，楼房破旧，群众贫困潦倒，市场物资缺少，看了伤心呀！"他好像在诉苦一样，言之切切。马上，又转了话题，"你直说吧。要我做什么，我支持你！"

"谢谢你，庄老！"吴南生说。"我这里只有台湾出口加工区的大概资料，但人家的做法、管理、政策法规，一概不知。至于世界上有多少类型的加工区，凭什么取胜，更是无据可查。我们要办加工区，不借鉴人家的经验，谈何容易。因此，请你尽快收集这方面的材料，供我学习参考。"

吴南生实事求是、勤奋好学的品性，感动着庄世平。要促使祖国早日实现现代化的共同愿望，早已使他们建立起极不平常的友情。因此，他马上就应承下来："你放心，这些资料我尽快去找，尽快送到你手上。"

于是，在广州这边，吴南生以其下棋时"先走一步"预示着"先手"，"先手"是取得胜利的重要条件的比拟，在省委常委会上大谈在汕头以至其他地方设置出口加工区，使其在振兴经济上取得"先手"的经验后，再辐射全省、全国的宏图大略。在香港方面，庄世平充分利用他在经济界中的影响和关系，四处搜罗收集国际上有关出口加工区的各类资料。1979年3月中旬，有关台湾出口加工区各种法规的全套资料,由庄世平直接传到吴南生手上。同年4月6日,又传来菲律宾、新加坡、墨西哥、美国、斯里兰卡等国家创办出口加工区的各类资料。

正是这些资料,为广东省描绘了第一份让广东在对外开放中先走一步和建立出口加工区的蓝图,于1979年3月底由省委写了报告向中央提出请求。叶剑英、邓小平对广东这个大胆的设想给予了大力的支持。邓小平指出:就叫特区吧,陕甘宁就是特区,中央没有钱,你们自己搞,要杀出一条血路来。

中央决定在广东的深圳、珠海、汕头三个地方设立"出口特区"后,许多同志深感"出口"两个字远远不能概括在社会主义国家建立特区的广泛内容和深远意义。吴南生为此一再和庄世平商量,又和许多同志多次探讨。1979年12月12日,吴南生向中央作报告时提出:"中央批转省委的报告中是说试办'出口特区',我们同各方面的朋友交换意见,都觉得改称'经济特区'比较好。"12月17日在北京京西宾馆,中央召开广东、福建两省特区工作会议,吴南生又向会议作了口头汇报,并详细说明了理由,得到了到会同志的一致赞成。1980年3月,中央正式批准,定名为"经济特区。"现在,中国的"经济特区"已经是举世瞩目了!

吴南生在报告中所说的"各方面的朋友",最主要的是庄世平。吴南生常常说:"庄老是我的老师,我负责筹办特区中所得到的许多信息和知识,认识了许多海外的朋友,多数是庄老帮助和介绍的。在经济特区的建设中,庄老起了重要的作用。"

庄老的重要作用,在于他是我们体制内当时为数不多的熟悉国际经济形势、掌握国际经济运作的高级官员,办事有渠道,说话有说服力。更重要的是,他既是中资人员,又是境外侨领,社会活动回旋余地大,自由度高;他的全国人大代表的身份,成了他的建言献策可以直达北京决策心脏的金字招牌。吴南生看准了庄世平这些特点，加上两人心心相印，因而才有一场场遥相呼应、互相唱和的好戏献演在中国改革开放之初的大舞台上。

1979年4月中央工作会议的文件上明确写道：创办特区的有广东的深圳、珠海、汕头，福建的厦门，上海的崇明岛。可是到了这年5月初，便有消息传来：因条件所限，汕头和厦门不办特区了。接到消息后，庄世平居然在半个月里两次托辞前往北京，强烈要求会见中央负责特区工作的领导人，为汕头和厦门两地的人民请命。国务院副总理谷牧早在经济工作中与他相识相知，终于在他第二次赴京时接见了他。再见面，庄世平半杯茶水还没喝下，就虔诚地说："我这是专程前来请教创办特区的条件的。"谷牧望着眼前这位已年近七旬、瘦骨嶙峋的老人，感动不已，忙指出道：办特区的条件主要有两条：一是地缘优势，二是华侨优势。庄世平是有备而来，马上应道：汕头和厦门的地理条件确实不及深圳和珠海，但两地的华侨优势又是深圳和珠海不能企及的；以陈嘉庚为代表的厦门华侨素有支持祖国革命和建设的优良传统，捐办学校成风；陈嘉庚不仅办了厦门大学，还在香港创办旨在为厦门大学长期发展筹集经费的集友银行，声名远播；汕头地区至今在海外有一千多万的侨胞，李嘉诚是华人首富，陈弼臣是泰国盘谷银行董事长，廖烈文是香港廖创兴银行董事长……在这两个地方创办特区，势必激发全体海外侨胞支持祖国开放改革的积极性，产生十分重大的影响力。说到最后，庄世平拉住谷牧的手，动情地说："我这是代表汕头和厦门两地的人民向中央请命呀！"谷牧当然没有当即表态，但他不能不为此动容，只好在庄世平青筋暴起的手上拍了拍，说道："你的意见，我们会研究的。"北京归来当晚，有关他和谷牧会见的消息已传到吴南生的耳朵里。

当年5月14日，谷牧率领工作组来到广东。一天下午，他专门找吴南生交谈：中央有个意见，汕头办特区的条件不够，只办深圳、珠海；你的意见呢？吴南生是条铮铮铁汉，认准方向的事情自来是一往无前，毫不惧色，马上应道："如果不在汕头办特区了，我也不负责特区了。这不是因为汕头是我的故乡，而是因为办特区的建议是在汕头酝酿开始的，海外和港澳的朋友都知道。不办了，我就失掉信用了。一个没有信用的人是不能办特区的！"谷牧欣赏吴南生的正是这种倔强的性格和钢铁般的精神，其实他心里也早已有底，随即微笑着说："啊，我明白了，那么，推迟办行不行？"吴南生马上应道："行。"

这就是一个困扰人们有关特区创办的日期的谜团内幕：为什么深圳和珠海的创办日期为1980年6月，汕头和厦门都是1981年6月，相差了整整一年。

在改革开放中获得先走一步优势的汕头和厦门人民，都必将牢牢地记住这两位为他们请命的特区缔造者：吴南生和庄世平。

至于上海的崇明岛最终为什么没有办成特区，我们不得而知。——后面的叙述，也许会给大家一点提示。

1979年底，正是中央决策创办特区工作的关键时刻，广东省委和省政府邀请港澳人士来到广州，召开有关广东改革开放及创办特区的座谈会。会前，庄世平认真阅读了有关部门已经草拟的各种具体的做法的文件。但失望得很，在这些文件中，限制的多，关卡牵制多，条条框框多，但在如何按照国际经济惯例办事，给外商让利，给外商优惠，减少层次，提高效率，在软硬环境上下功夫等关键问题上，却谈得很少很少。特别在所得税率上，虽然比国内略低，但高达30%，比香港高出近一倍……庄世平坦率地向吴南生公开了自己的观点和意见。谁料，吴南生笑着说："所以我将您老请来，希望您毫不保留地坦言。"

于是，会议的第二天，庄世平以其对社会主义的赤诚和共产主义的信仰，一改他平和稳重的性格，发表了一次情绪激昂、言辞恳切的讲话——

"为什么要办特区呢？中央和广东省十分明确，就是要发展经济增加就业，尽快提高人民群众的生活水平。邓小平同志说要由此杀出一条血路来，我们的理解是，我们的时间已不多了，再不把人民群众的生活搞好，关系到我们政权的稳定，关系到社会主义的顺利发展。解放以来，我们今天批这个，明天批那个，今天学这个理论，明天学那个论述，偏偏就忘了马克思最经典、最根本的一条：物质是第一性的。社会主义的人民群众没有丰富的物质基础，还有什么优越性？我们不能让人民群众再失望下去了，失民心者失天下呀！

"办特区，引进外资，引进先进科学技术，引进先进的管理经验，增加就业，无疑是提高人民群众的生活水平、加速经济发展的一条好路子。从1547年意大利西北部那热亚湾的港口来被亨定为自由港开始，世界上创办特区已有四百多年的历史。如今，世界各地以取得经济效益为目的的特区已有三百五十多个。当然，世界上发展经济的机遇是随时存在的。当前，国际形势对我们十分有利。70年代中期世界性的经济衰退至今还未消除，许多游资正渴望投资。单是香港，据估计眼下就有二百亿至二百五十亿游资正寻找投资对象。我们在这个时刻创办特区，可以说是十分适时的。但是，作为创办特区的后来者，我们如果不在方针、政策和做法上更具吸引力，又谈何容易！

"有许多同志说，可以在众多的华侨和港澳同胞中先做起。这是对的，是我们的优势。血浓于水，同胞之间说话容易。但是千万不要把爱国心和投资设厂办实业混为一谈。他要表现爱国心，完全可以从别的地方赚来的钱，为内地捐赠几吨化肥、几辆汽车，捐建学校、医院、图书馆……要他来做亏本生意，他绝对不愿意。商人言利，天经地义，自古如是，将来如是。衡量外商的好坏标准只有一个：守法。只要他们不反对我们的政权领导，不反对社会主义，遵守我们的法律，就是好的。任何强迫人家接受政治信仰的做法，比如'文革'中强迫人家穿军队服饰、剃平头、戴像章、念语录、跳忠字舞等，都是错误的。西方人会把这样的做法当作是歧视，是侮辱。

"营造一个具有吸引力的投资环境，是我们马上就要行动的头等大事。硬件方面，交通、通讯、水、电，还有各类先进的现代化服务设施，应尽快着手规划、完善、提高。软件方面，关系整个方针、政策、管理效率、优惠条件、劳力素质等等。这几年我经常在内地各处跑，许多状况令人深感忧虑。我们的出入境手续过于繁琐，外国人或侨胞一次出入境时间长达四十分钟至一个钟头以上，边检人员不该说不该问的都说了问了，很粗野很不礼貌。须知当今西方许多国家都互相开放边境，出入境不必签证，每次往返也就是一分钟内的事情，只检查其身份的有效证件就行了。特区开办之初，有些外商或许不适应我们这里的生活——我们的生活设施还未配套，或许白天在特区工作，晚上就返回香港；或许星期一至星期五在特区工作，星期六就返回香港。如果我们的出入境手续还是那么繁琐，人员还是那么粗野，人家终会有一天不留下来，打起包裹走了。过去我们提倡阶级斗争，从上到下层层设卡，各种限制和约束多如牛毛，一幢三个月可以建成的楼房半年以至一年才报批完毕，要盖章上百个。当今世界上的科技发展日新月异，商业信息瞬间万变，'时间就是金钱，效率就是生命'被各国实业家奉为信条。如果我们还是老样子，人家在时间上赔不起，还是要走人。所以，要减少管理层次，简化办事手续，一小时能办的事绝不用两小时，一天能办的绝不拖两天。这就要求，特区的机构设置应尽快改革。

须知，世界上花钱买限制、买约束、买麻烦、买难受的，大概只有傻子。特区管理人员的选择应该高素质，高标准，严要求。我听说，眼下有些地方连知青回城入个户口都要送礼，一次送不行，还要两次、三次、几次。如果我们特区管理人员中掺进这样的腐化分子，不但开放引进的工作受阻，国家的形象和声誉也将受到损害。周总理生前说过，'外事无小事'。特区工作大部分是涉外性质，所以我们的管理人员必须是廉洁奉公、勤奋谦逊、富于奉献精神的优秀分子。

"和香港相比，我们有什么优势呢？最突出的一点，香港是一个自由贸易和低税率的地区。香港除烟、酒、汽油、化妆品和汽车等极少数商品征收进口税外，绝大多数商品免征关税；不论是当地厂商或外商，香港的所得税仅16.5%，明显低于世界上绝大多数国家。因此，许多国家的产品在香港的价格甚至比在本国还便宜，日本人到香港旅游就常常购买日本的产品回去。同样原因，因为低税制，许多外资感到有利可图，争相在香港办工厂、搞贸易。全世界50家最大银行中，有44家在香港营业。据统计，60年代香港经济平均增长速度是11.7%，70年代也将超过9%，劳动就业率长期保持在95%以上。这些数字，即使是部分工业发达的国家，也难以达到。我们更是望尘莫及。我们办特区的现有优势，仅仅在于众多的廉价劳动力和低廉的厂房租金。所以在法规的制定上，特别在税收上，一定要显得比其他国家和地区更加宽松和优惠，让外商感到有吸引力，有利可图。否则，由于我们在整个环境上的劣势，我们将难以在竞争中取胜。我们的第一步目标是：让荒滩废墟尽快建起楼房，让楼房里摆上设备和机器，尽快地提高就业机会，使人民群众有安居温饱的基础。为达这一目的，我赞成邓小平同志的那句名言：不管白猫黑猫，抓到老鼠就是好猫。只有走出这一步，我们的事业才可能有第二、第三步的发展和深化……"年近七十的人，近一个钟头的讲话，居然不用讲稿，不用喝水，体现了庄世平对改革开放、创办特区的迫切和热忱。

这些话，在今天看来也许没什么。但在两个"凡是"的阴影还笼罩着神州大地、为穿什么衣服剃什么头还要做一番唇枪舌剑的大辩论的1979年，说这话不能不具有极大的勇气和胆魄。

可惜的是，尽管参加会议的同志深为庄世平的讲话所启发和鼓舞，但一旦要求在一些文件、特别是在"特区条例（草案）"中修改降低税率，立即遭到许多职能部门的反对。即使后来全国人大常委会讨论"特区条例（草案）"时，宽松优惠的正确构思仍未能从中得到体现——为特区立法，使特区拥有法律地位，中央从一开始就同意，但起初的设想只是由广东和福建的人民代表大会作为地方法规立法；吴南生、庄世平等特区先驱高瞻远瞩，大胆进言：特区是中华人民共和国的特区，是一项历史性的伟大事业，必须由中央立法。叶剑英、邓小平、赵紫阳、习仲勋、谷牧等中央领导马上意识到：这样的伟大事业，势必牵动方方面面特别是那些极"左"分子的神经，由中央立法，无疑赠予特区开拓者一把开天辟地、无可畏惧的上方宝剑。当然，这更是中国共产党人向全世界发出改革开放、振兴中华的庄严宣示。对此，庄世平不遗余力地逐个找有关部门的负责人说明解释，力陈利弊，仍未完全取得人家的理解。虽然这些人未说出隐忧，但极"左"的阴影对这些人的影响却一目了然，仿佛税率比香港低了，就是复辟资本主义，就是卖国了。为此，庄世平愤愤难平，终于忍无可忍地声言："如果不按经济规律、不按国际惯例办事，这样的'特区条例'订它何益！如果这样的条例拿到全国人民代表大会上去付诸表决时，我和港澳的代表将投弃权票！"言语铿锵，如雷贯耳，顿时惊醒四座。

在我们这个大一统的国度里，中庸之道早已成为国粹，任何事情都要讲究个和和气气，皆大欢喜。解放以来的党代会、人代会、政治协商会议，一贯的主调都是"团结一致"、"一致拥护"、"一致通过"，绝不允许有哪怕是"弃权"一类的不谐音。如今，作为全国人大代表的庄世平居然表明要和港澳的代表对某项重要议题行使"弃权"的职责，这自然有他激动的情绪化的一面，更有他开创兼收并蓄、充分容纳各种不同意见、造就良好民主风气的政治局面的决心体现。但这不啻是一个惊雷！由广东省港澳区的人大代表对广东的特区条例行使"弃权"，不是要贻笑大方吗？于是广东省委书记习仲勋、省委副书记兼广州市委书记杨尚昆先后都来了。他们调查了情况之后，对许多职能部门做了大量的思想工作，表示要尽快地按照经济规律和国际惯例对"特区条例（草案）"作更加深刻有效的修改。随后，又各自来到庄世平的住处，和他恳切交谈。庄世平从习仲勋和杨尚昆的行动中，看到了中央和广东省最高领导层对改革开放和创办特区的坚定信心，笑着对他们说："我们的目标是一致的。条例修改了，我还投什么弃权票？"

这一场争论，以庄世平在习仲勋、杨尚昆、吴南生等人的支持下取得了完全的胜利，为创办特区奠定了坚实的思想和法律基础。

以后，有关广东创力特区的文件，庄世平都不遗余力地参与修订，自始至终地坚持和表明自己"宽松和优惠"的观点。这不懈的努力，终于使他的观点得到绝大多数人的接受并体现在创办特区的许多文献式文件上。

经方方面面上百次修改的、由第五届全国人民代表大会常务委员会于1980年8月26日批准公布的《中华人民共和国广东省经济特区条例》，有许多具体规定也吸取了庄世平的具体意见。尤为突出的，是让利优惠方面。比如文件中规定，特区的所得税为15%，比香港还低！其他如外资银行进入特区设立分行、在特区创办保险公司、在特区设立二线以显示特区不同于内地的特殊政策和特殊环境，从而加快特区的建设等等条款，也都出自庄世平的智慧。

1980年9月2日，香港《文汇报》对港澳代表在全国五届人大第三次会议上的表现，作了点滴的透露：

> 出席五届人大第三次会议的港澳代表，在小组会上，一致赞同人大常委会通过的《广东省经济特区条例》，认为建设深圳、珠海、汕头三个特区，对内地、对港澳本身均有好处，并提出许多具体建议。庄世平说，东南亚有些国家建立了"一站制"，把需要到各部门办理的事集中在一处，包揽起来，很是方便。这种做法，值得仿效。

即使是二十七年过去了，庄世平提出的建议，仍然是今天我们的许多部门许多同志津津乐道、努力实现的新鲜事物！

在后来全国人大讨论审议外资对华投资的法规时，同样在税收问题上，许多人仍难以接受体现"宽松和优惠"的正确观点的低税制，庄世平不论大会小会，都不遗余力地列举了国内外不同的税制，指出了低税制在当时条件下对加快我国引进外资工作的好处，并和广东省、港澳人大代表一起，争取了与会的绝大多数代表的支持，使低税制在外资对华投资的法规中得到了体现并通过。正是中央的正确指引，正是庄世平和许许多多志同道合的同志的不懈努力和推动，才出现了后来的其势如潮的全国性开放局面——这是后话。

中国共产党人自1949年掌权以来，第一次打开了门户，向外国资本露出了诚挚的笑脸。这无疑是给世界一个十分鼓舞人心的惊喜。美国《商业周刊》1982年1月的文章，就为这种惊喜注明了十分清晰的注脚：

> 今年1月1日生效的一批新制定的地方法，将使外国投

资者在中国南方的经济特区得到无先例的权利，自共产党人1949年掌权以来，外国人第一次有权签订长期土地租约，有权自定工资和解雇工人。

这些新法律是北京在南方靠近香港的广东省的三个特区对投资采取日益灵活态度的最新步骤。

……根据新的规定，允许管理人员在做生意时不用事事请示行政官员。中国还打算改变海关和移民手续，以便深圳和香港之间的人员和商品易于来往，并在特区和中国特区以外地区之间再设立一个检查站。

在特区，也允许外国人建立百分之百为他们所有的子公司——这是直至最近以前在中国还没听说过的事。

华侨投资者把经济特区看成是压力过大的香港和澳门的一个安全阀。譬如，南新染厂有限公司把它的纺织印染厂迁到深圳最东部。该公司欣然同意以每平方英尺仅三分的价格租借土地，租期为25年。在香港的新界地区，地租相当于这一数字的十多倍，而且在新界签订的地产租期不得延长到1997年之后。

与此同时，国内经济改革的神经中枢金融界，为适应开放的需要，方便外商投资和友好往来，决定发行外汇兑换券。身兼中国银行常务董事的庄世平对此本来是有一些保留意见的，因为外汇兑换券可以在国内一些特定市场或行业上流通，一个国家拥有外汇兑换券和人民币两种货币，总不是好事。如果考虑得周到一些，让人民币有限制地出口，也不至于后来舆论上闹得沸沸扬扬。但由于这是支持改革开放的事物，利大于弊，庄世平终究没有公开提出不同的意见。然而，兑换券发行后，社会上看法不一，各种意见纷呈，甚至有全国人大代表在会议期间向有关部门的负责人提出询问："一个国家怎么能发行兑换券和人民币两种货币？"对这种缺乏严肃性和周密性的做法表示了不理解和严厉的批评。有关部门的负责人本可以坦率地解释这是特殊情况下发行的特殊货币，属权宜之计，把手段和目的讲清楚，人们或许还会谅解。可有关部门的负责人却解释为："外汇兑换券不是货币，仅仅是凭证。"这种说法当然是不恰当的，自然难以得到人们的谅解和理解。于是，反对意见反而有增无减……到1986年初，有关部门大概迫于舆论压力，开始议论停止兑换券的发行流通。不久，停止发行兑换券的意见在金融界内部也占了上风。

庄世平听到这些议论，心里十分不安。此时全国性的开放已势若大潮，一浪高于一浪，骤然停止兑换券发行而未有具体的对策，势必造成许多不便，影响并放慢了改革开放的速度。1986年夏天，他专程赶到深圳会见中国银行主要负责人，听到取消兑换券已成定局，即将实施。他立即提出了反对意见，并请这位负责人向更高层部门反映。随后，他权衡再三，又慨然命笔，向中央多个决策部门以至国家领导人写信。信中说：除非人民币能够自由兑换外汇，或者为了便利旅客允许人民币有一定限额的出口，否则，取消外汇兑换券只能损害我们改革开放的政策，在我们的对外经济活动中造成阻碍，同时降低和损害了我们国家的威信和尊严，刚刚热起来的开放局面也将冷落下去，最后损失的是我们国家。他举了这样的小例子：如果外商明天一早要回去，晚上银行又已关门，他身上的人民币带不出去，又换不回来，不是存心使人无所适从吗？！即使是他换回外币，国内又只能使用人民币，明天一早他的生活将如何对付呢？如果在中国可以使用外币，即使情况十分特殊，也是真真正正涉及国家主权的大问题。由这些例子，还可以引申到合资企业中外商的外汇结算等敏感问题……言之凿凿，情之昭昭，透露出金融家庄世平为国家整体利益着想、全力维护改革开放的赤胆忠心。也正是他和一批熟悉金融经济规律的行家里手的力陈利弊，在还未制定新的适应形势发展的币制办法之前，使取消外汇兑换券的工作放缓下来，使越来越如火如荼的改革开放局面顺利地发展下去。

从1979年底起，庄世平就邀请或陪同多位东南亚实业家罗新权、谢国民等，参与汕头特区的踏勘选址，探讨在潮州意溪建设低水头发电站的可行性。汕头特区最初选址在市南郊达濠的广澳、东郊的珠池肚。广澳因为水、电的问题比较严重，首先被淘汰。珠池肚是濒临大海的一片滩涂，离市区八公里左右。由于珠池肚靠近港口，有利于特区的发展，新加坡知名实业家罗新权曾建议，在临海的浅滩上垒筑海堤，从堤外采用现代化的"吹填"办法抽沙填土，营造一块崭新的土地建设特区。但由于垒筑大堤耗时长，巨大的投资在当时条件下难以办到，因此最终将特区选定在毗邻市区的龙湖。

由于长期的封闭，国内的建筑设计和整体规划未能适应改革开放的大局，特别是创办特区的需要。1980年1月，经中央批准，吴南生率秦文俊、丁励松等人前往香港考察。吴南生等人在港期间，由庄世平亲自陪同或安排，重点考察了新界沙田的规划和建设，了解了大埔、元朗两个新兴工业村的建设和管理，并获得庄世平送来的大量这方面的材料。后来，深圳特区的城市规划、建设、管理，就参照了香港许多有益的经验和做法。

也正是这次考察的某一天下午，庄世平和吴南生在南洋商业银行的会议室里，进行了一次具有历史性意义的交谈。吴南生作为新兼任的深圳市委书记、市长，苦于邓小平已经说过："中央没有钱，你们自己搞，要杀出一条血路来！"真的是巧媳妇难为无米之炊呀！于是吴南生向庄世平要求：你银行里有大把的钱，借点给深圳特区搞建设吧。庄世平沉思良久应道：你向银行借钱是要还本付息的，期限一到就得偿还。如果深圳特区政府将贷款拿去搞基本建设，不论是三通一平还是六通一平，都是建设周期长的项目，收回成本不容易。借商业银行的流动资金作为长期性的基本建设资金是不可行的。他见吴南生听得入神，开玩笑说：南洋商业银行是境外银行，要遵守香港的金融法规，而银行的钱说到底是储户的钱，届时你借了钱还不了，你没倒下，我却要下台。吴南生本是个满身诙谐细胞的文人，但已被一个"钱"字愁住，笑不起来。庄世平顿了顿说：其实你有大把钱，特区政府比银行还富。吴南生问：钱在哪里？庄世平顿足应道："就在你的脚下，你的脚下是金山银山呀！特区327平方公里的土地，是何等珍贵的金子资源呀！现在国内实行计划经济将生产资料及许多生活资料，只允许它有使用价值，不允当作商品去流通交换，失去了原来具有的交换价值。深圳既然是经济特区，是否可以在特字作点文章？在特区内，实行国际通行的市场经济呢？把全民所有制的土地，集体所有制的土地都变成商品，让它既有使用价值又恢复其原来具有的交换价值，可以进行流通交换，这是一个非常重大的原则和非常重要的问题。"吴南生茅塞顿开，欣喜的神色流露在脸上。他有坚定的党性原则，他倡导创办特区恰恰是他的党性原则使然。省委第一书记习仲勋把主持特区的担子交给他，并喻他为"孙悟空"。孙悟空是干什么的？不就是不信邪、敢闯关的铁汉子！如今，眼看横在他眼前的一道难题即将得到破解，他的内心顿时充满了豪情和期待。庄世平见他这副神情，又把自己的观点发挥到了极致：英国人占领香港时，并没有带什么资金来开发、发展这块殖民地。但港英政府在香港实行土地、楼宇、建筑物的商品化和市场化，并制定与之关连的税收政策，培育、发展、繁荣房地产业，带动了香港金融业的发展，促进香港的繁荣；从而使港英政府获得丰厚的财政收入，不但拥有大量的资金支付香港城市现代化建设和港英政府的行政开支，还负担驻港英军军费的开支。深圳经济特区政府是否可以借鉴香港这一做法，在政府规划下，对土地进行公开的招标、拍卖，让商人在政府土地规划部门的指引下，按规定有年限地经营，进行开发建设；允许拍卖土地，让建造的商住楼宇，工厂依章纳税合法进行买卖、出租、转让、抵押，并允许银行对其办理按揭、分期付款的业务；深圳特区政府拥有大量的土地，可以从土地、房地产产业入手，做经济体制改革的大文章，"你何愁没有资金来建设深圳特区呢？"庄世平最后说。

结束谈话，吴南生本想说一声"谢谢"，但临了却感到多余，只用双手紧紧地握住庄世平青筋突起的老手。

可叹的是，直到庄世平去世，竟然还有人怀疑庄世平和吴南生怎么敢于在极"左"思潮十分猖狂的1980年将"市场经济"这四个谈虎色变的字眼与特区联系起来。除了"市场经济"，谈话中关于"允许拍卖土地"，"买卖、出租、转让、抵押商住楼宇"，"允许银行对其办理按揭、分期付款的业务"等，都是中国改革开放进入深水区的里程碑式的创举。

不久，连同香港房地产印花税收据、银行办理按揭的有关资料等一系列海外房地产市场的全部文件，由庄世平派专人送到吴南生手上。

吴南生底气十足，暗暗地做了一些尝试。1981年12月，国务院副总理谷牧在任仲夷、江泽民（时任国家进出口管理委员会、国家外国投资管理委员会副主任兼秘书长）的陪同下，视察了深圳特区。在一次座谈会之后，吴南生单独找谷牧，要求给予经济上捉襟见肘的深圳贷款。谷牧略一思索问："什么用途？如何还贷呢？"吴南生此时已胸有成竹，说："深圳特区建设的第一步在罗湖开发0.8平方公里，每平方米投资九十元搞'五通一平'，要7000万元；开发后，可以拿出四十万平方米土地作为商业用地；每平方米土地收入5000元港元左右，总计可以收入二十亿港元左右。"谷牧不愧为经济建设的里手行家，竟然极为少见地拍了拍吴南生的肩膀说：

"就贷给3000万吧。"吴南生喜出望外，马上表示："有了这3000万的'酵母'，特区的建设可以做到不用国家的投资了！"

也正是中央的允许，1981年11月广东省五届人大常委会第13次会议通过了《深圳经济特区土地管理暂行规定》。为了减少极"左"们的非难，也为了避免争论，有关土地"出租"、"买卖"、"拍卖"一类的字眼一律不用，换上十分中性的"土地使用费"。不同的用词，实质却一样。

特区作为窗口，除了传播崭新的思想观念，也传授了获取财富的手段和方法。全国势若大潮的改革开放，正因为土地所产生的巨大财富作为强大的动力，所以提速，进而振兴整个民族。

庄世平和吴南生，是福音的传播者。

针对香港的金融市场全部开放，资金进出完全自由，各国资本高度汇集，因而带动了全港各行各业高速发展的经验。庄世平在改革开放之初就已认识到：改革开放的速度，很大程度上将取决于金融改革的深度；一个不完善的金融体系，必然影响以至阻挠了改革开放的步伐；没有国际化的金融业务，特区就不可能与国际化的经济接轨。当然，也出于他对国内金融界封闭、保守，随意性代替严肃性、法律性的管理和做法的忧虑，决心用先进的国际化的金融管理和做法改变国内这块传统多于创新的领地。1981年10月，他决定在深圳特区创办香港南洋商业银行深圳分行。经各方面批准，分行于翌年正式创立。为了使分行尽快产生影响和效益，最初的分行行址竟是租来的罗湖华侨旅行社的一间平房，条件十分简陋。他和一群西装笔挺、过去工作环境至为舒适的职员，一起加入了与特区共命运的开荒牛行列。直到翌年，才在罗湖买下五千平方米的土地，建起一座分行大楼及两座高层住宅。这一举动，对完善特区投资环境，增强外商的投资信心，意义十分重大。

然而，恰恰是南洋商业银行深圳分行的创办，成了晚年的庄世平一件不能不处心积虑、呕心沥血的大事情。向北京的有关部门申办手续时，几乎一切银行业务都可以让深圳分行开展。但到了实际工作中，由于当时全国实行的是严格的计划经济，各项银行业务都有国内各家专业银行把守，画地为牢，南商深圳分行碰到的都是禁区，这也不能做，那也不能做。很长时间内，深圳分行的业务几乎无法开展。为此，同时作为中国银行常务董事的庄世平，不能不四处奔走，上北京，进广州，入深圳，私下沟通关系说明情况，大会小会上据理力争，殚精竭虑。1982年底的一个夜晚，他在广州和后来担任广东省政府副秘书长、省特区办主任丁励松深谈之后，感叹道："我晚年创办南商深圳分行，很难说将成为我一生的唯一错误呀！"表现出对南商深圳分行的命运的深深忧虑。然而，翌日，他又精神抖擞地去争取和谋求南商深圳分行的生存和发展了。

　　当时，香港汇丰银行也和南商同时进入深圳，打算设立分行。但碍于当年各种矛盾和困难，汇丰银行退怯了，鸣金收兵了，庄世平却说："我们既然来了，就不走了！我就不相信国内的金融体制是铁板一块！"为了安定十多位分行员工的情绪，他找到了中国银行，义务为他们做代办。当时，包括港币在内的一切外币只有兑换成人民币或兑换券才能在国内使用，而人民币和兑换券又不能带往境外，否则，便视为违法。加上中国银行有着严格的工作时间限制，这就给境外那些早出晚归的商贾华侨带来许多的不便，产生许多尖锐的矛盾。于是，庄世平利用境外银行灵活多变的经营方式，延长南商深圳分行的营业时间，无偿为中国银行开展兑换业务，为广大商贾华侨提供了不少的便利。虽说这些劳动都是义务的，但也无形中大大提高了南洋商业银行在香港以至全球的声誉，为南商深圳分行下一步的工作打下了十分扎实和稳固的基础。……直到两年后，在庄世平的努力下，国内僵化的金融体制才在改革浪潮的冲击下有了松动，南商深圳分行的业务才得以发展。

即使在南商深圳分行极为困难的时期，深圳特区第一家中外合资"中冠印染厂"的港方罗老板，恰恰因为得到香港南洋商业银行的贷款支持才告合资成功。可惜，罗老板后来因在香港搞房地产失败，宣告破产。庄世平为了清理罗老板的债权债务，不遗余力地做了上至深圳特区最高领导层、下至中冠印染厂的中方负责人的工作，终于由南洋商业银行在港成立了另一家公司，全盘收购了中冠印染厂的港方股份，保证了深圳特区改革开放以后的第一家合资企业的生存和发展。后来，又应中方的要求，庄世平从大局出发，将港方股份全部转让给中方，维护了特区的形象。

1982年，经庄世平动员和介绍，泰国知名实业家郑亮荫透露了到国内投资的意向。郑亮荫第一次回来考察时，庄世平亲自陪同，重点访问了汕头特区。郑亮荫回国后，经过研究，决定多跑几个地方，再作实质性的考虑。为此，庄世平碍于事务缠身，特地打电话给广东省侨联副主席黄大同："郑先生以前在泰国和在国内都见过你父亲，对祖国很有感情。他如能投资浮化玻璃项目，不论科技水平或是投资规模，都是国内至今首屈一指的，具有较大的影响。希望你全力以赴，促成实现他的愿望。"黄大同陪同郑亮荫考察了广州、深圳、珠海，又到了汕头。最后，还把他直接介绍给了吴南生、丁励松以及广东华侨国际信托投资公司的总经理罗彦。由于庄世平和吴南生、丁励松、黄大同、罗彦以及各方面的紧密配合，关心支持，郑亮荫不仅感受到祖国的热情和期望，还获得了各地的具体资料。考虑到汕头在能源和交通条件等方面的不足，他终于把投资浮化玻璃的项目选定在深圳蛇口，并和香港招商局合作。这个项目投资八千万美元，居当时全国合资企业之首。该项目于翌年建成投产，作为一个窗口，它在特区创业之时，备受国内外关注，参观考察的国内外宾客络绎不绝……此后，庄世平、吴南生等人时刻过问关心该企业的发展，使其成为特区成功引进的样板。

深圳和其他几个特区初创之际，人们的思想观念还有待改变，各种思想交锋层出不穷，"以言治罪"的文件仍比比皆是，这些都绝不是一纸《广东经济特区条例》就可以在一朝一夕解决问题的。即使是在特区管理者内部，也时常出现不同思想观念碰撞的火花。有感于思想观念转变的艰难，特区的建设又箭在弦上，实在没有时间去作扯扯攘攘的争论，吴南生在特区管理者内部"约法三章"："只做不说，多做少说，做了再说"。总之就是一句话：要趁那些反对办特区的人糊里糊涂弄不清楚看不明白的时候把经济搞上去。时不待我！

"极左"分子当然不会让特区的建设者们沉默下去，他们都是得了歪理还要下井投石的角色。上海《文汇报》1982年3月29日的《旧中国租界的由来》一文，表面讲历史，内里却含沙射影，用心刻毒——

> 在租界里，一八六五年有中国人九万，外国人二千三百名，到一九零五年中国人增加到八十一万，外国人增加到三万。这样，从形式上看，似乎外国人、中国人很平等，实际上不仅扩大了奴役和剥削，还培植了中国的买办阶级为之服务。

《解放日报》1982年4月8日的《痛哉！〈租地章程〉》一文，就没有了"犹抱琵琶半遮面"的虚伪了，人们听到了迫不及待中磨刀霍霍的血腥味——

> 历次《租地章程》所规定的种种租界特权，记录着

上海从一个普通的通商口岸沦为半殖民地畸形城市的变化过程。对中国来说，它的后果是惨痛的。当年曾在中国海关任职的一位英国人也承认，上海"已经变成了无法无天的外国人们的一个真正黄金国。……其中许多人都是属于这样一种类型的：只要有利益可图，那走私犯禁，一切都不顾忌，就是行凶杀人，也在所不惜。"（莱特：《中国关税沿革史》）外国侵略者通过历次《租地章程》大肆掠夺中国领土和主权的惨痛事实，暴露了中国封建制度及其官僚在同国际资本主义打交道的极端腐朽和无比昏庸。对于已经站起来的中国人民来说，它则是不可忘记的一页。

奇文共欣赏！然而在当时，这两篇文章连同海外的一些反动叫嚣，却不得不使许许多多具有良知的中国人为着特区的建设者捏一大把惊心动魄的冷汗。当然，这还是"极左"们惯用的第一步骤，舆论造过了，就该有人粉墨登场了。1982年4月22日至5月5日，在北京一次专门为广东深圳经济工作召开的会议上，主持人在最后一次会议上作了如此深刻的指责和"教导"：

　　"特别要指出的是，有人想要和计划经济'脱钩'，想割一块出去自己搞。我认为搞计划经济是客观需要，不是你哪一位领导想怎么搞就可以怎么搞的。你想'脱钩'是不可能的。现在资本主义国家，包括日本、美国、法国都认为要搞计划经济。我建议省计委，你们也建议省委，应该把特区计划管起来。不能讲特区经济是以市场调节为主。有这么大的外资，宏观计划更应该加强嘛，银行管理也要加强指导嘛！因此，特区建设应该纳入计划，要加强特区计划管理……"

这位主持人犯了一个常识性的大误：西方国家的计划经济怎么能和我们的计划经济相提并论？那是两种性质的问题呀！更何况，"以市场调节为主"是写进全国人大通过的《广东省经济特区条例》的，他难道没有看过？他怎能有法不依？唉，忘记了，他也许习惯了"人治"。当然，聪明的读者也许已意识到，这位主持人充其量仅是中央有关部门的负责人，他还当不了特区这个家。于是，特区的建设者们翘首以待，何时可以听到中央决策者的公道话、壮胆声！

机会马上就来了！

1982年12月，声名赫赫的理论权威胡乔木视察深圳特区。其时已不再兼任深圳市委第一书记的吴南生刚好有病在家休息，改由接任的梁湘全程陪同。梁湘是一位很率直、很实干的老同志，也不知道特区初创时吴南生立下的"约法三章"，就和陪同的其他同志向胡乔木请教了有关特区性质这类十分敏感的问题。胡乔木当仁不让，于同年12月18日作了十分具体的解答。下面是记录稿原文——

1982年12月18日下午四时三十五分至五时三十分，乔木同志来蛇口工业区视察，交通部顾问潘琪同志当面向乔木同志请教了当前理论界和在总结蛇口工业区经验中所遇到的几个理论问题：1、我国经济特区的性质是社会主义的、国家资本主义的或是资本主义的；2、特区的经济管理体制是以计划经济为主还是以市场经济为主；3、对外来投资者的方针是否还是限制、利用、改造或采取什么新的方针等问题。乔木同志看了潘琪所递交的这几个问题后说："你提的这三个问题都很大。"在他参观完毕将要离开蛇口工业区之前，他向潘琪同志和陪同的其他同志，就特区的经济性质问题，谈了如下看法：

乔木同志说，特区的性质问题，恐怕不能说是社会主义的，因为如果说是社会主义的，那么全中国都可以建立特区了。特区要按特区的口径，那是区别于社会主义的，不然就不叫特区，恐怕还是国家资本主义，是社会主义国家里面的一小片国家资本主义。本来列宁也没有搞什么全国范围的国家资本主义，我们跟他们的情况、条件更不同。但说成是社会主义的，这就更不好办了。（梁湘同志说，但公开不公开讲是国家资本主义呢？）这个问题，公开讲不公开讲要看必要，就是在什么问题上，在什么时候，有这个需要才去讲，没有这个需要去讲干嘛？（梁湘同志说，我们内部要说清楚。）还是社会主义领导下，社会主义国家里面的国家资本主义。我们的国家在社会主义经济里面还有个体经济嘛！就是这种关系。至于我们这些人当然是共产党，烧成灰也是。（梁湘同志说，因为文化大革命中有走资本主义道路的当权派，这个问题还是有精神压力的。）当权派嘛，还是社会主义的当权派。

胡乔木这一次的讲话，是言不由衷，是碍于隐情，还是思想观念使然？我们不得而知。

如此政治气氛，特别是上海特殊的政治环境，崇明岛没有办成特区，也就有迹可循了。

胡乔木这次讲话当晚，梁湘就拿着记录稿到广州找吴南生来了。病中的吴南生看完记录稿，十分平静地说："乔木同志的意见是理论探讨的意见。理论问题，有时几十年、几百年也说不清楚。如果我们不问，他不会说。问了，他不好不答。但他也还会再观察、再思考、再和大家——至少要和我们讨论的。不是说实践是检验真理的唯一标准吗？我们才开始实践，不急于去讨论这些问题。"其实他早在1979年就集中了多位理论工作者研究探讨过这些问题，心里有数，只是不想引起争论才不说而已。看着吴南生为此从容镇定，豁达大度，梁湘紧张的心才放松下来。随后，吴南生与他谈到了"约法三章"。"约法三章"当然只针对内部的同志，非说不可的话可以让海内外志同道合的有识之士去说，比如国内刚刚挣脱"极左"枷锁的文艺界，比如海外境外有影响的人物如庄世平等等……两位战友促膝谈了近半夜，待梁湘心情平静地站起身告别时，不由泛起一丝的愧疚：吴南生正在病中呀！

　　吴南生是早期的中国作家协会会员，50年代末就写过长篇传记《松柏长青》，与广东乃至全国文艺界的感情十分的深厚。特别是，拨乱反正时他为广东文艺界的领军人物欧阳山、秦牧、陈残云、吴有恒等平反昭雪，速度之快，力度之大，为全国所瞩目。当下，眼见主持特区工作的老朋友老领导正处于政治的急风骤雨之中，广东文艺界那里有不出手相帮之理。于是，由欧阳山倡导、吴南生批准的广东文学院一批中生代知名作家，马上奔赴特区最前线，与特区的拓荒者同甘苦共患难，此为陈国凯创办了《特区文学》之后，干脆落户深圳；杨干华直接入籍珠海特区；朱崇山到深圳宝安区委挂职、廖琪到汕头特区长期体验生活（最终促成了《庄世平传》的诞生）。这些作家后来都在特区中写出了一批如《大风起兮》《特区的由来》《梁湘传》等好作品……周扬、张光年、冯牧、王蒙、蒋子龙等大名鼎鼎的文学大师，仅仅是广东作协作了简单的邀请，便从1979年至1986年，有四次组团访粤。他们上山下海，四处点火，为广东的改革开放不遗余力地鼓与呼。强大的文化支持和精神慰藉，极大地鼓舞和激励了广东改革开放的拓荒者，并为全国更大规模的改革开放造就了厚实的理论基础和浓重的文化氛围，更为邓小平的第一次南巡创造了十分有利的政治时机和舆论环境。可惜的是，1986年周扬率团访粤回京之后，便因劳累过度直接送进医院，直至逝世……患难见真情，大师们对广东改革开放大业的贡献，将永远铭记在广东人民的心中。

严格地说，从1980年10月香港南洋商业银行决定在深圳创办分行开始，庄世平就不停地奔跑于香港和深圳两地，他已是一个实实在在的特区人。为了发挥这位特殊的特区人的重要作用，梁湘颇费了一番心思。他们见面的地点常常在深圳罗湖华侨旅行社旁边的林荫道上——庄世平在旅行社里租了一间条件十分简陋的平房作为筹办分行的地点，他们的见面往往像闲庭信步时的无意偶遇。起初都是拉一番哈哈哈的家常，随后便是梁湘提出问题和要求，庄世平予以解答和帮助。比如1981年11月底那次偶遇，梁湘装作十分糊涂地随口问："机关团委要在元旦开个舞会，你说我批不批呢？"庄世平也装糊涂："怎能不批呢？""跳舞本来就遭非议，何况他们跳的士高，有人说这是颓丧。""什么颓丧！你当年是没有去过延安，去过重庆红岩村吧？听说毛主席、朱德、周恩来都喜欢跳舞，每月都要搞上几次。跳舞可以放松身心，可以解除疲劳，何力不为！领袖们跳的是交际舞，要身体接触的；年轻人跳的士高，不用身体接触，就是动作粗野点。你说两者那样更好？都一样的。""那我就批了，但你得来跳舞，顺便把这番话说说。""舞我不会跳，说话还可以。"……又比如1982年春节前的那次偶遇，梁湘又像犯糊涂了："竹园茶座请了几个歌手演唱，被人说是资产阶级生活方式了。"庄世平竟真的有点恼了："难道泡在浴池里，坐在马桶上听歌唱歌，就是无产阶级了？让茶馆和歌手多赚些钱，让茶客得到视觉听觉享受，双赢的事嘛！""听说明天有几个京剧名角登台，你老来么？来了把你这番话说说。""说话可以，茶钱你付！"……如此这般，两人心心相通，但都不点破，都是为造就特区的开放氛围而努力呀！然而到了1982年4月12日，梁湘已无暇再装糊涂了，他必须借助庄世平的巨大影响力和深厚学识，去为特区洗清不明不白泼来的污垢，还特区一个清白。于是，他让人给庄世平送去深圳特区货币问题座谈会的请柬，还往信封里塞进了同年3月29日的《文汇报》和4月8日的《解放日报》。

为此，庄世平在1982年6月16日的深圳经济特区货币问题座谈会上，就我国经济特区的性质，发表了一次有理有据、言情激昂的讲话——

> 首先经济特区会不会变成殖民地？这是一个关系特区性质、发展前途以及制定特区经济政策的出发点的大问题，我们认为，特区是不是殖民地，首先要看特区的政权掌握在谁的手里？是哪一种性质的政权？我们深圳特区的梁湘市长，是中华人民共和国广东省政府任命的，我们特区的一些法律、法令，尽管有些地方和内地不一样，但都是我们自己制定的，决不是过去帝国主义强加在我们身上的治外法权和领事裁判权之类的东西。
>
> ……

这次讲话，无疑是对极"左"阴魂对设立特区的诬陷的一次强有力反击！对改变更新人们的思想观念，无疑也有极大的帮助。

1984年1月24日，广大特区建设者日盼夜盼的改革开放总设计师邓小平，终于迈开他总动员的第一次南巡。中午抵达后，他仅稍事休息，就出席深圳市委常委会会议，听取梁湘的工作汇报。然而，会议才开了四十分钟，邓小平喝了一口茶水，说："不谈了，出去看看。"当时，寒风呼啸，气温下降至十一摄氏度，邓小平不顾旅途劳累，冒着严寒兴致勃勃地登上刚刚竣工并开业的22层高的国际商业大厦天台，俯瞰深圳全景。邓小平从天台的东面走到北面，又从北面走到西面和南面，时而凭栏远眺，时而鸟瞰近景，尽情地饱览深圳特区的建设风貌。虽说他时常露出笑容，却始终未吐露只言片语。这就像往梁湘等人的心头投下一块石头，而且越来越沉重了。直到视察结束，他神情轻松地说了一句："我都看清楚了！"梁湘的心情才放松了一点。直到27日，邓小平离开深圳前往另一个特区珠海，也没有留下一句结论性的话来。好在，他在珠海一反沉默的态度，欣然写下"珠海经济特区好"的题辞，算是给经济特区下了结论。梁湘接到消息，又平添了另一种压力：四个特区中，人们无意中都把深圳当作老大；老大得不到题辞，脸上无光呀！想了许久，他当晚就给吴南生打去电话。大病初愈的吴南生一听，马上说："你马上派人跟踪落实一下。""这合适吗？""有什么不合适的，咱这是请领导作指示嘛，光明正大。啊，对了——"吴南生的思维像飞轮翻转，"你让人在深圳市委去年的总结里，或是近期给中央的有关报告里，找出十几条结论性的警句来，每条都在五十个字以内，以便小平同志在题辞时作参考。"……梁湘的心稍微平静了些，马上张罗开来。

1984年1月30日上午十时，邓小平在女儿邓榕的陪伴下散步之后，回到广州下榻处的会客室，一眼就看到站在门口焦急地徘徊、在深圳陪伴了他们三天的深圳市委接待办张荣主任。邓榕打招呼说："明天就是大年初一了，你还留在这里干什么？"张荣愁眉苦脸地应道："我们的领导说了，拿不到首长的题辞，就不让我回家过年了。"邓小平会心一笑，已大步走到早已摆好笔墨和宣纸的书案旁边，略略运气，便写下了二十五个宣言式的大字：

深圳的发展和经验证明，我们建立经济特区的政策是正确的。

总设计师早已为深圳的开荒牛们酝酿下气势磅礴的腹稿！落款时，办事缜密的邓小平又把日期写为1984年1月26日——他视察深圳的日子。

翌日——大年初一，万家欢庆的日子。因为有邓小平南巡的新闻，人们看到他为深圳和珠海的题辞，欢乐的气氛骤然高涨，千千万万的特区建设者一边欢笑，一边噙满了泪水。曾经强加在他们身上的许多质疑和骂名，终于可以一洗而清了！吴南生夜不能寐，起了个大早，随即便秉笔直书："进不求名，退不避罪，唯民是保（取自《孙子兵法》）。"随后正要好好欣赏这气势昂然的条幅，庄世平的电话来了。"今年春节没有外出避年，睁着眼等到天亮，就等着与你聊聊。"庄世平一改往日平缓的口气，连文革中被打破了耳膜的吴南生都觉得话筒里有点噪。避年是中国特有的一种风俗，年迈的老人家避开年关出外稍住，据说就可以增寿。庄世平当然不信这样的说法，但挡不住好心的乡人的劝说，往年也常把避年当作外出休息。"邓大人一题辞，我都年轻了二十岁，你还避什么年！"吴南生乐呵呵地应道。"是呀是呀，太平盛世，咱们都得好好活着。你在干什么呢？"庄世平问，吴南生把刚写好的条幅念了一遍。"也给我写一张，我要挂到办公室去。""我马上写，但你要亲自到广州来拿。""我明天就过去。"吴南生听了，不禁哈哈大笑：这老顽童，索字是借口，偷闲是真！

也正是从这一刻开始，吴南生、庄世平和特区的建设者们，终于再不用躲躲闪闪地以"市场调节为主"来概括经济特区的特色，可以挺直腰杆地面对世界宣布：经济特区就是要把市场经济引进来。

市场经济，富强之路——中国的选择。

特区初创时期的辛酸苦辣，当然是创业者自知。丁励松在《广东经济特区十年》上所发表的文章《特区始创纪事》中的一段话，对庄世平在这一时期的业绩作了最有力的见证和概括——

> 诸多关心特区的老朋友，而今难以一一列举。我想，不能不提及香港南洋商业银行原董事长庄世平先生。他是一位忠诚的爱国主义者，对国家事务的批评往往慷慨陈辞，甚至尖锐刻薄；而为国家办事尤其是对试办特区，又是倾注一腔热血，竭尽全力，以年迈体弱之躯，不辞劳苦地来回奔波。他向我们提供的有关世界经济动向和经济性特区的资料，难以数计。深圳建设开始后，他坚持要求南洋商业银行进入特区设立分行。在当时国家金融体制僵化模式的框囿下，这无异于一种自吞苦果的冒险。尔后数年间，南洋商业银行驶入特区之船一直在暗礁中挣扎，苦果的滋味难以言喻，以至庄老先生亦曾慨然长叹……然而，随着改革开放的进程和特区事业的发展，南洋商业银行在深圳业务日益扩展，这该使庄老先生宽慰释然了。

直到1998年底，当原中共广东省委书记兼深圳市第一任市委书记、市长吴南生接受记者的采访，谈起当年拓荒创业的一幕幕往事，仍掩饰不住对庄世平的崇敬之色和爱戴之情。有关的访谈录，发表在同年12月1日的《南方日报》上：

> 这里，我们要特别感谢庄老——全国政协常委庄世平先生。当时他是香港南洋商业银行董事长。从1979年春节前后开始，他就为创办特区，创办汕头大学（这两者是同时酝酿、提出和筹备的）而不断奔走于香港至广州、汕头

之间。他熟悉世界经济，他为我们寻找来全世界各个自由贸易区、边境工业区、出口加工区的各种条例、资料，几乎我们需要什么资料，他就会立即给我们找来。没有这些资料，我们很难了解外面的世界，更难以研究、规划特区条例和制订特区规则。例如：深圳特区面积原计划38平方公里，后来了解到美国与墨西哥边境工业区很大才下定决心把深圳与香港毗邻的地方，全都划成特区。又例如，我在1979年12月向中央报告建议将"出口特区"改称"经济特区"时说，我们办特区的目的，绝不只是像世界上一些国家和地区的出口加工区那样，单纯为了解决就业和外汇收入问题，我们的特区不仅办工业，还要办农业、科研商贸、旅游住宅等等，所以把"出口特区"改为"经济特区"，含义会更确切些……

扎实的第一步已经迈出，敏感的人们已能预感到特区明天的绚丽和辉煌。然而，对庄世平来说，他自觉地投身其间的、参与开拓和组织的这一项宏伟事业，还仅仅是开始。

大量的工作和意想不到的困难，还会不断地向他涌来。

二十一　开放引路

1981年11月14日，是潮汕人民一个值得永远纪念的日子——广东省汕头经济特区管理委员会成立，刘峰任管委会主任。汕头特区设在汕头市东郊龙湖，区域面积0.8平方公里。

在中国辽阔的土地上，0.8平方公里实在太小太小。然而，如果作为一扇窗户，一个样板，它完全可以汇集东西南北中的各种新观念、新意识、新事物，然后积聚成可以漫卷全国的旋风，影响到20世纪80年代以后的中国历史。就英雄创造历史的观点而言，它却是建立业迹、大展鸿图的人生大舞台。

对刘峰出任汕头特区开荒牛的领头人，庄世平感到由衷的欣慰。

刘峰出生于泰国。当年庄世平从泰国转到香港时，刘峰却从殷实的家里偷了枪支，径自回国参加了革命队伍，踏上了解放中国的烽火之路。极"左"路线泛滥期间，特别是"文化大革命"时，刘峰也曾受到极不公正的对待和触及体肤的"教育"。然而，当阴翳散尽，刘峰受汕头地委委派，前往普宁进行解放思想、落实政策时，他立即表现出一个共产党人正气凛然、义无反顾的品格，不仅解放平反了"文革"以至历次政治运动中受到非难的一大批干部，而且率先在归还老干部和华侨的财产上做了大量工作。不久，他就任县委书记，面对"文革"中经济受破坏最严重的灾区农村，他率先在广东以至全国推行了农村联产责任制，将农民从极"左"思潮和贫困线中解救出来。如果不是十一届三中全会及时召开，他差点又要为此经受另一场政治灾难……自己家乡发生的种种变化，庄世平目睹耳闻，深为欣喜。特别是多次面谈，刘峰那灵敏尖锐的政治觉悟和政策水平，给庄世平留下了难忘的印象。刘峰有这么几句话："虽说比起您老我是晚辈，但也是五字头的年纪了。人生最美好最能干的时光已浪费了，这时再不干，不大干，还待何时！"庄世平是十分欣赏的。

1979年，为了恢复"文化大革命"被撤销了校名、改变了办校初衷的普宁华侨中学，庄世平与罗志清、陈伟、陈大河、张元利、孙振文等香港普籍实业家回到家乡。一天晚上，讨论完修缮校舍、增加教学设施等事宜之后，刘峰意犹未尽，和庄世平继续深谈。刘峰带着一点不好意思说："恢复侨中看来又要您老和广大的侨胞出大力了。不是家乡这么穷，何至于……眼下全县的政治局面已好转，能不能把经济搞得更快些，我这方面的实际经验很少，还望您老为家乡多指出一些路子来。"

庄世平长期搞经济工作的思想被刘峰一触动，话匣子倏然打开了："香港是个人多地少资源缺的海岛。它拥有今日的繁荣，是由自由贸易带动了各行各业而发展起来的。我们普宁旧称'草县'，有山无海少平原，有草无鱼缺粮食，情况和香港相像。所以，过去许多人只好出洋过番谋生，是广东的侨乡大县。如果能从贸易做起，发挥市场的物资聚散的功能，从中获利得益，不失是一条发展经济的路子。对了，如今开放了，华侨回来的很多，同时也带回很多国内紧俏的日常衣物、电器等物资，这些物资，侨眷不一定用得完，县里如果能组织收购，销往内地，我想是可以获得利益的……

一夜深谈，拓开了刘峰的视野。从那以后，他冒着"投机倒把"的阴魂随时还会造成麻烦、影响其政治生命的危险，组织成立了各类贸易公司——普宁后来发展建立起来的闻名遐迩的十大市场，以及县内人民群众强烈的商品流通意识，正是由此孕育并产生的——这是后话。其中单是华侨物资的收购和销售一项，就赚了七百多万元。普宁的经济起死回生后，县城流沙的城市建设终于翻开了新的一页：专门安置无房缺房户的广南新村在镇东南角建起了；被冠为"超标准建设"的影剧院建起了；排污设施开始铺设了；从解放以来就翘首以待的自来水也终于流进了千家万户……也许正是刘峰强烈的开放意识和义无反顾的胆识，1980年底，一纸任命书下来，他要去筹备汕头特区了。临走，他忘不了为"侨联大厦"立项并落实各项建设措施，为联络海外侨胞的县侨联谋取一条长期获利生息之道。

正是由于改革开放的时代的召唤，出于浓郁的乡情亲情，似乎还有一丝他和吴南生、刘峰友谊日深的感情维系，庄世平对汕头特区从大至微的每一个建设和行动，都倾注了更多的心血和精力。

汕头特区的优势在哪里呢？汕头离香港和澳门，水路与陆路分别三百多海里和四百多公里，比起深圳和珠海两个特区，在地理位置上明显处于劣势。而且，汕头特区起步晚，深圳和珠海已成为国内外投资的热点，要转移人们的投资视线并非易事。因此，汕头特区从一开始，庄世平就和吴南生、刘峰、杨峰（汕头特区管委会副主任、原汕头市副市长）等人制定了"开发一片、投产一片、收益一片"的战略方针，另辟了发展蹊径。更重要的是，汕头特区的优势在于这里是著名侨乡。潮汕地区人口一千多万，海外潮人也有一千多万。如何发挥汕头特区的优势，成了汕头特区的发展关键。在此之前，已有李嘉诚、庄静庵等著名潮籍实业家回家乡开展多项捐赠援建工作，汕头大学后来也归入特区项目，影响很大。但如何动员更广泛的华侨参与特区的建设呢？从以往的许多经验中，庄世平又一次把目光投向庞大的海外潮籍华人社会，寻找着能够发挥效应的领袖人物。

解放后的一段好长时间，我们曾将广大华侨划入另册，当作异己阶级对待。"文化大革命"时，更视华侨为洪水猛兽，稍有接触，往往会被斥以"里通外国"、"特务"、"奸细"的嫌疑。至于那些具有影响力的侨领，其国内的眷属，更不同程度地在各个运动中受到严厉"教育"或无情"专政"。因此，尽管国内推行四化和改革开放政策，他们或多或少地表示欢迎和赞赏，但要他们回来，绝非易事。庄世平所动员的人中，几乎没有一个是一次动员即能成功的。多次苦口婆心的工作之后，绝大多数人表示可以回去看一看了，甚至表示环境适合的话可以进行投资，但往往会对庄世平说："你一同去，我才去。"庄世平总是义无反顾地应道："我去，一定去。"在海外华侨的心目中，庄世平是全国人大代表、全国侨联副主席、中资企业的负责人，有他同行和指导，安全就有了保障，投资的利益也有了保障。而庄世平所以乐此不疲地往返于内地和海外之间，是深感于华侨对自己信任的责无旁贷，深感于只有良好的第一次接触才有长久的愉快的合作。

　　由于极"左"思潮所造成的愚昧无知，从踏入国门的第一步开始，任何意想不到的事情都可能发生，他必须尽其身份和威望，去杜绝和减少这些祖国的赤子和尊贵的客人极有可能受到的无礼和非难。这一点，不仅他身边的许多人曾遭遇过，就连他自己也有过深刻的教训。1976年底他到广州时，由于身份证上繁体的"莊"字和回乡证简体的"庄"字不一样，任凭他再三解释，无知的边检人员就是不予签证放行；一直纠缠了半个多钟头，直到迎接他的有关方面负责人发现情况不对，出面干预和交涉，才得以脱身。香港普籍实业家陈大河在过关时，海关人员竟然不知道有可以在某些规定范围内流通使用的信用卡，尽管陈大河再三解释："这是钱。也可以说是银行方便流通使用的一种证明，另一种形式的货币。"仍被拘羁了大半天，甚至受到侮辱……泰国著名实业家谢奕初是个爱国老人，四个儿子的名字专门用上"正大中国"四个字。他偕女儿回国时，海关人员在检查衣物时问："为什么带这么多女人衣服？"谢老先生反问："有什么规定不能带女人衣服呢？"海关人员竟带侮辱性地说："因为你是男的。"谢老先生愤怒了："是我女儿穿的，还要送给亲友眷属。国内除了男的，没有女的吗？你不知道这样问话有损人格吗？"……更有甚者，大埔县一位华侨在家乡一座桥边照相以留念，竟被指责为拍摄"军事设施"而遭判刑。武汉长江大桥都可以让人随心所欲拍摄，这条没有任何标志的小桥怎么一下子成了"军事设施"，法律何在？公理何在？对这些，庄世平有多痛心呀！因此，几乎与国门打开同时，他就开始就边检海关人员的粗暴态度和低下效率，频频向中央、省及有关部门提出改进的意见和建议。其言辞的恳切，其不厌其烦的程度，为一般人所少见。

　　1982年初在汕头召开的有省各有关部门负责人参加的特区工作会议上，他慷慨陈辞："国门打开了，本是好事。但如果国门是令人厌恶生畏的，开它何益！这比关起来不要脏人耳目不是更好！有些人连人家穿什么衣服留什么头发都要管，这本身就违法悖理！留长头发就是阿飞了？那么，天安门广场上悬挂的、留长头发的恩格斯画像，你敢说那是阿飞么？绝对不敢！"几句话已表达了他愤懑不平和恨铁不成钢的情感。到后来，由于放心不下，对于影响大的侨领或实业家，他甚至人家还未开口，就主动提出陪同回国的方案。有的人不仅陪同一次，甚至陪上两次、三次、四次……谢奕初正是他热情的相邀和引导，仔细考察了国内许多地方，终于在汕头特区还未正式成立时就在汕头建立了第一家中外合资企业地毯厂，随后又在深圳和汕头建起了独资的饲料厂；此后，谢老先生以至他的儿子对国内的投资热情有增无减，在各地建立的合资或独资企业达数十家。

　　1983年初，经庄世平再三介绍动员，土改时家庭被划为地主，离家出走已四十多年的香港潮州商会会长、著名实业家刘世仁，终于决定由庄世平陪同，回家乡和汕头特区看看。庄世平和刘世仁是在爱国的旗帜下相识相知的。有很长一段时间，潮州商会作为香港潮人最具规模、历史最为悠久的社会团体之一，但抱着在商言商、对政治不闻不问的态度。70年代中期，刘世仁担任会长之后，立即树立起爱国的旗帜，鲜明地成为香港一股不可小视的进步力量。像国庆一类的重要节日，商会都要高挂五星红旗，都要举行酒会一类的庆祝活动；对祖国走上改革开放的道路，也抱着强烈的乐观其成的积极态度。刘世仁是因为残酷的阶级斗争斗怕了，才把烫热的爱国之心冷却下来……庄世平立即把信息反馈给刘峰，并希望以特区或市的有关部门的名义发出正式邀请，力争刘世仁组织强大的工商阵容莅汕，以求有更加广泛的影响。不久，汕头特区和汕头市工商联的联合邀请书，送到刘世仁的手上。对家乡的盛情呼唤，刘世仁顿感一种受到承认的人生价值，一种回归母体的自豪。果然，他马上找到庄世平，说："与其静悄悄地回去，不如大张旗鼓把香港的潮籍有成之士都组织起来，风风光光地在家乡热闹一番。家乡看得起我们，我们也要为家乡添光加彩。"这当然是庄世平所渴望的。于是，经过两人紧锣密鼓的串连组织，一个以刘世仁为团长，以宋裔德、罗道德、杨文波、张中畊为副团长，以庄世平、李春融、陈复礼、陈维信、庄静庵为顾问，人数达七十三人的阵容庞大的潮属工商界观光团，于1983年2月20日抵达汕头。由于观光团集工、商、金融、文化等各行各业于一体，在汕头长达九天，庄世平亲自审定过问各种安排；观光团不仅深入汕头特区考察，还在市内以至一些县镇参观访问，影响及至方方面面。而观光团的许多成员，有感于家乡人民的热情和祖国新时期政策的英明，在3月1日离汕时，已明确表示了捐赠或投资的意向。

泰国盘谷银行董事长陈弼臣，不仅经济实力在泰国以至东南亚屈指可数，还是个资深的社会活动家。可惜由于有着和刘世仁一样的遭遇，望乡思归的念头早已淡薄。庄世平以国内有关部门的名义向他发出回国邀请的同时，特地向汕头市以及陈弼臣家乡潮阳县传去信息，希望共同做好工作，并特别提示要察看陈弼臣的祖屋祖坟，如有损坏，应及时修缮。华侨有特别看重祖居祖坟的习俗，因为这是他们赖以和内地联系的根。庄世平第一次转达了国内有关部门的邀请后，虽然陈弼臣和他早有往来，印象很好，但仍有些踌躇，所以一声不吭，不置可否。于是，庄世平又一而再地介绍内地情况，而这时国内有关部门的信息也传到了陈弼臣的耳里。当他听到祖居完好，有关部门甚至正在修缮他的已经破损的祖坟，不由怦然心动了。如果自己没有什么表示，怎对得起家乡的父老乡亲，对得起先祖先贤！但是，他仍有顾虑。庄世平于是如数家珍地说出一串回国回乡的人士的名字，并叙说了这些人在家乡受到的礼遇，说："百闻不如一见，家乡正在变化，我们一起回去看看吧。"陈弼臣这下不能不表态了："那就悄悄回去一趟吧，千万别声张。"可惜像他这样的人物，要静悄悄行动也难，儿子媳妇孙子加上几个心腹好友，已是浩浩荡荡的二十三人。而庄世平也早已向汕头发出信息，提示要隆重接待。于是，当1983年11月13日陈弼臣一行飞抵汕头，有关部门以及家乡潮阳的政要乡亲早已在机坪迎候，电视台派出专人拍了新闻……开始在汕头参观时，陈弼臣总是点头微笑，不轻易开口说话表态。到了家乡潮阳峡山镇，居然出现上千学生鼓乐齐鸣吹奏迎宾曲、上万群众夹道欢迎的盛大场面，这位海外游子终于禁不住激动的泪水，夺眶而出。当看到祖居和祖坟完好无损、焕然一新，他激动之余，深感家乡的巨大变化和某些不足，当下就向峡山镇的负责人表示：捐建一座中学！款项不下于二百万元。由他捐建的峡山中学，气势非凡，在当年国内同等学校中首屈一指；十几栋现代化的教学楼、宿舍楼，一律用他的先祖先贤、以及儿子媳妇的名字命名——深知内里的人们都知道，这是老人家深厚的中华传统文明意识的刻意传递。他要告诉儿孙们：这里是我生命的根，也是你们生命之源，切记，切记！后来回到汕头特区，他集几十年搞经济的经验所提出的意见，已流水般涓涓汇入特区创办者的心里，成了创办特区的很好借鉴……1985年初，陈弼臣再次回乡，庄世平这一次邀上了廖烈文、庄静庵等知名人士相陪。同年1月21日下午，正在汕头特区视察的万里副总理，在汕头特区亲切接见了庄世平、陈弼臣等人。

谢奕初、刘世仁、陈弼臣、廖烈文、庄静庵等侨领和知名人士的到来捐建、投资、访问，表明了广大侨胞对祖国的热爱，同时提高了中国特区的知名度，增强了海外对特区投资的信心。

对侨领是这样，对一般的外商，庄世平也是尽力做到亲躬亲为，随时为之排忧解难，竭诚推进特区的建设和发展。菲律宾一位姓林的侨商来特区合办良种瘦肉猪场，第一批种猪从欧洲空运到香港，再从香港用车准备运入内地时，在边境被动植物检查部门卡住了。这些猪由于长时间空运转运，确实显得疲态异常，傻里傻气，我方由此断定这些种猪得了什么病。可惜查来查去，就是说不出个病因病理，最后只好说这是一种潜伏的少见病毒，强要林老板把猪运回去。花了那么多钱，那么多精力，又说不出什么病，林老板当然拒绝将猪运回。他搞了个折中，请求将猪就近在边境养起来，经观察无病，则放行；如有病，或运回，或就地埋了。我方人员一听，不管三七二十一就说："要埋现在就埋！"甚至就有人动脚动手起来，真像要挖坑埋猪的样子。这架势，吓得林老板就要跪下，泪也流了："要埋猪，你们先埋我好了！"……从中午一直争执到下午近四点，林老板毫无办法中，赶紧向庄世平打去电话。庄世平一听，急切切赶来，先是向检查人员解释。可惜，任庄世平说得口干舌燥，检查人员仍铁板一块，认死理不放行……最后，庄世平找到省、市有关部门，才使问题得到较为满意的解决。

当晚十一点多，庄世平回到家里，愤愤难平，立即给北京有关部门写信："……从这批猪的问题，已突出说明我们的官僚主义和愚昧野蛮作风……世界各国在动植物检查管理上都有严格规定，但同时都有一定的限定和变通的办法。我们也应当讲究科学，讲究变通。如果只是铁板一块，开放的道路就会被自己堵住……"

也正是庄世平的支持，国内有关部门的关注，使林老板虽感到在国内投资还存在许多困难，但更感到中国开放政策所产生的光明前景。后来，他又在宝安创办了一个大型猪场，促进了中国畜牧业的发展。

新加坡一位姓罗的侨商，曾为新中国打破帝国主义的经济封锁，为国家在国际上购买了石油探井等设备，为新中国的石油事业作出了重大贡献。汕头特区初创时，他在庄世平陪同下前来考察。在汕头东面珠池肚的一片临海滩涂上，他提出垒筑海堤，从堤外采用现代化的"吹填"办法抽沙填土，营造一块崭新的土地来建设特区。这个当时极具科技含量的方法，对解决潮汕地区人多地少的实际困难也有着十分深远的现实意义。可是，为了查清海底地质，当有关人员向汕头海军某部要求借用"海纹图"时，部队方面却以"军事机密"而拒绝了。无奈之下他和庄世平只好另辟蹊径，到香港重新想办法，结果很容易就从国外有关方面找到了汕头海域的"海纹图"。他们对"海纹图"作了深入研究，在重回汕头时特地将找来的"海纹图"送给了海军某部。曾有消息反馈，他们送去的"海纹图"比海军的"海纹图"还要精细！唉，闭关锁国真是坑人不浅！后来，抽沙填土的方案虽因各种原因未能实施，但庄世平和罗先生无疑为人多地少的潮汕地区提供了十分有益的信息和经验。90年代始，汕头终于迈出了向海洋要土地的步伐……在汕头投资没有成功，罗先生又在北京投资了一家上亿美元的酒店。然而麻烦事仍然不断，一次，他从香港坐船到广州，在华侨大厦和中国侨办一位副主任谈完工作，于当天赶回码头准备出境，翌日在港搭飞机去美国。可惜他忘记在护照副页上请华侨大厦盖章，海关硬卡住不让出境。罗老板对海关说："我经常出入于此，是什么人，和什么人联系，你们也知道。"本是一句通融的话，但海关人员说："你别拿来头吓我们！"连中国侨办那位副主任打电话请求甚至亲自到码头作证也无效。浪费了船票和飞机票不说，更浪费了宝贵时间。他回到香港，和庄世平谈起这件事，两人不禁为此唏嘘不已，感慨万分。为此，庄世平前往北京开会时特地为这事走访了有关部门，并在罗老板直接找赵紫阳总理的同时，向国务院写信提建议。后来，赵紫阳总理指示：请罗老板找××部门解决多次返往问题。然而，当罗老板找到××部门，有关人员竟说："你有本事找赵总理，就让赵总理批准办理好了，何必找我们！"官僚主义的作风真到了令人发指的程度。

于是，庄世平在1984年全国人代会期间，以议案形式提出了问题，并再一次给国务院写信："……随着改革开放的深化，实行多次往返的护照制度已刻不容缓。世界上许多国家早已实行免签证出入境，即使我们这样做也并非先进……赵总理代表了国家形象，有关部门的人这样回答人家，不是个礼貌问题，而是有没有维护国家尊严的问题。从另一个侧面看，也反映了我方工作人员办事欠灵活、死板僵化的官僚作风……"

唉，这样的事情太多了！但也一次次地激起庄世平向各级部门或在全国人代会上提出建议、批评、议案、提案。1985年，他的心血终于没有白费，我国有关部门终于向来华投资的外商颁发多次性往返护照。而出入境时，各种手续也在迅速简化，开关时间延长，开放口岸增多，办事效率有了明显提高……到90年代，除了火车直通车的设备不断投入巨资，多次提速并增加车次，还增加了港商自驾车自由往返的项目。过去从香港到内地一段短短的畏途，如今一路通畅。

下面，我们将按汕头特区的发展时间顺序，就庄世平在特区的大事活动，作一个十分简略的介绍——

1983年初，汕头特区中外合资蛋粉厂签约生效，中方迅速将二百多万美元作为合资金额汇入中国银行。然而，迟迟不见港方签约人落实港方资金。经了解，签约人在资信以至经营上有蒙骗等行为，不可靠。为了解除协约，并取回二百多万美元的抵押金，庄世平三次来汕商讨对策，两次上北京解释，并在港做好善后工作，才使问题得以顺利解决，避免了特区的一次大损失。

1983年8月12日，汕头特区管委会主任刘峰率领考察团赴港，作为期十天的考察访问。庄世平和众多知名潮籍侨胞前往车站迎接。在港的一切活动安排，庄世平都亲自组织参与。因此，出席特区招待酒会的一百多名中外来宾，无一缺席，盛况空前。随后，考察团拜会李嘉诚、庄静庵、刘世仁、廖烈文等知名人士和有关社团，并参观部分工商企业，庄世平一一陪同。这次考察，加深了认识，增进了友谊，并为特区带回了一批协议投资项目，打开了特区建设的局面。

为了加强汕头特区对广大华侨和港澳同胞的沟通和联系，发展特区本身的外向型企业，1984年6月30日，汕头特区在香港成立了粤东发展有限公司和联络部。公司和联络部的地点选择，得到庄世平的指点帮助，购买楼宇的资金绝大部分由他出面贷款。

根据《中华人民共和国广东省经济特区条例》的有关规定，为了动员海外广大潮籍知名人士为特区出谋献策，由庄世平根据香港实际，深入考虑了各个经济领域的代表人物，选定二十一人作为汕头特区顾问委员会的第一批顾问。1984年9月6日，汕头特区顾委会副主任倪克屏专程带队前往香港，郑重地向第一批顾问发送聘书，同时聘请庄世平为特区顾委会主任。每届顾问任期四年，每两个月聚会活动一次；每次的活动议题由庄世平与特区商讨之后确定；每次的活动经费采取顾问轮流做东的形式，尽义务不要特区一分一毫。此后，北京、澳门、加拿大、上海的汕头特区顾问团（组），分别仿效香港的做法，于1985年10月、1988年12月、1989年8月成立。各地顾委会在沟通各个阶层，争取资金投入，优化投资环境、协助解决各种困难等重要关键问题上，起到了桥梁和纽带的作用。1985年1月1日由汕头特区航运公司和泰国大众旅游公司（香港）合作经营的汕泰船务有限公司的"龙湖号"豪华客轮正式通航香港，为方便侨胞来往于特区，完善特区的投资环境，开创了新的局面。可惜，1987年初开始，由于合作双方缺乏沟通，造成许多矛盾，泰方相继在泰国和香港多家报刊上发表文章，抨击中方的多种做法。中央和广东省有关部门对此特别关注，国内外舆论纷纷，汕头特区的信誉受到前所未有的考验。庄世平始终关注着事态的发展，既动员香港顾问团的成员通过各种关系疏通调和，自己更多次往返于香港、汕头、泰国三个点上，尽其所能把中泰双方最终拉到一张桌面上，心平气和地坦露观点看法，使一场眼看是暴风骤雨式的矛盾，化解于亲情乡情的谈笑之间。舆论界后来把这场纠纷的烟灭灰飞归结于"双方最大的克制"，但又有谁知道，有多少人为此花下了多少心血和精力，耗去了多少个不眠的通宵长夜！

从创办特区伊始，庄世平就针对汕头飞机场属军用，体制和规模都难以适应特区与外界的大量联系，广汕公路更是狭小破损，无法适应大规模的经济建设等交通问题，调动各方力量，以建议、报告、议案、提案各种形式，上到中央，下到省、市各有关部门，寻找各种有效渠道，努力改善汕头特区以至整个潮汕地区与外界的交通条件。每次全国人大召开时，为了达到三十人联合才能提出议案，庄世平总要东奔西走，乐此不疲。这些努力，自然得到了上级的极大关注。1986年初，赵紫阳、胡启立、田纪云等中央领导人视察汕头特区，对这里和外界联系的交通条件深有同感，一举决定扩建汕头飞机场。翌年，飞机场扩建完工，从只能飞几十人的小型客机到能飞波音各类大型飞机，承运能力大大加强。不久，汕头到香港实现包机通航，庄世平率领首航的香港观光团飞抵汕头，共享这一长期努力的丰硕成果。从八十年代末至九十年代初，广梅汕铁路、广汕公路、汕头至深圳汽车专用公路（次高速公路）分别立项并先后动工。已于1992年底建成的广汕公路为二级四车道水泥路，过去从汕头往广州需十二小时以上，一下子仅八个钟头就足够了；1996年深汕高速公路连结广深高速公路后，如今只要五个钟头就行了；广梅汕铁路也于1995年铺达汕头。

诚然，汕头机场毕竟是军用机场，面对错综复杂的国际形势，它绝对满足不了潮汕地区长远的空中客运的需要。为此，庄世平和潮汕地区的党政领导人林兴胜、陈燕发、陈远睦、陈喜臣等，高瞻远瞩，早在八十年代中期就为潮汕大型的客运机场筹谋划策。1989年，庄世平的家乡普宁市根据抗日战争时期日本侵略者曾在赤岗镇的英歌山下修过一个简易机场——近三百米的跑道至今还横卧在杂草野岭之中，决定在此基础上修建大型客运机场，填补潮汕空中交通的一大空白。庄世平力推这项决定，县委县政府也为此作了总动员，并作了多方的协调沟通。至1993年，国家民航总局本来已作了前期勘探和论证的指示，可惜因为军事上的原因，最终不了了之。但庄世平和潮汕的实干家们并不死心，经多方踏勘，又把目光锁定在离潮汕三市各二十公里远的揭东县炮台镇范围内，同时对当地的土地使用实行十分严格的控制。潮汕机场建设项目于1999年获得国务院、中央军委批准立项，2011年建成通航，2013年共执行起降

32391架次，完成旅客吞吐量269万人次，完成货邮吞吐量17303吨。整个机场占地面积达5082亩。在人多地少的潮汕地区，如果不是改革开放的先驱们未雨绸缪，怎么还有这么一大片完整的土地用于机场的建设！至此，潮汕地区形成了海陆空极为便捷的交通体系。

从1987年开始，汕头每年都举行旨在加强海内外潮人联谊、弘扬中华优秀传统文化、互通各种信息、洽谈投资的迎春联欢节。每次，庄世平都率香港庞大的观光团前来参加，既增强了海内外老朋友的情谊，又结识了许多新朋友，为新一代侨胞认同和服务祖国家乡打下良好的基础，同时通过信息交流，提供向特区投资的意向和渠道。

由于我们过去很长一段时间实行的是高度集中的计划经济，采取"大锅饭"的分配制度，因而在一些有条件高速发展的地区，却往往缺乏足够的资金。汕头特区创办的前几年，资金的紧缺就严重制约了发展的速度。能不能自身筹集更多的资金呢？庄世平和特区管委会的领导们经过调查研究，都响亮地作了回答：能！大片大片的土地就在眼前，我们为什么不能向香港学习，实行土地有偿出让、有偿使用呢?！土地一旦有了本身的交换价值，不是也同时开通了一条新的巨大的财源和税收渠道么?！不是说特区要特办么?！不是说要按照经济规律办事么?！那么，就从土地有偿使用这一项来做突破吧。于是，庄世平立即行动，四处搜罗，带回了一整套香港土地管理的资料。接着，他把香港厂商会会长、立法局议员倪少杰请来了，具体讲解土地有偿使用的立法程序和具体管理。随后，庄世平把香港南洋商业银行深圳分行的行长也请来，介绍了南洋商业银行在香港、特别是在深圳开展房地产抵押贷款业务的做法和经验……经过请示上级领导部门和一番紧锣密鼓的筹备，1988年6月1日，汕头特区管委会终于批准公布了《汕头特区国有土地有偿使用试行方案》，并开始在龙湖片区试行实施。为了支持这项触及根本理论和观点的重大改革，庄世平还和许多香港顾问积极参与到特区土地的成片开发中……此后，汕头特区房地产开发进入佳境，并带动了老市区以至潮汕各县，有关的法规也趋于完善。1989年1月18日，汕头市人民政府颁布《汕头经济特区土地管理规定》和《汕头市市辖区、汕头经济特区征地补偿暂行规定》，7月25日汕头特区管委会颁布《汕头经济特区房地产交易暂行办法》，1990年4月24日，汕头特区国土局、房地产管理局联合颁发首批特区房地产权证……这些法规连同其他特区和地方的做法和经验，终于孕育出1991年5月1日颁布实施的《广东省经济特区土地管理条例》。沉默的土地，在共和国的法典里，在全国人民的心目中，从此成为极具价值之宝。

自1980年香港南洋商业银行在深圳创办了分行，汕头、厦门两个特区和国内一些地方也强烈要求庄世平前去创办分行或办事处，完善投资环境。庄世平除了让南商在北京设立了办事处之外，考虑到人员的配搭，更考虑到香港中资银行众多，中资和内地是一家，内地的业务应有合理的分工，决心促使更多的中资银行回内地创办分行或办事处。于是，经金融界同仁的多方努力，终于使集友银行和华侨商业银行顺利地分别在厦门、汕头先后设置了分行。随着1991年4月国务院批准汕头特区第二次扩大范围（第一次是在1984年11月，范围扩大至52.6平方公里），香港的廖创兴银行、泰国的盘谷银行和泰国泰华国际银行在汕头设立或创办了分行、总行。

庄世平和泰国泰中促进投资贸易商会主席李景河的联系原来并不多，庄世平于80年代末到泰国为普宁华侨医院进行募捐时才认识。李景河感于庄世平的平易近人和坦荡爽直，多次前往请教在中国的各种投资事项。后来，李景河决定在汕头创办泰华国际银行的同时，打算让儿子到汕头主持银行的工作，然而又恐怕在英、美留过学并获得硕士学位的儿子因银行初办时业务太少，而荒疏了学业。庄世平获知消息，把他儿子介绍给汕头大学，让其一边工作一边教书，使所学的知识巩固下来……泰国的泰华国际银行把总行设在中国境内，不能不说是中国的改革开放政策正在世界范围内得到了普遍的支持和赞赏，不能不说是中国的投资环境已得到极大的完善并正受到广大外商的关注和欢迎，不能不说是中国经济改革的核心——金融改革的一次重大突破。汕头特区的投资环境日臻完善，外向型经济踏上新的台阶。

1991年4月6日，国务院批准汕头特区范围从52.6平方公里扩大到二百三十四平方公里，同年11月1日实施。从1981年11月14日汕头特区管委会成立到1991年11月1日，汕头特区刚好创业十周年。在历史的长河中，十年时间不过是飞流急湍的一刻，但建立在荒丘滩涂之上的汕头特区，已是一座开发面积达八平方公里的欣欣向荣、蒸蒸日上的现代化新城。1990年，全区工业产值19.25亿元，比1982年的四十万元增长了四千一百八十二倍！

1991年11月，在汕头市创办特区十周年和扩大特区区域的庆典座谈会上，面对汕头老市区并入特区，还要带动潮阳、澄海、南澳三县，深思远虑的庄世平发表了真知灼见的讲话。其中的两点，不啻是苦口良药：

"……是新特区化老特区，还是老特区促新特区，是特区扩大后的大问题。老特区在机构改革，减少层次，精简人员，提高效率等方面已形成一整套制度，收到了众人皆知的好效果。我们愿意看到这种优良的新机制得到继续发扬光大。

"……潮汕变成汕头、潮州、揭阳三市，汕头特区能不能成为全国改革开放的窗口暂且不说，但至少应成为潮汕的窗口。行政上分开了，但大潮汕互相联系、互为支持的传统不能丢！不能搞'三国鼎立'，应搞'桃园三结义'。"

当许多人陶醉于成为"特区人"的吹呼声中，庄世平的告诫也许有点忠言逆耳。然而，对于一个为中国革命和建设奋斗了六十多年的老人，关键时刻敢于开诚坦言恰恰出于他美好理想和神圣使命的一种必然。

　　他的真知灼见，历史将予以证明。

　　历史，也必将记下他和许许多多的特区创业者所创下的功绩。

二十二　造福桑梓

1955年8月，一份宣言式的"缘起"，经普宁县副县长罗俊三会同乡贤起草，由庄世平审阅修改，交中共中央统战部副部长、中国华侨事务委员会党组书记兼副主任方方审定，随即传遍了普宁大地，传及世界各地的每个普籍侨胞——

　自中华人民共和国成立以来，祖国的建设，是一日千里地飞跃前进，日新月异地改变面貌，一切的一切，都呈现着欣欣向荣的新景象。仅就我县的文化教育事业来说：解放前全县在学的中学生只有数百人，小学生也不过三万人；现在在学的中学生已达八千余人，小学生则增至九万多人。前后相比，真有天渊之别。

　我县是广东省的重点侨县之一，拥有72万人口，其中侨居海外和住在港澳的同胞数十万，侨属约十多万，由于祖国的日见繁荣和国际地位的提高，更鼓舞了海外侨胞和港澳同胞的爱国热情。因此，海外侨胞及港澳同胞的子女回国升学人数及侨属子女读书人数都日见增多，为了满足侨胞侨属子女学习文化的要求，我县归侨、侨眷等，认为侨办侨读为原则，创办普宁华侨中学，是非常必要和适时的……

……创办侨校，是为国家培养建设人才，是支援国家工业建设，是华侨最关心乐意的光荣事业。深望我们华侨和港澳同胞发扬爱国爱乡的优良传统，为华侨、侨眷所渴望的巍峨壮丽校舍得以早日落成，使更多的侨胞、侨眷子女得能提高文化科学知识而献出力量！

普宁华侨中学作为国内最早的侨校之一，这一篇情真意切的"缘起"，不啻是全国解放后最早一份华侨爱国爱乡兴学助教的激动人心的号召书。

根据规划：普宁华侨中学校址设于县郊池尾车站附近，占地100多亩，有教室十二间，礼堂、餐厅、校务处、会客室、会议厅、仪器室、图书室、音乐室、阅读室、卫生室、文娱室等各一座，男女学生宿舍四座，纪念亭一座。全部建筑费及开办费计人民币三十万元，由海外各地侨胞捐赠。海外的组织者中，由方方亲自点将，以庄世平为主。在实施过程中，庄世平考虑到华侨分散在世界各地的特点，既为了弘扬侨胞爱国爱乡的业绩，更为了使华侨的后代子子孙孙都记住前辈的业绩并发扬光荣传统，经和筹委会商讨后，决定各个工程由各人承捐，钱多承捐大工程，钱少承捐小工程，但都在建筑物上或纪念碑上铭刻承捐人的英名，以作永久纪念。比如教室一间为4000元，学生宿舍一间2000元，教师宿舍一间800元，由各位侨胞自由认捐。这种做法，深为各地华侨所赞许，只做一些动员，认捐事宜便成为他们的自觉行动。因此，翌年春天，全部费用已捐集完毕，5月21日华侨中学正式奠基兴建，秋季已告落成并招生开学。

这次捐建侨中，华侨的热情十分高涨，此恰恰是新中国的光辉形象在华侨中确立，广大华侨决心振兴祖国、繁荣祖国的具体表现。当然，也和方方、庄世平等人采取的方法得当有关。为此，庄世平深受鼓舞，在后来筹建广州暨南大学及各项侨资捐办项目时，都采用了类似的方法，同样收到良好效果。此经验随后也为各地动员侨胞捐办各项事业时所采纳。

1957年后，普宁县城流沙镇又先后建起世人为之瞩目的雄伟壮观的"华侨大厦""流沙大桥"和"华侨电影院"（今为"流沙电影院"），广大华侨也热情地给予了捐助。流沙镇解放前仅仅是个小墟集，由于有了这几幢主体建筑物，市容大为改观。

可惜的是，50年代末期，由于极"左"思潮开始泛滥，人民公社、总路线、大跃进的冒进政策的大行其是，加上当时我国化学工业十分落后。尽管也推行绿色革命，推广优良品种，农业产量却十分落后。结合当时苏联迫债的国际形势，内地人民生活极为贫困。庄世平多次和林影平回乡，看到群众衣着破旧，三餐难度，面有饥色，疾病众多，无不眼涩泪盈。原因何在呢？对政策他有看法，但难以逆转。能不能做点实事呢？1960年初他在县政府做客时，听到一位公社书记向县领导汇报："积杂肥500担……"真使他感叹不已！五百担杂肥于一个公社的偌大土地，无异于巧媳妇难为无米之炊呀！也说明了我们的生产资料已缺乏到无可复加的地步。经了解，原来对每亩水稻国家只分配三两化肥。对农业知识他是知道一些的：一亩地要达到应有的产量，必须有一百个标准氮，也就是应有五十斤以上的化肥。就像十条大汉分一两猪肉，每个人能得到多少热能？三两化肥于一亩水稻丝毫增加不了半点热力，能期望缺氮的禾苗有什么长势么？于是，他回到香港，立即和林影平动员侨胞捐赠化肥支援家乡。一连搞了三年，单1961年就运回来化肥3.6万担。以普宁的农田计，每亩就可得化肥十斤。虽然难达到标准，但也解了燃眉之急，因此，三年困难时期，普宁的农业生产相对还有所收获，邻近各县份无不羡慕！

此后，内地的人民仅过上三几年安稳日子，"文化大革命"爆发了。庄世平报国无门，内地的亲属也遭到严酷非难和折磨，他难得回乡面对动乱和饥困，有泪也只好往心里流。

好在十几年后，云散天开，庄世平那报国富乡之心终于在中共十一届三中全会的春风吹拂下，如久旱逢雨，驱动积蓄了十几个春秋的浑身热力，开始了为国为乡奉献至爱的人生新旅途。

普宁华侨中学，经过二十几年风风雨雨，早就人事已非，面目已非。单校名，就更易两次，先曰"红旗中学"，后谓"池尾中学"；校舍破败，设施紧缺，场地脏乱，铭刻在建筑物上的侨胞名字早已被抹去，纪念碑更不见踪影……然而，兴学育才，自来就是千古功德事；而且，有基础在前，谁不想修复和延续过去的光荣足迹？况且是综合项目，正可动员召集众人拾柴，重新煽起爱国爱乡的热情烈焰。于是1979年，经庄世平和陈伟、罗志清、张中畔、罗道成、孙振文等人和刘峰商讨之后，成立了"普宁华侨中学复校筹备委员会"，首先恢复各座建筑物的承捐人的题名，重刻纪念碑，使广大侨胞坚信祖国又重新走上发展正轨，树立起振兴家乡的信心。1980年1月5日，"普宁华侨中学复校暨校董会成立大会"隆重召开，庄世平和陈克修分别带香港和泰国侨胞观光团前来庆贺。会前会后，庄世平动员各位侨胞，陈述侨中设施的紧缺和不足，鼓励大家乐捐。由于动员工作细致，观光团离去前，捐资已达250万港元，用以建设礼堂、教学楼及购置设备仪器。其中，香港普籍实业家陈伟伉俪就捐资七十多万港元，建起了一座可供一千多人开会、可开展各项文体活动的大礼堂。也正是这一次会议上，庄世平被选为校董会名誉董事长。随后，又由侨胞出资成立"普宁华侨中学奖教奖学基金会"，侨中从此恢复了"爱国、团结、勤奋、活泼"的校风，成为造就祖国建设人才的园地。

几乎在普宁华侨中学复校同时，庄世平为家乡果陇村创办"陶薰华侨学校"的工作也全面展开了。

作为普宁县人口最多的第一村果陇，乡亲和众多海外侨胞早就盼望能有自己一所像样的学校。1976年初，"文化大革命"的阴云惨雾还笼罩着全中国的时候，果陇旅泰侨胞庄文雄、庄礼全等人就筹集了三十万港元，带回国内准备在家乡建校。然而，他们在省有关部门申请办校手续时，竟遭到美其名为"自力更生"的拒绝。不仅如此，他们回乡时，省有关部门竟派人跟随而来，板着脸孔交代县和村的负责人：这是个立场问题，接受侨资等于放弃自力更生，谁接受谁犯错误。面对强权高压，县和村的负责人只好请庄文雄、庄礼全将资金带回，唯有用眼神相约：等待时机。庄文雄和庄礼全只好留下五万港元，为村里购下五部手扶拖拉机和一部中型拖拉机，同行的侨胞庄明高留下2.5万港元为村里建了个发电站，就愤愤然离去了。路过香港，大家见到庄世平，谈起回乡的遭遇，不胜感慨万分。

1978年底，祖国重焕青春之时，果陇村侨联主任庄礼秀访泰，许多侨胞又提建校事宜。回国路过香港时，他特地将情况向庄世平和林影平汇报，得到他们满口支持，当下就初定了建校校址，确定第一期投资一百万港元，由旅泰侨胞出七十万元，旅港侨胞出三十万元。翌年，村负责人感于肥料紧缺，市面每斤竟卖至三元多，难以增加农业投入，产量难以提高，决定将建校事宜推后，希望海外侨胞先行支持农业生产以利提高群众生活。刚好林影平回乡，随即将情况转告庄世平。庄世平认为此举十分明智，及时向有关部门申请到捐赠二百零五吨化肥给乡里的指标。于是，庄世平在家里召集旅港乡亲动员鼓励，林影平挨家串户登记各人认捐数目。不久，二百零五吨化肥源源运回果陇。果陇村委会是个很能持家的班子，以成本费每斤0.5元的价格将二百零五吨化肥分至全村各户，不仅保证了1979年秋的大丰收，也回收到30.5万元可用于建校的资金。随后，旅泰侨胞七十万港币汇到，县物资部门则提供牌价建材，建校工作开始实施。1984年秋，第一期工程完成并招生；1987年秋第二期工程也宣告竣工。全校占地三十七亩，建有礼堂、教室、宿舍、图书室、仪器室等，并购进各种器材一批，全部投资达二百三十万港元，可容纳小学、初中学生三千人，教师一百五十人。"陶薰华侨学校"建成后，庄世平特地请吴南生题写了校名，为这座乡村学校增添了不少的光彩。自此，果陇村的人才不断涌现。自1986年始，村每年都有十六名以上的学生考取各类大中专学校，最高年份竟达二十五人。

随着"陶薰华侨学校"建设的铺开，庄世平对村里的两个文明建设极为关注，尽所能及地给予了帮助支持——

果陇的娘宫，庙宇虽小，但其建筑小巧玲珑，不少石刻独特精致，是一处古迹。群众摆脱了极"左"禁锢之后，常在这里祈求上苍庇护，香火甚旺。可惜年久失修，白蚁遍屋。作为第一步，庄世平和林影平动员泰国和香港的侨胞捐四十万港元，于1983年予以修缮。随后，他提出"古为今用"的方针，在这人们高度聚集之处划出一块地方，请来乡村书画艺术家，定期开办青少年书画培训班，培育人才；并定期举办书画展览，表彰成绩，鼓励后人。又辟出一处地方作为文物古玩陈列室，展出各类文物古玩，开阔乡人眼界，增加乡人的历史知识。为了带动乡人捐赠文物古玩，他将一个在外地购买的仿明代古鼎捐出。此古鼎具有双手摩擦鼎边，鼎中的水便喷溅而起的神奇物理现象。此事后来被个别极"左"阴魂不散的人利用，说"庄世平和林影平集资在家乡搞迷信活动"，并将材料登载在某家"内参"上，惊动了上头许多部门。于是，前来调查的人穿梭而至，很多人是一副兴师问罪的样子。好在事实胜于诡辩，娘宫前的文明景象让人叹服不止。此风波当然也就不了了之。

果陇农田水闸，关系到村里的农田灌溉。庄世平动员侨胞并带头捐资，花近十万元建成，保证了农业生产的稳定高产。

村中韩溪到鸡笼山七百五十多米的路程，原为坎坷不平的土路，群众出入极不方便，雨天一身泥，晴天一身灰。庄世平自掏腰包十五万港元，建成了水泥路，自此车、人通畅，不受泥溅灰飞之苦。

为陶冶青少年生活情趣，弘扬传统文化艺术，庄世平出资两万多元购置各种乐器鼓钹，在村中办起"怡心乐社"……

1991年元旦，"普宁县青年书画展览"和"果陇村农民书画展览"同时在汕头书画院展出，庄世平专程从香港赶来，亲自为家乡的精神文明成果剪彩和庆贺。

正是庄世平和海内外乡亲的努力，果陇村自1986年以来，被评为汕头市十八个"文明村"之一，成绩斐然。

1981年初，由县委书记刘峰批准贷款一百一十多万元兴建的普宁侨联大厦，开始施工。这项工程的目的虽然是为县侨联沟通联系广大侨胞筹措长期的活动经费，但因为带有营利性质，所以刘峰仅仅将这事知会了庄世平，并没有作出捐助的请求。但庄世平想：县侨联是地方政府联系侨胞的主要机构，侨联大厦建成后不仅是侨胞的家，所盈利润也将用于侨胞的联谊活动，所以侨胞不能不有所表示。经过他的动员，普籍实业家陈伟为此捐出了三十二万港元。可惜的是，大厦建设过程中，做工粗糙，有偷工减料的现象。细心的庄世平前来考察检查之后，发现了问题，立即进行了调查。症结终于被揭开，大厦原由县有关部门承建，但有关部门竟然将工程转包给私人包工头。庄世平十分生气，质问有关部门的人说："人民的钱，华侨的钱，都是心血换来的，怎么能这样糟蹋？你们这样做，对得起自己的良心么？不怕政府找你们算账么？"县委负责人知道了情况，立即着令县建设银行对大厦的建设进行审核，随后责令有

造福桑梓

关部门对部分工程返工，并重新装修。承建大厦的有关部门为此多付出7万元。庄世平一丝不苟的负责精神，获得了海内外同胞的一致赞扬。

侨联大厦于1982年初夏建成后不久，一位侨居马来西亚的老侨胞跌跌踵踵地来到庄世平家里。他叫杨扣，比庄世平大十几岁，原籍普宁大池，从小不曾读书，十二岁就开始牵牛务农，十七岁过洋到了文莱，为人帮工，受尽歧视，历尽艰辛。直到第二次世界大战结束，杨扣在马来西亚经营拆船业，买卖废钢铁。因日本战败，资源缺乏，废钢铁价格猛涨，他才有了积蓄。随后，他的事业有了发展，还经营戏院、橡胶、家用电器、货仓等行业，并扩展到新加坡、香港等许多地方。对庄世平爱国爱乡的行为，他目睹耳闻，心里极为敬佩。因此，每次来港，都成了庄家常客，从祖国家乡的情况到经济行情信息，都不耻下问，虚心向比自己年少的庄世平请教。这次，听了庄世平讲述祖国改革开放之后的变化和家乡恢复华侨中学、建设侨联大厦等盛事，杨扣感动之余，不由对人世间的冷暖炎凉，唏嘘不已，慨然叹息。过去，他穷困时，不少亲友远他而去；等他成了富足之人，不仅离去的亲友回到了身边，还突然冒出许多不曾往来的所谓"亲友"来了。谁能知道这些人中，有多少人是真情实意，又有多少人是瞄准他的腰包而来的。就在不久前，他因生意上资金周转的原因，打算卖掉他在新加坡沙拉越的戏院，等他向亲属要房产证或其他契约时，才知道自己最亲的亲属居然欺负他不识字，早向有关当局更改了戏院所有权证件，把他的名字连同权益都从证件中删除了……他是慕名来见庄世平的，一见面，仿若见到了亲人，悲喜交加之间，禁不住一吐心中的块垒。

庄世平内心不由为之黯然，沉默了一会儿说："杨老先生何不回家乡走走呢？家乡虽然有许多不尽如人意之处，但如今政通人和，待侨胞胜于骨肉，你在那里都会感受到一种超越于世俗涵义的亲情的。我们华侨过去是处处无家处处家，但如今祖国强大了，不仅是我们的后盾，更是我们最可依靠的永久的家。"

"我当然要回去的。"杨扣应道，"可让我这样回去见乡亲父老，我又于心何甘呀！我多少也是个有点钱的人呀！所以，我想拜托你在家乡为我物色一个捐赠项目。你看我，字不识一个，眼睛也花了，想干也心有余力不足，只好有劳你了。"

"你打算拿多少钱出来？"

"一百万。"

真是出乎庄世平的意料。杨扣虽有钱，但也是俭朴出名的，能喝白开水，绝不饮茶喝饮料。他关心地问："你留足了自己的费用了吗？"

"你放心你放心！"杨扣连连说道。

当晚，庄世平就把信息反馈到家乡有关部门，希望将这笔钱用在完善县城的文化福利设施上。不久，庄世平专门返乡落实此事。县负责人向他汇报，准备用这笔钱建一个像样的图书馆，地点就选在流沙广场北侧的显赫位置上。这恰恰符合了庄世平的心意，回港后将情况向杨扣一说，老人喜形于色，资金立即汇入……随后，庄世平多次往返，亲自审定图纸，检查工程质量。到1984年秋。一座面积二千七百平方米的五层图书馆大楼已屹立于县城流沙广场上，楼前有象征青少年攀登科技高峰的塑像，塑像基石上有著名书法家商承祚的题词："文明新纪齐开拓，科学高峰永攀登"。进入大楼，庄世平的题词"爱国兴文"立即映入眼底，催人发奋。楼前的庭院里，喷水池里飞珠流玉，院坪上绿草茵茵，围墙上镌着"杨扣先生赠建"的石刻碑。图书馆从此成了全县青少年勤奋学习、增长知识的好去处。1985年初，杨老先生虽年整九十岁，但在女儿搀扶下，专程回乡参观访问。在图书馆，他虽目不能看，但用手摸。当摸到"杨扣先生赠建"的石刻时，禁不住老泪盈盈，激动异常，对在场的党政领导说："我仅是出了点钱，地是政府出的，力是世平出的，怎么能将功劳都归在我身上。"

正是捐赠项目的成功，有感于家乡的深刻变化和政府对华侨的关怀备至，杨扣随后又捐出二十多万元，在普宁大池农场办了一间学校……

不论此前或以后，庄世平每次回乡除了商讨具体的项目，总要到各处巡视一番。发现问题，及时提出意见予以纠正。他在经济工作中的丰富经验，经刘峰、李焕然、林良孝、柳锦洲、曾繁耀、蔡奕廷、张浦俊、庄绍徐等多届党政领导人的努力实践，已取得丰硕的成果——

他的"商贸立县"的思想，后来更升华为"专业经营，归口管理"的宏观做法。为此，县各级领导部门一直注意市场经济的培育，悉心营造了十个名闻全国的专业市场。这十个专业市场销售网络遍及全国各地，东南亚、日本、韩国等国家的货物也源源集合于此散往各处，而各地的产品也常常通过普宁的渠道而走向世界。1998年，全普宁社会消费品零售总额38.57亿元，集贸市场成交额121.8亿元，外贸出口总额6.42亿美元。

"城镇建设规划应列入政府重要议事日程。规划、建设、管理应向香港学习。政府的职能应放在城镇的规划、管理上。我们家乡本来就人多地少，但农村里却大建平房，占用了大量的土地，这是浪费嘛！政府有责任进行指导和管理。"针对许多地方大占土地、建设平房的浪费做法，他对县有关部门的负责人这样说道，并送来大量海外成功做法的资料。为此，县政府于1991年初花70万元，邀请中国设计院的专家莅普作县城总体规划，确定至2010年县城建成区为56平方公里，是1991年面积的十倍。由于严格按总体规划实施科学管理，1993年初县城建成区面积已达到70平方公里。同年4月份，普宁撤县设市，对老城区实行改造的步伐加快，六万平方米矮旧民房被拆毁，重建划一美观的标准楼房。群众对此欣欣鼓舞，衷心拥护。1998年，市区建设用地已达21.34平方公里。

"没有完善的环境，就不可能有经济建设的高速发展。"这是庄世平在巡视家乡时常挂在口上的警句。正是这种思想的指导，1985年县城道路拓宽，县委书记李焕然亲率公安、城建、交通等部门的人员上街拆毁部分房屋和商店，曾导致一些人的怨气。庄世平闻知，笑着说："不损失一点眼前利益，没一点阵痛，何来发展！这是很有眼光的做法。"后来的事实，恰恰证明了他的预见，如今，通过市区的十公里广汕公路，已成为城市型一级标准街道；全县有110千伏变电站两座，35千伏变电站及4×1000千瓦火力发电站各一座，供电能力年均增长30%；国道324线普宁路段34.7公里已成为二级水泥公路，新建地方公路104.8公里；1996年更在市区建起六车道的南环路。普宁连接深汕高速公路的高速公路，连接广梅汕铁路的铁路，也都立项并待机兴建（2002年已接通高速公路）；市区日供水量九万吨以上，保证了生产和生活用水；占全市人口70%的地区已安上程控电话，随时可和世界一百多个国家和地区通话联系。设市已来，普宁烟草专业市场、流沙纺织品市场、普宁中药材专业市场、普宁电视中心、潮汕学院等大型商业和文化设施建成并交付使用，装点得普宁市区更加美丽壮观。普宁已具备了快速发展的条件。

"要支持个体经济发展。专业户扩大了可成为乡镇企业，乡镇企业再和三资企业嫁接，可形成外向型经济。""闲人多是坏事，变坏事为好事，变劣势为优势，是普宁经济工作的大课题。"庄世平这些发展家乡经济的战略思想，成为普宁经济部门不断搞活壮大经济的法宝。普宁永发集团公司、威霸鱼具有限公司正是沿着这条思路建设发展，成为今日誉驰海内外的骨干企业的。各地的乡镇企业，更是遍地开花，突飞猛进，生产出一批像肌醇、L-苹果酸、"灭杀毙"等在国内外享有盛誉的科技产品。1992年全市乡镇企业产值16.6亿元，年均增长37.5%，吸纳了农村劳力12万人。1998年，全市乡镇企业更达5868家，创值186亿元。

庄世平的经济思想和经验，无疑是建设中国特色的社会主义的理论宝库中的一部分。

早在华侨中学复校之后，庄世平就决心在家乡建设一座现代化华侨医院。医院作为综合项目，既要有场地有建筑有器材设备，又要有人才，需要海内外的紧密配合。这对于体现海内外同胞的团结和汇集侨胞的凝聚力，造福家乡群众，将有十分显著和深远的意义。只是，为了适应80年代的医疗水平，加上物价上涨因素，华侨医院的造价必然是一个庞大的数目。虽然庄世平能够为此而一呼百应，广大侨胞对家乡建设正越来越充满热情。可是，如果无法在分散各地的侨胞中找到具有影响力的捐赠对象，将很难形成热潮，难以集中，最终也将难以汇集到应有的款项。庄世平为此而一直在筹划着；普宁的党政负责人也一直在关注着。

随着李嘉诚在潮州捐建的两座医院的落成，每座医院捐建资金远超出原定计划，达一千多万港元。普宁华侨医院不建则已，要建则必须增加资金，才可能建成一间较高科技水平的现代化医院。于是，庄世平和县党政部门商讨以后，修改了筹资、建设等细则，全力以赴串连动员了张中畊、罗鹰石、吕高文、黄子明、倪少杰、黄锡江、黄松泉、庄佐贤、陈伟、陈大河、陈才燕等旅港普籍知名人士作为发起人，于1985年12月初发出筹建普宁华侨医院的"缘起"，并制订《海外华侨、港澳同胞热心捐资兴建普宁县华侨医院表彰办法（暂定）》。同时，乘泰国旅暹普宁同乡会新会馆落成开幕庆典之机，庄世平率香港乡亲前去祝贺。由他提议，国内外普籍侨领乡贤于1985年12月6日在曼谷举行筹建普宁华侨医院联席会议，讨论有关事宜，并议定分头进行宣募。声势浩大的宣募工作，随后在海内外形成热潮。

不久，一个夜里，普宁县县委书记李焕然一个电话打到庄世平家里，告诉他：普宁华侨医院的筹建工程有重大突破，普籍泰国实业家辜炳标愿出巨资支持，县党政领导人请庄世平翌晚到深圳，一同商讨筹建大计，请庄世平全面主持工作。

翌晚，当庄世平欣喜冲冲地见到李焕然等县党政领导人，才知道了详情：在泰国曼谷以至其他地方拥有多处剧场影院等娱乐设施的知名实业家、旅暹普宁同乡会副理事长辜炳标，近日回乡省亲，受到各级党政部门和家乡群众的热情欢迎。他有感于改革开放的英明政策和家乡的深刻变化，流露出捐办大项目的意向。县长蔡奕廷告诉他：可以建华侨医院，将来医院名称可叫"炳标医院"。辜炳标认为整座医院投资额过大，他一人恐难完成。县侨办的刘主任说："不要整座，可以搞主要设施，在院中立'炳标楼'。"这方案辜炳标慷慨应承，表示可以出资一百万港元。由于当时仅定华侨医院的投资金额才一千万港元，有辜炳标这巨额的带头捐资，庄世平认为余下的捐赠应不成问题。但是，高兴之余，对于如何保护其他捐赠人的积极性，如何维护医院的完整性，庄世平就医院内的命名纪念形式，提出了自己富有眼光的意见和建议，并和县党政领导人作了深入的讨论。

1986年3月，"旅港普宁同乡筹建普宁县华侨医院委员会"成立，数十名旅港普籍知名人士一致推荐庄世平为主任委员。此期间，庄世平不下十次往返于普宁、汕头、深圳三地，和县内党政领导人多次商讨院址、医院规模、设施等方案，并随着国内物价因素，适时改变投资计划。

由于宣募工作细致广泛，海内外反应热烈，大宗认捐的人物纷纷出现：泰国莘炳标由原来100万港元改为300万港元，香港黄子明120万港元，罗鹰石100万港元。庄世平本不想让杨扣为此出资，想不到这位热心乡梓福利的老先生闻讯赶来，一开口就捐出100万港元。其他数十万，数万港元的认捐者，也接踵而来。庄世平的外甥陈厚宝认捐了十万港元，庄世平专门打电话过问："你是不是应多捐一些？"结果陈厚宝又认捐了10万，合20万港元。林影平深为大家的义举所感动，虽自知庄世平一直在中资机构工作，家中并无什么积蓄，但义无反顾地掏出自己长年积下的两万港元私房钱，加入了认捐行列。

时机成熟了，经商定，由县里发出邀请，庄世平又不遗余力地逐个电话和信件相约，海外各位侨领乡贤和国内各有关部门领导人于1986年9月5日云集普宁，举行了盛况空前的普宁华侨医院奠基典礼。同年12月26日，"普宁华侨医院建设委员会"成立，委员会会集了海外各地侨领乡贤、国内各地政要合共上百人，大家一致推举庄世平为委员会主席，并通过该委员会章程。

由县有关部门设计的医院设计图出来了，由于各种原因，在医院的定向上，建筑风格上，纪念形式的布局上，由大宗捐助人承捐的各座大楼与医院的整体联系及位置的选择上，内地与海外，海外地区与国家之间的侨胞，形成了各种不同的意见。有时，甚至出现激烈的争论。庄世平认为这是好事，只有通过争论，各种意见才可能得到彻底的表达。华侨医院既是海内外普籍同胞团结一心的象征，就必须做到各方面都满意，而满意的前提就是从大家尽情表达的意见中吸取教益，随时修改不合理部分，选择最佳方案。于是，一次次大会上各抒己见，尽情争论；一次次小会上解释协调，理顺关系；一次次私人会见，促膝谈心，消除误解……庄世平从微至大，亲躬亲为，寻求着设计上的最合理的方案。终于，1987年10月18日华侨医院建设委员会在汕头龙湖宾馆举行的第六次联席会议上，庄世平以其聪敏智慧作了一次令人信服的突破：以县有关部门的设计图为基础，集中海内外重大意见，设计方案全盘交由汕头市设计院设计，建筑工程由县建委总承包。汕头市委副书记陈厚实则代表市委书记林兴胜、市长陈燕发作出决定：普宁华侨医院从设计到施工各重大环节的问题，以庄世平的决定为最终决定。这两个决定以民主和集中为最大特色，将普宁华侨医院的筹建工作推向新的台阶。

1987年12月19日，建设委员会第七次联席会议召开，确认根据汕头市设计院的设计图纸，工程总造价为人民币约1500万港元，华侨和港澳同胞投入土建部分1300万港元立即交县政府，作为医院建设资金。庄世平提议，由汕头市建委质检站派出常驻代表，对普宁建委承包实施工程实行质检监督。此方案得到一致通过后，普宁华侨医院建设委员会为甲方，庄世平为甲方主要代表，与乙方的普宁建委的代表，正式签订了工程承包合同。不久，医院基础工程全面展开，第一根桩柱随之深深地锲入大地的深腹。

1988年11月5日，建设委员会第十次联席会议召开。由于医院建筑面积比原计划扩大，加上建材价格上涨，总造价确认为1800多万元。在进口建筑材料和医疗设备的问题上，庄世平认为，如果国内产品质量有保证，而且价格相宜，就不要进口；目前，只需进口部分空调设备。这种实事求是和爱国主义的精神，博得委员们的一致赞赏。

可惜的是，天有不测风云，1989年春开始，国内学潮风起，一些已经认捐的侨胞，抱观望态度，迟迟未将款项汇入医院建设笼子；有个别侨胞则由于局势动荡，经济受损，一时难以捐出款项……庄世平感慨万千，对建设委员会的成员说："普宁华侨医院是集海内外乡亲的智慧而建设的大项目，不搞成功，我不甘心呀！"已经是七十九岁高龄的庄世平发出如此誓言，无不令人肃然。随之，另一番宣募活动在香港首先展开。在得到旅港乡亲的全力支持以后，1989年8月下旬，庄世平和旅港普籍侨领乡贤张中畊、罗志清、罗道成等人，会同普宁党政领导人林良孝、辜志森、许炳崇等人，前往泰国拜访乡亲，进行宣募劝捐活动。刚好，普宁潮剧团莅泰演出，庄世平出席了首演式并剪彩。但演出一开始，他就悄悄地离开，抓紧时间投入工作……

这是他离开泰国之后，在泰时间最长的一次，达二十一天。其中八天庄世平和海内外乡亲日夜兼程访问十一个府（省）的普籍乡亲。每到一处，他都发表演讲，讲国内改革开放政策的长期不变，讲家乡建设的稳步发展，讲华侨医院对家乡人民的益处。随后，便逢隙插针，以其谦逊豁达的作风和爱国爱乡的精神，拜访老乡亲，结织新朋友。正是他和同行的不懈努力，不仅促成辜炳标等侨领乡贤作出兑现认捐款项的承诺，也促成了知名实业家张锦程出资一千万港币捐建普宁职业学校的决心。同时，针对当时泰国普宁同乡会内部出现的矛盾，庄世平反复找有关人员谈话，再三强调要讲团结，要顾大局，要求同存异，终于又将身在异国的同乡拉到爱国爱乡的战线上。

1990年11月中旬，他又会同香港的张元利、泰国的辜炳标、普宁的张浦俊等一干人，应新加坡"南洋普宁会馆"之邀，各组团同时前去访问。不仅为普宁华侨医院宣募款项，更增进了乡谊。

"六四"风波对普宁华侨医院建设的影响，终于在庄世平会同海内外同仁的努力下，得到了消除。工程速度加快了。

1990年11月15日，普宁华侨医院建设委员会在深圳召开第十五次、也是最后一次联席会议。会议讨论了华侨医院落成庆典的准备工作。会间，旅港普籍实业家陈伟有感于庄世平的重大贡献，谦虚地提出将自己捐资五十万港币，按规定可在医院独辟以资永久纪念的"陈伟堂"，改称"庄世平堂"。庄世平对此极力婉拒："我怎么可以无功受禄呀？你是有功之臣，墙上题名，名正言顺呀！"并以建设委员会的章程说服了大家……后来，县党政部门形成决议，决定建设委员会的海外成员都在医院大堂中立玉照以资群众瞻仰和怀念，庄世平立即表示同意，但极力劝说大家不要立他自己的照片，直至大家接受他的意见为止。如此高风亮节，见者为之肃然，闻者为之动容。

1991年元宵，普宁人民翘首以待的喜庆盛事——普宁华侨医院落成庆典如期举行。数万群众会集于公路两旁和医院院坪，海外侨领乡亲和国内有关部门领导人济济一堂，鼓乐喧天，万炮齐鸣，盛况空前。参与决策和建设的有关人士，更是心潮澎湃，激动万分。普宁华侨医院占地53.4亩，建筑面积31000平方米，成工字形排列，造型雄伟美观，装修高雅壮丽，各种现代化设施齐备，耗资达3500万人民币，其中侨资达2500万港元。捐资的侨胞来自泰国、香港、新加坡、马来西亚、澳门、台湾、澳洲、法国、美国、印尼等国家和地区，人数近500人，及十多个海外侨胞社团。连毗邻县市旅外侨胞也慷慨解囊达100多万元。这其中，倾注了侨胞们多少爱国爱乡的热情！浇注了多少建设者的汗水！耗费了庄世平等决策者多少个日日夜夜，灌注了他们多少心血！

此后，按照自己原来的"规模一流、质量一流、设备一流、技术一流"的构想，庄世平仍密切关注着已落成开业的华侨医院的发展。1991年联合国对伊拉克实施"沙漠风暴"后，美国一批原值100万美元的现代化野战医院设备，打算以20万美元左右出售。庄世平获得消息后，立即反馈给普宁华侨医院及汕头大学医学院，希望结合实际情况选择购买……曾有亲友委托林影平介绍人员到华侨医院工作，庄世平得知后，对林影平说："别说是一般人员，就是技术未达到一流的医务人员，不论是谁，都不能进华侨医院。"正是他的时刻关怀和悉心管理，普宁华侨医院正沿着他设计的"四个

造福桑梓

一流"的指导思想，迅速发展壮大，成为粤东以至广东一所名闻遐迩的医院。

随后，由旅泰普籍实业家张锦程耗资1000多万港元捐建的普宁职业学校，由旅港普籍实业家黄子明耗资1200多万港元捐建的"明华体育馆"和"明华公园"，由旅港普籍实业家吕明才耗资1200多万港元捐建的"英才中学"，由旅港普籍实业家罗志清捐资六百多万港元捐建的"普宁文化中心大楼"等许多大大小小的项目都进入了设计或施工，并分别于1994年至1998年之间，投入使用，为普宁的精神文明建设写下了一页页更为美妙壮丽的篇章。对这一切庄世平都不遗余力，或出谋献策，或亲躬亲为，进一步发挥了他连结内地和海外侨胞的桥梁和纽带的作用。普籍侨胞支援家乡建设从此掀起了新的高潮。

他是祖国和家乡一匹壮怀不已的老马，越是暮年，越是负重奔驰。

1992年2月18日，普宁县人民政府为表彰多年来为家乡的建设事业作出贡献的海外乡亲，特设立："铁山兰花奖"，以志纪念。表彰大会上，庄世平名列前茅，被授以"殊荣奖"，荣获"荣誉证书"和金质奖章。荣誉证书是这样写的——

> 庄世平先生素以"爱我普宁，建设家乡"为怀，竭诚奉献，造福桑梓，惠及后代，功勋卓然。为弘扬精神，褒彰盛德，特发此证，以志永誉。
>
> 普宁县人民政府
> 1992年2月28日

这样的评价，代表了海内外乡亲的共同心声，也是对他一生孜孜不倦于家乡建设事业的最为精炼的高度概括。

二十三　再架金桥

　　1995年11月14日，是旅居海外的普宁人的又一喜庆日子：香港普宁同乡联谊会成立暨第一届会董会产生了。这是庄世平历经多年精心策划组织的结果，也是他爱国爱乡的又一具体表现。

　　早在70年代末期，庄世平在发动海外乡亲重建普宁华侨中学，并以此为契机推动海外乡亲支援家乡的各项公益教育福利事业的同时，面对香港乡亲缺乏联系的松散的状况，为了更有效地为家乡的建设服务，决定临时组成"旅港普宁同乡联谊组"。尽管这是一个非正式注册的社团，但它的成员都是在海内外显有骄人声誉的、具有各种代表性的人物：庄世平为顾问，庄佐贤为组长，张中畊、陈更生为副组长，陈伟、罗志清、罗道成、孙振文、张元利、许祺华、黄时明、许云程等为各方面负责人，旅港乡亲支援家乡建设从此进入了有组织、有领导的新的历史阶段。罗道德捐建的"育光中学"，陈伟捐建的普宁华侨中学大礼堂，杨扣捐建的"普宁图书馆"，陈大河赞助兴建的"四德育才学校"，张锦程捐建的"锦程职业技术学校"，黄子明捐建的"明华体育馆"、"明华园"、"马棚村公益中学"，叶树林捐建的"叶树林华侨医院"和学校、道路，张中畊赞助的"下架山中学"，吕高文、吕高华家族捐建的"英才华侨中学"，陈厚宝捐建的"大扬美学校"，戴德丰捐建的"东溪学校"，王得毅对普宁第二中学的赞助，罗志清捐建的"普宁文化艺术中心"等等，既是庄世平组织协调、牵针引线的结果，也是联谊组众志成城流汗出力的结晶。

当然，成立联谊组仅仅是一个尝试，庄世平的目的是为了成立一个在港的普宁人的永久性团体，使爱国爱乡的优良传统得以一代代地传下去。因此，在带领联谊组致力于祖国和家乡的建设的同时，他还十分注重扶植和培养有组织能力的中坚人物和骨干人才。

陈伟于1930年出生于普宁军埠镇大长陇村，十岁时随亲人前往香港谋求生计；1950年他赤手空拳转赴越南堤岸寻求发展，饱受炎凉沧桑；1963年因越南战火频仍，又返回香港，创立陈伟企业有限公司和统权贸易有限公司，从事经营发展物业及金融出入口业务。在积累了雄厚资金之后，他于七十年代大举进军房地产业，仅几年时间就拥有土地150多亩，以及面积达20亩的旧圩市场。在七十年代初期而拥有如此大量土地，以个别公司而论，已是颇具规模和成就了。1981年陈伟的资产已达八亿多港元。然而，天有不测风云，1982年香港房地产业受政治环境影响，地价狂跌，下降幅度平均超过一半以上。陈伟也无可幸免，眼看早日用心血换来的巨大财富很可能丧失一空，经济上面临绝大的困境。但他是一个相信命运的硬汉子，厄运当前也不随意求救求助。1982年初夏刘峰赴港公干，居然在新界的一家士多店门前发现陈伟伉俪正就着汽水啃面包，大惊失色之余立即将情况向庄世平汇报。庄世平开头也是将信将疑，还再三询问刘峰是不是看走了眼，但一俟摸清了情况，知道陈伟的部分财产已经被冻结，顿时急在心头。因为他对陈伟是了解的：1972年6月，香港因山洪暴发，逾百人伤亡及大批被冲毁家园的人士亟待救援之际，6月28日香港电视台举行的救灾晚会上，一位热心人士捐出一块90号车牌交电视台公开竞投，所得款项作救灾之用。由于这块车牌号乃是七八十年前香港某位知名人士在全港拥有的私家车中排列第90辆，具有历史意义和收藏价值，因此竞投十分激烈。

竞投从当晚八时起，持续至翌晨六时止，由陈伟以10万港元夺得（按当时币值，此款比一辆名贵汽车的身价高出两三倍），充分体现出陈伟对灾民的一片爱心和坚韧沉着的毅力，开创了香港竞投幸运车牌号的先河。1979年和1980年，他先后以90多万港元购买尿素620吨，支持家乡的农业生产；此后，几乎都参与了庄世平各项支持家乡建设的行动……让这样的人倾家荡产，真是天理难容呀！庄世平了解了情况之后，多次个人或拉上陈伟，找李嘉诚商讨救援的办法。在寻求到南洋商业银行在资金上给予支持之后，又找到得力的律师代为解决了法律上的诸多问题。于是，陈伟开始了和李嘉诚辖下的长江实业集团的合作，于1983年和1984年在新界沙田、大埔进行大规模的房地产开发，开发楼房面积达11000多平方米，单陈伟一方就回收资金达五亿多港元。至此，陈伟终于渡过了极其艰涩的难关。这就是香港人为之孜孜不倦谈论的"香港第三次产业高潮"的开始，当然也是庄世平出自对侨胞的关心并导演的。自此，陈伟在香港和内地的公益福利事业上，愈为热心和慷慨了。大长陇村侨联大厦，普宁侨联大厦，普宁妇幼活动中心，军埠侨联，华英学校，下架山侨联，大长陇中学校舍及设立伟华奖教奖学金，暨南大学，广东省信托投资公司，汕头市民主大楼，潮汕历史文化研究中心，汕头市侨联大厦，汕头旅游艺术团，岭南诗社等等单位或项目，他都给予捐赠和支持。至1996年，他单在内地的捐赠就达1400万港元。因此，他的荣誉和社会职务几乎无法数清：香港沙田区首届议员，沙田政务处官员俱乐部名誉会长，香港沙田体育会、沙田划艇会、香港汕头商会、新界工商业总会等永远名誉会长，汕头市政协委员，汕头特区顾问，普宁市"铁山兰花奖"获得者等等。在长期的公益和社团活动中，在庄世平悉心的帮助和指导下，他在组织能力上完全可以独当一面，并卓有成效地工作了。

1919年生于普宁流沙镇马栅村的罗志清，30年代中期就参加了抗日救国活动，成为潮汕青年抗日同志会普宁流沙区负责人之一。1939年"青抗会"被迫停止活动后，他离开家乡到香港发展，在商界中享有良好的声誉。70年代初，他与张中畊先生集巨资成立香港好世界饮食（集团）有限公司，张中畊任董事长，他任总经理，而后再接替为董事长。该集团公司以经营饮食为主，地产贸易为辅，开张不久已拥有多家酒楼和物业公司，具有不可限量的发展潜力。改革开放以来，集团公司组成好世界饮食服务（中国）有限公司，全面向国内投资，"好世界"的酒楼、商场遍及北京、江门、深圳、蛇口、广州、青岛等地，成了在国内成功投资的一大典范。早在50年代，他就热心支持家乡的教育事业和经济建设，80年代后，这种爱国热情更是丝毫不减。1984年，他与旅港乡亲罗道成一起，发动海外乡亲，集资100万港元，在流沙镇建成了四公里长的"睦邻路"；1995年，他捐资600万人民币，开始兴建"普宁文化艺术中心"。为此，普宁市人民政府曾授予他"铁山兰花奖"和金质奖章。由于他在旅港普宁人中拥有很高的威信，早在八十年代初，在庄世平的推荐下，他出任汕头市政协委员。正当香港主权行将回归祖国的关键时刻，他又被我有关部门聘为香港区事顾问。可以说，在支援祖国建设，在争取香港顺利过渡，在团结海内外乡亲等方面，他都是旅港普宁人中不可多得的佼佼者。

祖籍普宁军埠镇陇头村的王得毅，是当今香港钟表业及饮食业的代表人物。60年代初，他受聘于旅泰侨胞黄子明先生的通城（远东）有限公司，代理日本精工表、瑞士美度表等业务。短短十年，他就将一间不足200平方米、员工仅十余人的通城公司，发展成一个占地数千平方米、员工超百人的钟表代理商家。70年代中期，他更将业务扩展至内地，业务网络遍及国内各大城市。由此，他被推举为香港钟业总会主席、香港贸易发展局顾问。1978年，他与暹逻金岛燕窝公司合作，在九龙开创第一家"金岛燕窝潮州酒楼"，自此开创了潮州菜新境界、新品牌。如今，"金岛燕窝潮州酒楼"已成为集团化的上市公司，并在香港、印尼、泰国、内地等国家和地区开设酒楼十多家，为国际饮食行业所瞩目。改革开放以来，他的爱国热情更加高涨，80年代初就捐资修复广州中山大学的钟楼及报时系统；1982年与乡亲合作捐建陇头村后楼华侨学校；1985年与乡亲合作捐建普宁兴文中学教学大楼及师生宿舍楼；1986年后，先后斥巨资在普宁第二中学捐建700多个床位的学生宿舍楼、教学楼、图书馆综合楼，设立罗俊三数学科奖教奖学基金。有感于庄世平对他商务和各项公益事业上的支持，他还在捐建普宁第二中学教学楼时，特别定名为"世平楼"，并设立"庄世平语文科奖教奖学基金"。随后，又捐建了"萃光楼"、"兴德楼"两幢现代化教学楼。单普宁第二中学，他个人的捐款就达500多万元。

祖籍普宁军埠镇莲坛村的陈锡谦，是在庄世平的召唤和支持下，加入到祖国改革开放的行列的。1984年，他投资500万港元在汕头特区创办锦龙织染制衣有限公司；1987年，又投资500万港元办起锦美制衣有限公司；1989年，他投下2500万港元用于扩大生产；1990年，他更动用巨款大举兴建包括真丝制造厂、印花车间、12幢员工宿舍楼、幼儿园、篮球场等设施的"锦龙中心"。该中心总投资超过3亿港元，有厂房3.2万平方米，员工2000多人，年生产高级真丝成衣30万件，成为全国规模最大的丝绸成衣制造基地。因为事业的成功，加上庄世平爱国爱乡精神的感召，自1984年以来，他参与军埠莲坛中心小学、普宁华侨医院、汕头市民主大楼、华东水灾、潮汕星河奖基金会、扩建广汕公路等等项目的捐赠和援建，总金额达2000多万元。因此，他获得了汕头市荣誉市民、汕头市政协委员、普宁市人民政府授予的"铁山兰花奖"和金质奖章等众多的社会荣誉，受到家乡人民不绝的赞扬。可以说，这是一颗在庄世平悉心关注下冉冉升起的、光彩迷人的商界新星，爱国之星！

1921年生于普宁流沙镇泗竹埔村的罗道成，1962年于香港创立裕丰公司，专营国产名牌自来水笔，尔后又经营国产纺织品。由于他以诚为本，独辟蹊径，薄利多销，以推广国货为宗旨，深得各方客商特别是海外华人的赞誉和信赖，事业上一直稳定前进，成绩卓然。从五十年代末开始，他就十分关注家乡的国计民生，捐化肥，办电力排灌站；祖国刚沐浴着改革开放春风的1979年，他就与乡亲先后集资280多万港元，建起了占地20亩，建筑面积4000多平方米，可容纳1400多名学生的泗竹埔村育光学校；1984年又与乡亲合作捐建了流沙镇"睦邻路"；此后，又与乡亲一道，对育光学校、普宁华侨中学的教育环境和设施，给予了改善和扩大。特别应该指出的是，他作为普宁华侨医院筹建委员会财务组负责人，在这项耗资3500万元、耗时近十年的大项目中，他兢兢业业，精打细算，尽力发挥资金的最大效益，其辛劳，其谨慎，都受到庄世平和全体乡亲的肯定。可以说，他是普宁旅港乡亲中一位不可多得的理财老手（香港普宁同乡联谊会成立后，他当选为常务会董兼财务主任）。

　　1923年生于普宁流沙镇浮江寮村的孙振文，1939年加入"普宁青抗会"，成为积极抗日的一员。抗战胜利后，他先往泰国、后回香港发展，1965年自创振兴公司，经营国产工艺品，成绩骄人。他身在海外，心系家乡，1949年就募捐为家乡建了一座新水陂；八十年代后，他更视爱国爱乡的工作为己任，流沙中河开通后浮江寮村建起的水闸，1.5公里长的水泥村道和三座宽五米的钢筋水泥桥梁、浮江华侨学校等等，都有他慷慨解囊的付出和辛勤募捐的汗水。特别应该强调的是：在海外侨胞支持家乡建设的各个项目和活动中，几乎都可以看到他的身影。他一直负责秘书工作，从庄世平到各位乡彦的许多讲话、文稿，他或亲自泼墨撰写，或字斟句酌给予修改，或苦口婆心与人商讨，无不都一丝不苟，尽心尽力。可以说，在团结普宁旅港乡亲、协调内内外外各种关系上，他是一位十分难得的优秀人物（香港普宁同乡联谊会成立后，他当选为常务会董兼秘书主任）。

祖籍普宁下架山镇葵岭村的张元利，1966年与人合资兴办陶芳潮州酒家，后独资经营。他精明能干，善于交际，探索出以人缘促进业缘的真谛，生意一直向旺。他是八十年代初最早追随庄世平等乡彦回乡支援家乡的教育公益事业的侨胞。下架山侨联大厦、下架山中学的配套设施、下华公路、下架山医院等华侨捐建的项目，他或组织协调，或亲筹善款，或策划监督，付出了大量心血和汗水。应该特别介绍的是，在每次组团回内地参加大型项目的建设或有关活动时，他都是团队中组织协调的主角。上至庄世平，下至各位团员乡亲，不论衣食住行，不论白天黑夜，他都细心照料，认真负责。这当然不仅因为他善于交际，还得益于他一米八的个子、一斤以上的酒量、浓眉大眼的容貌、豪爽热烈的性格。自然而然的，普宁旅港乡亲的"公关部长"角色，非他莫属（香港普宁同乡联谊会成立后，他当选为常务会董兼总务主任）。

够了够了，在普宁旅港乡亲中，陈大河、陈才燕、许为快、黄时明、江凯生、陈厚宝、叶树林、陈楚文、张成雄、张欣明、杨汉源、许长青、陈士伟、许云程、陈喜镇等等，一个个何尝不是经历传奇、艰辛创业、事业兴旺并且都有着一颗颗爱国爱乡的红心的赫然人物！他们中的每个人，就是一道多姿多彩的风景线，就是一个耐人寻思、动人心魄的故事。也正是这些旅港的普宁人，在庄世平长期的带动下，已形成一股凝聚力，意气风发地活跃于香港方方面面的社会舞台上，同时成为社团中的中坚和骨干。

至1994年，成立普宁同乡联谊会的义举，已到了水到渠成、瓜熟蒂落的时刻了。9月2日，以庄世平为主任委员的"香港普宁同乡联谊会筹备委员会"宣告成立。创会基金的宣募工作从一开始，就得到旅港乡亲的热烈响应，筹得港币逾1000万元。随后，筹委会选购了交通便利、闹中有静、厅堂宽敞的九龙窝打老道21号2楼前后座物业，作为联谊会会所。1995年8月23日，筹委会推选第一届会董成员。推选前，庄世平以其八十五岁高龄和繁忙的社会活动为由，坚辞在会董会中担任具体职务。但是，作为众望所归的人物，创会会长一职是非他莫属的。整个联谊会的具体组织机构由21名常务会董、24名会董、15名委员组成，除了庄世平任创会会长，陈伟、罗志清、陈大河、王得毅、陈才燕、陈锡谦担任副会长。

激动人心的时刻终于到来：1995年11月14日，香港普宁同乡联谊会成立暨第一届会董会就职典礼在香港顺利召开了。泰国、新加坡、普宁市等海内外多个社团和内地各级党政部门组成庆贺团莅临香港祝贺，香港好世界酒楼的宴会大厅成了欢乐的海洋。早已滴酒不沾的八十五岁高龄的庄世平，这天晚上也按捺不住亢奋的心情频频与各位老友新知举杯相贺，并发表了语重心长、充满爱国热情的讲话——

……香港是中国的地方，鸦片战争之后，英国压迫满清政府签订不平等条约从而占据香港，使之成为它的殖民地，至今已100多年了。这是一页漫长的屈辱史。

但是自从中华人民共和国成立以来，中国发生了翻天覆地的变化，特别是七十年代末，中国迈出了改革开放的历史步伐之后，国力增强，人民生活提高，一个繁荣昌盛的新中国巍然屹立在世界的东方。已经站立起来的中国人民有决心，也有能力维护国家主权和领土完整，实现祖国统一大业。这是任何力量也阻挡不了的。中英终于在1984年签署联合声明，和平解决了香港回归祖国的问题。

现距离香港回归祖国只有500多天时间。由邓小平先生提出的"一国两制"的伟大构想即将实现。中国政府将坚定不移地贯彻执行"一国两制"的方针，在对香港恢复行使主权后，设立香港特别行政区，实行高度自治，港人治港，维持香港现行社会、经济制度不变、生活方式不变、法律基本不变，香港的自由港、国际金融中心和航运中心的地位不变。目前，有关香港政权交接的各项准备工作已全面展开。我们期待英方负起责任，在未来的500多天中能够严格按照联合声明和基本法有关规定，处理好跨越"97"的重大问题，并在政权交接等问题上加强同中方的合作，以利于1997年的和平过渡……香港的明天一定会更好。

……本人荣蒙推举为创会会长，深表感谢，并当竭诚为同乡服务，期待会董同仁同心协力，乡亲大力支持，社会贤达多加指导，相信我同乡联谊会一定能依照联谊会宗旨，把会务办好……

一个八十五岁老人，政治上如此敏捷，精力上如此充沛，态度上如此谦逊，与会外宾无不叹服，同乡友好无不激动：此乃联谊会之大喜，此乃海内外乡亲之大福！

普宁市赴港庆贺团团长、市委书记曾繁耀的贺词，说出了普宁党政领导人和150多万乡亲的嘱托和心愿，极大地鼓舞了与会来宾和贵客——

……亿万赤子怀桑梓，一片丹心报国门。普宁旅外乡亲，素有重情厚义、爱国爱乡、热心公益、共襄义举的优良传统。香港普宁同乡联谊会的诞生，为旅港乡亲的联谊活动提供了更加有利的条件，必将产生强大的吸引力和凝聚力，使优良传统发扬光大……如今的普宁市，四季花果飘香，水果总产量列全国百强县（市）第32位，并被国家命名为"中国青梅之乡"；电讯事业突飞猛进，能与全世界180多个国家和地区直接通话，综合通讯能力列全国百强县（市）第九位；城乡工业和外资企业星罗棋布，大批产品进入世界市场；服装、布料、药材、水产、卷烟等专业市场闻名遐迩，万商云集，成为粤东重要商埠；华侨、港澳台同胞捐建的华侨医院、锦程职业技术学校、明华体育馆、明华园等文教体卫设施达到省内乃至国内一流水平；其他各项社会事业蒸蒸日上，处处呈现勃勃生机。我们热切期望旅外乡亲和朋友，一如既往关心和支持普宁的建设事业，也挚诚欢迎旅外乡亲以及世界各地的实业家到普宁创业发展……

曾繁耀的讲话引发的是一声声发自内心的感叹和如雷般的掌声，表达了海内外普宁人建设祖国、繁荣家乡的宏伟愿望。而后，新华社香港分社副社长张浚生宣读的贺词，则将整个庆典仪式推向了高潮——

普宁地处我国广东沿海，地灵人杰，是我国著名侨乡之一。普宁旅港乡亲，敬业乐业，艰苦奋斗，事业有成，为香港的建设和发展贡献良多。同时旅港普宁同胞又关心桑梓，热爱家乡，或投资创办企业，或捐资兴学和支持各项社会公益事业，作出重要的贡献，备受崇敬和赞赏！……

这是最恰当的概括，也是最充分的评价。庄世平、陈伟、罗志清和在场的海内外普宁人，以及许许多多的来宾，无不为此呈露出舒心的微笑。历史既有了定论，前进就有了更明确的方向，他们仿佛一下子回到了壮年时期，浑身增添了继续奋斗的动力和神采。

庆典之后，联谊会会董会立即展开讨论，对近期的工作作出了安排：

一、响应全国救助贫困地区失学儿童的"希望工程"活动，决定将泰侨张国光、张仲威两位乡亲捐赠设会的20万元，连同这次创会庆典所收到的现贺金，加上会内乡亲的捐赠，共同为潮汕山区创建一所"普宁希望小学"，作为创会献礼。

二、设立"教育基金"，资助能够考入本港大专院校而又经济困难的普宁乡亲子女，并对学业成绩特优的子弟给予特别奖励，培植人才。

三、提供咨询服务，协助同乡在本港及内地投资、建厂、办校等有关事务。

四、开展多种多样的康乐文娱活动，举办讲座、展览会等，使乡亲身心健康，增进知识，加强团结……

任务是艰巨的。然而，有改革开放十几年来支持祖国和家乡无数建设项目的经验，有庄世平、陈伟、罗志清等一帮侨领在前头指点引路，有成千上万的侨胞后代在爱国爱乡的大旗下踊跃争先，前进的大船已乘风破浪，一往无前。截至1998年，他们又用他们的手，他们的心血，在祖国的大地上描绘出一片又一片的辉煌。1995年12月31日，揭西县革命老区大北山原由陈伟捐建的"伟华学校"，建筑面积由1500平方米扩至2000多平方米，再由陈伟赞助10万港元作为该校教学基金，同时改名为"大北山希望学校"的庆典仪式隆重举行，庄世平、罗天、林兴胜、陈燕发、李雪光、陈伟、张忠明、陈喜臣等海内外宾客300多人参加了这一盛典。1997年秋，由香港普宁同乡联谊会赞助20万港元捐建的普宁船埠希望小学招生并开学。1997年底，由汕头市市长周日芳倡议的普宁华侨中学教育基金会成立，庄世平任荣誉会长，陈伟任会长；该会成立之日，即收到海内外各界的捐赠达170多万元。同时，普宁华侨医院公益理事会暨基金会也宣告成立，荣誉会长和会长仍为庄世平和陈伟，基金会随即筹得资金100万港元。另外，由香港普宁同乡联谊会永远名誉会长吕高文的家族捐建的"普宁英才华侨中学"于1996年9月建成交付使用之后，吕氏家族又为该校捐出200万港元作为教职员工奖励福利基金；1998年初，该基金的利息在奖励有成就的教员的同时，正在普宁市政府的支持下，购置土地，准备对该校进行扩大。还有的是，庄世平在回普宁公干的空余时间里，于1997年下半年和1998年初，多次视察了普宁占陇镇华侨医院、敬老院和下架山医院。除了对这些项目的建设布局和工作上的规章制度提出许多指导性的意见，还动员了联谊会内的各位成员，筹集了数百万计的资金，完善和美化这些项目的设施和环境……

1997年，香港普宁同乡联谊会改选，庄世平仅担任永远荣誉会长、创会会长，会长由陈伟担任。陈伟顺利走出前台以及他上任后各种出色的表现，表明了由庄世平创立的联谊会又走上良性循环的历史时期，正呈现出后继有人、人才辈出的美好景象。

不论在家乡，在香港，在海外，庄世平多次对身边的人员强调："普宁要对国家作出更大的贡献，必须做好三个团结，即团结本土的普宁人，团结在国内各地工作的普宁人，团结旅居海外的普宁人。海内外普宁人的同心同德，将是一股多么强大的力量呀！"如今，本土的普宁人有一百八十万，在各地工作的估计也有一百万人，在海外的约一百二十万人（单香港就有二十多万），这股力量即使出现在国际舞台上，也是任何人都不敢小视的。

江山辈有人才出。庄世平的高瞻远瞩，正在于他无时无刻地给予新人以扶持和培养，使香港普宁同乡联谊会的工作一直呈朝气蓬勃的景象，沿着正确的方向不断发展。经过2001年和2003年改选，同乡会顺利完成新老交替，会长叶树林，副会长陈厚宝、张元利、陈统金、黄雅茂、江凯生、陈立胜、陈生好等一批富有活力、富有创造性、在香港各界拥有一定声誉的新人迅速成为会内骨干，带领广大乡亲在爱国爱乡爱港的道路上不断作出新的贡献。

叶树林是在庄世平的言传身教中成长的。他在上个世纪末捐建的"池尾叶树林华侨医院"，是庄世平亲自命名和题字。随后，他支持家乡建设的义举一发不可收拾，先后捐建了"香港广东社团总会育英中学"，普宁池尾合浦村"叶树林大道"，普宁合浦学校"叶广隆教学楼"、"叶树林体育场"等教育福利项目，捐建款项（连同国内其他地方）达四千八百多万元。每个项目从奠基到落成，庄世平无不悉心指点，亲临现场主礼和剪彩，给叶树林以极大的鼓舞。

副会长黄雅茂早在20世纪90年代就花巨款二百七十万元捐建普宁第二中学体育馆"维元堂"。近年，又与黄雅宏、黄维大等人，为普宁二中捐赠各种费用七十三万元。副会长陈统金，既是普宁市政协委员，又是揭阳市工商联副会长，一次性就耗资五十三万元为普宁二中捐建了"尊师楼"。单是普宁第二中学，加上近年黄雅宏耗资一百五十万元捐建的"电教楼"，黄维大耗资一百五十万元捐建的"教学综合办公楼"，还有20世纪王得毅花巨资捐建的各项设施，以及旅泰校友花一百零八万元捐建的"艺术馆"，侨胞捐建的资金达一千二百五十四万元。

更难能可贵的是，这批新人和同乡会老一辈领导人一样，都具有强烈的政治责任感和使命感，在变幻莫测的香港政治舞台上始终都能与中央人民政府和特区政府保持高度的一致性。2002年香港特区政府换届，他们在会内发起签名"挺董"，并在庄世平、叶树林的带领下，前往特区政府总部，表达了他们支持特首董建华施政的坚定决心，受到董建华等特区政府领导人的赞扬。2004年春夏之交，他们又在全国人大常委会对《基本法》有关普选的条例作出解释时，迅速地在报刊上发表声明，坚决支持全国人大常委会释法，坚定地维护了中央的权威，受到了中央人民政府驻香港联络办公室有关领导人的高度赞赏。此外，像参加香港慈善百万行，或是成立"香港广东社团总会"、或"香港潮属社团总会"等慈善进步活动，他们都奋勇争先，不甘落后。可以说，在庄世平的领导下，香港普宁同乡联谊会在支持"一国两制"方针，在维护《基本法》，在维护香港长期的繁荣稳定上，正扮演着越来越重要的角色，成为一股不可忽视的坚强力量。

新人辈出，活力四射；老一辈焕发青春，雄心不减。秉承庄世平"教育是民族复兴的基石"的理念，在香港实业界颇具盛名的同乡会名誉会长陈大河，于本世纪初就出手不凡地先后向香港理工大学和香港中文大学捐赠巨资三千万元和五百万元。为了支持创立不到一年的揭阳职业技术学院，1999年底，由陈伟、陈大河、张庆民等人发起，普宁同乡联谊会决定为该学院捐资建设"世平图书馆"。该馆于当年12月动工，2001年5月交付使用，建筑面积九千五百平方米，耗资达二百一十六万元，其中同乡会出资四十万元，陈大河出资五十万元，陈伟出资三十万元，张庆民出资三十万元，其他吕明才基金会、吕高文、孙振文、张元利、江凯生、陈统金、陈生好、林惠芝、杨汉源、杨江、陈立胜等也捐出了两万元至十万元不等的资金。莘莘学子从此有了良好的学习环境，庄世平的高风亮节在学院中广为传播。2002年深秋，香港理工大学常务副校长曾庆忠前来揭阳职业技术学院和潮汕学院讲学，为内地的高等教育带来了一股令人耳目一新的先进的教育理念。在"终生学习"的信念的坚定指导下，庄世平、陈大河、陈伟三位已经高龄的侨领乡彦全程陪同，悉心听课。每每曾庆忠的演讲结束，庄世平都以"九十二岁学生"的身份，上台告诫师生们要"学习、学习、再学习！"其虚心求知的精神无不令人感动。感于许多学生经济上十分拮据，陈大河在揭阳学院和潮汕学院当场分别赠予十万元的学生助学金。

正是庄世平等人的精心培育，潮汕的教育事业特别是高等教育事业得到了十分迅猛的发展，揭阳职业技术学院和潮汕学院成了继汕头大学之后的两道至为亮丽的风景线，成了民族复兴的两块十分坚实的基石。2004年5月29日，在揭阳学院成立校董会时，庄世平被推举为名誉主席，陈大河和陈伟被聘任为校董。

如今，由庄世平奠基、连结各处普宁人的金桥已经架起，香港普宁同乡联谊会的贡献也不再限于香港和普宁两地，正日益在潮汕地区以至更加广阔的领域不断地产生越来越深远的影响。我们有理由相信：普宁人必将在振兴中华、繁荣家乡的宏伟事业中，写下更加灿烂辉煌的篇章。

庄世平留给普宁人的有形和无形的各种财富，也必将世世代代地传下去，首先得益于普宁人，而后造福于人类。

二十四　魂系中华

作为一个坚毅的民族主义者，一位热情的爱国主义者，庄世平的奉献当然不止于一个地区。他的胸怀所及，属于整个民族，整个国家。

早在改革开放之初，内地的极"左"思潮还十分根深蒂固，人们的思想观念还没有得到转变，经济生活仍十分贫困。于是，人们对物质的要求十分的强烈，对尽快走向富裕有着热切的期望。摆在各级领导人眼前的难题是：经济建设要尽快搞上去，但大量的资金去哪里找呢？为此，庄世平无不殚精竭虑，四处筹划，同时又不能不处处小心，谨慎行事，唯恐刚刚走向开放的各级领导人误入形形式式的金融陷阱。十分幸运，由于海外工作的关系，庄世平本来极少写信，但我们仍然找到他1980年5月写给中共广东省委书记吴南生的信：

南生同志：

　　关于国外财团拟贷款五亿美元给广东省事，上星期我行荣副理赴穗之便，我曾让她转告对此项贷款之意见，荣副理回来后，我们对此事再加以认真研究。昨晚十点半和今早7点45分，我曾两次挂长途电话（78630）找你，两次电话虽打通，但没有人接电话。故只好函告如下：

1、贷款之事。建议省里首先要考虑对这笔贷款要有具体安排用途，因借款成本较高，应力争于短期内能用出去。只要对建设或投资生产有利，短期内（如在一年以内）能把资金用出安排在生产建设上，这样借进外资是可以的。

2、贷款金额。建议需要多少借多少为宜，如对方仍坚持借出五亿，在此种情况下，我方如确有需要，为照顾双方利益，使对方手续费收入不会太少，建议我方借款最多不超过三亿元，其中两亿元由省里自己用；一亿元可以转给我行使用。对省里自己用的两亿资金，在短期内未用的小部分，可以委托我行转出套息，但数目不宜过多。

3、借款年期。最长为十年。

4、利息。包括手续费在内，争取年息八厘半，最高不超过九厘为宜。因目前欧洲美元存款利息日趋下降，美国贷款优惠息最近由20厘降至17厘；今天美元存款利息一年期为10.875厘，6个月11.0625厘，3个月11.1875厘。另在欧洲银行美元存款最长为五年期，其利率目前只有11.325厘，长期资金趋势看跌。

5、本息偿付办法：拟息随本减即分期付款的办法为好。

以上意见供参考。

世平　鉴启

1980年5月8日

文如其人，信写得朴实无华。但势之迫，情之切，言之慎，却无不溢于字里行间。至于资金如何筹措和处置，他更像一位诲人不倦的长者，其精算，其稳妥，无不令人折服。在资金引进这一点上，他无疑是一位勤奋而又无微不至的掘井人，是一位勇敢而又义无反顾的捐血人。

1985年底，汕头市男女篮球队在市委副书记陈厚实的带领下，赴港参加友谊比赛，庄世平不仅率潮籍侨领乡彦前往车站迎接献花，并亲临球场为家乡的球队助威鼓劲。有感于汕头市男女篮球队这次出访的良好成绩（取得邀请赛第二名），庄世平和叶庆忠、陈才燕、许伟、廖烈科、陈伟等侨领，深为潮汕地区于今未有一座现代化体育馆而惭愧，一致向球队领队、汕头市委副书记陈厚实提出在汕兴建体育馆的建议，并表示大力支持。此建议立即受到汕头党政部门的高度重视，不久就成立了筹建委员会。可惜，1986年底以后一段长时间，香港股市大跌，部分潮籍实业家经济出现困难。1987年10月，汕头市副市长陈远睦为此前往香港宣募，面对萧条的经济形势，宣募的话难以说出口来。香港潮州商会会长刘世仁见况，指点迷津说："请庄老出来吧。成立一个机构，庄老任主任，我任副主任，他掌舵，我跑腿，不信搞不成体育馆。"于是，香港潮人助捐潮汕体育馆委员会成立，庄世平任主任，刘世仁、廖烈科、叶庆忠、马松深等乡贤任副主任，宣募工作深入到香港潮人的每一个角落。随后，又由于"六四"风波，宣募工作出现困难，一些侨胞观望不前；再因为国内建材价格不断上涨，体育馆从原计划投资500万元，不断增加投资预算，从800万、1200万、1500万一直提到2000多万，难度更大……为此，庄世平和助捐委员会的成员多次策划组织，具体分工做重要人物的工作，劝捐工作得到了潮籍侨胞的拥护。其中，李嘉诚、林伯欣两位潮籍富商名士各捐资200万港元以上，廖烈科捐100万，刘世仁捐100万，马松深捐100万；其他捐出几十万、几万、几千的潮人，则难以胜数。最后，共捐集达2000万港元。

　　1990年元宵，耗资2600万元人民币、建筑面积8230平方米、可容3888名观众的潮汕体育馆终于落成。随后，盛事接踵而至，第四届潮汕迎春联欢节开幕式，广东省第七届全运会开幕式，汕头特区十周年暨扩大范围庆典，都在潮汕体育馆举行。中共总书记江泽民不仅出席了汕头特区十周年暨扩大范围的庆典大会，还在体育馆会客厅会见了海外各地侨领、知名人士、著名实业家。庄世平接受会见之后，抚摸着体育馆的梁柱坐椅，感慨万千。联想到潮汕从此结束没有体育馆的历史，今后的体育文化事业将因此而得到更大更快的发展，他不由发出了舒心的微笑。

潮汕体育馆紧接"六四"风波之后而建成，不仅推动了潮汕体育事业的发展，更体现了广大侨胞热爱国家的坚定信心。

也许为了圆回自己早年热心体育、有志当一名运动员为国争光的难圆之梦，庄世平考虑到普宁的篮球运动有着广泛的群众基础，拥有一批技术骨干。五十年代末普宁篮球队曾打遍大江南北同级球队而无敌手，后与全国甲级劲旅八一队交手也仅以小比分败落，虽败犹荣。为发扬这光荣传统，他于八十年代初就联络海外侨胞，耗巨资在家乡组织"华侨杯"篮球邀请赛，每年举行一次，邀请全国各大城市的篮球劲旅参加。每次，庄世平都亲自观看重要赛事，为优胜者颁奖。对普宁重振篮球运动雄风，起到极大的推动作用。

1987年初，香港立法局议员、知名潮籍实业家詹培忠和庄世平商讨后，决定将"华侨杯"篮球邀请赛扩大到整个潮汕，一年一届，由各县市轮流主持赛事。每年赛事既可以是各县市代表队，也可以是以培养人才为目的的各县市中学尖子队，并更名为"世平杯"、"培忠杯"男女篮球邀请赛。同年底，第一届"世平杯"、"培忠杯"篮球邀请赛在普宁鸣金开幕。第二届在澄海，第三届在揭阳，第四届在饶平，第五届在汕头……每一届庄世平都出席重要赛事，发表激励讲话，为优胜者颁奖，表现了振兴潮汕篮球运动的强烈愿望。1989年元旦，第三届"世平杯"、"培忠杯"篮球邀请赛将于晚上在揭阳决赛，并举行闭幕式。当天上午八时，庄世平和詹培忠在汕头市委负责人的陪同下，前往潮州市，与该市侨务办公室负责人商谈由詹培忠捐资120万港元在家乡建设一间学校的事宜。午饭后，潮州市委的负责人闻讯赶来，又交谈了一些工作。下午，赶到揭阳匆匆吃完晚饭，就出席了决赛和闭幕式。

当晚，揭阳代表队在几千观众呐喊下，占尽天时地利人和，其势如虹，勇夺杯赛冠军。庄世平在闭幕式上讲话和颁奖时，体育场外已是鞭炮齐鸣，为主队的获胜而庆贺欢呼。由于庄世平是第一次莅临揭阳，由于揭阳队在他创办、主持的赛事中成为盟主，由于他在经济工作中的丰富经验和卓绝贡献，揭阳县党政负责人和许多群众是多么希望他能留下来，或到各处看看，指导他们的工作，或与他们共享刚刚获得的胜利喜悦，甚至补上晚饭时他急切中无法喝足的一碗热汤。何况，这时已是晚上十点多，天气寒冷，北风凛冽，加上公路正在拓宽，崎岖不平，十分难走。可是，庄世平早已和汕头市党政领导人约好，晚上不管多晚将一起讨论商议汕头大学的建设和其他重要工作。于是，汽车开来了，庄世平仅和揭阳县负责人相约不久重来补饮庆功酒，就在体育场外登车返汕。一路颠簸，回到汕头国贸大厦，已是凌晨一时多。汕头市党政负责人不忍心年近八旬的庄老过于劳累，意欲翌日商讨工作，但庄世平执意会议立即开始。商讨完工作，已是凌晨三点多钟，黎明在即了。

在庄世平的奋斗生涯中，这样的工作日程，难以数计。

1990年2月，鉴于庄世平在汕头市作出的重大贡献，汕头市人民政府授予庄世平"荣誉市民"称号，赠予金锁匙一把。

新加坡著名华侨实业家罗新权，早在20世纪50年代末60年代初，就敢于冲破西方资本主义国家对我国的层层禁运，克服层层的障碍，为祖国引进深海钻井平台，为我国的石油工业作出巨大的贡献。改革开放初期，他受吴南生、庄世平之邀，参与汕头特区的踏勘选址工作。可惜他提出的填海造地的宏伟计划，以及在特区引进各种高新技术型工厂、生产的部分产品在国内销售以利于尽快收回投资的大胆设想，因当时的种种原因而无法实现。于是，他转道北上，经调查研究，在庄世平大笔贷款的支持下，在北京离首都机场不远的地方投资了"丽都大酒店"。国家刚开放，服务行业的配套至关重要，他的这一思路应是十分正确的。然而，建设和开业之初，各种困难和麻烦就接踵而来。不说申报手续的冗长繁杂，单是场地上三棵影响建筑的松树，有关部门竟借保护林木之名硬是不准砍倒，致使酒店迟迟无法开工……后来，尽管酒店地处机场路边，但知者甚少，于是在路边设置了一个指引的标志，可是又有部门出来干涉，美其名"通往机场的道路不准设置商业性的标志"而限令拆除。罗新权面对这些不合理的禁令，虽多次申诉但都不得要领。这些，不能不使他对在国内的投资感到心怯。每每路过香港，他都要向庄世平诉苦一番。

不论是在香港，或到北京，庄世平对丽都大酒店的发展都极为关注。对这位爱国侨商的任何一点伤害，都是对改革开放政策的沾污抹黑呀！因此，酒店碰到的任何困难和麻烦，无论巨细，他只要知道，都挺身而出予以帮助解决，有时候，他连夜给有关部门写信、打电话；有时候，他乘北京市的领导来港办事，当面反映情况。北京市市长林乎加访问日本途经香港，仅停留不到一天的时间，竟让庄世平找到，谈论的仍是丽都大酒店的事情。而更多的时候，是庄世平亲往北京，向有关部门面陈酒店的困难。好多次，习惯于红头文件的有关部门也无法解决问题，庄世平只好请出林乎加，召集有关人员和他一起吃饭，在饭桌上摆情况提意见，最后由林乎加拍板解决……正是庄世平的努力，丽都大酒店这个在开放之初就创办的服务性外资项目，才得以生存和快速发展，成为北京市引进外资的一个样板。

像以上这样的事迹，几乎不胜枚举……

大连市的富利华酒店，得到庄世平主持的南洋商业银行的贷款支持。

杭州市的黄龙酒店，得到庄世平主持的南洋商业银行的贷款支持，贷款额一再追加。

天津市的汽车轮胎厂由他引进，并得到他的贷款支持。

汕头市第一座高达26层的四星级国际大酒店——国贸酒店，建设过程中资金难以为继，得到他的贷款支持；酒店开业之后，邀请香港利园集团给予现代化管理，使汕头酒店业的管理水平，提高到新的更高的层次。

汕头超声印刷制版有限公司，是一家高精技术型的合资企业，1985年由他引进后，经济效益一直十分显著。

惠州市著名的TCL电子集团在初创时，资金十分困难，庄世平率南洋商业银行予以巨额的贷款支持。

1993年底，湛江市发生了百年一遇的大水灾，26万群众被洪水围困，其中有7.8万人被围困了三天三夜，灾后生产和生活面临极大的困难。庄世平对灾区寄予了深切的同情，四处奔走募捐，仅三天就为灾区筹得了1200多万元的赈灾款。随后，在他的动员下，香港的慈善机构也纷纷前往灾区，带去灾民急需的大米、棉被和衣物，留下一片爱心。1996年秋，该市又遭遇了历史上罕见的台风，庄世平再次伸出援手，给予无微不至的关怀。

他出任中国少年儿童基金会副会长，不仅时刻关注中国年轻一代的成长，还多次协助筹资支持贫困地区的少年儿童入学就读。

他出任中国扶贫基金会理事，为基金会在港创办贸易公事，创造利润，致力于扶持贫困地区的人民脱贫致富……

他的足迹遍及大江南北。他丰富的经济工作经验，启迪了多少人的心扉，结下了多少丰硕的果实。

他多次代表国家有关部门出访，赢得了国家利益，增进了中国和各国各地区的亲善和友谊。单50年代和90年代，他就出访越南两次。由于他在越南抗法救国时期就具体负担援越重任，对增进中越人民的友谊，对恢复两国政府的正常关系，都起到极大的作用。

对原泰国总理比里一家的关注和关怀，体现了庄世平强烈的国际主义情怀和精神。1945年抗战胜利后任泰国总理的比里，对中国人民一直怀着十分深厚的友谊和感情，新中国建立后，他长期在中国的广州和北京生活，60年代后期才离开并在巴黎辞世。他的第三女儿还曾在北京师范大学学中文，离开中国前往巴黎教授中文期间仍多次到中国访问，并在许多国际场合为维护中国的形象与一些别有用心的人辩论。80年代中期，庄世平在香港接待访泰归来的国务院外事办公室的一些同志时，却了解到这么一个情况：这些同志拜访比里夫人时，比里夫人说："你们的一些同志一有了新朋友，就冷落了老朋友。"原来，我们的有些同志到了泰国，再不去访问比里夫人这位老朋友了；比里的三女儿多次到中国，也常常自己掏钱住宾馆，接待上很低调。庄世平听知了情况，心里很不是滋味。中国是礼仪之邦、文明古国，怎能出现冷落老朋友的现象呢？中国的正义事业，正是国际上的有识之士给予了同情和支持，才得以圆满的成功！他马上用电话将情况告诉詹尖峰、庄江生两位老部下、老学生，请他们立即向中国对外友好协会通报并商定补救的办法。随后，他又利用赴京公干的机会，多次向有关部门提出意见。1988年秋，他的美好心愿终于实现：应中国对外友好协会的邀请，比里夫人访问北京。比里夫人在京期间，廖承志热情地接待会见她，邓颖超在病中仍派专人前去问候了她，并诚约她在新中国建国四十周年时再来访问。比里夫人于是恢复了对中国人民的信心和友谊。

然而，尽管他在共和国的大地上肩托起一座座大厦，肩负起一项项重任，但谁能知道：在各地繁忙的国事商务中，他几乎都用双手自己洗衣服。他的一身穿着几乎没有一件名牌，戴在手上的是已经购置了二十几年、极普通极廉价的"精工表"。而在解放后很长一段时期，尽管他的事业如初升的骄阳，南洋商业银行的发展蒸蒸日上，但他舍不得购买一辆专车，上班下班一律步行或搭电车。如今的住房仍是三十年前香港中国银行分配的宿舍，充其量也仅一百平方米出头，而客厅的空调还是1995年末才安上的。直到今日，只要不涉及外事活动，不论是带团出访考察，或是外出洽谈商务，甚至是上京参加人民代表大会、政协大会、中国银行董事会，他总是搭乘飞机的普通舱，绝不为一两个小时的舒服而多花国家的钱财。这在香港同一层次的人士中，几近绝无仅有！

60年代后期，香港经济金融界发生了强烈动荡，房地产出现危机，多家银行遭受挤提，个别银行导致倒闭。由著名侨领陈嘉庚集股创办的香港集友银行，由于经营不善，也在动荡中摇摇欲坠，岌岌可危。甚至，已有外资银行决定收购集友银行的传言。紧急之中，集友银行只好向中国银行发出注资援助的请求。一直深为陈嘉庚兴学育才、仗义爱国的行为所激励的庄世平，不能不为此闻风而动。从中国银行的最高层到国务院侨办主任廖承志，直至周恩来总理，他都为这件事建言献策，披肝沥胆。在他的帮助下，终于使香港中国银行向集友银行注入巨额资金，把集友银行从危困中解救出来。从此，中国银行成为集友银行的大股东，集友银行进入了新的发展时期，经营方法灵活稳妥。中银机构这一行动，连陈嘉庚当时的亲属后代也深为感激。

然而，二十年后的80年代末期，围绕着集友银行当年被收购一事，竟空穴来风，掀起大波。陈嘉庚先生的个别亲属，眼看香港金融市场走势强旺，为了达到不可告人的目的，竟散布不实之辞，否认当年中国银行巨额注资集友银行，并成为集友银行的大股东的历史状况和实际情况。为此不仅搞得香港部分舆论沸沸扬扬，而且直捅到北京的中央有关部门，令不知情者将信将疑。中央有关部门甚至派专人赴港调查此事。庄世平为此据理力争，力陈当时中国银行注资集友银行的真实情况。可是，不仅有些人偏听偏信，有关部门甚至有作出倾向于闹事一方的决议的趋向。为此，1991年3月，庄世平联系到原在集友银行任职、当年收购过程的见证人、全国政协常委黄克立，专程赴京，不仅不辞劳苦一而再向有关部门反映情况，还联合向李鹏总理写信，陈述历史事实，提出妥善解决的办法。李鹏总理对信中提出的问题极为重视，不久，亲自接见了庄世平和黄克立，详细听取了他们的具体意见。随后，李鹏总理亲自参与这事的处理，恢复了历史的真实面貌，使这宗年代久远的历史悬案得到了公正的裁决。

庄世平坚持原则，公平公正处理这件历史悬案的行动，又一次博得了人们的敬仰和赞扬。

1991年盛夏，长江流域经长时间大雨倾注，各支流水位高涨，洪水漫过堤围，淹没农田，冲毁农舍，漫浸都市。整个华东地区深受水患之苦，损失巨大。中国民政部首次向全球发出呼吁，期待国际力量施以救援之手。

这是八月初一个热气迫人的夜晚，富有强烈爱国心的著名华人实业家李嘉诚又一次听完了北京中央人民广播电台的广播，不由感慨万千，夜不能寐。对中国民政部的赈灾呼吁，他举双手赞赏，从心底里决意要为赈灾贡献自己的一份力量。然而，他又不能不将信将疑，因为1976年唐山大地震时，海外曾有多少有识之士要为此献策出力，却被拒于国门之外。如果这一次广播的消息不准确，自己就贸贸然捐钱捐物进行赈灾，难免要将自己陷于十分尴尬的境地呀！思虑再三，他给庄世平打去电话。

庄世平接到电话，了解了李嘉诚心中的疑虑，蓦地豁然应道：

"有关的消息我也听到了，既是中央电台的广播，我认为是不会错的。由此也可以肯定，华东的水灾确实十分严重。"

李嘉诚听了，心结顿时释然："既然如此，我想多捐一些，希望由此带动全港同胞一同参与赈灾行动。我的赈灾款确定为5000万港元，不知您的意见如何？是否应向香港新华社通报一下？"

"很好！我这就向新华社通报。"庄世平顿了顿，又说："我想还应该尽快在报纸上登载您赈灾行动的消息，这样才能带动全港尽快掀起赈灾的热潮，可以吗？"

"可以。"李嘉诚言犹未尽，又随口问道："不知香港中银机构有什么赈灾行动？"

"这——"早于1986年就在南洋商业银行转为名誉董事长的庄世平，由于不再管理具体事务，对这事并不了解。"估计行动是有的，但具体的捐款数字我还不知道。"……

经李嘉诚这一提问，庄世平不由心生疑窦：中银系统的赈灾行动理应在报上发布消息的，为什么默默无声呢？是不是有什么不方便之处呢？

这天早上，庄世平来到南洋商业银行办公室，向总经理询问了中银系统赈灾的情况。原来，中银香港管理处不久前已召开下属机构的会议，为各机构定下几十万元的赈灾款额。也许是各机构的款额不大，所以未在报纸上宣传公布。庄世平听罢，针对国际社会对中国赈灾工作热情高涨，香港更是其势如潮的情况，希望总经理增加南洋商业银行的赈灾款额，增强南洋商业银行在香港同胞心目中的声誉和形象。总经理表示同意，马上打电话向管理处汇报。可是，这意见立即遭到有关主管人员"已有组织决定，不能更改"为由加以拒绝，总经理不由面露愧色。站在一旁的庄世平抑捺不住了，径自从总经理手里接过话筒，耐着性子向有关主管人员解释南洋商业银行增加赈灾款额的意义。有关主管人员辩解说："香港中银系统和华东地区同属中央政府，中央政府肯定会向华东地区拨款赈灾，而中银系统所赚的钱也是要上缴中央政府的，不必要在此问题上多此一举；中银各机构的赈灾工作，只是表个态而已。"庄世平据理力争道："中央政府的拨款和中银机构的赈灾捐款完全是两回事。正因为我们和国内完全是血肉相连的整体关系，所以更应该在赈灾工作中带好头，增加赈灾款额，为香港同胞作出榜样。这同时也是消除"六四"风波在港澳同胞中所产生的影响和误解、在1997年即将到来之际表明我们和海内外同胞同舟共济的一个极好机会。"听了庄世平的话，谁料有关主管人员指责说："你还有组织纪律原则吗？组织的决定怎么能随意更改！"庄世平终于被激起义愤，驳斥道："我向上级反映情况提意见，犯了哪一条纪律？这完全是我的权利！你不把我的意见反映上去，才是真正的犯了纪律！你不同意南洋商业银行增加赈灾款额，我还要向更上一层的部门反映。"……在庄世平的努力推动下，中银各机构也纷纷提出增加赈灾款额的要求。最后，上级终于赞同大家的要求。于是，中银各机构的赈灾款额一下子比原来增加了十倍以上，南洋商业银行的赈灾款达到五百万港元。

强烈的爱心，构成了庄世平的大义大智大勇！

随着李嘉诚为华东赈灾五千万港元以及中银各机构的赈灾具体行动在香港各大报纸上登出，香港的赈灾工作迅速进入高潮，各社会团体纷纷上街募捐，各处商铺无不举行赈灾义卖，连中、小学生也背上募捐箱上街宣捐。仅仅一次集全港明星艺员参与的赈灾大献演，就筹集到善款二亿多港元……庄世平的家和办公室简直成了赈灾询问场所，整天里电话不息，客人不绝。他总是有问必答，有求必应，在赈灾方法、捐赠渠遭、物资运输等等方面，尽其所能地为各方的热心人士提供大力的支持和帮助。

想不到一次华东水灾，竟从另一个方面唤起了广大侨胞的血浓于水的强烈爱国心，增强了整个中华民族的强大凝聚力。中华民族的再次崛起和强盛，从这次赈灾行动中又一次得到证明和体现。

1991年秋，庄世平带领由香港华资银行高级职员组成的考察团往东北考察途经北京，李鹏总理在百忙中予以接见。对香港同胞在赈灾过程中所表现出来的热情，李鹏总理再次给予了热烈的赞赏，并代表中央政府，希望通过考察团的全体成员，转达对广大侨胞的爱国行动的衷心感谢和亲切问候。

原新华社香港分社社长梁威林这样评价庄世平："很念旧，总让朋友感到他就生活在你的身旁。公干之余的聚会，或是一个电话，都成了他维系朋友感情的重要渠道。重要节日的一点点小礼物，比如一张贺年卡、一份挂历，总是记挂在他心头，不仅让人感到他的存在，更让人感受到他的活力和热情。珍惜友情的人，是心理年龄不老的表现，说明他还有很多的追求和向往。"原普宁县委书记林良孝的评价则另有一番新意："只要庄老认为这个人对祖国对家乡有用，不论这个人过去对他或他的亲人怎样怎样，或者这个人根本就误解他、鄙视他、冷落他，他都不会放在心里，总是襟怀坦荡地去接近，去沟通。一次去无法接近，二次去无法沟通，他还会去第三次。人心都是肉长的，你让一个八十来岁的老人为着说几句话而跑来跑去难道能够心安？于是，终于面对面坐下了，家乡话说开了，功夫茶喝下了，一切也迎刃而解了。我陪庄老去过泰国、新加坡等地，他就是这样做侨胞的工作，许多的捐赠项目也是这样谈成的。比如泰国的知名巨商张锦程，起初对庄老不了解，不理解，甚至有误解，但最终被庄老的真诚所融化，最终为建设普宁职业技术学校捐出了巨款。庄老是真正的朋友遍天下，但像他这样结交朋友要作出多少付出呢？难哪！"一切当然都尽在不言中，如果不是为着国家利益这个大原则，不是为着繁荣家乡这个大前提！于是，我们仿佛触摸到庄世平那颗永远热烫烫的、至死不老的爱心。

那么，在几十年风风雨雨中，他又是如何去面对事关自己的荣辱利弊的呢？被岁月淹没得太深的往事似乎不要去探究它更好，因为其间的纠纠葛葛着实很难用简洁的文字去说明。而近十几年来出现的几段小插曲小片段，已足以证明这位爱国老人的胸怀了——

80年代中期，庄世平在普宁公干之余，回果陇村探望亲友，刚好听到这么一件事：不久前的凌晨时分，正是村人进入梦乡之际，派出所为了抓捕邻居一个犯案的嫌疑人，竟破门而入；结果，嫌疑人没抓到，惊扰了四邻，吓坏了当事人，但又不了了之。讲者似乎多见不怪，口气平淡，但庄世平却坐不住了，愤愤然就径自来到派出所，说明原委，希望给个"说法"。他以为派出所至少应对半夜三更破门入室有所道歉，给村人有所交代，谁料那位派出所长当下就拍了桌子："你一个香港资本家懂国内什么法律，你的那一套回香港说去，我这里何须你说三道四，滚！"真是秀才遇见兵，庄世平只好愤而退出。只是，他未回到县里，此事已被传得沸沸扬扬。当晚到了汕头时，已有多位领导前来慰问并征求对这位所长的处理。他心里虽有气，但叹了一口气说："都怨我们的执法人员素质太差！让他去学习一段时间算了。"当然也有人暗地里埋怨庄老太冲动，这样的事只要与县里、地区里的领导说一声，没有办不成之理。笔者则认为当时庄老如果不冲动就不是庄老了，其时正是全国进入商品经济、全面进行法治之际，他是以一个全国人民代表的身份去实践法治，实质上是使命感使然。

1989年元旦，庄世平和香港立法局议员詹培忠一早就离开汕头前往潮州，商谈詹培忠捐资120万港元在家乡办一所学校的事宜，晚上还要赶到揭阳为"世平杯"、"培忠杯"篮球赛颁奖。其时潮州刚好从汕头市分出去，成为省里的一个地级市，汕头市委副书记陈厚实为了郑重起见，特地陪同前往。可是到了潮州，接待的仅仅是一位市侨务办公室的负责人，规格之低、场面之冷清实在不能恭维。陈厚实马上让侨办负责人派人通知市委、市政府的主要领导，但詹培忠却为庄老这么一位德高望重的老人鸣不平了，何况老人家是为他到家乡办善事而来的，于是他坐也不坐，茶也不喝，拉起庄世平说："没什么可谈的了，我们走吧，到街边大排档吃饭也比在这里称心。"庄世平反而和颜悦色地说："我们这是回家乡，在自己的家里能讲究什么呢？只要事情办得好，谁接待还不是一样的。"陈厚实也在一旁作了劝说。作为晚辈、极为尊重庄世平的詹培忠，只好耐着性子坐了下来。建校的工作谈得七七八八了，又吃过午饭，才见潮州市委的负责人匆匆赶来了……

　　1993年秋，为着《庄世平传》第一版的出版，笔者为了校对书中的事实不时要与庄世平住入深圳蛇口的南海酒店。在深圳办实业的普宁人黄楚熊，闲来也喜欢舞文弄墨，因而常常到酒店看望我，也从此结识了德高望重的庄世平并为他的平易近人所折服——相识不久老人家就为他的公司题写了牌名。几次吃饭之后，他就为庄世平在食文化上的贫乏而发笑：老人家虽每天参加各种活动应酬，但点菜一职绝对轮不到他，此时此地的他于是每每一坐到饭桌边，便将点菜当作娱乐乱点一通。菜名虽然怪僻好听，但色味香形绝对不上乘。于是，这一日，他作了一番准备，便兴冲冲地来到酒店。"世叔，今晚请你吃野味。"他说，"好呀，什么野味？"庄世平在酒店坐久了，也想到外头活动活动。"我已让人炖了穿山甲和娃娃鱼。"黄楚熊见庄世平欣然接受，忘乎所以地说穿谜底。"这……我不能吃，你们也不要吃了。"谁料庄世平一下子没了热情。我已意料到什么，赶紧朝黄楚熊眨眼示意。黄楚熊却正在兴头上，说："这两样东西很补，既补阳又养阴，对老人特别……""别说了。我也知道这两样东西是保护动物，当年通过法律文件禁止捕杀这些动物时，我是举了手的。"庄世平的脸上已呈严肃状。"都炖下了，我们不吃也会被别人吃下的。"黄楚熊还想作最后的争取。"别人吃了是别人的事,我不能自己打自己的嘴巴。你们和我在一起,所以也不能吃。"话说到这份上,已无商量余地了。失望之色顿时在黄楚熊脸上暴露无遗。好一会儿,想不到庄世平善解人意地开口了:"深圳有什么风味菜呢?""全国各地的都有。"黄楚熊赶紧应道。"那好,就吃川菜吧。""我这就让人开部轿车来。""你是怎么来的?""开了厂里的人货车。""这就好了,只要四粒轮不抛出来就行了。"……于是,我们挤入不甚舒服的人货车,直往深圳市区深南路川菜馆,麻辣了一顿,愉快了一宵。

　　1995年底,汕头市人民日夜盼望的海湾大桥和深汕高速公路汕头路段终于建成了。为了汕头的海、陆、空交通,庄世平不论在全国人大或政协会议,不论在香港或是北京或是广州,一直给予最为迫切和真切的呼吁。即使是在带领香港潮汕三市政协委员联谊会的同仁到潮汕考察,也忘不了将大家带到刚开始建设的海湾大桥工地上,给大桥的建设者以亲切的问候和鼓励。如今,一桥飞架南北,汕头的交通史写下了新的辉煌的一页,国家主席江泽民率中央众多政要南来了,广东省委书记谢非率广东的众多要员赶来了,潮汕三市党政军的负责人汇聚来了,庄世平和李嘉诚、林伯欣等潮籍海外侨胞庆贺来了。然而,在举行大桥的通车典礼上,在当晚中央电视台以至广东各地电视台播放的新闻节目中,人们欣喜中不由有些遗憾:在主席台上就座的海外侨胞中,居然没有庄世平的位置。或许是组织者的疏忽,或许本来就是这样,但从整个潮汕各个角落几乎都有为庄世平抱不平的议论……庄世平是在一段时间后回普宁公干时才听到这些议论的,甚至有乡亲对他说:"你当时本来就应该借故走开。在场的人中,也许就你年龄最大了,看在岁数的份上,也看在你为大桥操劳的苦劳功劳上,本来都应该给你一个位置。"庄世平却笑呵呵道:"我这么大年纪,又那么远跑来,就为了争一个位置么？我如果这么想，是自己看轻自己；你们这么想，是小看了我。任何事情，特别是这样有历史意义的大喜事，只要参与了，心里也就无憾了，还有什么可计较的。"说得在场的人再也不好出声了。

1998年8月初，有消息传来：庄世平已被列入第三批"深圳荣誉市民"的名单。不论是深圳或是香港的知情人，都对这迟来的荣誉不以为然。他不是创办特区的倡导者和组织者么？深圳的繁荣不是也浸透了他的心血么？是他第一个提供世界各地创办特区的资料，是他第一个在城市建设规划上向深圳提供了香港新界建设规划上的有益经验和各种考察便利，是他第一个为深圳引入了境外银行，是他支持并挽救了深圳第一家中外合资企业，是他在有些人别有用心地将特区与解放前的"租界"相联系的时刻挺身而出给予了迎头痛击……即使在深圳为他立一块纪念碑，也不足为过！这"荣誉市民"本来就没有什么，竟还是第三批的！于是，有人猜测他这一回一定会用什么理由拒绝接受这个称号，有人更按捺不住地向他作了旁敲侧击。可是他一点也不为所动，反而说了一番道理："办特区在中国来说是一项创举，是上至邓小平、下至方方面面千千万万人都为之奋斗的事业，我仅仅做了我该做的事情。如今人家记住了我，我应该高兴才是，怎么能去计较第一批还是第三批呢？如果第三批还没有我，你们会不会又要说人家无情无义呢？这样的事情千万不能计较，计较便降低了自己的人格，伤害了同志间的感情，也伤害了事业。"9月28日上午九时，庄世平高高兴兴地来到深圳，接受了深圳市人民政府授予的"荣誉市民"称号和证书。下午三时整，他又匆匆赶往香港，准备参加晚上有关部门举行的"庆祝中华人民共和国建国49周年"的活动了。

只有时刻将自己当作一粒水珠，大海拥抱了她她才会如此博大精深、豪放轩昂；只有时刻将自己当作一把泥土，高山托起了她她才会如此高瞻远瞩、一往无前。早已将自己的命运和共和国的命运连在一起、并将个人的荣辱利弊置之度外的庄世平，也恰恰因共和国的崛起而高大，因共和国的辉煌而灿烂。

他的名字，将和共和国同在。

二十五　成功身后

有一位哲人这样说过：每一个成功男人的身后，总站着一个女人。

如果说，庄世平是成功的男人，那么，林影平就是这样的女人了。

1935年末，林影平带着六岁的养女庄耀瑞和未满周岁的庄荣叙，漂洋过海，万里寻夫到了曼谷。可惜，刚刚洗过旅程的灰尘，在曼谷潮州会馆不远处租到一间不足十二平方米的住房，林影平在一间私人学校找到一个临时教师的职位，才在异国生活不足两年，庄世平就遭到第一次追缉，先是远走马来西亚和新加坡，后又进入缅甸考察同盟军打通的滇缅公路的情况。刚刚由庄世平分担的生活担子，又一并卸在她的肩上。白天，她到学校上课；晚上，为孩子缝补浆洗。有些人家要请她做孩子的临时补习教师，尽管一个教时仅数铢酬金，不论昼夜，她都乐意接受。

十个月后，曼谷形势好转，庄世平从缅甸考察回来。这时，刚好第二个儿女出生。已是《中原日报》记者的庄世平精心护理着她和新生婴儿，往往直到深夜，才摊开稿纸，撰写《滇缅公路考察报告》《中国得道多助、抗战必胜》等战局分析文章。看着丈夫日益消瘦的脸庞和疲倦的神色，林影平疼在心里。孩子出世第十天，她就支撑起还十分虚弱的身体，硬展开笑容对庄世平说："你干你的事去吧，家里杂事，有我！"只要丈夫能平安地留在她身边，再苦再累，她也感到欣慰和幸福。

这是他们结婚后厮守在一起最长的一次，时间达两年多。然而，随着日寇轰炸了美国珍珠港，1941年12月又挥兵直入东南亚各国，白色恐怖随即笼罩着整个曼谷，庄世平又面临被捕的厄运。在一个月黑风高之夜，在爱国地下组织负责人丘及的安排下，他和爱国知名人士许子奇一起，来不及与林影平道一声"再见"，就匆促转移了。先是到老挝的他曲，再是广东的东兴、广西的柳州和贵州的贵阳，最后到达了重庆。

这一去，竟达四年多！开头两年，未见庄世平只言片字的音讯。

随着日寇铁蹄的践踏，曼谷各类学校纷纷关闭，林影平随之失业。好在她在家乡初级师范学校学习过，中文基础好，性格外柔内刚，对学生的学习能够谆谆善诱，因此，战乱之年，仍有七个学生找上门来，请她补习。正是为学生补习的一点酬金，使她和孩子度过了开头半年的艰辛日子，并为第三个儿子的出生留下了零星积蓄……其坚毅和困顿，为常人所难想象。

生育后，生活完全失去来源，听说万沛市形势稍为安定，谋职不难，加上家公庄锡竹和二叔庄世大都在那里，林影平和已经十二岁的庄耀瑞怀抱手牵三个还不谙世事的儿子，辗转到了山巴。到达不久，果然很快谋到一个临时教员的职位。一个教书匠要对付五个人吃饭，谈何容易！即使庄锡竹和庄世大时不时给予帮助接济，生活也极为困窘。这时，一位开碾米厂的潮阳籍李姓华侨，因结婚多年未有后代，竟找上门来，请求林影平将第三儿子庄荣新过继给他。他除了要一次性付给一笔钱财，还答应在以后的日子里给以接济。然而，林影平对他说："世平把整个家都交给我了。如果我没有让这个家完整地存在下去，完整地等着他归来，我怎能对得起他呢？"只言片语，已充分体现了中国女性的贤慧和忠贞。

为了解决困难，她向邻近侨胞赊借，购买了一台织布机。白天教书，晚上织布，星期天上市卖布，聊补家用。等荣新能站立走路，她又指导耀瑞养起鸡鸭。每天从鸡鸭屁股里生下的蛋品，使三个儿子贫乏的营养有了很大的改观。后来，母鸭和蛋鸡竟分别养至四十多只和十多只，蛋品不仅家用有余，每天还可卖出二十多铢。一个赤手空拳的妇女，居然养活了四个稚童，还有点滴积蓄。

1942年底，庄锡竹过世。林影平帮助安葬了家公，带着四个孩子，回到了离开一年多的曼谷，在原住地不远的地方一幢四层小楼里，租下二楼两间合共二十平方米来去的房子。她相信庄世平不管走到天涯海角，终有一天会到原来的住地找她的。临时教员的职位已找不到，她只好用帮人补习的微薄酬金和在山巴带回的积蓄，维持日常生活。不久，眼看曼谷市面缓慢有了生气，她干脆用每月八十铢的租金租下楼下三十多平方米的场地，购进两辆三轮车，租给贫困车夫，每月收取租金。随后，一而再，再而三地扩大三轮车的数量，至1944年底，竟拥有二十多辆。

1945年秋，日本侵略者投降，庄世平随后回来。望着还未谋面的三儿子庄荣新，望着井井有条的家，望着已苍老了许多的林影平，他百感交集，只紧紧地挽住林影平的肩膀，喉结蠕动着，却激动得说不出话来。到了晚上，孩子睡熟了，林影平从箱底里翻出个小布包，递给庄世平。庄世平没接，仅用深沉的目光询问着。她说：“这是我这几年积下的六千铢，你拿去用吧。”庄世平再也抑捺不住了，倏然把她拥进怀里，连连说道：“谢谢！谢谢!”……第二天起床后，庄世平指着还放在桌上的小布包说：“还是你保管吧！”他的心里已盛不下对她的感激之情，怎么收得下她用汗水和辛劳换来的金钱。

此后，泰国安达公司办起来了，庄世平的经济状况有了明显好转。每月，他把占薪金绝大部分的八百铢交给林影平，以尽其为夫为父的责任。不过，第一次交钱时，他说："听说黄声兄在国内很困难，不知能不能支持他一些？"她一听，立即应说："他是你比亲兄弟还亲的朋友，当然要帮。给他四百，可以吗？"想不到林影平这样慷慨大方，一下子就拿出他为家庭尽职的一半金钱，庄世平有点不好意思地说："你看着办吧！"从此以后，林影平宁肯自己克苦克俭，经常汇钱接济远在祖国的黄声，直到她1950年初春离开泰国为止。

庄世平是因为泰国反动势力的压迫，安达公司遭到破坏，许多职员遭受逮捕，到香港主持当地的安达公司的。好长一段时间，由于香港安达公司规模小，加上要营救并接济泰国安达公司遭到逮捕的同事和家属，他经济拮据，入不敷出。留在曼谷的林影平，又独力支撑起一家数口的日常生活。她不仅自己刻苦耐劳，除了出租三轮车和担任临时教员，日夜奔忙，还教育几个儿女勤劳俭朴，学会了独立生活的能力。1950年初春她带儿女到香港时，竟还带回了一些积蓄。

随着庄世平出任南洋商业银行董事长，大陆解放后又于50年代末先后担任全国人大代表等其他一些重要的社会职务，国事商务，交际应酬，林影平在一些场合都应伴其身旁。然而，有谁知道，他们的经济状况，一直处于十分窘迫的境地。按规定，中资机构的人员都由内地派出，派出的人员在国内的工资由家属领取，他们在外仅领津贴。开头的津贴才二百来元港币，到后来也不外两千来元。庄世平在内地没有工资，林影平又不是中资机构的职员，靠庄世平每月那点津贴养活全家本来就很困难。碰上庄世平外出，需要林影平随行，但按规定她的旅费都不能报销，只能自掏腰包。这就使庄世平许多时候处于两难的困境：礼仪不能不顾及，各级繁忙的国事商务也离不了林影平在身边照顾生活，但囊中羞涩呀！对此，林影平不能不一次又一次地掏出她那已经所剩无几的积蓄，或孩子亲友悄悄塞给她的私房钱。她了解丈夫，更严于律己，只要支撑得住，绝不向外人或组织诉一声苦。她多次对庄世平说："只要国家需要你，让我做什么，我都心甘情愿。"直到1965年，在梁威林、苏惠等一些同志的奔走呼吁下，由国务院副总理兼外交部长陈毅亲自批准，给庄世平享受驻外使节的待遇。作为国格，大使和大使夫人形影相随参加各类国事商务活动理所当然，林影平参加这些活动的费用也从此得以公费报销，这种困窘的情况才得以改善。

1987年后，庄世平改任南洋商业银行名誉董事长的职务，不再负责银行的具体事务。由于他还担负着全国人大代表、全国人大常委会华侨事务委员会委员、全国侨联副主席等社会职务，更因为他在侨胞和经济界中的威望，引进投资、国内考察、海外访问等社会活动有增无减。他是清廉寡欲之人，因为国家已一次性给了他一笔退休金，所以各种差旅应酬费用，他都自掏腰包。林影平看在眼里，也为他那笔退休金一俟用完了如何是好而心急过，但为着他的清高品性，也只好随遇而安。直到1989年底，有关同志发现了这种情况，直接向有关部门作了反映，有关部门对此作了有关庄世平公干费用给予报销的决定，才解除了林影平的后顾之忧。

一个并非富有而平凡的中国妇女，为着丈夫的事业，对金钱采取如此豁达的价值观，实属难能可贵。

对于祖国的经济建设和福利事业，由于长期在庄世平身边耳濡目染，林影平同样倾注了极大的热情。

60年代初，她和庄世平回到家乡，面对农村缺肥少收的状况，心里十分焦急。回港后，她决心组织粪肥支援家乡农业生产，即到新界上水许多地方，联系各家鸡场，签订购买鸡粪合约。每天清早，就往鸡场搬晒鸡粪；黄昏时，又带着几位侨胞姐妹，将晒干的鸡粪装袋缝合……1961年和1962年，经她亲手运送回普宁果陇村的干鸡粪，就达六十多吨。1963年，她又挨门串户，组织旅港乡亲为家乡捐赠化肥九十八吨。当时市面上每斤化肥两元多，村里仅向农民收回成本费0.6元。这笔成本费，后来也投资到果陇陶薰华侨学校，一举两得！

从那时起，果陇人对林影平就有了两个很有特殊纪念意义的尊称；"鸡屎老婶"和"田粉老婶"。

同样是1961年，由于饥荒而营养不良，加上药物紧缺，肺痨病人遍及果陇村。全村家家户户惶惶恐恐，一片惨状。林影平获得消息，首先自己拿出两千元，然后一家一户、几十元几百元地向旅港乡亲捐集了五万港元，采购了"蕾末芬"、"B1"、"B2"等药物，紧急运往乡里。这批药物仿如扑灭大火之水，果陇村的病疫得到了有效的控制，有八十多个严重患者，从死亡线上被救了回来。

"文化大革命"期间，尽管林影平在国内的亲属都遭到了严酷的斗争，但在慰藉和接济受难的老同志中，她却起到了庄世平无法起到的作用。每隔二十天一个月，她或上北京，或入广州，或探听曾与庄世平同生死共患难的同志的消息，或探望这些同志的家属，与其同床共枕，细语安慰，再给予经济上全力以赴的帮助。黄浩大嫂、苏惠、陈瑞贤、魏特等人，就曾经在极端困难的时刻，得到她那份极为宝贵的温暖。而这一切，也使庄世平那沉痛的内心世界，多少得到一些抚慰。改革开放的历史新时期，林影平除了陪伴协助庄世平进行频繁的社会活动工作，在家乡许多庄世平难以顾及的、繁杂的福利事业上，更是挺身而出担负了重任——

她出任普宁市"妇幼活动中心"的名誉顾问，动员广大港澳女同胞，为该项目的建设竭诚奉献。

1986年夏，狂风暴雨冲毁了里湖多处堤围和部分房屋。林影平主动在港动员侨胞赈灾，共捐出了十一万港元。1987年，由她动员串连旅外乡亲，捐资二十多万元，创建了"里湖镇学校"。

她继承父志，乐施善助，为里湖镇贫困或孤寡老人司棺安葬，已拨入善款一万多元；为修建梅塘至里湖的过路桥捐两万余元；为河头村和果陇村的食水工程各捐一万元。

果陇村的庄金河、庄海光、庄益、庄礼本等人都因贫困，或生病无法医治，或病亡难以安葬，或儿女无法就读，林影平少则上千，多则几千，给予了热情的帮助……1991年冬，她发现庄世平的司机衣衫单薄，主动购买了棉衣送去，给司机增添了温暖，也为丈夫增添了一丝欣慰。

她参与香港中华总商会妇女组的工作，为促进香港妇女的进步，作出了有力的贡献。

她是一支蜡烛，永远燃烧自己，照亮和温暖了别人！

她是一处宁静的港湾，随时以其可靠和坚贞去迎候庄世平这艘需要喘息的大船，为他加油添劲，准备下一轮的踏浪扬帆。

一位现代作家说：男人的一半是女人。庄世平的一半，是林影平。

二十六　永恒丰碑

作为一个中资机构的负责人，并拥有许多显赫的社会职务，庄世平在精神上应该是十分富有的。但就其经济而言，他几近一个无产者。然而，偏偏是在香港这么一个以金钱来确定人生取向，甚至是"笑贫不笑娼"的殖民地社会，他却一直拥有众望所归的影响和威望。并且，随着他退休之后，他的影响和威望更像金字塔般地扩展，有增无减。这，不能不说是一个十分奇特的现象。

面对这个现象，深究起来当然十分复杂，但回答起来却极为简单：

因为他有一颗沉甸甸、滚烫烫的爱心。

从40年代末期庄世平进入香港，他对侨资实业的扶危助困，由大至微，须以百、以千计算。

他可以为面临险境的中资侨资的大机构大企业，出谋献策，动员各方力量，组织巨额贷款支持，力挽狂澜于一发，运筹决胜于奇思巧构，雄才大略；同时，也可以为盐业银行一位小职员在极"左"泛滥期间，回乡在小桥边拍照留念而被诬以"间谍"，投入大牢之后，四处奔走，为其洗刷清白，尽其全力给予搭救。

他甚至可以为了某位华侨要在回乡证上更改一个名字，为了某位侨眷子女的入读或就业问题，多方联络中方机构，穿针引线，排忧解难……1952年，他在汕头与国务院侨办政策研究室主任丘及、汕头市副市长黄声就动员华侨回国投资、创办华侨农场、落实华侨政策等事项，联名写了意见书呈交廖承志并转交中共中央。这份意见书，成了中共中央制定华侨政策最早的原始依据之一。此后，从第二届全国人民代表大会始，他几乎每一届都与蚁美厚、郑铁如等人，就华侨政策的方方面面提出了议案，为改善华侨工作和提高侨眷地位不遗余力地进行呐喊。

改革开放之后，在落实侨产侨房政策时，他就再三强调："祖坟祖屋是华侨在祖国的根基。"敦促各地维修保护侨胞坟墓、尽快归还侨产侨房。80年代初，他率香港的全国人大代表和政协委员前往厦门考察，在落实侨产侨房座谈会上，有人大代表指出厦门的行动缓慢，阻力重重，有关部门的负责人于是再三强调各种困难，特别是经济上难以支付的原因。庄世平针对这种情况，当即插话："经济上的困难应在其他方面争取解决。落实侨房侨产，应算政治账，不应算经济账。厦门是陈嘉庚先生的故乡。他老人家对祖国对家乡的贡献，有目共睹，众人皆知。所以，厦门在落实侨务政策时，行动上应更加坚决、更加迅速才是。"其坚定的原则性，如石如磐，掷地有声……从80年代初开始，经他的帮助使产业房屋得到落实归还的，从香港立法局议员、太平绅士、侨领乡彦，到一般商人职员，人数难以算计。

泰国盘谷银行董事长、著名侨领陈弼臣在潮阳的祖坟，是在他多次过问和督促之后而得到维修的；这使陈弼臣在第一次回乡时就非常激动，立即捐出巨款建设潮阳峡山中学及其他一些项目，又对汕头特区的工作提出了许多有益的建议；后来他的儿子在国内设立了盘谷银行分行，以实际行动加入到祖国改革开放的行列中。罗鹰石是香港房地产界的知名人士之一，他的几个儿子在香港社会上也颇有成就。1985年在庄世平多方的帮助下，罗鹰石在家乡的十一座"下山虎""四点金"祖屋得到落实归还；祖房归还之日，他就将亲属集中在一起宣布："祖宗的基业谁也别想私占，十一座祖屋一律出租，租金一律交给家乡的学校作经费。"以前有关部门邀请他回乡他就是不回，从此不仅回来了，还对家乡的建设给予了满腔热情的支持，对普宁华侨医院的建设一下子就捐了一百万港元，还多次动员亲属捐赠；他在香港是以俭朴出名的，曾有人前往他家拜访，见私家花园里有一位全身打短的老人在修剪花草，上前打听他的下落时，打过照面才知道他就是罗鹰石。他对家乡的建设如此慷慨解囊，顿时成了乡亲们的一件美谈。香港立法局议员、厂商公会主席倪少杰，一直关注和支持祖国的改革开放事业，为着祖国的形象多次在香港的许多场合慷慨陈辞、仗义执言，曾受到中共中央元老邓小平的接见；他的两座"四点金"祖屋，也是庄世平多次关心下于1987年落实归还的。还有香港太平绅士黄松泉、富商吕高文、陈才燕等等的祖屋的落实归还，都同样有着庄世平的苦心和操劳。

为这些知名人士落实了政策，自然有其不可估量的政治影响。但庄世平对这项工作的认识，不仅在于今天的一人一事所产生的效果，而在于明天千千万万人对于祖国的维系和认同。因此，对一般商人职员在家乡的祖坟祖屋，他也责无旁贷地向有关部门反映并督促。许景尤在香港商界可说只是一个一般的商人，但他在家乡的两座"四点金"的落实过程却颇费周折，庄世平于1986年开始多次向有关部门反映，1988年落实了所有权之后，又经不懈的努力，直到1990年落实了使用权……

然而，庄世平本人和亲属解放初被没收的房产，则一直等到1988年有华侨提出，才引起有关部门的重视。普宁县副县长陈家俊专此询问了他，他竟连连说道："我的是小事，小事。你们忙，先解决别人的。"直到1990年，庄世平本人和亲属的房产才算落实解决。高尚出于无私，庄世平的奉献精神，令人由衷感动。

从80年代初开始，香港的全国人大代表和政协委员每年都组团回国内各地视察两次。每次，庄世平都被推崇为领队或团长。北京亚运会期间和纪念孙中山诞辰一百周年时，他又分别担任港澳同胞观光团团长和代表团副团长。这不仅因为他有高深的资历、丰富的工作经验和组织能力，也不仅因为在关键时刻他勇于挺身而出，敢于承担责任，还因为他有一副关心、爱护别人的古道热肠，使每一个哪怕受过他细微体贴过的人，都会感到极为难得的温暖。1988年春，庄世平率团视察了海南岛之后，转到珠江三角洲。在中山时，一天中午，刚进入饭厅，正准备吃饭，人大代表廖瑶珠接到电话，惊悉其父在港逝世。庄世平刚拿起的饭碗随即放下，立即以团长的身份让大家起立，提议为廖瑶珠的父亲默哀三分钟。接着，见廖瑶珠已无心于饭菜，他安慰了一番，便让她回房间收拾衣物。随后，便向中山市陪同视察的负责人，落实送廖瑶珠赶往深圳的车辆……没有一颗随时予人以温暖的爱心，何来这样妥帖周到的应变能力！这事虽小，但至今许多香港全国人大代表、政协委员一经谈起，仍赞叹不绝。

　　香港中国银行行长郑铁如，1973年逝世，享年八十六岁。整个悼念活动，十分隆重。上至国务院总理周恩来和多位中央领导人、多个中央机构，下至中资侨资机构、华侨社团以及一般职员，都为郑铁如的追悼会送了花圈或挽联，哀荣极一时之盛。庄世平作为治丧委员会的成员之一，处处无不极之用心，从场面布置，到各方人士的接待和家属的善后安抚，都亲躬亲为，无微不至。后来，又由庄世平和各位治丧委员一起护送郑铁如的骨灰到北京，由中国银行在八宝山举行了隆重的安放仪式。庄世平这种对金融界老前辈的深切缅怀之情，至今仍为中银系统的人们所津津乐道。

　　直至1992年中国银行建行八十周年之际，庄世平仍念念不忘郑铁如为中国金融事业作出的贡献。他撰写的纪念文章《基础稳固任重道远》，既缅怀前辈，又激励后人——

……八年艰苦抗战取得胜利之后，全国人民殷切期望能够迅速治疗战争的创伤，安定和平建设国家的美好前景。可是蒋介石却背信弃义，又发动了全面内战，榨取民脂民膏充作屠杀人民的内战之用。滥发钞票，导致恶性通货膨胀，物价飞腾，民不聊生。在国内受国民党政府所控制的中国金融企业，都几乎陷于瘫痪状态。中国银行的情况也不例外。但是在国外的中国银行，特别是香港的中国银行，在郑铁如经理领导经历了二十多年的艰苦经营，积存为数达数千万港元的资金，成为中国银行海外的一间十分重要的分行。

国民党政府在日暮途穷之际，想方设法要谋夺港中行的资金。但是一向热爱祖国的郑老先生，千方百计地捍卫了港行资金，使国民党政府无所施其技。更有足道者，当香港沦陷时期，铁老被日本占领军拘留，要挟铁老担任伪职，但是铁老坚决拒绝，不为所动。铁老的民族气节，令人极为敬佩。

1949年全国面临解放之际，铁老率先响应新中国政府的号召，带领港中行的全体职工，接受新中国的领导，为我国驻港机构和海外其他中行起了表率的作用。郑老的爱国行动，为新中国建立统一完整的金融体系树立了丰功！全国的解放，压在中国人民的三座大山被打倒了，被赶走了，旧社会一切桎梏解除了。新政府对金融事业极为重视。接管了全国及海外所有的中国银行机构，重新加以整顿，并对在职员工一律留任聘用。在中国人民银行领导下，中国银行被授权为唯一的专业外汇银行。四十年来为国家经济建设服务，为我国对外贸易服务，为海外华侨和港澳同胞服务，特别自我国实行改革开放十年以来，作出了越来越大的贡献。现在的中国银行在国内分支机构有4340处，国内职工共73371人，资产总额达8591亿元，在港澳地区组织成立中银集团，总分支行处335家，全体员工共达16000人，是一支雄厚有作为的金融队伍。在世界其他国家如美国、英国、西欧以及东南亚各国，大多数保留了中行原有机构，在一些地区还增设了新的分行。现在无论在规模上，或者资金上，人员数量上来说，特别是中国银行在国际金融地位，信誉方面，是前四十年旧中行所远远不能比拟的……

庄世平以其真诚，广播下充满爱心、充满温暖的友谊种子。

从八十年代末至今，又有一项长期而繁重的工作压在庄世平的肩上，令他乐此不疲——

方方、许涤新、黄声、丘秉经、丘及、徐扬、卓炯、陈清云、方明生、许宜陶、陈子谷等一批老领导、老战友、老部下、学生，或早已战死沙场，或遇难于"反右"悲剧，或受害于"文革"浩劫。但他们为抗击外侵、为建立新中国、为社会主义事业和共产主义理想而奋斗的实践经历，丰富经验，献身精神，高尚品德，无一不是鼓励人民、启发后人的十分宝贵的精神财富。收集、整理和总结先烈们的经历、经验、精神、品德，正是活着的见证人不可推卸的一项神圣的历史使命。庄世平不仅自觉地承担起这项使命，更为这项使命的完成义不容辞地担负起繁杂的组织工作。这几年出版的《泰国归侨英魂录》（第一、二卷）、《回忆方方》、《方方文集》、《怀念黄声同志》、《怀念丘及同志》、《回忆方明生》、《〈方方文集〉发行座谈会专刊》等书籍，他不仅参与发起，或著文缅怀，或作序抒情，更在出版时捐集巨资予以赞助。有时，为了保证精美的印刷质量，他亲自找印刷厂，亲自监印。

在他的那些文章里，昭昭之心，盈盈之情，无不洋溢于字里行间。下面抄录的是他为《泰国归侨英魂录》所作"序言"的一部分，充分流露了他对战友的怀念之情和热心于此类书籍的出版的强烈愿望——

……孙中山先生称道："华侨为革命之母"。实非过誉。

近百年历史，是中国遭受外侮最惨痛的时期，也促使华侨爱国情绪更为激昂振奋，从辛亥革命、五四运动的爱国学生和青年组织起来，反对签订"二十一条"卖国条约。日本挑动的卢沟桥事变，激起了中国人民的怒吼，爆发了一场反对日本法西斯侵略之战。华侨出钱出力，捐献资产，不少的爱国华侨，投身参加抗日杀敌的洪流之中，有些更为此付出了宝贵生命，英勇牺牲，义无反顾，用他们的热血谱写了中国人民可歌可泣的篇章。

……我国在"左"的路线指引下，直至"文化大革命"、由领导人错误发动、又被上层反革命集团利用的、自上而下的动乱，使我国遭受了一场大灾难。而有海外关系的归侨，和在国外的侨胞，也无可避免地受到冲击和牵连，打击了一大片，挫伤了侨心。

十一届三中全会之后，拨乱反正，把全国的工作重点转移到以经济建设这方面来。"文革"期间的错案、冤案都得到平反改正，华侨对祖国的深情，依然丹心一片……

《泰国归侨英魂录》的出版，弘扬华侨精英的业迹，为继承我们事业的后来者树立了一个光辉的榜样，让他们优良的品德，高贵的革命情操，永葆青春的松树风格，代代传颂下去，并且像火和光一样，照亮着我们继续前进的道路，为我们国家开创更美好的明天。

……

这其实也是一部现代华侨史的缩影。

除了缅怀抒情，在一些历史的敏感重大的问题上，他也都义无反顾地坦率直言，为上级和各有关部门洞察一些历史关键时刻的是非曲直、还原历史的真实面目而痛抒己见。方方在50年代初被扣以"农民运动右倾"、"地方主义"等莫须有的帽子，由华南分局第三书记被调为第五书记，后来又撤去分局第五书记和广东省人民政府第一副主席的职务，仅任命为分局交通运输部长的一段严重挫伤广大地方干部的历史问题，尽管90年代初中央和广东省委未有明确的处理意见，这个时候提出为方方平反昭雪的建议，可能招致组织上的误解和某些人的不满，但庄世平在《〈方方文集〉发行座谈会专刊》的发言中，就明确地这样写道——

> 方方同志逝世二十年了，但是，他的崇高的一生、光辉的一生以及他的精神、情操将永远永远留在人们的心中！我们港澳同胞、海外华侨永远怀念方方同志！我们恳切希望中共广东省委尽快复查方方同志解放初期受错误处分的历史问题，以平反昭雪，恢复名誉。

心底无私天地宽，他要奋力争取的是一段真实的历史，是一个伟人的真实面貌。至于其他，他实在难以顾及了。

二十七 金秋年华

当一个人踏过八十岁的年龄梯级，他还会想些什么，做些什么呢？也许是信仰和理想支撑着他本该衰竭的心脏仍在不停地怦然跳动，他的最后一口气也必然化作历史的一段篇章、一节音符，他的祖国和人民因了他这不懈的努力也终归少了一丝遗憾而多了一分满足。比如1992年已过了八十六岁的邓小平，就为着中国的改革开放大业进行了举世瞩目、转动乾坤的南巡……也许他在政界、商界或学术界早就功成名就，而且已经儿孙满堂，他选择了隐退并遁入桃花源，让平生的志向化之于琴棋书画，或浇灌于瓜果花草。这，不也是许多中国人特别是中国的文化人为之梦寐以求的人生大结局！也许他努力过却收效甚微，或一事无成，突然间他意识到能够延续他的人生目标的只有儿孙后代了，于是他近乎癫狂地开始了不择手段的上蹿下跳，既斤斤计较于蝇头小利，更置一生的清白不顾而陷入一本万利的走火入魔。这种情况时下有人归结为"五十八岁现象"，指的便是大大小小一部分临近离退休的干部因心态失衡而导致质变的过程。当然，也许还有……但不管如何，只要能健康地活过八十岁，不啻是人生的一大福分。

踏过八十大关的庄世平，又如何放眼他那十分有限的后半生呢？

1995年1月10日上午，由潮汕三市港澳政协委员联谊会提倡，并由该会与广东省侨联、潮汕历史文化研究中心联合举办的"贺庄世平先生八秩晋五大寿"活动在汕头举行了。对这次活动的规模，潮汕三市港澳政协委员联谊会会长陈伟南、省侨联副主席黄大同、潮汕历史文化研究中心理事长刘峰等曾商讨并确定：不发请柬，仅限于旧交好友，人数在五十人左右。这是因为：庄世平从未搞过祝寿活动，不仅不让家里人搞，更不同意好友为其操办；况且，他是香港中资领导人，应带头谢绝这类活动。大家对这次活动的本意，也仅仅在于晚辈对长辈的敬仰和友谊的表达。但想不到的是，消息瞬间像风一样地传开了，北京和上海、广州的好友到来了，香港的亲友同仁赶来了，汕头、潮州、揭阳、普宁四市的党政领导汇集来了，海内外宾客一下子到了一百二十九人。而经广东省作家协会和潮汕历史文化研究中心轻轻发出一声征集，竟然集得国内外知名文人墨客的贺寿字画达一百二十多幅。其热烈、其壮观，令多花了钱的刘峰反而更加心满意足，说道："只有庄老，才有这样的号召力。"

是日，庄世平和林影平这对相加已一百七十一岁的老寿星，仿佛突然变成了风华正茂的中年人，不论是谁，凡是邀其干杯和合影的，一律来者不拒。忙得陪他们而来的小女儿庄耀华分身乏术。唯恐有什么闪失。直到黄大同请庄世平致答辞，庄世平兴致勃勃之间，才恢复了他原本的几分沉着和稳重。这种心态下的即席讲话，自然是妙语连珠、情真意切——

……在我八十多年的生活旅途中，我从未举行过任何祝寿活动。家人和好友曾为此征求过我的意见，但都被我婉拒了。我一直认为：从我来到人世上，只要是我活着的每一天，都是我的生日；我的生日，可以延伸到我生命终结的那一天。从另一个角度说，这十几年来，我几乎每天都在庆祝生日。每一天，我都有繁忙的工作，都有许多有益于国家和人民的应酬；我毫无保留，身心愉快地投入工作，祖国给我以极大的物质支持，这其实正是庆祝我每一天生日的最好方式。这当然也是祖国向着进步和繁荣发展的结果。我的命运和祖国的命运早就连在一起了。

在我的有生之年，我有这样三个心愿：

第一个心愿：我是在祖国的怀抱中学习成长，而后到海外寻求发展，并为祖国的命运和前途奋斗过的千千万万的华侨之一。我饱受过祖国贫穷落后的辛酸和耻辱，也经受了祖国在极"左"路线摧残下的痛苦和艰难，更亲身迎来了祖国改革开放的万紫千红的春天，参与了许多振兴中华大业的工作。因此，我衷心希望祖国能更加繁荣富强。

第二个心愿：祖国的大多数地方我已跑过了，唯独西藏、青海、内蒙三个地方还没有去过。只要我的腿还能走，耳还能听，眼还能看，我就要尽力争取到这三个地方去。这样，祖国的山山水水我都算走过了，有关各族人民的历史以及劳动方式、生活习惯等学识，我都较为圆满地得到学习和充实。

第三个心愿：我是1947年来到香港工作和生活的，至1997年我国恢复对香港行使主权，结束了英帝国主义对香港的殖民统治，恰好是五十年的时间。作为1949年底代表南洋商业银行在香港挂上第一面五星红旗的我，是多么希望看到代表着中国主权的五星红旗飘扬在整个香港上空呀！

这三个心愿实现了，我心足矣！到那时，我的身体状况怎么样，都随着它去吧！……

从容、乐观、豁达、大度，有智者的机敏，更有长者的风范。

可亲、可爱、可歌、可泣，参加活动的近一半的宾客，在为他欢呼鼓掌的同时，眼里却噙满了泪水。

早在80年代初，当香港回归祖国的决策由邓小平作出惊世骇俗的部署，中国人民终于可以扬眉吐气地清除自己的历史污垢的时刻，庄世平欣喜之余，又投入到新的神圣的抗争之中。中共揭阳市委副书记罗欧于2004年4月的回忆，便是庄世平投身于这一伟大的历史事件的真实写照："1984年，我随中央司法部到香港处理港澳的法律事务。那时候，正值中英谈判进入关键的时刻，在香港引起了极大的震动，包括股市、楼市和社会安定等等。围绕着香港的主权到底是回归还是不回归的问题，很多市民在关注，造成了群众的恐慌。有一种意见认为还是由英国人管制，绝大部分港人认为还是回归祖国，由港人来治港。在这个关键的时刻，庄老起到了关键的作用。他充分发挥自己特殊的身份，做了大量稳定的工作，使得内地到香港工作的同志也受到很大教育，也帮我们做了大量的工作，这是我记得的很重要的一件事。第二件事是定下来啦，香港要回归祖国，国家需要培养大量的法律人才。这些法律人才要求很高，既要懂法律工作上的衔接，又要懂英文，所以中央当时决定在北京和深圳举办一个高级法律人才培训中心。要办这件事难度很大，一个是人才的问题，第二是资金的问题。我是具体负责筹集资金和人才问题，碰到第一件事就是资金，资金面临很大困难，而且我们国家也刚改革开放，在培养人才方面资金也大量不足。当时中央提出，是不是可以向香港的高级法律人才，还有就是一些爱国机构、一些有名的企业发动一下，希望他们能够支持内地法律人才的培养和建设。当时我们也首先想到庄老，由庄老出面做香港的企业家和法律界人士的工作。我们找到庄老以后，庄老愉快地接受了这个任务。经过他做了大量工作之后，找了许多比较爱国的企业家。我记得一个叫廖瑶珠大律师，还有陈紫荆大律师，还有何要第大律师以及李嘉诚先生，还有一些著名的企业家。通过庄老的努力之后，很快解决了资金的困难，也使中国法律人才培训中心很快在深圳建立起来。"

随后，当香港回归祖国的日子近在眉睫，关于中方如何在香港航空市场中占有一定份额的问题，进入中国人民恢复对香港行使主权的重要议事日程。在中央的关注下，作为香港中国航空公司起义之后的持牌人，庄世平又理所当然地担负和参与了这一繁重而又光荣的任务。原中国民航总局局长刘剑峰于2004年7月的深情叙述，概括了庄世平在这一伟大事件中的非凡作用："自从讨论香港回归的时候，中方就研究怎么样在香港的航空市场中占有一定的份额。中央对庄老很信任，让他参与我们的研究。新中国建立以后，两航的人把飞机开回来了，中国航空公司一直在香港注册，但营业就没有进行了。在庄老参与下，经过几个股东研究商量，几经起落，几经重组，几经曲折，我们终于组建了一个新的航空企业，就是港龙航空公司。我到民航总局工作以后，于1998年按惯例做了中国航空公司的董事长，而且我们还拥有一个上市公司，就是中航兴业。在中航兴业航空公司的董事中，庄老已经九十高龄了。从1998年一直到今年，每次董事会庄老都是参加的。会上，庄老总会提出积极的建议，比如怎样把资金用活，把公司搞好，比如如何树立公司守信用的形象，等等。因为庄老在金融方面是个行家，所以对我们的中航兴业、港龙的资金运转，他都提了很多很好的意见。"中航兴业的顺利上市和迅速发展，记载下庄世平在中国的航空事业中继策动"两航"起义之后的一个又一个的辉煌。

在香港回归祖国的前前后后，为了凝聚方方面面的进步力量，庄世平又殚精竭虑地参与组织了香港潮属社团总会、香港广东社团总会、香港侨界社团年会等社会进步团体。这些进步团体在迎接香港回归、支持特区政府依法施政、支持特首董建华连任、支持全国人大常委会释法等等落实"一国两制"的伟大实践中，都作出了积极的贡献。

　　庄世平真的是幸运的！在他八十五岁以后的日子里，祖国不仅赋予他光荣而又繁重的使命，而且最大限度地满足了他——

　　早在中英关于香港问题的联合声明公布之后，庄世平就由中央有关部门聘任为港事顾问和香港特别行政区筹委会委员，全面参与香港回归祖国的各项工作。

　　1996年11月2日，在香港特别行政区筹委会第六次全体会议上，庄世平与香港各界399名爱国知名人士被选举为香港特别行政区第一届政府推选委员会成员，直接参与了香港特别行政区第一届政府行政长官从提名、产生候选人、听取候选人报告本人情况和施政主张、向候选人提出咨询到最后投票产生的全过程。随后，在港英当局明目张胆破坏中英联合声明、一再违反《基本法》、香港立法局的"直通车"安排无法实现的严峻形势下，庄世平和推委会全体成员为维护中华人民共和国人民代表大会的授权，为顺利选举产生临时立法会以弥补香港回归祖国之后的立法真空，面对港英当局的重重阻拦和某些黑暗势力的诸多干扰，毅然移师深圳，从一百三十名候选人中选举产生六十名临立会议员。至此，大局已定，中华人民共和国恢复对香港行使主权的历史潮流已成汹涌之势，全世界的目光都盯向1997年7月1日这个不平常的历史时刻，一切爱好和平的人们都为中国人民终于盼来了这一天而欢欣鼓舞……亲身参与了香港特别行政区政权建设的庄世平，未来得及在庆功酒中陶醉，又再一次承担起光荣而又繁重的历史使命。1997年11月1日，在第八届全国人大常委会第二十八次全体会议上，庄世平被选举为香港特别行政区第九届全国人大代表选举会议成员；同年11月10日，香港特别行政区第九届全国人大代表选举会议的全体成员，通过了由全国人大常委会委员长会议提出的选举会议主席团建议名单，庄世平榜上有名，成为选举会议主席团成员……

　　香港广东社团总会的发展历程，是霍英东、李嘉诚、庄世平等著名爱国人士团结广大粤籍同胞支持祖国对香港行使主权的重要见证。1996年，粤籍社团和乡亲组成了"香港广东社团庆祝回归委员会"，为香港的平稳过渡、顺利回归做了大量的工作。回归后，总结了"庆委会"在回归过程中所发挥的重大作用，更可喜地看到一批朝气蓬勃、年青有为的爱国人才的茁壮成长，霍英东、李嘉诚、庄世平等老一辈侨领悉时地发起，将"庆委会"改名为"香港广东社团总会"，成为香港一个具有强大实力的永久性社团。总会成立之后，在支持特区政府依法施政、支持董特首连任、支持全国人大释法、支持中央政府对港的各项政策等等爱国行动中，都旗帜鲜明地喊出了自己声势浩大的声音。2004年7月28日，全国政协常委、广东社团总会余国春主席在接受采访时，对庄世平的感激自始至终溢于言表："说庄老高风亮节，主要是他的无私。大的方面，他对祖国对民族无私。小的方面，他对每位同胞每个爱国人士，都无私。就我个人而言，不论在会务或工作上，不仅受到他悉心的教育帮助，还可以追溯到他对我们家族的支持和爱护。我父亲余庆、伯父余碧友于20世纪50年代从印尼到香港发展，因看到国家热火朝天的建设热潮和欣欣向荣的景象，决定经营国货，将祖国的产品推向国际市场。可是，人生地不熟之外，内地对国货外销也有许多规定和限制，一时无从下手。庄老了解到这些情况，不厌其烦地联系有关部门，做了大量的工作，终于使国货外销的关键性问题解决。随后，为了解决公司用地，庄老无私地以平价租出了南洋商业银行的底层，使我们的家族实业在香港有了扎根之地。至此，'裕华国货'在港一炮打响，物美价廉的国货在香港和国际市场上成为抢手货。此后，经营国货的商铺如雨后春笋般出现。至1974年我从澳大利亚学成归来，参与家族实业的工作时，全港经营国货的商家达三四十家之多。"

这里应该强调的是：不管是香港回归前的第一届政府推选委员会还是回归后第九届全国人大代表选举会议，都是落实"一国两制、港人治港"的伟大构想的核心工作，关系到香港的平稳过渡，关系到香港的长期繁荣稳定，既有铁一般的原则性，也有最大限度给予包容的灵活性。衡量的标准只有一条：爱不爱国。庄世平在长期的工作中，早就积累了调动一切可以调动的力量为我所用，把一切可以转化的力量转化为爱国进步力量的丰富经验。我们在前面已叙述到的：在北平中国大学读书时为争取权益与南京潮籍大学生所打的官司中，在东南亚与爱国侨领陈嘉庚、林连登的工作中，在接待"中艺"前往泰国的演出中，在为安达公司打通运输线的过程中，在争取香港中国银行以及其他金融、航空等机构投入新中国怀抱的工作中，在参与国内统一人民币、肃清市场上的外币并将外币转化为外汇而发挥重大效益的过程中，在支持经济特区的创建和发展的工作中，在动员广大侨胞参与祖国的改革开放事业中……都已十分形象和充分地作了说明。正因为他具有极大的威望，不论是推选委员会或是选举会议上，庄世平自然而然地成为骨干，成为核心人物之一。临时立法会的一百三十名候选人和香港区第九届人大代表的上百名候选人，许多人都将庄世平视为一股不可估量的政治力量，采取了由写信到当面请求的各种方式进行全力争取。这些人中，有部分是现任港英立法局议员（立法局一半以上的议员参加了临立会议员的选举），有的甚至是某个党派的党魁。他们中的一些人曾自觉或不自觉地参与和执行了港英当局破坏中英联合声明、违反《基本法》的阴谋和行动，个别人甚至在一些公开场合上诋毁和抹黑中国政府为香港顺利回归所制定的一些政策，庄世平就曾在一些场合与这些人针锋相对地斗争过。然而，没有香港绝大多数人的积极参与，要使"一国两制，港人治港"的方针政策得以落实，要使香港平稳过渡并保持长期的繁荣稳定，必然成为一句空话。因此，只要在中国政府恢复对香港行使主权的关键时刻，不再跟随港英当局的逆历史潮流而动的政策、转而支持和拥护《基本法》的一切人，甚至对中央政府个别举措和环节，还态度模糊或者还不理解、但已站到《基本法》立场上的个别人，都应该在爱国不分前后的大前提下，欢迎这些人加入到中国政府恢复对香港行使主权的历史行列中。港英立法局一半以上的议员以至个别党派的党魁自觉地参与临立会议员的选举，正好说明我们的方针政策已经深入人心，并在港英当局的关键核心区域内产生了强烈的震动，最大限度地扩大了我们的爱国阵线和力量。因此，不管是在香港，还是在其他什么地方，庄世平都把推选过程当作宣传爱国主义和加强统一战线的绝好机会，以其豁达、大度、恳诚的态度，在推选委员会或选举会议的成员中，为那些说过错话做过错事，甚至直接反对过自己，但已经转变了立场并有社会影响的候选人，做了大量疏通说服的工作，为这些候选人在过渡时期顺利当选并发挥作用架桥铺路……对中央和《基本法》规定的有关港英当局中属香港永久居民的官员及整个警察部队给予全部留任的政策，个别同仁不仅想不通，甚至愤愤不平。庄世平常常用这样的比喻与这些同仁进行交谈和沟通："爱国不分先后。只有强大的统一战线，香港的稳定才有保证，祖国的发展才会更快。解放战争时，我们的解放军能够迅速壮大，很大的一部分就是起义或投诚过来的国民党官兵。不管你承认不承认，解放全中国，同样就有这些起义或投诚的国民党官兵的一份功劳，这是事实。"

一个八十七岁的老人，担负如此繁重的使命和工作，其劳累着实是一般人难以想象的！

但我们也应该想到：唯其八十七岁的高龄，庄世平所产生的影响和作用，则是其他人无法代替与无法估量的。

1997年的7月，庄世平迎来了漫长人生旅程的硕果累累的金秋——

1日凌晨零点，在举世瞩目的中英政府香港政权的交接仪式上，随着英国"米字旗"降落，中国的五星红旗和香港特区的紫荆花旗徐徐升起，代表中华民族长达一百多年的耻辱历史终于结束了，一个由香港人自己当家作主，并从此融入祖国大家庭的崭新年代正式开始。庄世平身着笔挺的礼服，仪态凝重，融汇在四千多名来自世界各地的嘉宾之中，眼望着五星红旗，耳听着嘹亮的国歌，这一刻再也无法抑制那压抑了近一个世纪的泪水，任由其泉涌般地滴落下来。1949年他代表南洋商业银行在香港挂起第一面五星红旗时，那是要承担起巨大的政治风险的。在自己的国土上悬挂国旗的风险他无所谓，令他痛心的是南洋商业银行因种种原因搬迁办公地点时，业主因害怕政治风险在悬挂国旗的条款上的诸多阻拦和限制……如今，一切耻辱都过去了。人生啊，有什么比扬眉吐气更使人神往和满足的呢？

1日凌晨1时30分，还是在同一座轩敞的宏大建筑——会展中心新翼，欢腾的浪潮从第五层涌向第七层。眼望着第一任行政长官董建华带领特区政府主要官员，行政会议召集人钟士元带领全体成员，临立会主席范徐丽泰带领全体议员，首席大法官李国章带领终审法院常设法官和高等法院法官先后走上主席台，分别向国家主席江泽民、国务院总理李鹏、行政长官董建华做"效忠中华人民共和国香港特别行政区"的宣誓，庄世平的神色由凝重到欢慰到陶醉，那纹路纵横的脸庞最后竟定格在一个舒心的微笑上。他想起了中英联合声明发表以来的风风雨雨，想起了他和千千万万的祖国优秀儿女为洗刷耻辱所付出的艰辛，想起了他能够参与这重大的历史变革并看到她结出丰硕的成果而感到无尚的光荣和幸福……由此他想到了香港的未来，于是仿佛有一个声音在他心底里升腾而起：我会倾尽全力的！中国人在自己的国土上办自己的事情，绝对会干得更漂亮！

1日上午，庄世平出席了中华人民共和国香港特别行政区成立庆典大会；下午，他又出席了特别行政区为庆祝香港回归祖国和香港特别行政区成立而举行的盛大酒会……

7月2日上午，香港特别行政区政府在原总督府举行隆重的授勋仪式，行政长官董建华向庄世平等十二位对香港回归祖国作出卓越贡献的香港知名人士，颁授香港特别行政区最高荣誉奖章——大紫荆勋章（香港特区政府的勋衔制度规定，每年颁授奖章一次，大紫荆勋章为最高荣誉奖章）。此时此地此情此景，庄世平的内心不由又汹涌起排山倒海般的激情。过去的五十年间，他曾多少次万不得已经过总督府，虽说不屑一顾，内心却是多么的羞惭无比。如今，他不仅是这里的主人之一，也在这里接受了历史对他漫长的人生的一次检验：以大紫荆勋章为标志，香港六百多万人民对庄世平几十年如一日的血汗耕耘作出了最高的肯定，祖国对庄世平这样一位优秀儿女作出了最高的回报！……当晚回到家里，已时近午夜，庄世平仍为这两天的活动亢奋不已，一股急需表达的强烈情怀油然而生。于是，他铺开稿纸，欣然命笔：

1997年7月1日零时，被英国占领一百五十多年的香港终于回到祖国的怀抱，百年国耻终于洗雪了！这是中国人民长期奋斗的结果！是中国改革开放的总设计师邓小平提出的"一国两制"方针得以实施的结果！

当中华人民共和国国旗——五星红旗在香港冉冉升起，海内外华人无不引以为自豪，扬眉吐气！从我个人来说，更是兴奋不已，感慨万千。48年前，当我在香港南洋商业银行楼顶升起一面五星红旗庆祝中华人民共和国成立的时候，就盼望着香港回归祖国这一天的早日到来。

这时，他想起了上海租界挂着的"华人和狗不准入内"的木牌，想起"九一八"事件之后种种悲愤交加的情景，想起了已无缘看到香港回归的方方、许涤新、黄声等等革命前辈和先烈……那绵长而激奋的情怀通过文字跃然纸上，至7月3日早上，一篇近三千多字、题目为《五星红旗在香港升起感怀》的豪文已经急就（这篇文章在后来的"庆香港回归，盼祖国统一"征文中获一等奖，并收入《青史流芳话港归》一书中）。也正是这一日，《人民日报》发表了该报记者在香港回归前夕对他的专访文章《喜看五星红旗在香港升起——访南洋商业银行名誉董事长庄世平》：

今年八十六岁高龄的庄世平"退而不休"，仍然在为国事、港事、家乡之事以及自己从事并奋斗了大半辈子的事业忙碌着……

"我在有生之年，能目睹香港回归祖国怀抱，并能参加中华民族扬眉吐气庆回归盛典的各项活动，有说不出的喜悦，深感无限光荣。"庄老感慨地说，"……伟大的邓小平先生虽然离开我们了，但全国人民包括港、澳同胞、海外华侨都深深地怀念他，无限地敬仰他；可以这么说，如果没有邓小平有中国特色社会主义理论的指引，如果没有他带领我国人民走上改革、开放之路，祖国就没有今天这样的繁荣富强；如果没有他提出的'一国两制'的伟大构想和以江泽民主席为核心的中央制定的一系列相关的政策和策略，我们就不能克服各种障碍，使香港既保持繁荣又平稳地回归祖国。我们香港同胞人人有责做好各项工作，支持特区政府开展工作，使香港比回归前更稳定、更繁荣。"……

这些文字，既是对庄世平过去的总结，又像是为未来前进敲响了鼓点。

为了使香港回归祖国这一伟大的历史事件得到永远的纪念，庄世平联系了香港各界知名人士，向中央和香港有关部门提出了倡议，希望在古都西安建立一座香港回归纪念碑。这个倡议立即得到中共中央统战部和香港政府的支持，内地多位著名学者参与了碑文的起草，香港特别行政区长官董建华题写了"香港回归纪念碑"的碑面，著名书画家方兆麟女士题写了碑文。1998年5月，庄世平任团长，率香港各界知名人士组成的代表团，前往古都西安，参加了香港回归纪念碑的揭幕仪式，并拜谒了中华民族的祖先——黄帝陵。揭幕仪式由全国政协副主席、中共中央统战部长王兆国主持，庄世平不仅代表香港各界同胞讲了话，并和王兆国一起为纪念碑揭幕。沉寂了许久许久的黄帝陵，尝遍了中华民族沧桑炎凉的黄帝陵，终于在20世纪末听闻到中华民族自强于世界之林的豪迈回响。

若黄帝有知，必定为20世纪末的中华民族而自豪！

若黄帝有知，必定为他的六百多万香港子孙重新回归故里而骄傲！

若黄帝有知，必定为他的优秀儿子庄世平而庆幸！

二十八　无限生命

　　熟悉并关注着庄世平的人们，自香港回归祖国之后，无不注视着他的健康和行程。生命有限，他终究过了九十岁的高龄，能否在有生之年完成他的人生愿望呢？

　　作为他毕生为之奋斗的事业，香港已回归祖国。作为他毕生为之追求的理想，祖国的繁荣也已成不可遏止的历史潮流。繁荣是一种难以用数字表现的无限现象，自改革开放特别是九十年代以来，祖国大地政通人和，人民群众安居乐业，这既是繁荣的基础，也是繁荣的一种表现。事实上，他的人生愿望只剩下一个了：走遍祖国大地。

　　可惜，人们久久地等待着，却一直未能听到他访问西藏、青海、内蒙的消息。是呀，这位一生都在为国家为人民而奔忙的老人，又在忙些什么呢？

　　不论是在参加香港特别行政区第一届政府推选委员会和香港第九届全国人大代表选举会议的神圣工作中，在举世瞩目的中英政府香港政权交接仪式和中华人民共和国香港特别行政区成立庆典大会的庄严殿堂里，还是在原总督府接受行政长官董建华颁授的香港特别行政区最高荣誉奖章——大紫荆勋章的光荣时刻，在率团前往古都西安参加香港回归纪念碑的揭幕仪式并拜谒了中华民族的祖先黄帝陵的喜庆日子里，庄世平的脑海中不时闪现着方方、黄声、郑铁如等等为香港的进步繁荣和最终回归祖国而作出卓越贡献的革命先烈的身影。他们的在天之灵，如能知道香港已平稳地回归到祖国的怀抱，该会是多么的欣喜呀！今天的香港人，又有多少人还记得这些革命志士在这块土地上流下了多少血汗！自己作为一名历史的见证人，如果不把香港的昨天和今天原原本本地记录下来，缅怀先烈，启迪后人，那是失职呀！在度过了不知多少个不眠之夜，经过深思熟虑之后，从1997年6月底开始，在繁重的工作之余，他拿起见证历史的笔……在《方方在香港的不平凡历程》一文中，他这样写道——

经历一个半世纪殖民统治的香港，终于回到祖国怀抱了！在举国为此百年盛事欢欣鼓舞的伟大历史时刻，我怀着无比崇敬的心情，想起一个五十年前曾经在香港艰苦奋斗过的伟人——他就是广东人民和海外侨胞广为人知的方方同志。

日本投降不久，方方以八路军少将身份，作为军调部执行第八小组的中共首席代表，到广东监督执行停战协定；1946年7月，当东江纵队两千多名指战员刚刚北撤山东烟台之后，方方又被任命为中共中央代表，前来香港全面领导华南地区党组织的工作。1947年1月18日，中共中央决定成立香港分局，任命方方同志为书记，尹林平为副书记。从此，方方与香港分局的战友一道，在远离中央、远离解放区的困难条件下，在香港仍然处于英国管治并与国民党有着正式外交关系的复杂环境中，巧妙地运用秘密工作与公开工作相结合的方式，将香港实际上变成为中共充分利用的一个基地，从三个方面进行革命工作：一是设立农村工作委员会，专管华南地区的武装斗争；二是设立城市工作委员会，在广州、香港、澳门等城市秘密开展工人运动和学生运动；三是设立香港工作委员会，全面开展港澳地区和海外的统战、外交、宣传、财经和群众工作。在方方和香港分局领导下，这三方面的工作互相配合、互相支援，取得了显著的效果，为推翻国民党政府的黑暗统治，为建立中华人民共和国作出了卓越的贡献，为中共组织在整个华南地区的发展建立了不可磨灭的历史功勋。

一、点染华南一片红

1946年6月26日，蒋介石在美国的支持下发动了全面内战。为了把广东变成战略后方基地，国民党到处捕杀东纵复员人员，迫害爱国民主人士和进步学生，大肆推行"三征"（征兵、征粮、征税）苛政，方方一到香港，就以东江纵队北撤代表曾生将军的名义发表声明，强烈谴责国民党挑起内战和残酷杀害进步人士的罪恶行径，号召广大群众起来进行自卫斗争。

从1946年下半年起，华南地区大多数的中共武装队伍，由于军事上执行了方方提出的"实行小搞，准备大搞，从无到有，从小到大，逐步前进"的战略的方针，在政治上建立了反对蒋介石、反对"三征"的统一战线，力量得到迅速壮大。到1947年9月，人员由北撤后的不足两千人发展到一万多人，粉碎了国民党的所谓"拔钉"计划，打下了华南地区普遍发动游击战争的坚实基础。蒋介石为了把广东变成它最后的内战基地，于1947年9月30日任命宋子文为广东省"主席"。在宋子文到任之前，方方就通过各种报刊公开揭露蒋介石的阴谋，提出了"和宋子文做力量发展的竞赛"和"走在宋子文前头"的响亮口号，并具体部署了打击宋子文的斗争。

当时宋子文一到广东，就调集兵力，扬言要在六个月内"肃清匪患"。面对宋子文的嚣张气焰，1949年2月，方方主持召开了香港分局会议，做了《刘邓大军渡黄河后的形势和我们的任务》的报告，随后并向广东各级组织和武装部队发出了《粉碎蒋宋进攻计划，迎接南征大军的指示信》，针对宋子文"分区扫荡，重点进攻"的"第一期绥靖计划"，提出了"和平发展，大胆进攻，建立地区主力部队"的方针，在这个方针的指引下，广东各地的人民武装节节胜利，不到半年就打碎了宋子文的如意算盘。1948年夏，不甘心失败的宋子文又集结十五个保安团、十二个保安营、三个补充旅及所在地方的武装，发动了第二期对人民武装的"清剿"。在方方和香港分局的正确领导下，东江南岸的游击队坚持"集中优势兵力，各个歼灭敌人"的战术，于1948年7月中旬，先后连续组织了沙鱼涌袭击战，横岗伏击战等战役，取得了击败国民党军队重点进攻的胜利，南路、粤北、粤中、粤东、西江、琼崖等地的人民武装也连战皆捷。宋子文的"第二期绥靖计划"又被粉碎了。1948年10月，宋子文不得不以悲凉的心情发表就职周年的广播演说。与之相反，方方则以胜利者的姿态在香港《群众》杂志上发表了题为《谁战胜谁》的文章，讴歌中共武装一年来所开创的新局面。到1948年底，粤赣湘、闽粤赣、粤桂边、粤中等几个大边区均已建立主力部队，根据地和游击区也由山地向平原发展，逐渐逼近国民党统治的中心地带。1949年1月24日，宋子文结束了在广东近一年四个月的"使命"，败走香港。方方和香港分局领导华南地区的武装斗争，加速了南下大军解放广东的步伐。

二、枪笔双挥惊敌胆

方方十分重视宣传工作。1946年7月，刚到香港不久的方方，为扩大和发展宣传阵地，及时召集黄文俞、李超、杨奇等人开会，决定将《正报》改为期刊，以便于同《华商报》分工，并设立毛泽东题字的"中国出版社"，出版解放区的政治、文艺书籍。为加强对报纸的领导，香港分局又决定在香港工委之下成立报纸工作委员会，并于1947年春筹组新华社香港分社，以加强对解放区的报道。此外，还建立起国际新闻社香港分社，以及中国歌舞剧艺社（简称"中艺"）、虹虹歌咏团等文化机构。其后又布置安达公司负责安排"中艺"在团长丁波率领下赴泰国曼谷演出，效果很好，深受广大华侨欢迎。

方方身先士卒，勤于笔耕，经常为香港的《正报》《群众》杂志和《华商报》撰写文章，宣传中共的路线、方针、政策，指导华南地区的斗争。在革命战争年代，方方发表的七十三篇政论文章中，解放战争时期占了六十三篇，而在香港《正报》《群众》上发表的文章就达四十五篇，几乎每隔一期，《正报》便有方方的文章发表，涉及政治、军事、文化、思想修养、形势任务和方针政策等方方面面。《正报》曾把他所写的《谈团结》《从群众中来到群众中去》《论领导》等十二篇文章汇成册，题为《献给人民团体》，于1947年9月在香港出版。这些文章是作者实践经验的总结，具有很强的针对性和可读性，对当时华南地区如何开展革命斗争，加强干部的思想修养，具有很强的指导意义。

1948年，方方以"野草"笔名，撰写了近五万字的回忆录《三年游击战争》。作者以亲身经历，叙述了闽西南三年游击战争的艰苦历程，描写生动，文笔流畅。当时在香港的郭沫若，欣然为该书作序，给予很高评价，认为像方方这样"以历史创造者而兼历史记录者，这是很少有的"，指出"三年游击战争和两万五千里长征同样的光辉昭亮"。作为"将士自战日记"的史料，方方的《三年游击战争》也具有很高的文学价值，给香港文坛注入了清新的空气，为读者提供了有益的精神食粮。

方方的老战友方明生有一首怀念方方的诗写道："三年游击挫敌顽，为党为民立战功。枪笔双挥惊敌胆，点染华南一片红。"方方文武兼备，当之无愧。而他所写的文章，或是他战斗经验的总结，或是对中央政策的阐述，或是对工作的指导，或是对历史的回顾，无一不是他的心血结晶。

三、为国为民育英才

方方在港工作期间，对干部的培养不遗余力。东江纵队北撤后，方方和香港分局针对部分人员对形势认识不清、组织松散的情况，及时进行了思想教育和组织整顿。从1947年1月起，香港分局在九龙土瓜湾连续举办了五期干部培训班，方方亲自做了《当前时局的特点》《关于广东形势和赤色割据问题》等报告，使干部认清了南方武装斗争的新形势、新特点和斗争前途，增强了夺取新胜利的信心与决心。在这三年间，虽然条件艰苦、环境恶劣，但香港分局还是举办了二十多期各种类型的干部学习班，培训了一大批优秀的领导干部，从组织上保证了华南地区武装斗争的顺利进行。

方方同样重视教育事业，1946年初夏，中共广东区党委根据中共中央的指示精神，与在港民主党派负责人组成了达德学院筹备小组。方方来港后，立即支持筹备工作，设法筹集经费，建立达德学院董事会，推荐李济深为董事长，聘请著名教育家陈其瑗为院长，使建校筹备工作得以顺利进行。

1946年9月达德学院经注册立案后，登报招收商业经济、文哲、法政三个系一年级新生和商业经济二年级转学生，共录二百人。1947年后又增设了新闻专修班和先修班。同年10月达德学院开学不久，方方主持召开了讨论达德学院办学方针、学制和达德学院的工作专门会议，他说，在两次革命高潮之间，达德学院担负着培养人才、准备干部的重要任务。学校是中共领导，和民主党派共同创办，由民主党派出面主持的，因此，一定要贯彻民主办学的方针，与各民主党派合作共事，支持陈其瑗院长，团结全校师生员工办好学校。在方方的关心和支持下，达德学院的各项工作很快步入正轨，学校的教学质量不断提高，在海内外享有很高的声誉。

达德学院的发展，引起了国民党政府和港英政府的注意。1949年2月23日，港英政府强行取消达德学院注册。限期停办。全校师生十分愤慨，社会震惊。方方一方面通过舆论指责港英当局，一方面立即召开分局会议，讨论善后事宜。达德学院全校六百多名师生职工和部分家属沉着应变，有组织地迈上革命的征途。建国后，达德校友有的成为专家教授，有的担任了省、市重要领导工作。

同一期间，在方方和香港分局领导下，香港工委还推动民主人士复办了中国新闻学院，由叶启芳、刘思慕先后担任院长。这家学院在1946、1947年办了两届，同时还办了函授班。它不仅为中国人民新闻事业造就了大批骨干。而且也像达德学院一样，为中国人民的解放事业培养了人才。此外，方方还以直接或间接方式，关心和支持香港一些私立学校的创办和发展。

四、财经工作显卓识

香港分局成立之初，方方根据形势发展需要，在注重抓军事、政治工作的同时，高度重视抓好财经工作。方方与香港工委财委书记、著名经济学家许涤新一起研究决定，在资金十分短缺的情况下，从小本生意做起，逐步开展工商活动。1947年初，方方又与尹林平商议，决定将原来东江纵队做生意的资本以及中央拨给东江纵队北撤余下的经费十七万港元，全部调给财经委运用。

不到三年，香港分局不但发展了安达公司、启源贸易商行和新桥公司，而且新建起东台运输公司、新联公司、南方影业公司等一批骨干企业。经济工作的开展，在财经和物质上支持了中共各项工作的顺利进行，有些经济渠道对后来中国打破西方的经济封锁起了很大的作用。

1947年我到香港，在方方的指导下，也积极开展经济方面的工作，先后创立了宝通银号和其他一些贸易机构，并协助方方策划、设计在广东解放区发行"南方券"，建立南方银行，为华南地区的经济工作尽了自己力所能及的努力。我清楚地记得：在全国解放前夕，方方和他的夫人苏惠约我到他家谈话，方方说："香港可能不会马上收回"，"新中国成立后，我们还要利用香港"，"香港作为我国对外贸易通道的地位，别的港口是难以替代的，将来我们的贸易结汇，海外华侨的汇款，都需要由我们自己的机构来负责。现在如果不是这样去想，并积极筹划自己的阵地，我们将会对历史失误。"在方方的启发下，我在新中国诞生两个多月后，由我负责筹划的香港南洋商业银行及时地在12月14日正式开业了。紧密地配合了国家对外收汇付汇服务的需要，并高高地挂起新中国的五星红旗，鲜明地标志这家新银行是拥护新中国的。同时我还配合中共接管了香港中国银行和其他多家银行，以及一些企业机构，使这些企业延续下来，并保护了国有资产。1950年初，南洋商业银行又到澳门创办了南通银行。所有这些，都是与方方的关怀、教导分不开的。每当我回忆起当年方方的教诲，总是感慨万千，并为他的远见卓识所叹服。

方方在抓好香港地区经济工作的同时，还有步骤地开展了华南游击区的财经工作。1947年10月，方方在为香港分局起草的文件中指出："对于经济财政必须要开始积蓄财富，打下大搞时的本钱"，"关键问题是发展生产及执行正确的财经政策"，方方针对在广东过早地"分田废债"的"左"的做法，及时地加以纠正，从而保证了华南游击根据地财经工作的健康发展。他还认为，要发展游击区的经济，就应实行开放政策，鼓励工商业者及华侨到游击区开工办工厂，建立农场，经营商贸及侨汇。1949年5月7日，方方致电华南各地党组织，特别强调干部要学习财经政策，准备接管城市。他说，开展财经工作不仅仅是为了解放整个华南，更重要的是要为解放后恢复生产和发展经济打好基础。

方方在任香港分局书记期间，为华南地区的财经工作作出了重大的贡献；特别是解放战争时期就提出了发展经济可以实行开放政策和利用香港作为基地的思想，显示他的远见卓识。

五、统一战线创伟业

中国共产党把统一战线工作视为革命"三大法宝"之一，方方一贯重视开展统战工作。他对国民党元老何香凝老人非常敬重，经常登门探望，并依靠她做了大量的统战工作。方方还亲自拜访了李济深等国民党的爱国人士，促成他们建立了统一组织中国国民党革命委员会，重整了领导机构。在方方的支持下，民主同盟领导人沈钧儒、章伯钧、邓初民等也在香港重建了领导机构，通过了"拥护共产党，支持解放军，坚持推倒国民党反动政府"的历史性决议。还有，中国致公党、中国农工民主党、中国民主建国会、中国民主促进会等民主党派，在方方和中共中央香港分局的帮助和影响下，也积极投入反蒋爱国民主运动。方方还部署了争取李洁之、曾天节等国民党将领先后率部起义。

由于方方诚恳待人，晓之以理，动之以情，许多爱国民主人士和爱国侨胞都把他当作知心朋友，乐意和他说心里话。有些民主人士在方方和分局其他领导人的启发下，放弃了走"中间路线"、搞"第三势力"不切实际的幻想，转而真心实意地拥护中国共产党，为中国人民的解放事业发挥了自己有益的作用。

方方把团结广大海外华侨作为中共统一战线工作的重要部分来抓。他先后派出饶彰风等一批干部到泰国、马来西亚、新加坡等地，联系各阶层的华侨，宣传中共政策和主张，揭露蒋介石挑起内战、卖国独裁的罪恶，激发了广大华侨的爱国热情，推动了海外华侨民主运动的发展。特别是对著名华侨领袖陈嘉庚的工作做得甚为出色，不但使他看清了蒋介石投靠美国的真面目，而且把祖国独立、民主、富强的前途寄托在中国共产党身上。在陈嘉庚的带动下，广大侨胞积极捐献款项和物资，支持祖国人民解放战争。

　　1948年4月30日，中共中央在发布"五一"劳动节口号中，提出了"各民主党派、各人民团体及社会贤达，迅速召开政治协商会议，讨论并实现召集人民代表大会，成立民主联合政府"的号召。这个政治主张，很快就获得了旅港的各民主党派、无党派爱国人士以及海外华侨的响应。他们纷纷集会，发表宣言或声明，表示热烈拥护。到了6月30日，方方和潘汉年、连贯一起，邀请李济深、沈钧儒、谭平山、马叙伦、王绍鏊、郭沫若、茅盾等人座谈，就新政协会议召开的时间、地点、召集人、参加者以及如何北上等问题，进行了磋商。为了完成这项特殊的使命，在方方领导下，成立了一个专门领导小组，由潘汉年、夏衍、连贯、许涤新、饶彰风共同负责，分头行事。随后不久，中央又派钱之光从大连到达香港，配合香港分局一起工作。于是，护送民主人士离港北上的工作便进入实际行动阶段。第一批到达东北解放区的是沈钧儒、谭平山等人。从1948年9月至1949年9月这一年间，一共秘密运送了民主人士及家属20批，共计一千多人，其中民主人士有350人，后来出席政协会议的代表就有110多人。在方方和香港分局有关人员的精心策划和安排下整个护送工作完全没有出现差错，受到中共中央的通报表扬。

　　1949年5月，方方率领中共中央华南分局机构远离香港，进入广东潮梅边区。8月上旬，赴江西赣州与叶剑英率领的南下大军会师。根据中共中央的指示，组成了新的中共中央华南分局，全面领导广东、广西两省的革命和建设工作，由叶剑英任第一书记，张云逸任第二书记，方方出任第三书记。

方方，1904年出生于广东普宁县洪阳镇，1971年受"四人帮"迫害而离开人间。历史早已证明：方方是中国人民的好儿子，优秀的共产党员，老一辈无产阶级革命家，久经考验的共产主义忠诚战士，杰出的侨务工作者。方方和中共中央香港分局当年以香港为基地领导华南地区革命斗争所创建的辉煌业绩，宛如一座丰碑，竖立在香港之滨。

可惜的是，这项记录历史的浩瀚工程才刚刚开始，一场势如燎原的灾难——金融风暴，正席卷东南亚各国以至日本、韩国，最终连香港也未能幸免了。为着自己生活和战斗了半个多世纪的香港的稳定繁荣，为着祖国的荣誉和人民的利益，庄世平不能不暂时舍弃下走遍祖国山山水水的人生愿望和正在记录历史的重要工作，投入到又一个看不见血和火的战役中。

从1997年10月开始，以索罗斯为首的国际金融大鳄，数度在汇市、股市、期指三路向香港展开了进攻，并且几乎每次都轻易得手。进入1998年8月，他们作了周密的部署，又发起了志在必得的狙击。第一，他们在香港以发行港元票据方式，筹备了300亿港元；第二，他们利用香港低息期借入了一年的长钱；第三，他们在期指市场9000点时积累了几万张空仓合约，并继续增加持有数量。第四，他们与一些银行和经纪建立了借贷门路，可以在现货市场猛沽恒生指数的成份股。做好了这些准备之后，他们大抛港元，扶高利息，然后在期指上获利。他们认为，以如此巨大的财力，必能将香港股市抛至5000点以下，并将楼市价冲击至2000元一尺，第一阶段至少可获利100亿港元。如果让大鳄得手，香港经济势必元气大伤，造成大批企业倒闭，更多的市民失业，银行也陷入债务危机之中。届时，大批的香港企业将会被贱价收购。香港人民刚从政治上站立起来，眼看又将陷入到殖民经济之中。这是任何正直的香港人所不愿看到的。

在特区政府未采取果断措施之前，庄世平就以一个政治社会活动家的眼光和著名金融家的良心，从各种渠道向政府提出对付金融危机的意见和建议；以其巨大的影响力劝说许许多多的金融机构应以香港利益为重，堵塞一切让国际金融大鳄可乘的漏洞；想方设法筹集资金挽救在金融危机中陷于重重困难的企业和有关人士。8月初，外汇市场对港币的炒卖气氛积聚，各种谣言四起，有一家海外基金会甚至开出8月12日联系汇率脱钩的期限，更有人处心积虑地谣传香港某家银行即将破产。庄世平利用各种场合多种方式，以充分的证据对这种谣传作了有力的回击，大大地稳定了一部分人的信心。

对于联系汇率对稳定香港经济的重要性，庄世平不仅多次向特区政府反映和强调，更通过中央政府驻港联络办公室，多次向中央有关部门和有关领导人提出自己的见解。他语重深长而又忧心忡忡地指出："如果让联系汇率脱钩，无异于自毁长城！"

8月5日，香港特区政府终于奋起出击，入市吸纳港币。香港一直以来奉行自由经济政策，由政府直接入市的形式在香港的历史上绝无仅有。于是，一些别有用心的人跳出来了，诬说这是毁灭自由经济政策，"葬送香港自由经济的形象"，有的甚至将矛头指向北京中央政府。香港社会在这些颠倒黑白的诬说中人心惶惶，无所适从。庄世平以前所未有的激情投入了战斗。他除了继续向政府有关部门提出反击的意见和建议，更不遗余力地对各种谬论进行了还击。在8月13日下午的一次聚会上，他义正词严地说："一个负责任的政府，必须以稳定和繁荣造福于民。每一项社会活动都有其规则，规则就是政策法律。政策法律的最高宗旨在于维护社会的稳定和人民的利益。当规则遭到破坏，社会的稳定和人民的利益受到损害，如果政府无所适从，任其所为，这样的政府要它何益，必然会受到历史的唾弃。特区政府适时入市，虽说是历史上第一回，则恰恰说明这是一个负责任的、有所作为的政府。请问，对这一次金融风暴，除了政府，香港有哪几个人狙击得了？这是任何个人力量所不可为的。特区政府这一次的做法，也必然为世界各地狙击和防止金融危机提供有益的借鉴和经验……"这次讲话后不久，俄罗斯、日本、韩国、台湾等国家和地区都以行政手段介入市场，给国际大鳄以迎头痛击。历史又一次证明了庄世平的高瞻远瞩。

8月14日，特区政府在掌握了炒家在外汇市场上用完了"弹药"，联系汇率受冲击的压力减少之后，立即将枪口对准了股市和期货市场这两个主战场。当天，恒生指数一洗颓势，由13日的6600点升至7200多点，飙升564点，升幅达8%，是历史上第九大单日升幅。19日，港府趁着外围利好因素，再度入市，以近40亿港元的资金大手扫货，恒生指数再升411点。24日，港府再用50亿港元，大幅推高大市，恒生指数再涨317点。28日，港府和炒家的格斗白炽化，炒家疯狂地抛售汇丰和香港电讯等蓝筹股，力图压低恒生指数；港府则力撑港股，接下各只蓝筹股的沽盘；到收市时，恒指仅小跌93点，以7829点收市，成交量达790亿港元的"天量"。据估计，美国国际大炒家索罗斯这段时间在香港汇市和股市的投机炒作损失惨重，估计达8亿美元。国际炒家们终于受到重创。

1998年8月底，在接见《大经贸》的记者时，庄世平又一次慷慨陈词，为香港战胜金融危机作了十分具体的论述："香港的基础还不错，外汇储备很雄厚。由于基础雄厚，今天遇到了这样那样的问题，可形容为波涛汹涌，险恶万分，经香港政府采取干预政策，发挥政府应有的功能，初步稳定市场。而主要还是香港社会经济有力量能够承受下来，香港居民对香港前途有信心，加上与内地在政治和经济关系上的连结，特别是同广东的经济关系很密切，有这个后方的支持，基础更加强固。""香港在银行管理、银行的经营上还是健全的。流动资金、流动资产上比例是很充裕的。香港只要金融没问题，其他有问题，也是比较有办法解决。香港的大小银行都比较健全，现在说经营困难，息差缩小利润下降，存款放缓而利息又高，放款方面出现了更多呆账，但银行都提存足够呆账准备。这一点反映出银行管理的健全。如果好像东南亚和日本那样管理不规范一旦暴露出来，就很难收拾了。现在香港经济虽然不景气，但是健全的金融很重要。我想香港应该有治理危机的力量。加上有与祖国的这样密切关系，虽然周边经济气候不好，但仍深信香港是有能力和有办法去克服的。"作为一位在金融界有卓越建树、在国际政治舞台上有巨大影响的老人，话锋一转，从这次金融危机谈到了政治与经济的关系："不能说整个世界经济问题很严重，但现在还看不出转机，但相信黑暗不会太久。道路是曲折的，总有曙光会露出来。我相信我们国家还是离不开一个稳定的政治局面。讲经济离开政治，是掏空的，而实际上政治对经济是很有影响的。像日本，就是政治影响经济的典型例子。我们也希望日本采取正确的对日元的政策，消除给周边国家带来的严重影响。"庄世平由浅入深、由表及里的精辟论断，不仅是香港这一次战胜金融危机的本质反映，而且为每个国家和地区防患、处理金融危机提供了十分有益的警示。

随着港府一系列巩固联系汇率，加强证券及期货市场管理的措施的出台，9月初开始，香港银行同业拆息大幅度回落。7日，恒生指数收市时突破8000点，劲升588点。

10月中旬，香港恒生指数已达9000点，至月底更劲升至近10000点的高峰。香港政府入市以来的投入，估计盈利在300亿港元以上。国际炒家弹药大耗，气数将尽，已难再兴风作浪，一场眼看灭顶的经济灾难以香港特区政府的胜利而告终了。

庄世平，还有千千万万的香港同胞，欢笑于太平山下，欣然于维多利亚海岸……

只是，关于他前往西藏、青海、内蒙的人生愿望，至今却未有消息，动身的日子遥遥无期。他总是将个人的愿望服从于祖国和人民的事业。他必须将有限的生命投入到无限的奉献之中。

1997年秋天，第九届国际潮团联谊年会回到了自己的故乡——在四季如春、鲜花盛开的汕头市召开。碧海沙滩，白帆海鸥，无不激起全球潮籍侨胞对家乡的一往深情，也激起了他们对改革开放之中日新月异的祖国建设成就的无比赞叹。于是，在泰国潮团取得第十届国际潮团联谊年会的举办权之后，北京和香港的潮团提出：第十一届国际潮团联谊年会要在自己的祖国首都北京召开。对此，许多潮团都作出了积极的反应。随之，被称为"过三关"的申报工作展开了：报请国务院有关部门批准；报请北京市有关部门批准；报请作为主会场的北京人民大会堂批准。申报工作历时一年多，等到北京这边有了着落，离在泰国召开的第十届国际潮团联谊年会开幕的日子仅有三天时间了。限于时间和条件，北京海外潮人联谊会只能派出两人赴会，投入纷繁复杂的申办工作。

偏偏就在这个时候，另一种意见突然如飓风刮起：第九届年会已在家乡召开，如果第十一届又要回到祖国，相隔太密了，第十一届年会应循环到其他洲其他国家。从表面上看，这意见是符合国际潮团年会的规则的，更何况渴望能够在自己的侨居国尽地主之谊、为潮人的大团结作出贡献的侨胞也不在少数。顿时，到北京或是到其他洲其他国家召开第十一届年会的两种意见相持不下。庄世平经过深思熟虑，把北京和香港潮团的有关人员召集到身边，为申办工作指明方向说："要争取北京申办成功，就应该把家乡和祖国这两个不同的概念讲清楚，讲透彻。第九届国际潮团联谊年会只能说是在家乡召开，大家回家来了。家对于每个人来说，是可以常来常往、随来随往的。但家不等于国，祖国的象征意义更加重大。第十一届国际潮团年会如能在祖国的首都北京召开，特别是把人民大会堂作为主会场，则是全球潮人对祖国的认同，对主权的认同，是归属感的体现，是爱国的体现。在北京召开与在侨居国的首都召开，完全具有不同的性质，意义非同一般。"正是这种思想的指导下，北京和香港潮团的申办人员向各国潮人社团作了一次十分深入细致的说服工作，终于使第十一届国际潮团联谊年会在北京召开的提议，在第十届年会行将结束时，协商得以圆满通过。

可是，刚刚获得举办权的喜悦还没有从脸上隐去，新的问题接踵而至。北京海外潮人联谊会是由一群离退休的老同志组织起来的，其中有的还曾经身居高位。他们都是国家干部，都是领薪阶层，怎么拿得出上千万元的会议经费呢？庄世平深感责任重大：能在祖国首都召开潮团年会，是全球潮人乃至全球华人的光荣，理该办得体体面面；如果办得马虎了，不是给潮人乃至华侨丢脸么？于是，几乎有半年多时间，他带领北京海外潮人联谊会的蔡诚、陈端、柯华、巫志远等负责人，不时地往返于香港、澳门、珠海、广州、上海、北京以至潮州、揭阳、汕头之间，寻求当地政府和潮人社团的支持。所到之处，无不纷纷响应，慷慨解囊。最后，他约见了李嘉诚，由其一举出资二百万元，解决了许多人因此愁眉不展的大问题。这上千万元的经费，不仅使第十一届国际潮团联谊年会开得庄严隆重，还为北京海外潮人联谊会存留了一部分开展正常活动的费用。

2001年10月18日，金秋的北京迎来了全球潮人的盛大节日。在金碧辉煌的人民大会堂大会厅，五千多名来自世界各地的潮人无不拱手相贺，祝贺全球的潮人和华侨的友谊日益加深，祝贺祖国在改革开放的大潮中日益繁荣，祝贺强大的祖国为他们在世界各地的活动提供最为坚强的支持。在有李瑞环、刘琪、王兆国等党和国家领导人出席的开幕式上，九十一岁高龄的庄世平以其一贯沉稳的讲话风格，作了如诗如歌的讲话——

……

回顾我国近一百多年以来的历史和本人的亲身经历，旧中国百年积弱，饱受列强欺凌，战乱频繁，以致满目疮痍，民不聊生，潮汕众多先民不得不离乡背井，远涉重洋，漂泊异国，艰苦谋生。海外潮人继承和发扬了中华民族勤劳勇敢和开拓进取的优良传统，经过一代代人的努力，今天，已在不少国家和地区的经济领域中，占据了举足轻重的地位，取得了骄人的业绩。这一切实在是毫不容易的。在开拓、发展的同时，他们又和所在国或地区的人民和睦相处，促进当地经济发展和社会进步，贡献良多。然而，他们虽身在异国，却崇本思源，情系中华。近百年以来，无论辛亥革命、反对军阀内战割据，无论在抗日战争以及解放战争，乃至新中国建立以后，他们都以不同方式同祖国人民忧患与共，同甘共苦，作出了巨大贡献。我个人有一个体会：我们华侨华人居留异国，备受诸多限制和压制，为了祖国的振兴事业，甚至要冒着丧失人身自由和个人生命财产的危险。孙中山先生称誉华侨为"革命之母"。中国改革开放的总设计师邓小平指出："几千万华侨华人是一支了不起的力量。"这是对广大华侨华人的高度评价。他们的爱国、爱乡业绩，将永载祖国的光辉史册。

在新中国建立初期，海外潮人配合祖国粉碎国际反华势力的封锁，沟通了海外——香港——内地的华侨汇款和贸易往来，支援了祖国经济的恢复和建设。特别是在祖国改革开放的二十多年间，海外潮人热心捐资、办学、办医院，举办各项公益事业。如今，潮汕大地上，村村、镇镇都有海外潮人捐资兴办的具有规模和完善设施的中小学校和技术职业学校，二甲、三甲等级医院，促进了潮汕地区教育、医疗卫生和其他社会福利事业的发展。海外潮人对祖国内地的奉献，也随处可见。更值得一提的是，我们潮汕有位举世闻名、千禧年全球最出色的企业家、备受我们尊重和敬佩的乡亲李嘉诚先生。他80年代初期捐献巨资兴建汕头大学，实现了潮汕人民近百年来要办一所高等学府的夙愿。汕头大学的建立，使潮汕地区有了低、中、高三个层次的完整教育体系。李先生对祖国、对家乡、对香港的贡献和功绩，永载千秋。

我们高兴地看到，年轻一代的潮籍华人华侨中，有不少是受过高等教育、掌握高新科技和现代化管理的专业知识的优秀人才。我们深信：随着新世纪的到来，中国的改革开放和社会主义现代化建设进入了新的发展阶段，新的一代潮人一定会继续弘扬老一辈潮人爱国爱乡的精神和优良传统，为祖国新的繁荣昌盛竭诚出力。

各位乡彦：我国人民在江泽民总书记为核心的党中央领导下，以邓小平理论、江泽民"三个代表"重要思想为指导，励精图治，奋发有为，在改革开放的廿多年以来取得了举世瞩目的成就。不久前，北京申奥成功，而且我国加入世贸组织在即，这都将进一步推动和加速我国的改革开放，并将经济发展推向一个崭新高度。近年来国家制定了科教兴国及西部大开发的决策，是十分正确的，对把我国建设成为世界第一流富强的国家，具有重大、深远的意义。我国西北地区幅员辽阔，资源丰富，现在交通也比以前较为方便。我希望各位乡彦在方便之时，到我国西部地区参观、考察，以各种不同的方式，促进所在国或地区与祖国的经贸合作和科技合作。我国对西部地区的开放、开发，对华侨华人来说，也是一次无限的商机。我深信，华侨华人如果能与时共进，掌握这个商机，一定可以为我国经济繁荣和发展作出更大贡献。……

昭昭之心，铿锵之言，感动着大会堂里的每一位同胞，激发起人们为着中华民族的振兴而不懈努力的热情。

2001年3月，又一副历史重担，压在已经年逾九十的庄世平的瘦削肩膀上——出任香港各界文化促进会会长。促进会的宗旨是：提倡科学，崇尚知识，反对邪教，扫除愚昧。其时，国内正掀起一场声势浩大的围剿法轮功邪教的活动，并在法律上对邪教予以解散和取缔。可是，"一国两制"的框架下，香港法律却无法予邪教以最有力的还击。于是，寄望社会力量给予狙击和清洗，便成了几近"华山一条路"的最佳选择。庄世平的深广资历、博学多知，以及在泰国接待和掩护"歌舞剧艺社"时积累的丰富的宣传经验，使促进会一创立就不同凡响。成立大会上，特首董建华出席，李嘉诚担任顾问，八间大学和社会上的专家名人近千人云集其间，异口同声地喊出了"提倡科学、崇尚知识"的口号，立即形成了先声夺人的正义效应。随着，他们又推出三个令整个香江为之瞩目、震惊和欣喜的活动。首先，他们与《文汇报》合作，在国内索取了大量有关法轮功破坏安定团结的大好局面、毒害和摧残人民群众的文字、照片、实物等资料，举办了大型的展览，用血和泪控诉和揭露了法轮功的邪恶面目，使参观者受到十分深刻的反面教育。接着，他们又举办了另一次更具深度的活动：请来了国内著名的专家学者和宗教界人士，和香港的知识界一道，声势浩大地召开了提倡科学、崇尚知识的座谈会。与会者从各个角度，或畅谈祖国改革开放、安定团结的局面的来之不易，或论述先进科学技术对人类文明进步的重要性，或歌颂中国传统宗教儒、释、道中的真、善、美的优良本质，或见证科学的、真正的人体气功的开发对人类健康保证的必要性，入木三分地揭露了法轮功邪教的虚伪性和欺骗性，大大地增强了香港社会辨别真假的能力和防止上当受骗的免疫力。最后，他们请来了少林武僧，开设免费的少林武功禅学培训中心，传授包括硬功、软功、气功在内的真正的中国功夫，继承和学习优秀的禅文化，既增强了香港同胞的体魄，又弘扬了中华民族的传统文明……各界文化促进会的创办和各项工作的蓬勃开展，是庄世平爱国爱港的又一重大的贡献。

　　天不作美，2004年3月4日，陪伴了庄世平近八十年人生历程的林影平不幸在深圳人民医院与世长辞，享年九十五岁。

　　进入21世纪以后，林影平就因脑萎缩体弱多病，随后更经常昏迷。庄世平参加各种社会活动的匆忙步伐中，又多了一丝的急促。他多想和林影平多待一会儿呀，尽管她已经无法与他进行对话。每每想起他为国为民不懈努力的一生，更深感拥有林影平这么一位闪烁着中华传统美德的伴侣的可惜可贵！六个孩子是她带大的，他要六个孩子回国读书她却一点怨言也没有；在父亲辞世、他却逃亡在外的困难时刻，是她挑起了重担，把父亲的丧事办得体体面面；她和他的家族都在极"左"思潮中惨遭误解和迫害，而她却在祖国和家乡最最需要的三年经济困难时期，毅然放下董事长夫人之尊，在新界晾晒鸡粪支持家乡农业生产；而后又动员香港同胞为家乡捐送化肥、药物，赢得了家乡人民"鸡屎老姉"和"田粉老姉"的美称；改革开放以来，对于祖国和家乡各种建桥修路办学校办医院的福利事业，她无不踊跃争先……可惜呀，相依相倚八十年，他居然没送过她一套衣服一件首饰，而她也无暇无心于妆扮……于是，当人们看到在同乡会庆祝他九十岁寿辰的宴会上，他拿着汤匙悉心喂饲林影平的情景；看到他扶着她一起参加他继母一百岁生日的宴会的动人一幕；看到他在香港养和医院和深圳人民医院探望昏迷中的林影平，那握住的手久久不愿离开、满眼泪花的深情一景……都无不深为这对老战友老伴侣的情谊而感动不已。如今，噩耗传来，千千万万人在为林影平同哭泣同悲伤的同时，也纷纷为庄世平的健康作着深切的祈祷。

顿时，唁信唁电纷飞而至。21日的告别仪式和22日的公祭大会上，来自各地的花篮花圈、挽联不计其数，里三层外三层地摆在能容一千多人活动的香港世界殡仪馆的四周，随后又摆满了临街的道路。国家领导人和广东、香港、澳门以及世界各地的侨胞侨领、知名人士王兆国、成思危、廖晖、刘延东、罗豪才、霍英东、马万祺、陈慕华、叶选平、郑万通、林兆枢、董建华、何厚铧、卢瑞华、黄丽满、卢钟鹤、李鸿忠、林树森、许德立、王守初、任仲夷、林若、梁威林、吴南生、郭荣昌、梁灵光、高祀仁、杨文昌、李嘉诚、张浚生、林木声、黄志光、江泓、骆文智、李本钧、万庆良、吴华南、戎铁文、庄礼祥、李继文、徐小虎、柳锦州、陈国光、张泽华、柯群坚、袁略文、刘峰、杨峰、倪克屏等和香港特区政府三司十一局、中国银行总行董事会、南洋商业银行、中共普宁市委、普宁市人民政府、香港潮属社团总会、香港普宁同乡联谊会等单位，以不同形式参加了送别和公祭两次活动，深切地寄托了他们的哀思。

香港世界殡仪馆高高的墙壁上，悬挂于四周的挽联的真情流露，催人泪下——

　　为儿为媳为婆大义于国大德于乡大孝于家

　　烛影从此化香魂香飘四季

　　用心用血用力无愧对天无悔对地无憾对人

　　平生总显高风节风范长存

——中共普宁市委
市人民政府　敬挽

　　为民族复兴昭昭此心无私无畏只问耕耘

　　不求闻达精忠永志青史

　　助家乡发展默默奉献忧国忧民奔走筹募

　　情系桑梓遗爱长留人间

——香港普宁同乡联谊会　敬挽

　　贤妻良母相夫教子善始善终

　　留美誉音容永在

　　爱人如己赤诚奉献重情重义

　　高风节懿德长存

——刘　峰　杨　峰　黄大同
庄绍徐　倪克屏　廖琪　敬挽

　　忆昔日相濡以沫风雨同舟号角频催

　　相偕同奔国难誓决重光故土

　　痛今朝遽尔一别云山极目金瓯尚缺

老骥未甘伏枥仍求一统神州

——庄世平 敬挽

乡梓尽蒙恩教子相夫懿范清芬

坤德如海

慈声终驾鹤施仁律礼高云厚泽

后裔常悲

——子 耀伦 耀植 耀光 耀全
女 耀瑞 耀珠 耀华
谊女 陈容兰
率阖府儿孙 敬挽

22日上午，当香港潮属社团总会主席蔡衍涛在公祭大会上敬致悼词，又把上千上万的人们对林影平的哀思，推向了最高潮——

  ……她是庄老一生辉煌成就的幕后支持者。在七十多年中，在事业上，她和庄老为着一个共同的目标，同甘共苦；在家庭中，她和庄老相濡以沫，无论是在庄老外出求学的年代，在庄老为抗日救亡的工作到处奔波的日子里，在庄老遭受迫害在外避难的年代，还是在香江艰苦创业的岁月中，她都默默无闻地背负起整个家庭生活的重担，艰苦地把子女教养成材；她还像《红灯记》中的老奶奶一样，为庄老接待过无数南来北往的同志和战友。作为一位天性善良的女性，她热爱家国，时刻把家乡人民的福祉挂在心头，筹募捐输，事无巨细，都躬身过问，桑梓之情，感人至深。

  当我们在这里追悼林女士的时候，我们应学习她老

人家的伟大胸襟和爱国家、爱民族、爱梓里、爱家庭的
精神……

哀乐低迴，哭泣声声，悼词铿锵，当蔡衍涛、陈有庆、陈伟
南、唐学元、戴德丰、陈伟、黄松泉、陈大河等八位侨领乡彦扶着
林影平的灵柩步出世界殡仪馆，林影平的音容笑貌从此融入了人
们永恒的记忆。

不论在告别仪式或公祭大会上，人们看到，显得苍老和悲痛的
庄世平，慢慢地呈现出一丝宽慰的神采。是的，姑不论林影平的一
生得到了人们的高度认同和赞赏，与其他革命前辈相比，她还是十
分幸运的：在她的有生之年，她有幸参加了祖国改革开放的许多实
践，有幸看到整个民族兴旺发达的未来，有幸迎来了香港、澳门回
归祖国的盛大节日，有幸见到"一国两制"在香港得到了有效的实
施……逝者如斯，激励后人！庄世平不由感到一股由爱妻和千百万
先烈遗下的历史重感。

于是，公祭大会后的第三天，庄世平就出现在南洋商业银行的
办公室，精神抖擞地参与各项社会进步活动。

4月24日，他出现在潮汕历史文化研究中心的总结大会和"侨
批文物展览馆"的开馆仪式上；

5月13日，他出现在普宁同乡联谊会支持全国人大释法的大
会上，满腔热情地向香港社会发出了"加强团结、反对分裂"的
呼吁；

5月30日，他冒着酷暑参加了揭阳学院成立五周年的庆祝大会，
苦口婆心地向广大师生发出了"为中华民族的复兴而学习、而努
力"的号召；

6月1日，他不辞劳累地出席了中共广东省委"纪念方方同志诞
辰100周年座谈会"，以"为国为侨、万众共仰"为题，洋洋三千多

字，饱含深情地歌颂了方方的伟大功绩；

7月22日，在全国第七次侨代会上，九十四岁的庄世平第五次当选为全国侨联副主席……

庄世平不老！爱国精神不老；诲人情操不老。只要一息尚存，他终要和祖国与民族的前进步伐同呼吸、共命运。

无限生命

二十九 终极辉煌

2004年4月下旬，六集电视专题片《庄世平》在普宁市果陇村举行开机仪式。摄制组走访了北京、香港、重庆、广州、汕头、潮州、揭阳等地，采访了包括薄一波、成思危、刘延东、经叔平等党和国家领导人在内的一百多位各界人士。2005年初，在揭阳市举行了《庄世平》首映式暨《庄世平传》出版十周年座谈会；同年夏天，又在香港大会堂举行了《庄世平藏名家书画展》暨《祝贺庄世平先生九秩晋五荣寿纪念集》出版发行、电视专题片《庄世平》海外首映式，盛况空前。

然而，九十四岁的高龄并不是庄世平报效祖国的障碍。默然间，他正酝酿着他人生的又一次辉煌的爆发。

从2004年7月起，他就带领海内外的一群年轻侨领和实业家，为着创办华侨银行（暂名）而奔忙。申办的过程，"山重水复疑无路，柳暗花明又一村"，一波三折，跌宕起伏，其间的艰辛和困难，非一般人得以想象。他曾多次给国务院、中国银监会、广东省政府等单位和负责人去信去电，陈述创办华侨银行的重大意义和迫切性；也曾多次赴京赴穗等多个地方，向有关领导人面陈机要，慷慨进言。面对申办过程中由新设立华侨银行的最初构思，后基于国内目前银行业的现状，银监会的批复精神是"通过重组改造现有银行业金融机构的基础上设立新的股份制商业银行"，申办的领导机构也由原来的华侨银行筹备小组、筹备领导小组，最后改为具有法人地位的"广东厚德投资有限公司"；收购重组的对象也经过了多次研究和选择，最后才把目光确定在汕头商业银行上……他废寝忘餐，殚精竭虑，事无巨细，亲躬亲为。三十多次的工作会议和发起人会议，他都一一出席，即使是体弱生病的时候，也都要对申办过程的每一环节发表他的真知灼见。创办华侨银行作为他人生的又一项伟大事业，他早已把自己的健康置诸脑后了。

2007年4月2日，有关重组汕头商业银行、转而设立华侨银行的意向书，由汕头市政府的授权人签署，传真到广东厚德投资有限公司。

成功的喜悦，已经闪烁在许多爱国投资者的脸上。然而，越是接近成功的彼岸，庄世平越发地清醒沉稳。经过三天的伏案思考，他终于采纳了众投资者的意见，确定了将汕头市商业银行更名为华侨银行（暂名）、总部设于广州、在汕头设立分行、争取中国银监会一次性批准的总体构思。然后写出了洋洋洒洒六千余字的文字稿，于2007年4月13日的收购重组商业银行投资者会议上，作了一个多钟头的、常常离开稿子却旁征博引、既周密谨慎又充满感情色彩的讲话——

　　……

　　多年以来，不少海内外侨胞和内地企业家，尤其是在座诸位，都有一个心愿，希望兴办一家华侨银行，为国家的经济建设，为家乡的事业发展，尽一份力，同时也可以在国家经济快速发展的过程中，抓住机遇，进一步发展我们自己的事业。

　　因此两年多前我们向国务院、中国银监会和广东省政府提出在粤兴办华侨银行的愿望，得到有关方面的积极回应和大力支持，从而启动了我们筹备华侨银行的工作；但及后银监会和国务院的批复文件中是支持我们通过重组改造现有商业银行的途径成立新的股份制的新的商业银行。原是要成立一家新银行，现却是要求重组、改造在可以经营银行业务金融机构的基础上来设立新的股份制商业银行，这是一个很大的变动，不同的概念。因此我们先前组织筹备未能适合作为收购重组商业银行的法律主体，进行实质运作。在这个问题上，反反复复经过很多探索，很费周章，深感创业之艰难，然而我们是锲而不舍地想方设法来化解这个难点，这就是郑玲玲女士报告中提及的根据律师事务所以及有关部门提供的法律意见将筹备组改为"广东厚德投资有限公司"这一法人机构，为收购重组工作铺开了道路。正是这样，今天的会议就需出席本次会议的投资者进行讨论，并作决议以利继续对汕商行的重组、收购进行有效的操作。

……国家经济的持续快速发展，为银行业提供了良好的发展机遇。大家都看到，自中国加入WTO后，外资银行加速进入中国市场的步伐，已到了争先恐后的地步，除了广设分行，扩大覆盖面外，亦透过收购和参股内地商业银行，以求在中国经济快速发展的过程中夺分一杯羹。

虽然，汕商行所处的粤东地区经济发展目前仍较落后，但前景是乐观的。不久前（应该是去年）省委张德江书记、黄华华省长率领党政干部考察粤东地区的汕头、揭阳、潮州和汕尾四市，对粤东地区的经济发展表示极大的关注，并提出省政府要在今后十年内，向粤东四市投放2700亿元，当中包括大中型项目，用以振兴粤东地区的经济发展。这对将来的汕商行来说，也是一个良好的发展机遇。当然，一家商业银行能否经营成功，除了外在环境因素外，内在因素亦起决定性作用。

……

经营商业银行，应该说是一项长期性的投资，因此，投资者应该有长远的眼光和耐心，而经营商业银行比经营一般的企业，多了一份社会责任，或者说肩负更大的社会责任。商业银行的经营者，即董事会，除了要对股东负责外，更要对社会负责。因为存款均来自社会普罗大众。故此，商业银行除了要接受有关当局的严格监管外，亦要求董事会要以高度的责任心审慎经营。

所谓万事开头难，今天的一系列议题需要大家认真讨论谋求共识，这是收购重组汕商行的第一步。但我们应该走好这一步。只有我们把每一步都走好，我们才有把握将汕商行收购和重组好，并将它办成一家制度健全。管理严谨，决策高效，资产负债优良的商业银行。

今天，大家走在一起共同商议收购重组汕商行，可谓志同道合。我真诚地希望大家团结一心，群策群力，共同打好"汕商行"的基础，这样我们就有信心和能力早日把华侨银行办起来。这就是侨界对国家、对广东、对家乡的贡献。

……

高瞻远瞩，殚精竭虑！

与会者无不为之动容！这是智者之说、仁者之说、德者之说！一个爱国者的心怀，由此而变得具体和形象：有容乃大，无欲则刚！

但谁能想到：这么长的讲话，是他生命中的绝响！这么长的文字稿，是他生命的绝笔。

然而，即使到了生命的最后关头，他也把他最后的热情都无私地奉献给他挚爱的祖国和人民——

　　离他逝去大约还有六十二个小时——2007年5月30日上午，他在香港亲自为叶剑英元帅诞辰100周年图片展览揭幕并即席讲话，在台上站立一个多小时；

　　离他逝去大约还有三十六个小时——2007年5月31日中午，他宴请了叶剑英元帅的亲属和元帅生前的工作人员，并发表了热情洋溢的讲话；

　　离他逝去大约还有十五个小时，他伟大的生命更充满了美妙的传奇和神秘——

　　2007年6月1日，上午十时，他居然忘记要与友人一起到医院补牙的约定，喝过醒神的工夫茶之后，就破天荒地让司机开着他心爱的奔驰320兜风去了。他原来的座驾奔驰500，已用了十多年，2005年秋天回家乡普宁时，中途抛锚过。南洋商业银行经层层审批，直到2007年4月才为他重新购置了奔驰320。规格上虽然低了，但新座驾有按摩装置，只要按下键子，就可以从头到腰按摩一遍。这对于一位九十多岁的老人来说，无疑是十分舒适的快事。每每有友人与他在车里同乐，他常常还会乐不自禁地感慨："银行的同事呀，太客气了！"

　　许多友人无不暗自叹息：你的两家银行，还换不了这车么？真个牛命！此刻，他熟门熟道地按下了装置，美美地享受了这一番。半个钟头过去，按往常，他也许会随之打个瞌睡。但这时，却更加地神采奕奕。过牛山腰理发店时，往里边一瞧，理发师傅正闲着没事在自个修指甲。这师傅已为他理了近五十年的头发，每次都是由司机请到家里来的。他竟然来了兴致，立即让司机停车，自个开了车门钻进店去。大名鼎鼎的庄世平屈尊来店里理发，乐得老师傅手足无措，还没有洗头就要举剪剃发。随着他的一句"近来儿子对你还好么?"老师傅才定下神来。随后一个钟头,仿佛是两个亲密无间的老人在聊家常。最后当然由他做总结讲话:"能活得这么长,见识过这么多,咱都算幸福的了。"……中午在家喝粥,随后接待了两拨客人。一拨是来谈创办华侨银行的,一拨是来谈某基金会的捐款事项的。和基金会的人谈话时,他似乎发了点脾气。基金会的人员埋怨:某位侨胞为某个基金会捐了很多钱,唯独给他们的基金会少了。他说:捐多捐少都是人家的心意,怎么能攀比呢!说着便自个回房里去了——这是他常见的抑怒方式。傍晚六时整,他又容光焕发地来到湾仔嘉宁娜酒店。来的客人都是汕头、潮州、揭阳的社团负责人。茶叙间——香港的社团工作常常是以这样的方式展开的,他十分郑重地交代:今年香港回归祖国十周年的庆典上,汕头、潮州、揭阳的社团组织要以潮汕的整体形象出现,要将潮汕最有特色的民间艺术都拉到香港来展示,体现潮汕的合力,避免往年松松垮垮各自为政的现象……回到家里,已是10点多钟。他像往常一样喝下几盅功夫茶;过了11点,便在儿子的照顾下,洗刷换衣上床睡去了。子时刚过,泰国籍的保姆发现,他竟然自己下床,在厅里走了几圈,还自言自语:"太热了,太热了。"随后,便走进浴室,自个宽衣,自己在花洒下从头到脚洗了一遍——大约有三年了,他都要在亲人的帮助下宽衣淋洗。亲人们都不想惊动他,仅仅在门缝里目送他再次穿衣上床。随后又过了一个多钟头,他便感到胸闷。6月2日凌晨2时29分,救护车还未到达,他已悄然离去。医生最后确诊:心律衰竭。

无悔无憾,无疾而终——这是他生前的最后夙愿,也是我们这些追随者时刻祈祝的心愿。谢大谢地,老天开眼!

庆祝成功的香槟早已打开,他怎么不留恋呢?——

他走在华侨银行即将设立的喜庆日子里;

他走在香港回归祖国十周年的光辉岁月里;

他走在中华民族全面复兴的太平盛世中……

因为他自来只会酿酒，却从不饮酒！

如今酒已酿成，当然是他该走的时候了。

于是，人们在为他的离去而欲哭无泪的时候，冥冥间，仿佛听到九霄云外有他朗朗的欢笑……

庄世平逝世的噩耗不胫而走，传遍了大江南北。

2007年6月2日午饭过后，中央政府驻港联络办公室主任高祀仁带着中联办一众官员，来到庄家表示深痛的哀悼和亲切的慰问。就在他们即将离开之际，香港中银集团总裁和广北带着内部一群主管也来了。庄家的客厅里，立即召开了有关庄世平悼念公祭工作的碰头会。经简单的磋商，高祀仁作出了四点原则要求：一、由中联办副主任周俊明牵头，与香港中银集团及家属确定治丧委员会名单及悼念公祭仪式的规格规模等等工作方案；二、由中联办全面主持这项工作；三、由中银集团负责这次活动的资金开支；四、有关细节都必须知会庄世平的家属。

筹备会议马上在中联办的会议室召开。会上有人提出：有关悼念公祭仪式的规格和规模，其实是有章可循的：先庄世平离去的香港进步人士中，有几个人的公开身份比庄世平还高，参加他们的悼念公祭仪式的人数是九十人。言下之意是：参加庄世平悼念公祭仪式的人数应控制在九十人以内。此言一出，全场鸦雀无声。一些深知庄世平伟大功绩的人士，也一时语塞……庄家四兄弟闷闷不乐地回到家里，正要商量之际，老二庄耀植带着一点火气开口了："咱不要公家为父亲的丧事破费了，咱四兄弟公摊，把父亲的丧事承担起来，让与父亲有交往、有交情、有友谊的人士都能不受限制地前来参加父亲的公祭活动。不知大家有没有这样的经济能力？"老四庄荣文马上应道："就是借，也得借！我赞成！"老大和老三当然也不在话下。

然而，庄世平的悼念公祭活动的规格和规模，哪里是某个人能够说了算的！当日傍晚时分，全国政协主席贾庆林的唁电已传到香港。随后，唁电像雪片飞来，目不暇接——国家副主席曾庆红，全国人大副委员长成思危，全国政协副主席廖晖，全国政协副主席、中央统战部长刘延东以及张高丽、鲁平、周南、李源潮、郑万通、姜恩柱、林若、卢瑞华、林兆枢、唐闻生、刘剑峰、邹瑜、林丽韫、吴南生、陈光毅、李海峰、周济、刘明康、陈佐洱、肖钢、李礼辉等，还有全国人大常委会办公厅、全国政协办公厅、中共中央统战部、国务院港澳办、国务院侨办、最高人民法院、中国人民银行、国务院发展研究中心、全国侨联、全国妇联、全国工商联、广东省人民政府等等，不仅表达了失去庄世平的悲痛之情，更引领人们回忆起庄世平爱国爱港爱乡的光辉一生，激发起人们为振兴中华而奋斗的无比力量和热情。

　　贾庆林、曾庆红、刘延东的唁电分别是这样的——

庄世平先生亲属：

　　惊悉庄老不幸逝世，心情十分悲痛，谨表示沉痛哀悼之情，并向你们致以亲切的慰问，望节哀保重。

贾庆林

2007年6月2日

庄世平先生亲属：

　　惊悉庄老逝世，不胜悲痛。庄老一生爱国，为民族独立、国家富强，为香港回归祖国、保持长期繁荣稳定，不懈奋斗数十年，贡献良多，深受港澳同胞和海外华人敬重。谨致深切哀悼，并望节哀顺变。

曾庆红

2007年6月3日

庄世平先生亲属：

惊悉庄世平先生遽然辞世，深感悲痛。

庄老是香港著名社会活动家和侨界领袖，知名实业家和爱国爱港楷模，在海内外享有崇高的声誉和威望。庄老爱国至诚，广泛团结港澳台同胞和海外侨胞，积极投身祖国现代化建设事业，为祖国统一和民族振兴，为人民政协事业和侨务事业的发展，无私奉献，殚精竭虑。庄老爱港至深，坚决贯彻"一国两制"方针和基本法，全力支持行政长官和特区政府依法施政，为实现香港的平稳过渡、顺利回归和繁荣稳定，倾注心血，贡献卓著。庄世平先生虽驾鹤仙逝，但其风范永存。

专此致唁，切望诸位亲属节哀珍重！

刘延东

2007年6月3日

种种迹象表明：庄世平的悼念公祭活动，必将是一场庄严隆重的国葬。

筹备小组的成员此刻终于明白：此刻谈论规格和规模，还为时尚早。眼下最要紧的，是马上把治丧委员会搭建起来。只有治丧委员会，才能对治丧过程的任何工作作出权威性的领导和指挥。然而，比起对规格和规模的务虚设计，这才是真真正正的劳心耗神的工作——庄世平闭上眼睛还不够六个钟头，就已经有与庄世平同过患难、出生入死、情同手足的人士和机构要求在治丧委员会中占有席位。首先打来电话的是香港特区政府，接着是香港各界文化促进会、汕头商会、潮汕商会、普宁乡会……这种美好的愿望，在人们心中与日俱增。这项工作，除了要和时间赛跑，如何平衡，如何选择，都有极大的学问，难坏了高祀仁、黄兰发、周俊明、和广北、陈丁福、庄永健和庄家的四兄弟。

人们不为别的，只为了告别庄世平时的最后一哭。

多方权衡，多方说服，多次协调，"庄世平先生治丧委员会"名单终于在6月4日见诸香港各大报纸——

庄世平先生治丧委员会

主　任：董建华

副主任：曾荫权　高祀仁　何厚铧　林兆枢　李嘉诚
　　　　饶宗颐　肖　钢

委　员：（按繁体姓氏笔画排序）

丁午寿	王丹凤	王丙辛	王永乐	王兆文	王志民
王国华	王凤超	王德衍	王继堂	方惠兰	方润华
孔　栋	田北俊	戎铁文	伍步高	伍淑清	朱敦法
朱树豪	羊子林	李　刚	李　欢	李本钧	李光隆
李东海	李家祥	李祖泽	李国强	李国宝	李业广
李泽钜	李礼辉	吴光正	吴南生	吴哲歆	吴康民
吴清辉	吴达镕	何志平	何柱国	何钟泰	何鸿燊
吕新华	余国春	沈广河	宋　海	林　若	林木声
林树哲	林兴胜	林贝聿嘉	和广北	周　南	周庆正
周秉德	周俊明	周镇宏	尚　明	邱　晴	邵华泽
姜恩柱	柯　华	柯群坚	姚树声	洪克协	洪祥佩
胡应湘	胡鸿烈	范徐丽泰	计佑铭	唐英年	唐翔千
唐学元	孙玉德	孙昌基	徐四民	徐展堂	秦　晓
秦文俊	袁　武	马介璋	马时亨	马逢国	高宏峰
高佩璇	高敬德	张永珍	张成雄	张汝成	张延军

张高丽	张浚生	张国良	张宪林	张赛娥	梁尚立
梁振英	梁爱诗	庄永健	庄荣厚	庄荣燦	庄汉明
庄学山	庄礼祥	许刚	许伟	许仕仁	许宗衡
许德立	许学之	郭莉	郭炳湘	陈纮	陈伟
陈泰	陈丁福	陈大河	陈才燕	陈弘平	陈永棋
陈光毅	陈有汉	陈有庆	陈金烈	陈厚宝	陈伟南
陈复礼	陈统金	陈远睦	陈声亮	陈鑑林	彭清华
曾俊华	曾智雄	曾钰成	曾宪梓	黄大同	黄仁龙
黄光汉	黄志光	黄宜弘	黄伟鸿	黄扬略	黄华华
黄涤岩	黄丽松	黄兰发	杨奇	杨钊	杨孙西
杨耀忠	万庆良	叶一新	叶向真	詹培忠	廖琪
廖烈文	赵广廷	荣凤娥	刘峰	刘世仁	刘宗明
刘明康	刘皇发	刘汉铨	刘剑锋	刘遵义	刘鸿儒
厉有为	欧阳成潮	卢瑞华	蒋丽莉	蔡诚	蔡衍涛
郑利平	郑坤生	郑明如	郑玲玲	郑家纯	郑海泉
郑国雄	郑耀棠	黎桂康	萧晖荣	霍震寰	骆文智
戴德丰	钟瑞明	谭惠珠	谭耀宗	释根通	释净空
释觉光					

庄世平先生治丧委员会办公室主任：和广北

治丧委员会的人数达二百零一人——还有许多人埋怨进不了这个临时机构，此前关于庄世平悼念和公祭仪式的规格规模只能保留在九十人以内之说，从此没有人再提起。

6月6日，香港中银集团在中银大厦十七楼设置灵堂，供各方人士前来吊祭。

6月7日，笔者奉治丧委员会之召来到香港，与中联办人事部副部长陈丁福、以及三公子庄荣新一道，为庄世平悼念和公祭仪式撰写"悼词"。用俗话说，这是给庄世平下"盖棺定论"。因为写过《庄世平传》，笔者对于概括和描述庄世平的光辉一生和伟大业绩，并不费力。但这是一项十分严肃又严谨的工作，易稿七次，仍有不尽人意之处。比如我们写到："特别是他冲破当时的思想束缚，大胆提出经济特区要按市场经济、要与国际市场相联系，要实行低税制、要通过转让和开发土地筹备建设资金等一些重要意见，受到中央以及地方有关领导的高度重视，很多意见被采纳并付诸实施，特区建设取得突破性进展。"就有人提问：当时极"左"思潮还十分猖獗，庄世平真的敢如此胆大包天？我们只好从浩瀚的资料中找出"白纸黑字"，消除这些人的疑虑。但对于某些质询：香港南洋商业银行和澳门南通银行是不是由庄世平个人独力创办？是不是组织上特派？我们只能以两家银行执照上注册人"庄世平"作为唯一的依据，再也提不出别的佐证——我们曾翻箱倒柜地搜查过：以当时的政治环境和工作纪律，庄世平绝不会留下任何"白纸黑字"的痕迹。我们只能期盼中央的最高层，为此作出最为权威的裁定。

时值香港回归祖国十周年的大喜日子，庄世平在香港殡仪馆一直躺了一个多月，耳听着门户外的欢声笑语、锣鼓喜炮，最后一次领略香港回归祖国之后的稳定繁荣，体会"一国两制"在香港的成功实践。直到7月7日，设立于香港殡仪馆的庄世平灵堂才向公众开放，香港各界知名人士及平民络绎不绝前往吊唁。海内外各地送来的花圈、花篮、祭帐、挽联由早到晚源源不断，摆满了灵堂和灵堂外的街道。高祀仁、肖钢、周俊明、和广北、梁振英、徐四民、曾钰成等专程到灵堂致祭。李嘉诚、黄涤岩、叶向真、陈伟南、陈伟、陈大河、陈丁福等从中午一直到深夜，与全体亲属一起为庄世平守灵。

2007年7月8日上午，庄世平悼念和公祭仪式在香港殡仪馆四楼大厅举行。用白色玫瑰花、百合花、小菊花及白兰花环绕布置的灵堂，庄严肃穆，正上方悬挂着"沉痛悼念庄世平先生"的横幅，两旁挂着国学大师饶宗颐亲笔书题的挽联："一老功勋邦国重，万人追仰惠泽深"；正中央庄世平的遗像下，摆放着庄世平亲属和贾庆林、曾庆红、成思危、廖晖、刘延东、董建华、曾荫权、何厚铧、高祀仁、李嘉诚、肖钢、林兆枢、唐英年、曾俊华、黄仁龙等的花圈。未到十点钟，容纳一千二百人的灵堂已被挤迫得水泄不通。

眼看海内外的宾客仍络绎不绝地涌来，笔者与中联办的黄兰发、周俊明、陈丁福急中生智，赶紧与殡仪馆协商，在第一层的大厅摆上横幅和闭路电视，开辟追悼和公祭的分会场。

上午10时30分，公祭仪式开始，全体肃立默哀。仪式由全国政协常委、香港特区政府行政会议非官守议员召集人梁振英主持。治丧委员会办公室主任和广北宣读唁电、唁函及致送花圈的名单。中联办主任、治丧委员会副主任高祀仁致悼词。悼词全文如下：

悼　词

今天，我们怀着极其沉痛的心情，在这里深切悼念著名的社会活动家、爱国爱港人士的杰出代表、香港知名银行家、侨界爱国领袖庄世平先生。

庄世平先生1911年1月20日出生在广东省普宁县果陇村，1933年毕业于北平中国大学经济系，1936年担任泰国华侨抗日联合会常委，1945年担任"安达公司"董事长兼总经理，1949年担任南洋商业银行总经理，后当选为董事长，1950年担任中国银行总管理处驻港管理处副主任、香港中国航空公司注册人。此后，曾历任第二、三、四、五、六届全国人民代表大会代表，第六届全国人大大会主席团成员以及常委会华侨委员会委员，中国人民政治协商会议第七、八、九届全国委员会常务委员，中华全国归国华侨联合会第三、四、五、六、七届副主席，中国银行名誉副董事长，中华海外联谊会副会长，世界杰出华人基金会创会会长，香港各界文化促进会会长，香港广东社团总会荣誉会长，香港潮属社团总会荣誉会长，香港侨界社团联会永远荣誉会长。1997年7月，荣获香港特区政府首批颁发的大紫荆勋章。2005年8月，荣获中央政府颁发的"中国人民抗日战争胜利六十周年"纪念章。2007年6月2日凌晨2时29分，因心律衰竭在香港逝世，享年九十七岁。

庄世平先生是中华民族的优秀儿子。他的一生，是为中华民族的独立解放，为祖国的富强和统一不懈奋斗的一生。早在青少年时代，他面对灾难深重的中华民族，怀着忧国忧民的赤诚之心，立下追求真理、报效祖国的志向。1927年夏，他在汕头从周恩来、贺龙率领的"八·一"南昌起义部队看到了中国未来的希望，受到了最初的革命熏陶。在北平中国大学经济系学习期间，积极参加北平学生的爱国民主运动。在国家民族危亡的抗日战争时期，庄世平先生怀着强烈的爱国热情，参加抗日救亡运动。1933年大学毕业后，他以教师、记者身份奔走于东南亚各地，团结组织海外华侨支援祖国的抗日战争，不仅为八路军、新四军、东江纵队等抗日队伍捐送大批物资，而且输送了一大批华侨学生。1937年底，他到马来西亚和新加坡继续参加抗日救亡运动。1938年夏，他以《中原日报》记者身份考察滇缅公路，发表了数万字的抗日爱国文章，激励和鼓舞华侨抗战热情。此后，他根据形势的发展，先后创办"他曲公学"、"合盛商行"、"德泰公司"、"安达公司"，保护了一批批抗日骨干、爱国进步人士和文化人才，为抗日战争和解放战争提供了大量的物质支持。

新中国成立前后，庄世平先生全情投入到祖国的解放和建设事业上。他参与创办南方根据地的南方人民银行，为南方新生的革命政权奠定了坚实的经济基础。1949年12月，他借款创办了香港南洋商业银行。1950年6月，又在澳门创办澳门南通银行，并于1987年初更名为中国银行澳门分行。这两家银行的创办，在促进香港、澳门及内地的经济发展，团结港澳同胞和各界侨胞方面发挥了极为重要的作用。他参与策动并具体实施了香港中国银行、香港中国航空公司等许多国民党政权在港金融商业机构的起义，组织物资支援解放军解放海南岛，掩护华侨进步人士北上参加首届全国政协会议，为新中国的建立，为打破国际反华势力对新中国的经济封锁，都建立了不可磨灭的功勋。周恩来总理生前曾经称赞：潮汕为中国革命贡献了两个经济人才，一个是理论的许涤新，一个是实践的庄世平。这是周总理对庄世平先生杰出的经济才能和务实精神的高度评价。

新中国成立以后，庄世平先生长期担任全国人大代表、全国政协常委和全国侨联副主席，积极参与国家大政方针的制定和重要事务的协商，为祖国的现代化建设和改革开放事业建言献策，建树良多。他在国家华侨政策的制定和落实，推动教育改革，组织捐款赈灾，帮助灾区群众重建家园，为香港同胞和海外侨胞在内地投资项目和公益事业排忧解难，继承和弘扬中华民族优秀文化等方面，都做了大量有成效的工作。国家改革开放初期，他以古稀之年，不辞劳苦地参与创办经济特区的伟大创举。他系统研究和借鉴香港、台湾地区的经验和东南亚国家以及墨西哥创办特区的做法，以其远见卓识和过人胆略，对国家创办经济特区从规划、建设以至法律法规的制定，都提出了宝贵的意见和建议。特别是他冲破当时的思想束缚，大胆提出经济特区要搞市场经济、要与国际市场相联系、要实行低税制、要通过转让和开发土地方式筹集建设资金等一些重要意见，受到中央以及地方有关领导的高度重视，很多意见被采纳并付诸实施，特区建设取得突破性进展。他创办内地第一家外资银行"南洋商业银行深圳分行"，极大地推动了内地银行金融业的发展。特别是他创办的香港南洋商业银行现在已成为世界500家大银行之一，为中华民族海外金融事业的发展开拓了新的局面。他在家境并不富裕的情况下，将其所创办的香港南洋商业银行和澳门南通银行无偿交给国家，充分体现了他视国家利益高于一切和无私奉献的崇高品德。

庄世平先生经常说：我是潮汕人民的儿子。他对自己的家乡潮汕地区充满着深厚的感情。为了加快潮汕地区的建设发展步伐，他几十年如一日，满腔热忱，造福桑梓。创办特区初期，他兼任汕头经济特区顾问委员会主任，为汕头经济特区的创建和发展倾注心血。长期以来，他高瞻远瞩，以独到的眼光，提出加快潮汕地区基础设施建设的建议，并且调动各方的力量，通过卓有成效的工作，为潮汕地区的发展创造有利条件。他不顾高龄，风尘仆仆，来回奔走，动员和引领港澳爱国同胞和海外华侨在潮汕地区捐资兴建或投资兴建教育、文化、医疗、体育等领域的一大批项目。特别是他亲自倡议或穿针引线创办的汕头大学、揭阳学院、潮汕体育馆、明华体育馆、普宁华侨中学、普宁华侨医院等等，都凝聚着他对家乡人民的深厚感情和心血汗水。2004年7月以来，他不顾年老多病，带领一批爱国侨领和青年实业家，为创办华侨银行、重组改造汕头商业银行完成了大量前期准备工作，为潮汕地区的经济发展做出新的贡献。他先后被汕头、揭阳、潮州、深圳、普宁市政府授予"荣誉市民"称号和各种表彰奖励，被誉为"潮人之光"。

庄世平先生在香港生活了六十个年头。香港回归祖国，洗雪百年国耻，是他的毕生夙愿。他期盼着1949年底他在南洋商业银行挂上的第一面五星红旗能够早日飘扬在整个香港上空。为此，他与香港许多爱国人士一起，积极支持中央政府按照中英联合声明的精神，在过渡期做好各项准备工作，为香港平稳过渡、顺利回归祖国付出了艰辛和努力。香港回归前后，他被聘为香港特别行政区第一届政府推选委员会委员，第二任行政长官选举委员会委员，港区第九、十届全国人大代表选举会议主席团成员。他以主人翁的姿态，怀着强烈的民族使命感和历史责任感，积极参与筹建香港特区政府的工作，参与香港各项社会政治事务。香港回归祖国十年来，他坚决支持中央政府对香港特区的方针政策，热情支持行政长官和特区政府依法施政，尽力支持爱国爱港力量的发展壮大和爱国治港人才的培养，对特区政府抗击东南亚金融风暴的袭击、发展经济、改善民生提出许多有益建议，为贯彻落实"一国两制"方针和基本法，保持香港的繁荣稳定做出了突出的贡献，受到祖国人民和各界人士由衷的爱戴和敬佩。庄世平先生德高望重，享誉海内外，他兼任香港很多爱国社团领导职务和荣誉职务，兢兢业业，亲力亲为做工作。即使年过九旬高龄，仍孜孜不倦，不辞劳苦，鞠躬尽瘁，直至生命的最后一刻。

庄世平先生在将近一个世纪的人生历程中，每一个脚步都与国家民族的利益紧密相连，他爱国坚定，爱港真诚，爱乡情深，毕生为祖国的富强、民族的复兴、香港回归祖国和繁荣稳定勤奋工作，呕心沥血，做出了重要贡献。他一生的业绩、奉献和品格，将永远载入中华民族的光辉史册。我们要化悲痛为力量，学习他勇于追求光明，匡时济世，毕生为中华民族的解放和强盛奋斗不渝的崇高理想和赤子情怀；学习他爱国爱乡，以爱为本，以善为荣，热心公益，造福社会的高尚情操；学习他与时俱进，开拓进取，坚韧不拔，艰苦创业，不断开创事业新局面的奋斗精神；学习他襟怀坦荡，豁达大度，以国家民族利益为重，不计较个人得失，无私奉献，淡泊名利，勤俭朴素的崇高风范。

庄世平先生，请您放心。我们一定会继续不懈奋斗，把祖国和香港建设得更加繁荣富强，让社会更加团结和谐、人民更加幸福安康。我们坚信，在中央政府的领导下，祖国的完全统一，中华民族的全面复兴，一定会实现！

尊敬的庄世平先生，请安息吧！

由中央最高层审定拍板的《悼词》，授予庄世平"著名社会活动家、爱国爱港人士的杰出代表、香港知名银行家、侨界爱国领袖"四个光荣而辉煌的称号，已勾勒出庄世平伟大而传奇的一生，凸显出他高大而光辉的形象。有了这四个称号，共和国的丰碑上足以增加这样一个名字：庄世平。我和许多人对于庄世平所了解和所不了解的，许多人内心对他存在的迷惑和疑问，中央其实都明察秋毫、清清楚楚。

临近中午12时，公祭大会才进入向遗体告别的仪式。按照风俗，逝者必须在正午以前上路。为此，笔者又一次来到楼下分会场，请求楼下的宾客为了让庄世平一路走好，一律留在楼下看直播，不上楼与庄世平告别。笔者知道这会招致埋怨，但实在别无他法。

随着董建华、高祀仁、林兆枢、李嘉诚、肖钢、林木声、陈伟南、万庆良、朱树豪、李国宝扶着庄世平的已经盖上国旗的灵柩缓缓走出灵堂，从早到晚千百人融汇在沉痛哀乐中的无声呜泣，终于最后爆发出闷雷一般的、摄人心魄的动情一哭。

7月9日，本来约好上午九时整，护灵车队在殡仪馆集合出发，前往庄世平的永久家园——深圳大鹏湾华侨陵园。但一直等到9时20分，人们才看到彭清华、和广北、陈丁福等人和庄世平的亲属扶着庄世平的灵柩上了灵车。原来，在殡仪馆一间不为人知的大厅里，刚刚又举行了一次十分简短、十分朴实、十分庄重的追悼仪式。陈丁福主持了仪式，彭清华宣读了有关著名人士的唁函。

庄老呀，你即使走了，也还要在人世间留下两个第一：首创公祭追悼会增设分会场；首创一个人开两次追悼会。人世间之情谊，此为至重！人世间之辉煌，此为至盛！

三百多人的护灵车队出发了。一生低调的庄世平，是不是曾经想到：他所挚爱的祖国和人民，在他最后的一程里，给予了他百年千年无法复制的风光。车队到达沙头角海关时，内地和香港双方海关、边检特地为庄世平下半旗致敬默哀。如此哀荣，旷世无二。

深圳大鹏湾敞开怀抱，迎来庄世平这位世纪老人。礼兵肃立，万人注目；松林起舞，大海吟唱，仿佛都在为他重复一支不朽而又充满温情的旋律：安息，安息……

尽管庄世平是一个著名的金融家，但作为一个中资人士，财富属于国家，他几近无产者。然而，在香港这个讲求实际的商品社会，他竟然拥有如此巨大的号召力和凝聚力，生命的激情竟能如此长久地汹涌澎湃。人们不禁要问：这样一种强烈和勃发的力量，是怎样产生的，从何而来的呢？

1991年12月底的一个夜晚，西伯利亚寒流袭击港岛、香港当年最为寒冷的时刻，作者和庄世平在湾仔潮州城酒楼上，就着滚烫的鱼头熬芋汤，观赏着窗外维多利亚海港的滔滔白浪，悠畅地作着漫无边际的东西南北纵横谈。

出于文化人的职业习惯，我问："世叔，你一生中，有哪件事是最值得怀念的？"

"没有。"他断然应道，脸色才随之柔和，"我只能说，这一生，问心无愧。"

我懂了，心里暗暗说道：对不起，世叔！

"你觉得哪一种活法更好呢？"我换了个话题。

"很难说清。"他反应奇快，马上应道："宁静的、孤寂的、屈辱的、艰难的、悲壮的，似乎还有荣耀这一种，我几乎都经历了。每经历了一种生活，便获得一种人生经验。有时很惨烈的遭遇，对人生并非坏的结果。没有昨天，怎么会有今天。所以，难以用一个标准，去衡量某一种生活的人生意义。"

他谈兴甚浓，随之发挥到更深的层次："我是幸运的，今年八十一岁了，仍能吃能跑能睡。照这种精神和身体状况，还可以跑下去。人民希望我去跑，我也乐得如此。理想的话，或在某一个夜晚，或在某一个旅途上，甚至就在办公桌边，我能够悄然离去，无疾而终。在病床上延长寿命，对我们这种年龄的人来说，是很可怕的。"

我本想对他说，老年人还有许多种活法：种花、养鸟、下棋、打牌……但我不好说，因为这样的活法对他的整个人生实际是一种亵渎。事实上，说起来许多人也许不相信，在香港这个随处无不听到麻雀声的地方，庄世平连什么叫"雪条"什么叫"铜饼"都分不清。80年代中期我采访他时，他曾说到："国内一些人以为每个香港人都是五毒俱全的，我说我连打牌跳舞都不会，人家还不大相信。其实真的这样。"他的理想，他的境界，终将注定他的归宿是在他的奋斗岗位上。

啊，我蓦地豁然开朗：高尚出于无私，奉献源于爱心，他身上充满的，是人格的力量。人格力量的形成，并非金钱和财富所能积聚而成，也非靠一朝一夕的努力；它是品格、情操构成的、永远光照于人类的爱，需要用毕生的热血去铸就和凝炼。

他是一支如椽大笔。即使最后一滴血，也将醮于笔尖去点缀秀丽宏伟的中华大厦。

他是一棵苍劲的常青树。永远荫庇别人，献身自己。

他是一面旗帜。旗上写道：爱我中华。

他是鲁迅先生笔下所描写的，甘为人民献出一切的孺子牛。

他是一柱无形的丰碑。那由各人的感受所升华的或朴素或华丽的碑记，将永远地铭刻在千千万万人的心里。由这碑记，他的生命将延至无限，其品格和业绩将永远载入中华史册。

我愿意相信，人们更有千百个理由相信：

如果真有天堂，他完全应该进入天堂！

面对上帝，他完全可以毫无愧色。

1994年10月第一版
1999年12月第二版
2004年10月第三版
2005年5月第四版
2007年6月第五版
2009年9月第六版
2011年4月第七版
2015年9月第八版

附　庄世平年表

1911年1月，庄世平出生于广东省普宁县果陇村。其家庭创办的"协裕批馆"，业务远及东南亚，在汕头有"增裕银号"，在曼谷有"胜裕兴批馆"，在槟城有"潮顺兴批馆"，具一定的影响。

1914年，庄世平的生母死于鼠疫，父亲庄锡竹前往槟城主持"潮顺兴批馆"的事务，他由六叔庄锡涛带往汕头。

1917年，进入汕头真光小学（初小）学习。

1921年，进入普宁旅汕同乡会创办的小学（高小）学习。开头的校长为七叔庄锡芳，著名经济学家许涤新当年也在该校任教。

1923年，进入汕头岩石中学学习，积极参加反帝、反毒化教育、反文化侵略等学生运动。1924年初夏，由于学生不满学校奴化管理，并掀起学潮，学校宣告停课。庄世平休学半年。

1925年初春，到福建省厦门云梯中学插班。同校的潮籍进步学生有黄声、张声瑶、罗铭等。

1927年初夏，与林影平于汕头结婚。

1927年秋，考入上海浦东中学（高中）学习。

1930年秋，考入北平中国大学经济系学习，并积极参加抗日救亡运动。

1933年秋大学毕业后，于年底前往泰国曼谷，在许宜陶、黄声、丘秉经等人创办的崇实中学任教员。

1934年秋，崇实中学遭到有关当局第一次查封，庄世平转到曼谷新民学校继续任教。在职四年的时间内，先后担任教务主任、训育主任和主管全面工作的副校长。

1935年底，受泰国中华总商会创办的中华中学的邀请，担任该校训育主任、代理校长的职务。

此外，他作为东南亚华侨学校代表团的成员之一，回国观光，第一次直面国民党政府的政要，表达了广大华侨"反对内战、一致抗日"的愿望。

在崇实、新民、中华三间学校，他参与和组织了各种抗日救国活动。特别是在崇实、新民学校，一大批学生在他启发和鼓励下，毅然回国参加抗日组织。

1936年，他担任泰国华侨抗日联合会常委，具体主持商、学、青等几个方面的抗日爱国活动，从物质上大力地支持国内的抗日队伍。

1937年底，庄世平在曼谷《中原日报》担任记者不久，遭受泰国日伪反动势力的迫害，处境十分困难，只好逃避于马来西亚和新加坡两地；并参与陈嘉庚和林连登等著名侨领所领导的抗日救国活动。

1938年初冬，庄世平考察了滇缅公路后，回到曼谷，在《中原日报》上发表了《滇缅公路考察报告》《中国得道多助、抗战必胜》等多篇达数万字的抗日爱国文章。

1941年底，泰国沦陷，庄世平遭受泰国日伪反动势力的追缉，经组织安排，与许子奇、翁向东等爱国进步人士前往老挝他曲市，在当地爱国侨领佘金记、林德长的支持下，创办了"他曲公学"和"合盛商行"及大型鸡场。"合盛商行"的分支机构远及曼谷、马来西亚、新加坡、河内、海防、东兴、柳州、贵阳、重庆等地，不仅为战时的华侨子弟提供了就读机会，为国内抗日组织提供了大量的物质支援，还为一大批转移往东南亚各地工作的国内爱国进步人士提供了各种便利和资助。

1942年初秋，由于日伪势力入侵老挝，庄世平先后转移至广东东兴和广西柳州，在柳州又创立"德泰公司"，以商贸作为掩护，把在国内受黑暗势力迫害的一大批进步人士转移到泰国等地，又把一大批在东南亚日占区国家受日伪追缉的进步人士转移到西南后方，保护和支持了抗日爱国力量。

1944年，转移到重庆，向八路军办事处经济组长许涤新和主管统战工作的陈家康，汇报了东南亚各地华侨抗日爱国活动的情况，了解了国内形势，部署了以后的工作。经介绍，和杨少任一起，与苏联驻重庆代表处签订了苏联影片在东南亚和港澳地区的总代理放映权及苏联的轻工、化工、医药、食品等商品在东南亚总经销的合同。

1945年夏，由重庆南下河内，联系翁向东、许子奇、陈复礼、许木强、叶竹轩、王逸鹏、丘绍彬、丘公衡、丘公达、许敦勖、许杰等人，创办"安达公司"，招募华侨集资入股，全面开展对苏联影片和苏联商品的代理经销业务，并迅速在河内、西贡、曼谷、新加坡、香港、上海等地设立分公司。庄世平重返曼谷，担任分公司经理，副经理为许杰。安达公司的业务重点放在泰国。

1946年，抗日时郭沫若领导下的多个抗战演剧队和宣传队，遭受国民党反动派的迫害而无法在国内立足，转移到了香港，组成"中国歌舞剧艺社"，由香港安达公司负责经济上的支持。同年年底，中国歌舞剧艺社到达曼谷，由庄世平领导的泰国安达公司全面负责演出、生活费用和工作安排，时间达八个月之久。

1947年至1949年，安达公司遭受内外黑暗势力的压迫，海防、河内、西贡、曼谷等分公司相继遭到封闭，人员被捕，业务处于停顿状态，庄世平长期奔波于曼谷和香港之间，并最终留在香港主持香港安达公司的业务。在中共华南分局负责人方方的领导下，他参与南方人民银行的创办工作，发行南方券，设立地下钱庄沟通侨汇；支援大军南下运输大米到海口并参与接管国民党在港的金融、航空等有关机构；协助掩护进步民主人士北上；筹办香港南洋商业银行、澳门南通银行。

1949年12月，庄世平创办的香港南洋商业银行成立并开张，在香港挂起了第一面五星红旗；在第一次董事会上，庄世平当选为南洋商业银行董事长兼总经理。

1950年初，庄世平筹办的南通银行在澳门成立并开张。此后，他先后担任中国银行总管理处香港金融工作团领导成员，总管理处驻港管理处副主任，香港中国航空公司法人、董事，多家中资银行领导成员，中国银行常务董事，中国国际金融学会理事，广东金融学会副会长、香港文化艺术基金会名誉副主席、香港潮州会馆名誉主席等重要职务。

1955年，庄世平参与筹建普宁华侨中学的策划组织工作。1956年该校建成。1980年该校复校，庄世平就任校董事会名誉董事长。

1955年，庄世平到北京中国银行工作，任处长职务，一年后又返港工作。

1959年起，庄世平连续当选为第二、三、四、五、六届全国人民代表大会代表。特别在第六届全国人民代表会议上，还当选为大会主席团成员、常委会华侨委员会委员。在每次全国人民代表大会召开前夕，周恩来总理都在中南海家中亲切接见港澳代表郑铁如和庄世平。

1961年，庄世平组织华侨捐助普宁县化肥三万六千担。

1977年，庄世平领导的香港南洋商业银行突破极"左"思潮划下的禁区，在中银系统中率先自置香港德辅道中151号18层大厦作为永久性办公地点。此后，又冲破条条框框，在中资银行中率先在港及在国内发行信用卡，业务发展迅速。至70年代末，在香港十三家中资银行中，南洋商业银行的实力由原第三位跃为第二位，仅次于香港中国银行。

1977年9月，庄世平担任港澳同胞国庆旅行团团长，副团长由新华社香港分社副社长罗克明、梁尚苑担任，团员有李嘉诚、胡应湘、利铭泽、胡汉辉、廖瑶珠、马蒙等香港各界知名人士，到北京等地参加国庆观礼并访问，拉开了庄世平在改革开放新时期动员广大侨胞支援祖国四化建设的帷幕。

1979年，参与特区政策法规的制定，除了为特区搜集大量的国际性资料，还邀请创办特区的同志到香港考察。

1980年，庄世平就任汕头大学筹备委员会副主任。此后，从汕头大学踏勘选址以至李嘉诚捐助汕头大学的每一个项目，庄世平都参与策划和组织。庄世平和李嘉诚商讨审定的捐赠款项至今已达18亿港元。

1982年，为支持特区建设，促进国内金融改革，庄世平率香港南洋商业银行在深圳特区设立了深圳分行，成为深圳特区首间境外注册银行的分行；翌年，又设立了蛇口分行。

1984年，庄世平应聘就任汕头特区顾问委员会主任。在此前后，从汕头特区的基础建设到各个重大活动，以至许多政策法规的创立，庄世平都参与策划或支持帮助。

1984年，在第三次全国侨代会上，庄世平当选为全国侨联副主席；1989年的第四次侨代会上，再次当选。1994年第五次侨代会上，又一次当选。

1985年，在广东省第三次侨代会上，庄世平被推选为广东省侨联名誉主席。

1986年，庄世平被推举为旅港普宁同乡筹建普宁县华侨医院委员会主任委员。同年底，又被推举为普宁华侨医院建设委员会主席。该医院从酝酿到建成历时八年，华侨捐资2500万港元，全部耗资3500万元人民币，于1991年建成。

1986年后，庄世平出任中国少年儿童基金会副会长和中国扶贫基金会理事，以及湖北省经济特别顾问。

1987年1月1日，庄世平创办的澳门南通银行更名为中国银行澳门分行，并发行澳门钞票，为澳门顺利回归祖国和社会经济的繁荣稳定，作出了贡献。

1987年，在汕头大学第一届校董会上，庄世平被推选为校董会副主席。

1987年，庄世平出任香港潮人助捐潮汕体育馆委员会主任。该项目1990年建成，耗资2600万元人民币，其中华侨捐资2000万港元。

1987年，庄世平和詹培忠商定，将庄世平八十年代初在家乡组织举办的"华侨杯"篮球邀请赛，改为每年一届的、面及全潮汕的"世平杯"、"培忠杯"篮球邀请赛。

1987年，庄世平组织华侨捐建的"陶薰华侨学校"建成开学。

从八十年代初开始，每年港澳的人大代表、政协委员都组织考察团回内地考察，庄世平都担任团长或领队的职务。每两年，都组织香港金融界华籍高级职员及眷属回内地观光访问。亚运会期间和纪念孙中山诞辰一百周年时，庄世平分别担任港澳同胞观光团团长和代表团副团长。

1988年，在第七届全国政协大会上，庄世平当选为全国政协常委。

1990年，汕头市人民政府授予庄世平"荣誉市民"称号，赠予金锁匙一把。

1992年，庄世平在普宁县政府设立的"铁山兰花奖"中荣获"殊荣奖"——荣誉证书和金质奖章。

1993年，在第八届全国政协大会上，庄世平再次当选为全国政协常委。

1995年，庄世平被推举为香港普宁同乡联谊会创会会长。

1996年，在香港特别行政区筹委会第六次全体会议上，庄世平被选举为香港特别行政区第一届政府推选委员会成员。在此之前，庄世平已担任港事顾问，香港特区筹委会委员。同年被揭阳市人民政府授予"揭阳市荣誉市民"称号。

1997年7月1日，中华人民共和国恢复对香港行使主权，庄世平参加了所有仪式和庆典；2日，行政长官董建华向庄世平颁授香港特别行政区最高荣誉奖章——大紫荆勋章。

1997年11月，在第八届全国人大常委会第二十八次全体会议上，庄世平被选举为香港特别行政区第九届全国人大代表选举会议成员；随后，由全国人大常委会委员长会议提出提议，庄世平被推选为选举会议主席团成员。

1997年底，担任普宁华侨中学教育基金会和普宁华侨医院公益理事会名誉会长。

1998年9月，庄世平被深圳市人民政府授予"深圳市荣誉市民"称号。

1999年7月，在全国第六次侨代会上，庄世平第四次担任全国侨联副主席。

2000年，庄世平任香港地区中国和平统一促进会永远荣誉顾问。

2001年3月，庄世平担任香港各界文化促进会会长，随即开展批判法轮功、弘扬中华民族优秀的传统文化的各项活动。

2001年10月，庄世平担任在北京召开的第十一届国际潮人联谊年会筹备组织委员会名誉主任。同月18日，年会在北京人民大会堂开幕，党和国家领导人李瑞环、王兆国、刘琪等出席了大会，庄世平在会上发表了慷慨激昂的讲话。

2004年春，庄世平担任香港侨界社团年会永远荣誉会长。

2004年5月，庄世平出任揭阳职业技术学院校董会名誉董事长。

2004年7月，在第七次全国侨代会上，庄世平连任全国侨联副主席。

2004年8月，中国银行改制为国家控股的股份制企业，庄世平出任副名誉董事长。

2004年7月至今，庄世平发起并组织创办华侨银行，历经各种困难，冲破各种障碍，终于在生命的最后一刻又为祖国孕育出一个崭新的金融实体。如今重组对象已经选定，并初步签订意向书。

2005年初，借六集电视专题片《庄世平》在广东省揭阳市首映之机，各界知名人士近五百人在当地为庄世平九十五岁生日祝寿。同年夏，《庄世平藏名家书画展》暨《庄世平先生九秩晋五荣寿纪念集》首发、六集电视专题片《庄世平》海外首映并发行仪式在香港大会堂隆重举行，各界知名人士近六百人参加了盛典。

2005年8月，庄世平荣获中共中央、国务院、中央军委颁发的"中国人民抗日战争胜利六十周年"纪念章。

2007年1月和5月，由庄世平倡导并担任顾问的"当代中国作家书画展"在广州的广东美术馆和北京的中国现代文学馆展出，盛况空前，为国内首次。

2007年6月2日凌晨2时29分，庄世平因心脏衰竭，与世长辞，享年九十七岁。

后 记

1986年初夏，我在汕头特区作短期体验生活。

那时，特区管委大楼还未落成，特区管委会设在龙湖金谷园第一幢宿舍楼的第四层，作临时办公地点。我的住宿地点只好暂借属于管委会副主任方克森和顾委会副主任倪克屏共有的临时办公室、第四层向东的一套二房一厅里；而管委会主任刘峰的办公室就设在西边的那一套。我和刘峰的认识，可以追溯到我结婚的1979年冬天。当时，《汕头日报》文艺组的余荣钦老师前来祝贺，他和刘峰是在干校牛棚里结识的老朋友，顺便也去看望了已是普宁县委书记的刘峰，并介绍了我的情况。谁料，翌日不到七点钟，刘峰这位惯于晨运的父母官就跑到县文化馆我岳父的简陋办公室，用力敲门把我和我的漂亮妻子（也许是情人眼中出西施）吵醒，然后不容置疑地说："新娘留下，新郎和我下乡。"在这位不讲情理、但很有义侠味的父母官的"威挟"下，我只好撇下妻子，与他到了占陇、三坑几处……自此，我们的友谊日深，有关刘峰的点滴信息，无时不使我这个小字辈欣喜和担忧。特别是他在普宁农村率先推行联产责任制，几乎又招致另一场政治厄运的那段日子里，我的心一直在遥远的广州为他祈祷祝福。

正是他灵敏的政治嗅觉和无畏的人格胆魄，他被任命为汕头特区管委会主任。而出于个人感情和对他人格的敬佩，我则是最早进入汕头特区采访的文化人之一。我和王扬泽、颜烈合作的《在那块神奇的土地上》，可说是描写汕头特区的最早的一篇报告文学。

因此，在我前往体验生活的那段日子里，我几乎都在晚饭之后，到刘峰的办公室坐一坐。那时刘峰的家还在市内，但为了避开许多干扰，他干脆就住在这简陋的办公室里，十天半月不回家是常事，累得他那几十年为他的政治命运和身体状况牵心挂肚的老伴总要骑十几里单车为他送汤送药，而他在家里的威信也因此降到最低点。孩子们只听母亲的，对他说的却只当没说……那晚，我刚踏进他的办公室，他正光着膀子要进浴室。见了我，他立即用极少有的认真神态说："你等一下，我有事要说。"什么大不了的事呢？我不以为然，自个拧开了电视。

刘峰洗浴的速度恰如他的工作作风。他一天可以洗浴十次以上，但每次不超过二十秒钟。大概是蹲在花洒下，身上淋透了，也算是洗过了。但不管如何，他身子那股浓烈的"男人味"洗与不洗都同样存在的。果然，电视上一首歌还未听完，他已穿着短裤出现在我眼前。天气炎热，他干脆把门一关，就坐了下来。"我想请你帮一件事"。他立即开口。我照样看电视，有什么事嘛，何必客气。"你知道庄老庄世平先生吧？他是你们普宁人。你给他写一本书吧。"刘峰的口气中居然掺进了恳请的味道，这在我和他交往以来也是从未有过的。但不知怎的，我竟然没有爽朗地答应下来。

我当然知道庄世平老先生的来历——全国人大代表、全国侨联主席、香港南洋商业银行董事长、汕头特区顾委会主任。他在我脑海里的第一个印象，就是腰缠万贯的大亨。也许是我在文人堆里生活得太久，腐儒气味已经上身，不屑于与有钱人交往。这当然也和改革开放之初，个别有几个钱的香港人回到内地便趾高气扬，我心里不服气有关。因此，即使是番薯藤牵蔓的香港亲友，我也奉行少交往或不交往的原则。这下，不仅要我和一位大亨交往，而且要为他写一本书，我做得到么？而刘峰终究是我尊敬的一位领导，我能拒绝他真真正正的这么一次恳请么？"当你了解了庄老，你会十分敬佩他的。"刘峰看出我的犹豫，又说。话说到这份上，我只好应道："先让我陪他几次，觉得可写了再写，好吗？""他正在特区，后天回普宁为下架山一所华侨捐建的学校奠基，就由你陪伴了。"刘峰欣然。

翌日开始，我在刘峰介绍下，认识了庄世平老先生。随后，陪伴他回普宁参加下架山小学的奠基、普宁华侨医院的奠基，又到深圳陪他参加汕头大学工作座谈会……这年年底，我参加全国文学青年创作座谈会，采访了曾和庄老一起工作过的全国侨联副主席苏惠。随着了解的深入，一个感人的形象在我心中树起，一个个传奇故事促使我去探幽解秘——

他在海外历经三次追捕，但都有惊无险；

他创建的安达公司，第一个在东南亚发行苏联影片，在世界东方播下了苏联十月革命的信息；

他几近白手起家创办南洋商业银行和南通银行；南洋商业银行的资本实力在七十年代一跃而为庞大的香港中银系统的第二位；

他是中资人士，没有什么私人财富，几近无产者；然而他在香港这个经济社会中，却拥有巨大的影响力和凝聚力；华侨和港澳同胞捐建的汕头大学、潮汕体育馆、普宁华侨医院等重大项目，都由他穿针引线，鼎力玉成；

更有对创办特区，引进外资等方方面面的重大贡献……

文学的功能和责任，不在于历数奇迹，而在于叙说奇迹背后的艰辛和运筹，从而揭示一个时代和人物的辉煌。自此，一种使命感促使我，无时无刻地关注和深究庄世平老先生的过去、现在和将来。

明确地接受了刘峰要我为庄老先生立传的任务之后，刘峰向广东省委书记吴南生作了汇报。吴南生指示：采访和收集材料先悄悄进行，一俟时机成熟，再作公开。

由于庄老的经历十分曲折复杂：昔年为求学跑遍了大半个中国，为求生存求真理远走泰国，参加爱国主义活动后又走遍东南亚各地，新中国成立后更活跃于国内外政治和经济的舞台上；特别是改革开放以来，他更作出了特殊而又显著的贡献。这一切，无疑加深了我采访的难度，成为我文学生涯中最漫长最复杂的一次。

所幸的是，我的工作得到了各有关方面的欢迎和支持——

原汕头市委书记林兴胜亲自为我安排第一次赴港采访的事宜；

原全国侨联副主席苏惠先后三次接受我的采访，有两次是在她病弱体虚之时；

普宁市委书记曾繁耀听说我的采访没有任何经费来源，立即指示该市侨办主任辜志森给我送来了五千元；

汕头特区驻香港联络处的杨鲩生先生为我几次在港的活动提供了热情的帮助和生活上的方便；

1993年12月最后一次赴港时，由于时间紧，手续繁冗，省公安厅的同志为我作出了特殊的安排；

广东省侨联副主席黄大同主动承担起这本书的出版和有关活动的组织工作；

中华工商联合出版社用最快的速度编审了这本书并提供了各种方便；

吴南生、梁威林、蚁美厚、柯华、林琳、杨世瑞、徐扬、詹尖峰、庄江生、蔡馥生、魏特、丁波、陈燕发、陈远睦、陈厚实、杨峰、倪克屏、柳锦州、张浦骏、庄绍徐、姚恭职、杨秀维、陈国光等同志，汤秉达、蔡洋雄、陈复礼、卢静子、林伯欣、饶宗颐、陈伟南、陈伟、罗志清、庄永健、陈孝琪等先生，以及庄世平先生家乡的乡亲们，都为这本书的出版提供了大力的支持和热情的帮助。广东省侨办、广东省侨联、汕头市、潮州市、揭阳市、普宁市以及其他一些部门，慷慨地为这本书的出版和有关活动提供了全部费用。

这一切，自然应归结于庄老先生崇高的人格力量。

对我来说，更是一个全面学习庄老先生崇高品格的过程。在这本书之前，我也出过几本书，作过许多采访，但像这一次所受到的欢迎程度，则绝无仅有。我对关心、支持和帮助这本书出版的同志和部门，充满了深切的敬意和谢意。

我还不能不十分无奈地告诉读者：由于我水平所限，也由于庄老先生的谦逊，更因为许多说不清道不明的原因，写进这本书里的，还不足我搜集到的材料的五分之三。相信许多接触过庄老先生的人，是不满意我这么简单地去记述这么一位经历曲折而又人格崇高的人物的。对此，我除了虚心地接受批评和听取意见，只能遗憾地告诉大家：这并非我的本意。我只有在内心默默地祷告：但愿在不久的将来，这本书能在重新充实或重新撰写之后再版。

我能够坦诚面对大家的是：在采写这本书的全过程中，我付出了我全部的热情和虔诚。

我和许多关心这本书的同志唯一能做的一件事就是：等待。

作者

1994年10月1日急就于广州

我和《庄世平传》

——写在《庄世平传》第六版出版之际

在中华人民共和国成立60周年的大喜之际，《庄世平传》第六版即将出版发行了。

托共和国之福！

托庄老之福！

一本仅三十多万字的传记文学，伴随我二十三年的人生——采写了八年，每两年半出版一次，出版了六次，这在共和国的文坛上，不算绝无仅有，也可说极为少见。然而，就是这么一件关乎我人生莫大荣誉的幸事，差点让我擦肩而过。1986年6月13日，当特区管委会主任刘峰用恳切的口气对我说："庄世平先生对家乡、对特区、对国家的贡献太大了，我们无以为报，只好请你为他写一本书，聊表我们的心意。"我虽然口上答应了，内心却不以为然，误把庄老当作有了钱就求名的大亨。好在同年年底，我出席全国青年作家座谈会期间，顺便采访了他生命历程中的两个重要的见证人：苏惠和李启新。平淡的采访却爆出了两个至今仍震撼我心灵的大事件：一是他把他亲手创建的香港南洋商业银行和澳门南通银行无偿地捐赠给了刚刚建立的新中国，为新中国打破帝国主义的经济封锁作出了无与伦比的贡献。二是他的四个儿子没有一人在中银或中资机构中任职，有两个儿子还住在港英政府的廉租公屋。反差如此之大，却就像两块巨大的基石，支撑起一座以人格力量服人，以人格力量教人，以人格力量感人的巨大雕塑，时时地引领着中华民族的伟大传统文明的延伸和拓展。至此，采写《庄世平传》才成了我自觉的决心和行动。

1994年10月，《庄世平传》出版。同年12月8日，由中华全国工商联、中国侨联等八个单位联合主办的首发式，在北京人民大会堂举行。首发式规格之高，阵容之豪华，于我文学生涯中绝无仅有：居然来了一位全国人大常委会副委员长，一位全国政协副主席，近十位部长级和几十位司局级的中央有关部门负责人，加上从海内外赶至北京的各方人士，浩浩荡荡达120多人。副委员长程思远老人用颤抖的嗓门讲道："因为我和庄世平先生相交甚久，是知心朋友。写他的书，我不能不看；这次盛会，我不能不前来祝贺。非如此，不能表达我对庄先生的友情。"如此深情厚谊的语言，出自一位曾经沧海、见惯了风风雨雨的德高望重者，何等的摄人心魄！在内心塞满了幸运感的同时，我立时在人民大会堂的一角，深深地为曾经误解了庄老，做着切肤的忏悔。

随后，"《庄世平传》出版座谈会"在汕头举行；湖南电视台成功拍摄反映庄老伟大一生的纪录片《碑石》，随后播出并发行。1995年秋，《庄世平传》荣获中国首届优秀传记文学作品奖；同年冬，在香港召开的国际潮团第八届联谊年会上，专为《庄世平传》出版发行和获奖举行了招待会……几乎有整整一年多的时间里，从新华社、《人民日报》、中央人民广播电台、中央电视台，到海内外许许多多的报刊媒体，争相对《庄世平传》进行推介、评论和连载转载，好评如潮。对于扑面而来的荣誉，我倒还有足够的心理承受力：《庄世平传》的成功全赖庄老的人格魅力，我仅仅是付出了采写上的用心和汗水而已！因此，即使仅仅过了两年，就有人提出再版的建议，因为《庄世平传》在发行仅一个多月后，全国书店就宣告售罄，但我也无动于衷。其实我是有难言之隐的：从《庄世平传》发行后各方各面的各种评论中，我深感初版的《庄世平传》所揭示的内容仅仅是庄老伟大而传奇的一生的一点皮毛。比如由程思远及至李宗仁，他们和庄老有过什么关系，他们在统一战线中担任过什么角色？比如庄老仅作为中国金融代表团的成员访问过越南两次，却为什么在越南党政高层中拥有那么多的朋友？甚至我发现，香港一些左右摇摆、身份模糊的知名人士，曾经是庄老的座上客……作为传记的作者，我虽然无法深入到真相的全部之中，但即使有许多纪律的约束，我也必须接近真实地作完整的记录，或者做到心里有数。初版《庄世平传》的后半部，简直就像庄世平在学雷锋做好事，人物形象十分的单薄和平板。这使得我面对着好评时，内心总有一种难言的自责和惭愧。因此，我决心在尽可能地解开谜团、找到签案之后，再行重版。

然而，美好的愿望与现实的要求，常常存在很大的距离。1999年，应刚刚成立的香港普宁同乡会的要求，《庄世平传》作为在北京召开的国际潮团第十一届联谊年会的礼物，只好付梓第二版。这一版中，增加了三个章节：一是香港普宁同乡会成立的前前后后，庄老所起的作用及同乡会为家乡、为香港、为祖国所作出的贡献；二是香港回归祖国的前前后后，庄老为维护民族尊严和香港平稳过渡而作出的贡献；三是他在1998年的国际金融风暴中的重大表现和特殊贡献。同时，还加强了他生活和工作细节的描写，以便读者了解他富于个性的性格形象。这多少还有点新意，不会让人感到是在炒冷饭。可是到了2004年和2005年，当中共揭阳市委提出为配合六集电视专题片《庄世平》放映发行而发行第三版，香港潮州商会提出为庆祝国际潮团第十四届联谊年会在澳门召开而发行第四版，我已无法从容地进行增删和搜集，仅仅在书中增加了庄老现实生活的点滴纪录，便匆匆付梓了。书稿送走后，我心中不由惶惶：唉，庄老，还有广大读者，都对不起你们了。

至于2007年7月在庄老追悼会上作为礼品的《庄世平传》第五版，还有作为广东省作协庆祝新中国成立六十周年精选丛书即将出版的第六版，则完全是相同的版本。并非没有新的情节、细节可以加入，实则是我有了新的想法。

我是信奉英雄创造历史的观点的。人民群众充其量只是历史事件的参与者而已。即使是我们全程参与过的文化大革命，我们至今也无法弄清这其中的意图和目的。以事实为依据，依靠作者的经验积累进行主观的构筑，对主要的采写对象进行人物形象的刻画特别是内心世界的描写，这在纪实文学写作中，也是允许的。在《庄世平传》的上半部，针对庄老的家事情事私事，我就作了许多主观的文学的虚构，效果不错。可是到了下半部，面对庄老有关国家、有关民族的许多重大活动和决策，他的胸臆间到底翻腾着一种什么样的浪潮，我的经验和学识是绝对不能、也绝对不敢有半点的臆构了。想起2004年夏天我和庄老为了拍摄专题片《庄世平》专程前往北京玉泉山拜会原中顾委副主任薄一波，看到曾中过风、德高望重的薄老颤巍巍地从门口一直拉着已经九十四岁的庄世平，亲密无间地走到会见室，听着两位老人随意而又舒畅的交谈："世平呀，你知道我几岁了？"薄老问。"九十七岁了。"庄世平随口应道。"大后年我一百岁生日，你可要来了。""一定一定。"……我蒙住了，连他们到底是什么样的一种关系都不敢有半点的测想。连同程老、许涤新、苏慧、李启新、庄佐贤、陈复礼等等老一辈著名革命家和知名人士，他们的内心深埋着多少和庄老一起为国家、为民族而奋斗的历史真相呢？我本想采访他们，但这些德高望重的人物哪是我随便可以接近的？而且，他们都和庄老一样高龄，稍不留神，便从电视上看到伴随着哀乐的讣告。随着这些老前辈乘鹤西去，眼看一个个历史真相即将被永远尘封，我的内心经受着一次次的失落、遗憾和悲伤的巨大冲击。于是，在创作态度上，我作出了毅然决然的又一次选择——

书写重大历史事件特别是伟大的历史创造者，与其找一些旁观者、间接者去了解一些与真实相去甚远的所谓"真相"，然后从这些失实的"真相"中去臆想意图和目的，进而对人物形象进行刻画特别是心理描写，倒不如只写你在这些历史创造者身边亲自听到、看到或权威纪录的事实。哪怕人物形象干巴和单薄！这是每个学者书写重大历史事件特别是伟大的历史创造者所应把持的原则和态度。

我本来是可以直接找庄老采访的。但说实话，《庄世平传》从第一版至第四版，由庄老直接向我介绍的情节并不多，全赖我用八年时间锲而不舍地跟踪采访了各类事件的核心人物、直接的参与者，在长年累月的采访中获取大量资料之后，因真诚和坚韧才最终获得庄老的信任和接受，继而成为他的忘年交——他见识过太多形形色色打着小算盘来到他身边的"文人"，对我也不能不来一番考察。他的不说，既有纪律的约束，还有工作繁忙无暇进行回忆。2000年夏，八十九岁的他出任香港各界文化促进会会长，担负起带领香港各界同胞抵制邪教、传播中华优秀传统文明的重任；2005年夏，九十五岁的他出任中国银行名誉副董事长，参与了中央高层金融改革的重大决策等等，愈是年迈，愈有重任在肩。他厌倦空谈，总想在有限的迟暮之年，多为国家和民族多干几件大事。第一版的《庄世平传》，是我们利用了将近四个月的周末假期，于深圳蛇口南海酒店由我一句一字地念，他一句一字地听，有时甚至戴上老花镜逐字逐句地修改，才最终定稿的。但到了第二版，他已无暇听我念稿，更无暇自个修改，仅仅说了句："你自个再掂量掂量吧，认可了就可发稿。"这样的信任让我诚惶诚恐。好在谢天谢地：第二版发行后，并无听到任何非议。

自20世纪90年代后期，我几乎每月都去香港，多则每月去三四次。每次都有不同的任务，或帮他整理文案资料，或陪他参加各类活动各种会议。记忆中只有三次，他在电话里说："过来休息休息吧。"还真的是事先没有什么具体任务的休息。第一次是1998年初，我一大早赶到他家里，却见家里已聚集了柯世杰等一群外甥。他破天荒和五个小后生游了铜锣湾的半条街，然后直上中银大厦68层餐厅。俯瞰完港岛的美景，他突然郑重其事地拿出红缎盒子，从里边取出香港回归时由钱其琛副总理观礼、特首董建华代表特区政府颁发给他的大紫荆勋章，庄重地戴在胸前，然后招呼我们与他合影。随后，又让我们每人都戴上勋章，留影纪念。午饭的菜肴，自然十分丰富。饭后，不经意间，他对我说："我的生活，像不像每天都在过生日？只要活着，每天有国家分给我的任务，同时也给我相应的待遇，这比要专门过一个生日更加的有意义。你说对么？"看着他满脸的满足感，我不知如何应答。但马上，我就反应过来了。有好多人，正张罗着为他庆祝九十岁生日哩！他一定是要我去做说服工作，阻止这种张扬的事情发生——老人家对部下对晚辈提问题提要求，喜欢用启发式、提问式。我当然要为老人家的心意不遗余力，可惜的是我人小言微，实在阻止不了这种凝合了许多美好心愿的好事。第二次是2001年冬，他带着我和孙子庄金锋、外甥柯世杰等一群小后生到鲤鱼门吃海鲜。到海滩上买鱼时，风很急很冷，还带着小雨，冻得他单薄的肩膀直发抖，我只好把身上的皮大衣披在他肩上。鱼虾蟹端上来了，他都安静地吃了一点，我正想利用这点空闲时间解一解心中的一些疑团，但还没开口，却见他一口海鲜还没吞下去，就靠着椅背眯起眼睛，满脸的倦容。老年人都有一个特点，躺下睡不着，坐着却能睡，这样的情形我见得多了。正在嬉闹痛饮的小后生中不知是谁"嘘"的一声，餐厅里顿时鸦雀无声，生怕惊动了老人家。但仅仅一刻，老人家睁开眼，笑着说："吃，吃，

我和《庄世平传》

别理我!"大家又嬉闹开了,他又随之睡去。他的内心世界埋藏得太多太沉重,无邪的嬉戏声才是他最为安恬的催眠曲。我们嬉闹到半夜,他也眯了半夜……我是一群小顽童中的大顽童,我的笑声和喧闹,能让他睡得更香。第三次是2006年初夏,他刚刚做了个小手术,身体十分虚弱,却硬是让我和太太、柯世杰等人陪他到机场、马会转了一圈,最后来到黄金海岸吃晚饭。时间尚早,我们来到面对海滩的泳池边,坐在沙滩椅上歇息。我见机会难逢,赶紧靠了过去。谁料他先我开了口:"你能写书写诗,能书法,该学几笔国画。学会几笔国画,就是个完整的文人了。"我应道:"能把书写好,业余再把字练得像样点,就够我受用一辈子了。学多了反而不精。"他转换了话题——歇息的谈话他总是漫无边际:"和你认识二十多年了,也算与你们作家协会有缘。有想过让我帮点什么忙吗?"我随口应道:"办个作家诗书画展吧?""好的,尽快做出个方案来。"……回到广州,我马上向对诗书画也情有独钟的省作协廖红球书记作了汇报和商定。随后,在庄老的支持下,由中国作家协会、广东省作家协会、香港各界文化促进会、澳门日报社主办,知名企业家陈宝财出资60多万元承办的"当代中国作家书画展",于2007年1月和5月分别在广州和北京展出。这是新中国成立以来中国作家展示多种艺术才华的第一次,影响及至港澳台,直至东南亚各地。可惜的是,其时庄老身体已十分衰弱,只分别指派三公子庄荣新和侄子庄永健参加了盛会并代表他讲话。距北京的书画展开幕之后仅二十三天——2007年6月2日凌晨2时29分,庄老便因心力衰竭,与世长辞。

2007年6月6日,我应中联办和香港中银集团之邀,参与了"悼词"的撰写和修改。"悼词"一共修改了七次,其间最大的困难是:因长期在海外工作,他没有留下多少关于他所经历的重大历史事件的记录,能够为这些重大历史事件作权威佐证的权威人士也很难找到——与我写《庄世平传》所遭遇的困难一模一样。最终的定稿当然由中央拍板，作为盖棺定论。中央在"悼词"中授予他"著名社会活动家、爱国爱港人士的杰出代表、香港知名银行家、侨界爱国领袖"四个光荣而辉煌的称号。我和许多人所不了解的，中央其实都明察秋毫、功赏分明。

这四个称号，已勾勒出庄老伟大而传奇的一生，凸显出他高大而又丰满的形象。

有了这四个称号，共和国的丰碑上足以增加上这样一个名字：庄世平。比起这四个称号，《庄世平传》仅仅是表面的图解而已，多写或少写十万字，多解或少解一些疑团，都无法增加或减少庄老生命光辉的一分一厘。

因此我决定：第五版和第六版《庄世平传》，照搬第四版的版本。

第四版《庄世平传》是庄老生前认可的，我如今应该做的，便是：忠诚和忠实。

（原载于《作品》2009年第12期）

第八版附言

　　经考虑再三，第八版付梓之前，我作了两部分的加强和充实：一、对经济特区初创时党内外各种思想观念的斗争和较量，更为深入地进行了描述；二、对庄老逝世前后的各种场景进行更为全面的描写和叙述。我想，有了这两部分的加强和充实，这本书可说是完整了。这也是"忠诚和忠实"的体现。

作者

2015年9月2日

图书在版编目（CIP）数据

庄世平传 / 廖琪 著． -- 北京：作家出版社，
2015.9（2024.4重印）

ISBN 978-7-5063-8311-0

Ⅰ．①庄… Ⅱ．①廖… Ⅲ．①传记文学 – 中国 – 当代

Ⅳ．①I25

中国版本图书馆CIP数据核字（2015）第225020号

庄世平传

作　　者：廖　琪	
责任编辑：李亚梓	
装帧设计：薛　怡	
出版发行：作家出版社	
社　　址：北京农展馆南里10号	邮　　编：100125
电话传真：86-10-65930756（出版发行部）	
86-10-65004079（总编室）	
86-10-65015116（邮购部）	

E-mail:zuojia@zuojia.net.cn

http://www.haozuojia.com（作家在线）

印　　刷：唐山嘉德印刷有限公司	
成品尺寸：152×230	
字　　数：312千	
印　　张：25.25	
版　　次：2015年11月第1版	
印　　次：2024年4月第4次印刷	

ISBN 978-7-5063-8311-0

定　　价：45.00元